《聊齋誌異》的女性書寫

黃麗卿 著

臺灣學生書局 印行

《聊齋誌異》的女性書寫

目　次

壹、緒　論

　　本書是筆者近年來針對《聊齋誌異》[1]女性系列性主題的論述成果。多年來筆者對於《聊齋誌異》之探究與關注的重心，乃是從思想義理、社會文化等面向，進行後設性之古典小說的詮釋，旨在探究文學作品中所隱含的生命存在之價值意涵，以及其所要體現的創作意圖等問題。故從筆者博論之《聊齋誌異「形變」研究》[2]，即意圖闡述蒲松齡在《聊齋誌異》中，所呈現之思想義理的辯證性，透過傳統文化之生命智慧，以此來檢視小說人物在現實生活當中之生命實踐與自主意識的抉擇，而得以朗現「至情至性」的核心價值。本書承續前作，亦企圖從文學性的小說文本，結合思想義理的詮釋，做為探究的進路。

---

[1]　蒲松齡（1640～1715），字留仙，一字劍臣，別號柳泉，亦稱柳泉居士，因其《聊齋誌異》一書成名，世人又以聊齋先生稱之。蒲氏為山東淄川（今淄博市淄川區）東七里許蒲家莊人。趙起杲〈青本刻聊齋誌異例言〉言：「其事則鬼狐仙怪，其文則莊、列、馬、班，是編初稿名《鬼狐傳》。」參校評本，「各本序跋題辭」，頁 27。本文所論《聊齋誌異》一書，所依據者主要為張友鶴輯校之會校會注會評本（臺北：里仁書局，1991 年）。

[2]　黃麗卿：《聊齋誌異「形變」研究》（臺北：淡江大學中國文學學系博士班博士論文，2006 年 6 月）。

　　值得深思的是，在《聊齋誌異》文本中，除了強調「禮緣情制，情之所在，異族何殊焉」[3]來超越人與異類之障隔外，其「異史氏曰」[4]中對「世情如鬼」的批判；以及標舉「情之至者，鬼神可通」[5]、「斷葷戒酒，佛之似也。爛熳天眞，佛之眞也」[6]等論點，是運用志異神怪的特殊表現方式，賦予其對人性的深刻關懷與痛切批判；此外，其書中創造出之人物的眞性情，或賦予其生命的實踐堅持，處處都能深刻地對比出蒲松齡所要對應的時代與社會的種種問題。這些可貴的「至情精神」、「禮緣情制」、「爛熳天

3　《聊齋誌異》，卷十〈素秋〉，頁1358。

4　羅敬之〈聊齋誌異的創作及其內涵〉中所言「藝術造型」，論及《聊齋誌異》中「異史氏曰」之文：「必有其一定的意義及功用；吾人認為這種短文的意義，與作者寫作動機及目的有關。」並於此書之序中云：「三閭氏感而為騷，……僅成孤憤之書。」復引唐豹岩序言此書「足以開物成務」、引趙起杲〈刻聊齋誌異例言〉「竊取《春秋》微顯志晦之旨」等，由此說明此書不僅是一部小說，實亦兼具史傳的價值。詳見氏著：《蒲松齡及其聊齋誌異》（臺北：國立編譯館，1986年2月），頁371。另馮鎮巒〈讀聊齋雜說〉言：「多言鬼狐，款款多情，問及孝悌，俱見血性，較之《水滸》、《西廂》，體大思精，文奇義正，為當世不易見之筆墨，深足寶貴……讀《聊齋》，不作文章者，但作故事看，便是呆漢。惟讀過《左》、《國》、《史》、《漢》，深明體裁作法者，方知其妙。或曰：何不逕讀《左》、《國》、《史》、《漢》？不知舉《左》、《國》、《史》、《漢》而以小說體出之，使人易曉也。」（《聊齋誌異》，「各本序跋題辭」，頁9-15。）另《聊齋誌異》共491篇，「異史氏曰」計有194則，約佔全書五分之二，其中所呈現之意涵實可作為蒲松齡撰寫《聊齋誌異》的參考，故亦有探究之必要。

5　《聊齋誌異》，卷十一〈香玉〉，頁1555。

6　《聊齋誌異》，卷十一〈樂仲〉，頁1547。

眞」等精神，以及其文集所肯定「其天眞與赤子同其爛熳」[7]的眞心眞情，實非僅從小說的文學性研究之詮釋取徑而已，倘若我們透過思想義理、社會文化等路數，來抉發作者文本背後所隱含的核心精神，或許也能揭露古典小說作品中，所深藏的眞心與至情。[8]此乃筆者採取從思想義理、社會文化等來詮釋《聊齋誌異》的女性書寫主要的用心所在。

研究中國古典文學中的女性，本書闡述《聊齋誌異》對女性存在問題之關注、評價，以及涵攝女性之價值意義的反思與追尋，除了藉由西方女性主義文學理論詮釋《聊齋誌異》女性議題外，同時亦回歸文本語境與古代社會情境中，重新反思華人文化中的女性問題，以及致力於女性文學研究、兩性議題與性別平等的深切關懷。透過古典新詮的方法與詮釋，以開發古典文化的女性書寫研究，並與當代女性之自主意識對話。

7　蒲松齡：〈讀灌仲孺傳〉，文中極力稱讚「灌仲孺真聖賢也！真佛菩薩也！」並寫出灌仲孺一生所為，猶如聖賢、佛菩薩一般，「其胸與海同其闊，其心與天同其空，其天真與赤子同其爛熳」。盛偉編：《蒲松齡全集》（上海：學林出版社，1998 年）冊二，《聊齋文集》，卷三，頁 112。

8　蒲松齡對真心、真情之關注，亦可在其文集如：〈王如水《問心集》序〉中看出側重反思「心」的問題，如云：「夫人能於百行之中，憬然而問忠恕心，即可以為聖賢……夫人能於大節之臨，毅然而問忠孝心，即可以為神明。……苟能於貪嗔動時，惻然而問菩提心，即可以為佛、為菩薩、為阿羅漢。」《聊齋文集》，卷三，頁 39。另詳見黃麗卿：〈論《聊齋》「德性」與「情意」的生命價值體現——以王邦雄先生儒道之間的人生智慧為依據〉，《鵝湖月刊》第 435 期（2011 年 9 月），頁 43-54；〈從「三教同源」論蒲松齡「至情感通」思想〉，《宗教哲學季刊》第 62 期（2012 年 12 月），頁 57-70。

　　此外，筆者認為藉由《聊齋誌異》之女性書寫的探討，更加確認透過蒲松齡這部小說的故事情節與人物刻畫，大抵已能證明其女性書寫可以做為當代女性文學研究的重大議題。雖然「女性書寫」一詞來自西方文學思潮，然而筆者以為相關女性自主意識覺醒的文學性描述，其實在晚明時期的《聊齋誌異》一書中已有所關注，從蒲松齡自覺的創作意識所隱含的女性形象的認知與性別價值的反思，我們同時也能夠深入文人寄寓時代變動的存在感受。就蒲松齡而言，這樣的存在感受，一方面來自其個人處境與存在遭遇的體認；另一方面則承受明代整體時代之社會結構轉變的衝擊，使得當時社會層面出現不少男女對應的問題，同時也凸顯了明清女性的自主特性與價值空間的主題；因此，從《聊齋誌異》對女性的書寫看來，有關女性自主意識與應對進退模式，早在中國三百多年前即已凸顯出諸多女性自主意識的形塑與思考。同時，我們亦當認識，隨著時代風氣與社會結構的轉變，「男尊女卑」、「男主外、女主內」等傳統思維與倫理結構，亦已逐漸轉型，於是女性在家庭與社會所扮演的角色，也出現質變的現象。我們大抵可見，今日女性之自主精神的動源是複雜的，交融的，並非只是受到當代西方女性主義思潮傳入的影響即可解釋，從近現代的各種價值意識的質變與量變課題以觀，有關女性自覺的認知與價值反思的省察與關注，其實在三百多年前中國社會文化思潮中，也呈顯出極為豐富複雜的女性精神群像，這些女性有其情意生命的獨立意涵，又能融入世情，從容積極的參與女性經濟活動，創造出女性存在的多元價值，此在明清之際的社會史和女性生活史，益見其深層意義。

　　準此，筆者認為探討《聊齋誌異》的故事情節與人物刻劃，對於女性種種傑出表現的書寫，相當程度地呈現蒲松齡特意強調女性之自主與處世之能量，並非只是外在社會環境的變化所致，而是源自女性群像內在的價值自覺與自我實踐。這樣的覺醒，尤其可從《聊齋誌異》中女性從事經濟活動的表現，讓人敬服在這樣的時代裡，蒲松齡已察知出女性在大時代的變動中，可以展現其穩定家庭與社會的強大力量。

　　本書探討《聊齋誌異》女性存在處境問題時發現，其在文學創作上表現出女性在中國傳統文化的社會結構與家庭倫理等互動所展開的種種問題，並非只是一味地如同女性主義者所標舉的對抗威權，或反抗父權所激發出來，而當傳統女性面對生命的現實存在，如何本其歷練智慧與堅強的自主意識，去打開自己的出路，或許這就是激發社會發展與安定家庭倫理的主導力量。本書將就此進行有關《聊齋誌異》中女性主體意識、女性至情之美、女性理想典型、女性成全之情，以及女性經濟活動之價值意涵等議題的探討，發掘蒲松齡書寫女性在傳統文化價值中有關「生命本真」、「情意生命」、「禮緣情制」以及「至情精神」等面向，所涵攝的女性自覺認知與存在價值的反思。

　　從這些篇章彼此的關聯性來看，筆者採取的是「詮釋學」的進路，主要從《聊齋誌異》文本產生的語境，就其文化傳統與社會情境，「詮釋」為什麼產生《聊齋誌異》這樣「女性書寫」的因素條件，與作者之用心及文本所隱含的意義。以「女性書寫」來關注省察《聊齋誌異》女性在男權社會的困境、挫折以及奮鬥等行為表現

內容，期能將這些女性所追尋之情禮融合的價值意涵，得以彰顯出來。

一、關鍵語詞的界義

首先，就「書寫」一詞而言，本書僅作簡單概念的運用，係指寫作、敘述、敘事[9]，或詮釋之意。在此一敘述的故事或寫作中，即將為該故事注入「意義」，使敘事活動成為有意義的寫作及詮釋過程。雖然此一「書寫」語詞，乃源自西方「女性／陰性書寫」之女性主義專用術語，但由於本書之研究並非採取西方女性主義的研究路數，故僅運用其概念意涵，做為探討蒲松齡詮釋女性，或對女性問題探究的理念依據。就如紀元文在〈「女性書寫」專題弁言〉[10]文中，曾對於「書寫」一詞的說明，他提出：「在重重不利的環境之下，女性微弱的聲音仍舊透過各種隱微奧妙的書寫方式，呈現或再現自我主體，不絕如縷。」故其所謂「書寫」即是指書寫一種個人思想、行為的人生經驗與感受，同時藉由創造與再

9　有關「敘事」一詞，在張京媛等譯《文學批評術語》（香港：牛津大學出版社，2004 年），頁 106 中，即以〈敘事〉來言，其依賴比喻化的擬人修辭法，又言敘事可能事先被解構，然後又被盲目肯定的形象體系。上述乃從西方理論來詮釋其意義，但一般而言，「敘事」一詞，乃指以敘述歷史或當代事件為內容的文學，其中或指小說、或指詩歌等，文中有完整的故事情節和人物形象等。

10　紀元文：〈「女性書寫」專題弁言〉，《歐美研究》第 35 卷第 1 期（2005年 3 月），頁 2。

生的文化符碼（codes） 及象徵體系所展開的活動。[11]此意義與西方所認知的「寫作」，旨在強調「西方男性權威的寫作時常符碼化不僅是婦女的，也是其他『作者』的沉默、貶斥或理想化」、以及「在寫作中至關重要的恰恰是權威本身的結構」。[12]二者界義雖有所差異，但從他進一步強調「書寫」乃使「人類文明／文化因之而薪盡火傳，再創新猷」，這樣的「書寫」關懷，對人類文明／文化的發展而言，可說極具創造性意義。經由此，他發現「書寫」並非男性的專權或才能，反而發現：「女性作家對人情勢態的洞察、藝術創造力的發揮，以及對於藝術渲染力的認識與掌握，較諸男性作家亦不遑多讓。」[13]此中女性書寫，就有其更開闊的空間。

其次，有關「女性書寫」（écriture féminine）的理論，乃始自法國女性主義學家西蘇（Hélène Cixous）等人所提出的議題。目前為止，學界針對其意涵的反思，已呈現多元看法，針對這個問題，在紀元文的文章中提出「根據西蘇的女性主義理論，『女性／陰性書寫』可以是兩性寫作的範疇，但她相信女性比男性更接近『陰性經濟』（「a feminine economy」），較能夠容納其他的經驗，以躲

11　紀元文在〈「女性書寫」專題弁言〉，頁 3-4 中指出：當代法國女性主義學者西蘇（Hélène Cixous）、依希嘉黑（Luce Irigary）與克莉絲緹娃（Julia Kristeva）等人援引解構批評的概念，批判傳統的精神分析理論以男性觀點凝視（gaze）／剖析女性，將之視為他者之誤謬與誤讀。

12　有關「書寫」一詞，在張京媛等譯《文學批評術語》，頁 51-65 中，即以〈寫作〉來界義。

13　紀元文：〈「女性書寫」專題弁言〉，頁 2。

避或重新規範現存的結構」[14]。由此特別論述出：

> 「女性／陰性書寫」乃是書寫類型的隱喻，而非生物決定論
> 的本質主義教條。[15]

由此明顯可見，紀元文之文所指「女性／陰性書寫」並非專指女性
作家的作品或女性評論家的論述，從其所舉「喬哀思（James Joyce）
綿密泉湧的意識流聯想與詹姆斯（Henry James）筆下細膩纏綿的心
理寫實敘述，皆為此一書寫類型兼容並蓄的最佳例證」，更能明確
指出西蘇所謂「女性／陰性書寫」，乃係指「書寫類型的隱喻」[16]，

14　紀元文所言根據西蘇的女性主義理論，「女性／陰性書寫」可以是兩性寫
　　作的範疇，但她相信女性比男性更接近「陰性經濟」（a feminine economy），
　　較能夠容納其他的經驗，以躲避或重新規範現存的結構，此其一。再者，
　　女性主體位置拒絕挪用或毀滅他者的差異性，以建構居於宰制（陽性）位
　　置的自我，因此西蘇認為「女性／陰性書寫」會促進「另類關係、知覺與
　　表達形式」之產生（Sellers, 1994:xxix）。

15　紀元文：〈「女性書寫」專題弁言〉，頁4。

16　洪淑苓：〈昭君故事的敘事、修辭與性別政治〉一文指出：西施、貂蟬之
　　死，正說明了被交換的女人即使為國朝建功，仍舊擺脫不了「美女禍國」
　　的隱喻，因此難逃一死。（頁 31）就此又言：文中試圖以女性主體，撩
　　撥美人故事的本質與迷失，其結論之一：在男性中心的修辭策略下，美人
　　的美貌、才藝、愛國與貞節，都是為了對君主與國家的奉獻犧牲，美人並
　　沒有個人的主體意識可言……又言美人故事是個「女禍」的隱喻，因此如
　　昭君之貞烈德行，也蘊藏「正義女使」與「禍國妖姬」的矛盾與迷失。歷
　　代昭君詩的「眾聲喧嘩」，正顯示這個現象。見氏著：《民間文學的女性
　　研究》（臺北：里仁書局，2004 年），頁 59。

此一書寫之「隱喻」[17]有其多元意涵，並非指向「生物決定論的本質主義教條」，由此一說法，讓我們認為這是值得提供當代女性主義文學批評之反思參考。另有研究者指出：肯定西蘇對「性別本質論」的質疑，其「趨向於文體書寫展現之性別欲望之分析，乃是法國女性主義者一大貢獻，且西蘇從女性身體、特有的性別意識，來重建女性自尊的認同感，貢獻是值得肯定的」。文中也對其盲點提出反思。[18]由此可見，其理論在學界已引發不同角度的討論，類此

---

[17] 本文引朱立元先生的說法，取「隱喻」的廣義用法，可包含海登‧懷特的四種喻法。見朱立元主編《當代西方文藝理論》（上海：華東師範大學出版社，2005 年），頁 396。另外，海登‧懷特認為要將歷史敘述呈顯於外時，需通過比喻法。比喻法可分為四種：隱喻──『藉彼此相似抑或互異之語辭，經由類比或直喻，刻劃某一現象之特質』；轉喻──『即一物之全稱，可藉該物部分之稱謂予以取代』；提喻──『其係就賦與整體之性質中之部分，以表徵整體』；諷諭──『凡是將字義文面肯定之物，於象徵層面中予以否定』，簡言之，隱喻的本質是代表、轉喻是化約、提喻是整合、諷諭是反語。見氏著：〈導論：歷史之詩學〉，《史元：十九世紀歐洲的歷史意像》（上海：華東師範大學出版社，2005 年 4 月）上冊，頁 3-54。

[18] 黃逸民：〈法國女性主義的貢獻與盲點〉一文中指出，西蘇「從女性身體、特有的性別意識，來重建女性自尊的認同感，貢獻是值得肯定的。只是將認同完全建立在性別意識，則將會陷入一種『壓迫性認同邏輯』只固執於一種差異，而漠視其他差異，例如只強調男女之間性別差異，而無視於其他因種族、階級等所造成的差異，有將異質簡化為同質化的危險」。參見黃逸民：〈法國女性主義的貢獻與盲點〉，《中外文學》第 21 卷第 9 期（1993 年 2 月），頁 4-21。

研究已是當代女性主義研究領域中的一股研究熱潮。[19]故從此性別歧視、反抗父權、女性意識、女性情欲自主等等[20]，被強調的議題看來，其已成爲全球女性主義研究者的幾個重要研究標的；然而本書並不從此一西方女性主義研究進入，而是藉由此一主流性研究做爲本書研究視域所反思的視角，以做爲《聊齋誌異》文本中，蒲松齡書寫女性的對照性基礎。

就現當代學者的研究成果，以及其所開展出來的女性議題而言，在女性主義的範疇中，或從理論研究，或從理論挪借，或從社會實踐等進行相關女性議題的研究批判，其中如「女性寫作」理論，「亦是她們關注的範疇；她們主張建立書寫的獨特風格，即所謂的女性話語，區別於傳統男性的敘述書寫模式」。然而其將「女性寫作」理論，側重在女性話語，以區別於傳統男性的敘述書寫模式，此一論述觀點，大抵是學界討論的重點，仍以「去中心」的解構思想來顛覆父權中心。[21]然而這種一味地以二分法的對抗性，

---

19 陳雅書〈何謂「女性主義書寫」？黃碧雲《烈女圖》文本分析〉所言：「一作品中的女主角如果對其所處的環境、際遇有採取行動，進而使其得到新的身分認同或改變其命運，這樣的書寫就是女性主義書寫。」詳見范銘如主編《挑撥新趨勢——第二屆「中國女性書寫國際研討會」論文集》（臺北：臺灣學生書局，2003 年），頁 369。

20 洪淑苓：《民間文學的女性研究》，頁 1。

21 洪淑苓：《民間文學的女性研究》，頁 2。其他如伍寶珠在《書寫女性與女性書寫——八、九十年代香港女性小說研究》（臺北：大安出版社，2006 年），頁 1-2。其緒論中，論及女性主義批評流派雖有不同，但其目的則在：「是要解構傳統以男性為中心的父權文學，並重建一個以女性經驗為中心的文學環境，透過作品對男尊女卑的不平等現象作出刻畫與反思。」

是否真能展現中國傳統女性面對存在生命的自主、自覺，以及女性之美的價值性？因此，採取對抗方式是否能相對客觀展現女性主義批評理論之精神，實有值得反思之處。

此外，張靜二在《中外文學》的《女性主義文學專號》中，除了洞察「女性文學」與「女性主義文學」二者的差別外，更對何謂「女性主義文學」作品，有明確界說：

> 女性主義文學並不限於女性作家的作品或女性評論家的論述。只要是處理婦女在男權社會的困境、挫折以及奮鬥等，都是女性主義文學作品。……因此，則像古希臘的悲劇作家尤里皮底斯在《米底亞》等劇中刻意呈現女性的處境……以

伍寶珠即由此以探討八、九十年代香港女性小說研究。從其文中所歸納女性主義文學批評的要點之一。馬春花：《被縛與反抗——中國當代女性文學思潮論》（濟南：齊魯書社，2008 年），頁 318 論及：將男性特質為「女性氣質」賦予政治意義，提倡以女性軀體作為「女性寫作」和女性話語的源泉，試圖建構獨特的女性審美，找回女性失落的自我等等，都是男女差異論在女性文學中的具體表現。陸蓉之在《臺灣（當代）女性藝術史》（台北：藝術家出版社，2002 年），頁 218 也指出：以「否定」或「挑戰」對付男性的父權，未必證明或贏得女性自身或母權的提昇。書中道出所謂「陰性書寫」並不專指女性藝術家，而是指其繪畫語言（discourse）裡的陰性表達，其表達的內容包括：與自然的結合、個人情慾以及性別解放、表達他／她自己內心的思想感情、針對社會議題所提出的批判與省思。藝術家也可能在有意無間為了符合某種傳統的意識而以符合這種傳統慣用的繪畫語言來進行表達。（歷史形塑的結果）

　　　李汝珍與俞正燮兩人，他們雖然都是男性作家，卻因某些作
　　　品裡面呈現了女性主義的色彩，而成為女性主義作家。*22*

由上述所言明顯可見，張靜二所謂之「女性主義文學作品」，指「只
要是處理婦女在男權社會的困境、挫折以及奮鬥」等內容，而並不
限於女性作家的作品或女性評論家的論述。由此觀點對比言之，如
果作家即使是女性，但只要她不處理婦女問題，也只屬於女性作
家，「其作品當然歸諸婦女文學範疇，而不在女性主義文學之列。
女性主義批評理論的情況也相同」。其中張靜二所舉莎士比亞在〈威
尼斯商人〉等作品中，著力刻劃女性角色，而皆屬於女性主義文學
作品，其根據標準乃是男性作家處理婦女在男權社會的困境等。在
張靜二的「女性主義文學作品」定義中，認為作家並不一定是女性
或男性，只要作品中是以刻劃女性角色的處境，或處理女性在男權
社會中的困境等問題，就是屬於「女性主義文學作品」。此在羅婷
的《女性主義文學批評在西方與中國》書中，論及西蘇認為「寫作」
也是女性可以抵抗和顛覆男權中心的語言秩序的一個領域，女人應
該用自己的「軀體」來寫作，由此指出：

　　　「雙性同體」成為西蘇「女性書寫」理論中的重要內容，用
　　　來解構以男／女的二元對立為基礎的「雙性同體」的傳統話

──────────
22　張靜二：〈女權運動與女性主義文學〉，《中外文學》第 14 卷第 10 期（1986
　　年 3 月），頁 1-4。

語。西蘇認為，每個人生來都有男性和女性兩種觀念，……
而西蘇的「雙性同體」中兩性是多元的，複雜而多變。*23*

羅婷指出：首先，西蘇文中所提及的「雙性同體」，與傳統之論並
不相同，傳統的雙性同體觀以被閹割恐懼的象徵所扭曲，抹煞了兩
性之間的差異，是為了迎合「他者」的恐懼而建構的。其次，西蘇
還認為，並非所有的男女都有「雙性性」，女人具備了雙性的特徵，
但只有極少的男性才有「雙性」。由此更說出：「西蘇還認為，一
些男性作家，如莎士比亞、喬伊斯、卡夫卡的某些作品，也具備這
樣一種特性，其原因在於這些作品極具個性，並且顛覆了傳統文化
對兩性特徵的僵化界定。」*24*文中特別舉出莎士比亞、喬伊斯、卡
夫卡等的某些作品，是因為其作品能顛覆傳統文化對兩性特徵的僵
化界定，也有別於「傳統的雙性同體觀以被閹割恐懼的象徵所扭
曲，抹煞了兩性之間的差異」，最重要的是他們能體會出「雙性同
體」中的兩性是多元的，複雜而多變，因此受到西蘇「女性書寫」
理論的肯定。

　　就此一論點而言，在林樹明《女性主義文學批評在中國》一書
中，亦針對明清小說中之男權問題，提出反思，如其〈《金瓶梅詞
話》的男權傾向〉一文指出《金瓶梅詞話》是從男性中心視角表述
的故事，書中所表現的兩性生活，是一種男性中心主義的文學符

23　羅婷：《女性主義文學批評在西方與中國》（北京：中國社會科學出版社，
　　　2004 年），頁 126-127。
24　羅婷：《女性主義文學批評在西方與中國》，頁 127。

碼化，其中女子都是一些物化的奴才。[25]但是他在論述相關小說
之後，認爲：「歷史總是在進步著，男女平等的思想在清代的作品
中普遍地呈現出來。」由此特別論說：

> 蒲松齡的《聊齋誌異》以它超驗性的奇特方式表現了對女性
> 的謳歌。女性顯得那樣積極主動，富有活力，並沒有充當男
> 性的附屬物；相較之下，男人卻多是受封建禮教思想荼毒的
> 窩囊廢，往往只能依靠女人才得以生存。[26]

林樹明從女性主義文學批評的觀點批判《金瓶梅詞話》中之女性問
題，相較之下，卻對《聊齋誌異》女性的大力肯定，而並非一般女
性主義文學批評研究者認爲，《聊齋誌異》中的女性大抵依附於男
性而失落其主體[27]，或服膺於父權卻無自知。此一論點認爲《聊齋

25　林樹明：《女性主義文學批評在中國》（貴州：貴州人民出版社，1995
　　年），頁 244-266。〈《金瓶梅詞話》的男權傾向〉一文，雖然文中論及
　　《聊齋誌異》的兩性關係仍有商榷之處，但從他標舉性別價值向度來反思
　　《金瓶梅詞話》的男權傾向問題，並且肯定馮夢龍《三言》、凌濛初《二
　　拍》中對於某些男女平等相愛的故事，例如他從《九尾龜》透過男女主角
　　的結合，希望建立在兩性相互理解的基礎上來論述，這些論點實可提供本
　　書研究之參考。

26　林樹明：《女性主義文學批評在中國》，頁 265。

27　馬瑞芳〈《聊齋誌異》的男權話語和情愛烏托邦〉認爲：《聊齋誌異》的
　　愛情女主角經作者主觀意志過濾，以男權話語扭曲成「蒲松齡式」女性形
　　態；以男性需要爲中心，子嗣凌駕一切。馬瑞芳的論述精闢深刻，引起了
　　研究者的廣泛關注。見馬瑞芳：〈《聊齋誌異》的男權話語和情愛烏托邦〉，
　　《文史哲》2000 第 4 期（2004 年），頁 73。又如藍慧茹：〈從《聊齋誌

誌異》雖未標舉爲「女性主義文學作品」，但頗值得開展《聊齋誌異》之所以異於其他明淸小說的特殊風貌，亦可爲本書研究的參考。

　　故從女性主義文學批評的論述語境看來，「女性書寫」或「陰性書寫」，雖用以指涉西蘇所說那種特屬女性的書寫內容、性質以及其「書寫類型的隱喻」，但西蘇的「女性書寫」理論中，她也認爲，一些男性作家，如莎士比亞、喬伊斯、卡夫卡的某些作品，也具備「女性書寫」理論的特性，只是西蘇認爲「女性天性能容納差異，渴望交流與對話……女性的寫作就具有很大的包容性，可以吞沒和消解『菲勒斯中心主義』」，由此可知引用西蘇的「女性書寫」理論來寫作的「作者」，何以通常是「女性」爲多。若作者是「男性」，往往就要假擬女性的立場、觀點，而以「作品中的角色」，爲女性發聲。然筆者從上述紀元文、張靜二、羅婷、林樹明等論述中，認爲大抵可見其所指「女性主義文學作品」，並不僅限於女性作家的作品或女性評論家的論述。故就張靜二的定義看來，本書之研究對象，是蒲松齡的《聊齋誌異》，這是一本明淸小說，而且是一本男性書寫的文言小說，但書中所描述的女性處境與存在的反思，均能扣合張靜二之「女性主義文學作品」的界義。此乃本書定名爲「《聊齋誌異》的女性書寫」的立論基礎。

　　準此，蒲松齡雖是男性作者，但其在《聊齋誌異》中卻寫出百篇以女性爲篇名，多篇幅地處理女性處境，以及女性在男權社會

異》論蒲松齡的女性觀》（臺北：秀威資訊科技公司，2005 年），第五章〈卑微與偉大——女性的自我與價值審視〉，頁 148-149 指出女主角之所以主動現身、主導求歡的過程，蒲松齡眞正的用意不在展現女性的自主、領導，而是爲了讓女主角去滿足男主角的慾望。

的困境、挫折，以及奮鬥等女性之行爲表現的故事情節內容爲主題，來呈現女性在困境中能創造出新的價值。例如蒲松齡在〈嬰寧〉、〈阿寶〉、〈蓮香〉、〈巧娘〉、〈小二〉、〈青梅〉、〈鴉頭〉、〈封三娘〉、〈阿繡〉、〈霍女〉、〈黃英〉、〈晚霞〉、〈宦娘〉等篇中之女性，其對情感婚姻方面，大都能在不完全接受支配之下，或有著圓滿的情感生活，或選擇成全所愛者而離去。藉由書中「異史氏曰」之論，稱許小梅「死友而不忍忘，感恩而思所報，獨何人哉！狐乎！倘爾多財，吾爲爾宰。」[28]讚譽喬女「知己之感，許之以身，此烈男子之所爲也。彼女子何知，而奇偉如是？若遇九方皋，直牝視之矣。」[29]又稱細柳「不引嫌，不辭謗，卒使二子一貴一富，表表於世。此無論閨閫，當亦丈夫之錚錚者矣！」[30]這些女性書寫，都具有以女性主體意識來面對種種難題的現象，她們在情感的自我意識上，或婚姻的名份上，都呈現出在其女性之自主選擇與主體意識下，雖然擺脫了女附男的傳統觀念，且能表現其獨立興家能力，卻又能做到不逾越大傳統的規範。最可貴的是，文本中的這些女性面對情愛婚姻的表現，透過蒲松齡筆下的描述，大抵都能具有「即情顯禮」的實踐性特質，透過情與禮的辯證融合，呈顯其「情禮融合」之人生最高價值。

　　再者，「禮緣情制」一詞，乃本書之核心觀點與詮釋視角。因此針對「禮緣情制」一詞，在此必須先做詞義的界定與說明。其實

28　《聊齋誌異》，卷九〈小梅〉，頁1216。

29　《聊齋誌異》，卷九〈喬女〉，頁1286。

30　《聊齋誌異》，卷七〈細柳〉，頁1025。

「禮緣情制」一詞，乃出自《聊齋誌異》卷十〈素秋〉一文中，蒲松齡藉由書生俞慎所言：「禮緣情制，情之所在，異族何殊焉。」[31] 此雖原於小說主角心中的感知，卻也反映出蒲松齡對「禮」與「情」關係的反思見解。而此見解正是引發筆者思考「禮緣情制」的思想觀點與核心精神。藉由「禮緣情制」的前提來確立「情之所在，異族何殊焉」。若想要重新探索這些問題，就必須先界定蒲松齡所指之「禮」與「情」的內容爲何。他爲何要強調「禮」必須依循人「情」，才能獲得合情合禮的約束，或制定出合乎人性、人情的禮節制度。此若從「發乎情，止乎禮義」及「詩固自有其禮義也」二者以觀，同時又從《禮記》「禮義之經也，非從天降也，非從地出也，人情而已」、《史記》「觀三代損益，乃知緣人情而制禮，依人性而作儀」[32]的說法，可知禮義的本質還是人情、人性。[33]由此則「禮」將不致成爲僵化、虛僞的條文。藉由緣情的「禮制」，朗現人之眞情至性；若具有眞情至誠之心，異類亦與至情之人無異，以此打破人我、物我之間的種種障隔，也才能爲其彼此建立一個互動感通、化解障隔的超越依據。這也是蒲松齡在《聊齋誌異》中

---

31 《聊齋誌異》，卷十〈素秋〉，頁 1352。

32 〔漢〕鄭玄註、〔唐〕孔穎達疏：《禮記正義》（臺北：藝文印書館，1985年），卷五十六〈問喪〉，頁 948。〔漢〕司馬遷：《史記》（北京：中華書局，1997），卷二十三〈禮書〉第一，頁 1157。

33 〔宋〕陳暘《樂書》云：「蓋詩出於人情，禮緣人情而爲之節文，則興於詩者，未有不及於禮。故不失於禮，必失之無序，能無謬乎？」參見〔宋〕陳暘：《樂書》，《景印文淵閣四庫全書》（臺北：臺灣商務印書館，1986年），卷三十四，頁 221。此文雖是對詩與禮的關係，作一簡明的闡述，但其所言「禮緣人情」之意義，亦可作爲本書「禮緣情制」界義之參考。

標舉的超越性:「情之至者,鬼神可通。」[34]此乃其所要強調之至
眞、至善、至美之「情」的極致展現。這樣的展現即便是鬼神,亦
可在其至情精神中,取得其「感通」的一切可能。由此即能呈現出
《聊齋誌異》之「禮」的眞精神,並非世俗「綱常禮教」下的禮文
條規。

故從文化傳統情境看來,「禮緣情制」所要對治的,主要是晚
明社會文化之僵化、禮文流於形式空洞的問題,由此要爲「禮」找
到根源。如果當時是禮文虛而不實,情志僞而不眞,則「至情」、
「禮緣情制」便是作者的理想,表現之意圖。如此之「禮」才不會
成爲僵化、虛僞的條文。藉由緣情的「禮制」,朗現人之眞情至
性;若具有眞情至誠之心,異類亦與至情之人無異,以此打破人
我、物我之間的種種障隔,也才能爲彼此建立一個互動感通、化
解障隔的超越依據。可見「禮緣情制」之價值意涵,乃在落實下來
之「至情」精神的朗現,才能使至情不是成爲反抗僵化禮教的最高
思想武器,而是蒲松齡筆下的女性,在其「情」與「禮」的自主與
自覺中,朗現其「至情」精神。

此一精神正是蒲松齡提出「禮緣情制」的用心所在。然而在社
會文化的發展歷程之中,傳統文化逐漸走向「禮教」束縛的弊端,
導致虛情重禮,因而形成「禮教吃人」的倫常盲域。因此明末清初
文人面對此一時代性的問題,開始從反思「存天理,去人欲」之禮
教弊端中,提出「情禮」的安置問題,這正是蒲松齡提出「禮緣情
制」之情禮融合的理想所在。準此,本研究並不從「禮緣情制」的

---

[34] 《聊齋誌異》,卷十一〈香玉〉,頁1555。

普遍意義來看，而是將範圍限定在五倫中的「夫婦」議題上，並將「夫婦」議題擴大到探討《聊齋誌異》中「兩性關係」的問題，作爲檢視蒲松齡書寫「情禮兼得」之女性理想典型的核心價值。

二、相關研究成果

進行本書研究議題之前，對於歷來相關研究成果必先從事探討評述，以做爲本研究之問題視域與議題開展的前置性研究；且因歷來有關中國傳統文學在女性議題的研究甚夥，因此本研究在此相關研究成果的探析上，將僅限定在「明清時期之相關女性議題研究成果」與「《聊齋誌異》之相關女性議題研究成果」這兩個面向，進行研究成果的分析與說明。

（一）明清時期女性議題之研究成果概述

歷來研究明清婦女的經濟活動與社會地位，大抵以正史、方志之史料爲依據，這方面的成果，一般是以陳東原《中國婦女生活史》一書的觀點爲代表，其書論及貞節觀念，在明代特別的提倡：「變得非常狹義，差不多成了宗教。」[35]往往據此以論：明清婦女大抵是在社會壓抑，被禮教所規範的生活。其論點成爲 1980 年代以前，從事明清婦女史研究者普遍依循的看法。然而實際上，透過明清文人小說、筆記及文集中，對於婦女從事各種經濟、社會

---

[35] 陳東原：《中國婦女生活史》（臺北：臺灣商務印書館，1994 年），頁 241。

活動的記述與評論，已非只是「女主中饋，廣繼嗣」的刻板形象，也並未從禮教規範而失去活動力，反而呈現出明清婦女在文化歷史轉型所帶出的意義：不僅多功能參與社會，亦有著不同的活動面向等。*36*

　　目前學界已有多位學者力圖從文獻史料深入的反思及檢討，並提出各種不同的說法：例如林麗月在〈從性別發現傳統：明代婦女史研究的反思〉中指出：近二十年來（1985～2005）有關節婦烈女與貞節觀念，雖然仍是學者關注的焦點，其中卻能夠針對明清婦女之既有研究，所塑造出傳統貞節烈女形象，提出質疑，也引發學界的討論，林麗月借重李伯重的研究觀點：「影響今天婦女史研究深入發展的最重要因素，我認為是不少研究者具有一種特殊的心態。他們為了強調婦女史研究的特殊性，於是力求把這項研究封閉起來，成為一種僅限於『圈內』的事業，或者說少數人的專有

36　目前直接探討明清婦女的經濟活動研究者有，李伯重在〈從「夫妻並作」到「男耕女織」——明清江南農家婦女勞動問題探討之一〉一文中，利用明清江南地區的地方志書，根據其中關於男女從事耕織所得的相關記錄，導出婦女從事紡織類的收入並不亞於男性耕種所得。羅麗馨於〈明代紡織手工業中婦女勞動力之探討〉文中，則是從《古今圖書集成・閨節部》中關於婦女從事紡織的內容出發，分析其分佈地區，紡織型態、紡織收益等，指出明代婦女紡織分佈地區廣泛，由於原料取得便利的緣故，以棉紡織為主。除了從生產面向的討論之外，巫仁恕在《奢侈的女人——明清時期江南婦女的消費文化》一書中，則以明清婦女消費活動為主，針對江南婦女對於服飾、宗教活動、閒暇活動等的消費行為進行探討，這些觀點對於明清婦女生活和社會文化的研究，亦能呈現不同的意義。見黃繁光、黃麗卿、莊蕙綺：〈明清婦女的經濟活動與社會地位研讀會成果報告〉，《人文與社會科學簡訊》第 11 卷第 3 期（2010 年 6 月），頁 149-154。

領地。」（〈問題與希望：今天的中國婦女史研究〉）並對目前研究成果應該加強反省之處指出，有關現今婦女史研究多從外來理論（西方女性主義）出發去建構歷史，而忽略了史料的內容，以致不能眞實的呈現中國婦女史的多元面貌。

再者，有些研究者，過於強調婦女史的特殊性，往往受成見所限，以至於脫離社會文獻史料的現實意義，並以既定的文化思維爲論述框架，由此很難避免產生侷限性的論點。此外，研究者亦有從男權意識來觀照婦女形象，並以「認同」傳統角度，認爲傳統文學中的婦女書寫，終究只是一本爲父權言說之書，此一觀點的侷限，不言而喻。至於從西方女性主義之「先鋒意識」、「女強人」等視角，來標舉婦女的獨立能力，並放置在男女對比之詮釋話語中，進行有關婦女議題的論辯，此一論述容易流於意識形態的對抗模式。事實上，這樣的路線很難從史料文獻中看出，中國婦女在經濟活動與社會地位的價值意義。就此，林麗月指出目前相關研究成果，或從「禮教」與「規範」之外開發出議題，或從婦女的經濟活動漸受研究者注意，以及從事庶民婦女的論著增加等。本書認爲若從這些不同面向的研究成果出發，展開「明清婦女研究」議題的新視野，相信對於當前學界所積極建構的中國婦女史，一定有更具體的助益。

另外，林麗月有關明清婦女史研究成果的回顧：探討將近 20 年的明代婦女史和社會風尚，具有回顧性質的論文爲核心，除了對相關論文作一概略性的總結外，更希望給予研究者相關論文資料，並盼望能引發日後從事相關研究時的新見解。總括而言，從這兩篇論文中，可知由於五四以來對中國婦女史研究的傳統影

響，對於婦女貞節觀的討論仍爲學者的的焦點之一。但這時期對
於貞節觀的討論，側重何以貞節觀在明代被強化的原因。另一方
面關於庶民婦女的討論議題，在此一時期獲得不少注意，其中對
經濟活動的研究，更是以庶民婦女爲中心，除了針對其生產力的
探討外，巫仁恕也從消費面探討明清婦女的生活。針對情色意識
和情藝生活的討論，在此一階段也開始受到重視。鄭培凱認爲「情
貞」這一新的貞節觀，反映了明清社會存在兩種衝突的性意識。王
鴻泰則從名妓和文人的互動中，指出妓院成爲營造情感世界的場
域之一。明代婦女史有別於其他各代的特色，在於宮廷和宗室婦
女的研究較不受重視。但是，相對於陳東原受五四史觀影響下的
婦女史研究理路而言，近年來明代婦女史研究對「禮教」和「規範」
外另闢蹊徑的各種成果，是最值得肯定的。[37]然而關於明代婦女
和社會風氣的各種研究成果，研究者之間尚無顯著的交集。因
此，各研究成果對共同構築明代社會生活的互補性仍然不足，有待
後來研究者努力。

　　從明清文人小說、筆記及文集等文獻中，對於婦女從事各種
經濟、社會活動的記述與評價，來反省歷來所承繼「女主中饋，廣
繼嗣」的刻板形象，衣若蘭在《史學與性別：《明史・列女傳》與

---

[37]　林麗月：〈從性別發現傳統：明代婦女史研究的反思〉，《近代中國婦女
　　　史研究》第 13 期（2005 年 12 月），頁 1-23。林麗月，〈世變與秩序：
　　　明代社會風尚相關研究評述〉，《明代研究通訊》第 4 期（1996 年 12 月），
　　　頁 9-19。

明代女性史之建構》文中，亦提出反思。[38]

　　另有針對陳東原之觀點提出強烈反思者，以高彥頤所著《閨塾師──明末清初江南的才女文化》一書爲代表，其研究核心在於透過性別與歷史兩者的結合，試圖打破五四所建構的婦女史觀，不再單從社會壓抑、備受禮教束縛爲論述觀點，重新展現出明末清初的婦女在社會中所具備的生機與活力。[39]游鑑明在《中國婦女史讀本》導言中論及：「高彥頤的〈「空間」與「家」─論明末清初婦女的生活空間〉文中，也讓我們對傳統婦女的身體與空間關係，有不一樣的認識。傳統婦女向來被認爲是，『大門不出、二門不邁』，到了近代才有婦女從事旅遊活動，而高彥頤從明清閨秀的詩文，觀察到早在明清時期，就有閨秀經由旅遊及文學創作，擴大她們的活動空間。高彥頤特別以內外概念，分析婦女的生活空

38　衣若蘭：《史學與性別：《明史‧列女傳》與明代女性史之建構》（臺北：臺灣師範大學歷史研究所博士論文，2003 年），頁 8。探究作爲正史的《明史》一書，編纂者在寫作〈列女傳〉時，有別於前此各代的正史，在傳主的挑選以平民婦女爲主，且集中於有關節烈事蹟的描述。這種現象的出現，與明代文人對於女性傳記的撰述在數量上、種類上均有所增加關係密切。

39　高彥頤：〈丈夫與女中丈夫：女性角色的錯位與延伸〉中，主要探討明清之際的女性文人，爲了承擔家計，如同男性文人一般，外出巡遊教學，並藉由自身的才華，打入男性的社交網絡之中，女性得以在其中展現自我的能力，甚至取代丈夫的角色，成爲家中主要的經濟來源，成爲「女中丈夫」，扛起丈夫應負的家庭責任。全文圍繞在這些身爲才女的女性，其經濟生產與其階級、家庭的關係。作者透過相關的論證，試圖扭轉女性社會性別的邊緣角色和從中產生的負面文化意涵。該文收入氏著：《閨塾師──明末清初江南的才女文化》（南京：江蘇人民出版社，2005 年），頁 115-152。

間，她表示，儘管近代人認爲傳統社會，『內外有別』的性別理想限制婦女活動，但傳統時代的內外界限，並非絕對，從隨丈夫宦遊、與女伴出遊、外出謀生以及借書信臥遊的閨秀詩作中，高彥頤證實閨房不是婦女唯一的生活空間，也顛覆傳統婦女被禁錮在家的刻板說法。」[40]此外，胡曉眞在《蘭閨寶錄：晚明至盛清時的中國婦女》導論，亦指出陳東原其書雖具有典範地位，但其書觀點卻寫成一部中國婦女受摧殘的歷史……在清代達到有史以來最悲慘的景況。[41]胡曉眞認爲曼素恩其書是一項「改寫歷史」的工作，或說是改寫五四以來一部舊的「婦女受封建制度壓迫史」，重探明清兩代在社會／政治／經濟上的劇烈變化與性別關係的強烈的互動關係。[42]

至於庶民婦女方面，如衣若蘭所著《三姑六婆──明代婦女與社會的探索》一書，其重點在探討晚明世風的轉變與婦女的關係。由於以往的相關研究，多集中於探討男性在晚明社會變遷中所扮演的角色，或針對流氓無賴問題進行討論。忽略了女性在這些變遷中所產生的種種作用。對此，作者以三姑六婆這一特殊群體的女性爲主，進行分析，以探討晚明婦女的生活動態。其中有關文獻

---

40 鄧小南，王政，游鑑明主編：《中國婦女史讀本》（北京：北京大學出版社，2011 年），頁 III-IV。該書收錄高彥頤的〈「空間」與「家」─論明末清初婦女的生活空間〉一文。

41 曼素恩著，楊雅婷譯：《蘭閨寶錄：晚明至盛清時的中國婦女》（新店：左岸文化事業公司，2005 年），頁 5。

42 曼素恩著，楊雅婷譯：〈導論〉，《蘭閨寶錄：晚明至盛清時的中國婦女》，頁 7。

資料的分析研究，已闡明三姑六婆等婦女活動，及其在明代社會中的地位與功能，所展現的多元文化之社會現象。[43]

有關家庭史的相關論述，多以單篇論文或附屬於婦女史相關研究專著之下，如曼素恩《蘭閨寶錄：晚明至盛清時的中國婦女》一書[44]，針對晚明盛清這一時期的婦女生活進行討論，其以女性一生的經歷為主軸，將家庭地位分為「為人女」、「為人妻」和「為人母」三大人生階段，在這三大人生階段裡，婦女對於家庭事務的責任負擔、發言權等有顯著的差異。基於傳統中國講求孝道的緣故，為人母者對於家中諸事務的掌控權最高。

有關社會史的論述，包含當時的婦女日常生活、休閒活動等，如趙世瑜《狂歡與日常：明清以來的廟會與民間社會》一書，提到明清各地婦女參與宗教活動的情形，認為婦女得以透過宗教活動，擴大己身的社交空間。而對於這種情形，家族男性成員或是支持，或是抱持維護家風的立場而嚴詞反對。這種態度上的差異，與這些男性的社會背景息息相關。在其〈明清以來婦女的宗教

---

43 衣若蘭：《三姑六婆──明代婦女與社會的探索》（板橋：稻鄉出版社，2002 年）頁 89-137。即可見三姑六婆等婦女活動，同時其在這些變遷中所產生的種種作用及其在明代社會中的地位與功能，所展現的多元文化之社會現象。然而以往對於明清小說的研究，多從文本分析著手，較少將這類作品納入整個社會發展的脈絡中，加以探討。實際上，如《三言》、《二拍》、文人筆記這類作品，寫實而生動的描述明代庶民生活的實況，可補充正史記述之不足。

44 曼素恩著，楊雅婷譯：《蘭閨寶錄：晚明至盛清時的中國婦女》，頁 292-336。

活動、閒暇生活與女性亞文化〉[45]一文中，亦說出在傳統社會的「女主內」觀念下，明清以來女性未必緊守閨門，而有參與戶外社交、娛樂的行為。從清代關於整頓風俗的文告中，可以看出當時婦女所從事的這些活動往往伴隨著宗教活動同時進行，她們成功地透過宗教活動，擴大了社交空間。明清時代因女神崇拜的傳統、吸引女性信眾的需求、婦女本身的精神需求三項原因，造成民間信仰的女神數量眾多，加上婦女有生育子女的壓力，往往藉由宗教活動來緩解，因此，積極參與女神信仰類的宗教活動。

另外，有關明清情慾與刑罰的研究方面，如賴惠敏在〈情慾與刑罰─清前期犯姦案件的歷史解讀（1644～1795）〉文中，主要針對臺灣 20 世紀後半以來的婦女史研究，強調文人重視禮教的一面，從中研院藏出版與未出版之《明清檔案》、上海一檔館之〈清代內閣黃冊〉兩批清世祖到高宗間的內閣檔案，挑出關於「情姦」的六十幾件案例，分析案中夫、妻、姦夫的社會背景，重新進行討論，試圖找出社會上層與基層間的認知差距。作者將《大清律例》中有關「情姦」的條例簡約成 10 條，簡述相關案件後，進行量化分析，得出清代前期犯姦傾向多在基層社會，且屬家庭經濟略差或貧窮者，由於男方為謀生外出，或因門戶不牢等理由，致使姦夫得逞。姦案的女方中，有三十餘位、集中於十八世紀，在工作時遭到非禮與誘拐；有二十餘位犯姦謀財，部分本夫知情或

45　趙世瑜：〈明清以來婦女的宗教活動、閒暇生活與女性亞文化〉，《狂歡與日常：明清以來的廟會與民間生活》（北京：三聯書店，2002 年），頁 259-296。

要求妻子賣身，往往犯了「縱容妻妾犯姦」之罪，惟多發生在貧困家庭；至如丈夫外出以致妻子無法過活、或寡婦爲生活賣身，案例雖少，卻仍有之。不僅如此，家中乏財而嫁賣婦女者頗多，聘娶所費不貲，也令僱工無力娶妻。社會上層與基層的環境懸殊，展現在庶民階層的婚姻現象，也就未必雷同於上層士人的婚姻。因此，賴惠敏整理案件後，發現婦女改嫁、童養媳、招贅、養老女婿、收養子、私生子也就不在少數。[46]

有關區域經濟史的論述，大部分研究所涉及的地區，是以江南和山東地區爲主，從相關研究的內容而言，經濟活動的焦點，集中在如何取得金錢和消費行爲兩部分。如李伯重〈從「夫妻並作」到「男耕女織」——明清江南婦女勞動問題探討之一〉[47]、〈從「男耕女織」到「半邊天」——明清江南婦女勞動問題探討之二〉[48]，探討農家婦女在明清時期的經濟發展中，由協助農耕的配角，透過從事紡織活動，轉而成爲家庭經濟來源之一的角色。總而言之，明代江南農家的經濟分工模式雖早已存在，但在明代中、後期後，農家婦女才逐漸脫離農作而專營育蠶和棉紡織業。直到清代中期，以「男耕女織」爲典型的性別分工才得到充分發展。巫仁

---

46 賴惠敏：〈情慾與刑罰——清前期犯姦案件的歷史解讀（1644～1795）〉，《但問旗民：清代的法律與社會》（臺北：五南圖書出版公司，2007 年），頁 311-412。

47 李伯重：〈從「夫妻並作」到「男耕女織」——明清江南婦女勞動問題探討之一〉，《中國經濟史研究》1996 年第 3 期（1996 年），頁 99-107。

48 李伯重：〈從「男耕女織」到「半邊天」——明清江南婦女勞動問題探討之二〉，《中國經濟史研究》1997 年第 3 期（1997 年），頁 10-22。

恕《奢侈的女人》[49]一書中，針對明清婦女的消費行為，指出明清
婦女因經營農副業和家庭手工業的緣故，在補貼家用之餘，也有
能力從事較為奢侈的消費。雖然從現存史料中無法估算家庭收支
的比例，不過農民家庭亦有針對娛樂、服飾、零食等的消費支
出。

　　陳瑛珣在其書第二章〈明清契約文書中的婦女角色〉中，從明
清婦女的入契及其地域性差別比較，論述其參加「經濟活動」情況
比之前代有更進步的發展。[50]第三章更針對其契約中的女性業主
買賣往來狀況，說明女性之謀生方式。其中寫到「女性的私房錢：
另類社會金融活動」、「經濟性合會：女性起會聚資」等，說明當
時某些婦女藉由紡織所得，購買田地，從事借貸業的過程。[51]其經
濟活動絕非單以紡織業為重心，活動範圍也非侷限於家庭裡面，
當家中的男性親屬亡歿或長期外出，婦女為了解決家中的生活開
支，不得不一肩扛起養家的責任。如何賺取金錢來支付生活所
需，則成為一大問題。因此，這些婦女以營利為目的而展開的各
種經濟行為，更可說明她們已走向多元化的活動途徑。然而值得
注意的是，我們從蒲松齡透過書寫這些女子參與經濟活動之行為

---

49 巫仁恕：《奢侈的女人——明清時期江南婦女的消費文化》（臺北：三民
　　書局，2005 年），第二章〈婦女的奢侈消費〉、第三章〈妓女與奢侈消
　　費〉，頁 31-88。

50 陳瑛珣：《明清契約文書中的婦女經濟活動》，（臺北：臺明文化，2001
　　年），頁 89-96。

51 陳瑛珣：《明清契約文書中的婦女經濟活動》，頁 273-305。

看來，他在書寫小說中之女性經濟活動時，背後似乎有一個「情」與「禮」如何安頓的創作預設，以及情禮兼得的理想性關懷。

　　此外，有關女性形象轉變研究方面，如巫仁恕在〈「妖婦」乎？「女仙」乎？：論唐賽兒在明清時期的形象轉變〉文中論及[52]，針對明初山東的唐賽兒之亂，有關官司文集的記載差異進行分析。以官方記載的史冊而言，可以實錄、山東方志和《明史》爲代表，對唐賽兒的形象描述爲施行妖法的「妖婦」，透過各種法術迷惑百姓，進而引發叛亂。值得討論的爲私人書寫中的形象改變。在明中葉以後，私人著作對於唐賽兒的描寫，可分爲兩類。一類與官方文獻相同，均指稱其爲「妖婦」，對於其事蹟的撰寫也相當簡略。但對朱棣於亂平後的處理方針，則有所抨擊。另一類則對於唐賽兒的生平事蹟加以詳述，甚至針對其神通，加以渲染，這一類作品以野史筆記和通俗小說爲主。最早是祝允明的《野記》，書中說明唐賽兒法術的由來、亂平之後行蹤成謎等內容。明中葉之後的作品大致承襲此脈絡，不過對於唐賽兒的形象由「妖婦」轉爲「淫婦」的論述，在書中增加情色情節的內容，並指稱其因淫而敗，達到懲戒反叛的效果。

　　但到了明清之交，由於國族淪喪的背景，使得當時的知識分子透過唐賽兒之亂的描寫，寓心志於其中。因此，一方面批評朱棣對於亂平後的處置失當，甚至是其得位不正的事蹟也加以抨擊。

---

[52]　巫仁恕：〈「妖婦」乎？「女仙」乎？：論唐賽兒在明清時期的形象轉變〉，呂芳上編：《無聲之聲（Ⅰ）：近代中國的婦女與國家（1600-1950）》（臺北：中央研究院近代史研究所，2003 年），頁 1-37。

另一方面則不再強調唐賽兒妖威淫亂的部分，轉而將其塑造成於政府施政不當，起而反抗的英雄角色。而呂熊的《女仙外史》一書，情節類似於《封神榜》，將唐賽兒與朱棣之間的鬥爭描述爲仙魔鬥法，全書的善惡與正邪對立觀，完全不同於明代官書，擴大朱棣得位不正一事，將唐賽兒塑造爲替天行道的角色。各種形象的轉變，實與明清時期的社會轉變息息相關，但作者對此著墨不多，或可多加延伸。

　　在明清文學研究方面，如胡曉眞在〈文學與性別──明清時代婦女文學〉[53]文中指出，明、清婦女文學形成一個重要的研究領域，是近二十年的事，其成果也已成功改寫或至少挑戰了文學史內容，並對現今研究成果提出省思。本文著重在討論明清時期出自婦女之手的彈詞小說，藉由剖析婦女在這一文學形式中應有的定位，也同時考慮此一文類的發展，與清代尤其是明清之際的歷史、社會、文化的互動關係，以及其中所呈獻的婦女生活面貌。作者在文中所揭示的論點，清代彈詞小說的女性撰寫者，透過此一文體記述其與女性親屬、友人的社交活動，從中延伸出明末清初盛行於江南社會的才女文化。然而文中均以婦女文學、才女文化的角度加以討論，並試圖以文本重建當時女性文人的生活面貌，而忽略其形成此一現象的社會環境和背景。加上作者僅以明末清初的數部女性作品，而欲涵蓋整個明清時期，自然不足以代表整個明清社會，加上鼎革之際所帶來的環境變動，對於當時男

---

[53]　胡曉眞：〈文學與性別──明清時代婦女文學〉，《中國史新論：性別史分冊》（臺北：中央研究院、聯經出版事業公司，2009 年），頁 333-375。

女文人產生的影響也著墨不深，因此本文雖對彈詞文學對中國女性文學的重要性有所探討，但相對而言，整體社會感不足為其缺失。

又如吳秀華在《明末清初小說戲曲中的女性形象研究》一書，指出在明、清社會文化發展脈絡中，除了可見文學作品中出現對「情」、「情欲」、「情性」、「情教說」等議題的大量關注外，亦常出現以「欲」代「情」之問題，文本中詠「情」之句甚多。[54] 又其從女性形象與主體意識之表現中，主要從觀念層面、人性層面與價值層面及原因分析等來討論，從而指出明末清初現實生活的巨大變化，哲學思想界的背離傳統，深刻影響了彼時的小說戲曲家。在小說戲曲中，標舉女性才華，已成為重要時尚。另外，哲學思想界的背離傳統，也使得男尊女卑的傳統觀念在許多人的心目中被不同程度地動搖。人們不再一味肯定「以順為正的妾婦之道」，而是歌頌女性的叛逆行為。[55] 其某些說法雖有值得參考之處，但其所言「明末清初哲學思想界的背離傳統」、以及「歌頌女性的叛逆行為」等論點，則有待深入釐清。此外在其書第四章〈明末清初小說家的教化心理與女性形象模式〉中，其書寫小說家的教

---

54 吳秀華：《明末清初小說戲曲中的女性形象研究》（南京：江蘇古籍出版社，2002 年），第六章〈明末清初小說戲曲家創作心理與女性形象模式〉，頁 175。

55 吳秀華：《明末清初小說戲曲中的女性形象研究》，第二章〈明末清初戲曲中女性形象主體意識之表現〉，頁 36-37 指出：「明末清初現實生活的巨大變化，哲學思想界的背離傳統，……以及歌頌女性的叛逆行為」等論點皆有待深入釐清。

化心理是關注夫婦關係的結果，由此塑造出倫理型女性形象、悍妒型女性形象、淫惡型女性形象等三種類型，但並未區分何者是作者塑造的理想典型，何者是作者要批判之女性形象，這些雖都有待深入討論，卻仍可提供本書之論述參考。

另外，晚明名妓文化研究方面，如柳素平《晚明名妓文化研究》一書所言：本書欲效法武舟《中國妓女生活史》和劉師古《妓家風月》（兩書詳於後論）的方法，從「傳統女性文化史」的角度，將名妓們被病態的風塵生活所掩埋的才情氣韻給挖掘出來，還原她們對於傳統文學藝術、對於中國名妓文化，乃至於女性文化的貢獻，意在以晚明名妓「靈點慧思以為主體構架的形質層面，描繪纖弱的女性所體現為堅忍不拔的生存領域」。這本書中所揭示的名妓，從她們自我的視角，看她們的挫折、歡樂和抱負，展示高雅、脫俗、風光、智慧、才華、個性、獨立的一面，跳脫傳統的窠臼，這需要直接面對挑戰的勇氣。[56]值得注意的是，到了晚明，名妓地位有重要的改變：名妓從被鄙視的妓女身份，上升到才女文化的地位，處於出色女性文化生活的中心，得到了士人和家庭知識女性的共同欣賞。這是名妓文化在晚明達到鼎盛的一個重要體現，[57]這些研究值得本書之參考。

此外，在古典小說中的類型方面，如林保淳在《古典小說中的類型人物》一書緒論中所言：「如就總體而言，則除了『俠客』屬

---

[56] 柳素平：《晚明名妓文化研究》（湖北：武漢大學出版社：2008 年），頁 5-6。

[57] 柳素平：《晚明名妓文化研究》，頁 244。

於男性外，其他五類均屬女性，共同組構了傳統文化的『女性論述』(透過文化發聲)，儘管在這些女性中，可能還必須加入妓女、婢女、后妃、宮女、妻妾、母女等，才可能形成一種完整的體系；但就此六類十四種(三姑六婆合為九種)而言，亦足以達到振葉尋根、觀瀾索源的成效，尤其是三姑六婆和女將，向來備受學者忽略，針對此加以討論，將進一步對傳統的女性論述，有補裨之功。」[58]又於其書第一章〈巾幗戰陣議招親—古典小說中的女將〉中認為：「『陣前招親』情節的出現，扭轉了《三國》、《水滸》漠視女性的描繪手法，可以視為女性意識的再度抬頭。」[59]文中指出這些女將之地位，與《水滸傳》中女性卑微而可憐的地位，已有極大轉變，此皆可提供本書探究參考。

綜上所述，有關「明清時期之女性議題研究成果」所呈現之研究領域，極為多元與豐碩，其中以社會經濟史料方面的概述較多，這些社會史的研究成果，本書並不做客觀現實性的印證，僅將之做為探討蒲松齡在書寫《聊齋誌異》中反映某些明清社會現實之佐證參考，藉此期能做為批判政治、社會、人倫、世情等研究成果的說明。

---

58 林保淳：《古典小說中的類型人物》(臺北：里仁書局：2003 年)，頁 13。

59 林保淳：《古典小說中的類型人物》，第一章〈巾幗戰陣議招親——古典小說中的女將〉，頁 56-57：「在唐人小說中，女性地位是非常顯著的，如李娃、鶯鶯、霍小玉、聶隱娘、紅線之流，皆是文人筆下鍾愛的對象。《三國》、《水滸》的出現，女性地位顯著降低，在『陣前招親』小說中，又有提高的趨勢。其原因何在？相信是值得進一步探討的。請參考本書討論『女俠』的章節。」

　　值得關注的是，這些女性議題研究成果，其所面對「情」與「禮」對立的時代性與傳統性問題，直至近代學術界仍持續展開相關的討論，此從張壽安在《情欲明清——達情篇》序中所云：「觀察十七世紀以降的文化走向，將之分爲兩大流派，一是情欲論述，一是禮教反省。」[60]即可看出「情」與「禮」的對立與融合問題，仍有待釐清，而這正是本書要探討蒲松齡在《聊齋誌異》中何以藉由書寫女性，來表現其對當時「情」與「禮」的對立與融合問題的反思，由此也能將其歷史處境與存在感受之創作意圖呈現出來。

（二）《聊齋誌異》女性議題之研究成果概述

　　《聊齋誌異》之研究發展至今，已呈現多元的研究成果，然而從近代學者研究編撰中國小說史發展脈絡中，卻將《聊齋誌異》擺在《神怪小說史》、《筆記小說史》範疇，在《世情小說史》[61]中卻未提及，儘管有關《聊齋誌異》描寫普通男女的生活瑣事、飲食大欲、戀愛婚姻、家庭人倫關係、家庭或家族興衰史、社會各階層眾生相等爲主，以反映社會現實（所謂「世相」）等文本已備受肯定；其中又有從蒲松齡的「孤憤」之作，以論述其批判政治、社會、人倫、世情等研究成果，呈現出關懷社會、世俗人情、生命本眞等特色，此在筆者所著《《聊齋誌異》形變研究》一書已提出

60　張壽安：〈我欲立情教，教誨諸眾生——跨越時空論「達情」〉（序言），張壽安、熊秉真合編：《情欲明清——達情篇》（臺北：麥田出版社，2004年），頁10。

61　向楷：《世情小說史》（杭州：浙江古籍出版社，1998年）。

論述。[62]在撰寫此書過程中，雖然已發現有關《聊齋誌異》最精采、最深刻的是，書寫多篇女性在面對處境，所展現出「主體意識」、「情意生命」、「禮緣情制」等女性議題，然而受限論文主題與篇幅等因素，並未將《聊齋誌異》中關注女性生命存在價值，以及面對情愛婚姻的抉擇等問題，深入探討。因此，對這些課題的深入探究，是引發筆者撰寫此書之動力所在。

有關《聊齋誌異》對女性處境的關注問題，張俊在《清代小說史》論及《聊齋誌異》的思想意蘊時，除了批判官場的黑暗以及揭露吏治腐敗外，更側重在「謳歌男女情事，寄託人生理想」方面的探究。由此說出：「《聊齋誌異》中以愛情婚姻為題材和涉及婦女問題的作品，約占全書的四分之一。許多故事寫得淋漓酣暢，動人心魄，構成書中最精彩的部分，這也是本書長期以來受到讀者喜愛的主要原因。」[63]

當前認為《聊齋誌異》是鬼狐史，也是世情書的相關研究，已有許多人討論，如常金蓮從《金瓶梅》到《聊齋誌異》談世情與狐鬼，[64]舉出《聊齋誌異》受到《金瓶梅》一書影響之篇章已有不少：首先，在女性方面，如潘金蓮之悍妒、惡毒無人出其左右，《聊齋誌異》中之悍妒婦女更是肆無忌憚、變本加厲，所謂「懼內天下之病也」，這些女性議題實有反思之意義。其次，對官場政治的暴露是《金瓶梅》與《聊齋誌異》主要內容之一，二書揭舉世情之惡，

62　黃麗卿：《《聊齋誌異》形變研究》，第一章〈緒論〉，頁 7-26。

63　張俊：《清代小說史》（杭州：浙江古籍出版社，1997 年），頁 207-210

64　常金蓮：〈世情與狐鬼──從《金瓶梅》到《聊齋誌異》〉，《蒲松齡研究》2002 年第 4 期（2002 年），頁 46-56。

如科舉、官場等。另則，《聊齋誌異》對人情冷暖世態炎涼更甚於《金瓶梅》，二書關懷世情的創作傾向，一脈相承。但《聊齋誌異》在小說史的主題學發展中，仍歸於《神怪小說史》、《筆記小說史》範疇，而其關注世情之主題在《世情小說史》卻隻字未提，由此可見《聊齋誌異》書寫女性等議題，仍值得深入探討。茲將有關《聊齋誌異》與本書研究主題相關之參考文獻概述如下：

在《聊齋誌異》悍妒婦女書寫方面：如陳葆文〈《聊齋誌異》悍妒婦女類型〉一文，即以悍婦類型作一整理探討，文中指出：故對於這一類悍妒類型的婦女，不論其屬於妒婦而悍者、或悍婦而妒者，蒲松齡寫出其可理解進而可諒解之處。不獨賦予這些負面性質之婦女理直氣壯成群出現之理由，更為古典小說－尤其是傳奇體之小說－創造了一批怒色鮮活的反派角色，為小說人物類型之發展史上，開發了一個嶄新的視窗。「悍妒婦女」類型所展現的，是蒲松齡敏銳的社會觀察視角、多元的敘事藝術表現，以及小說人物史上不容忽視的里程碑意義。[65]

又如陳翠英〈《聊齋誌異》悍妒書寫的複調話語及其性別意涵〉一文，首先指出清代文言小說經典《聊齋誌異》不僅探奇誌異、出真入幻，也網羅世情、貼近凡俗，開展精到的人生觀照。全書近三分之一篇幅攸關婚戀主題，除了形塑傳統恪守婦德婦功的女性典型，此外對女性悍妒現象亦關注甚深。其次，她認為蒲松齡從教化層面著手，展現於《聊齋誌異》中的悍妒之婦因此若非遭受嚴

---

[65] 陳葆文：〈《聊齋誌異》悍妒婦女類型研究〉，《淡江中文學報》第 17 期（2007 年 12 月），頁 254-255。

懲，則必然得走上回歸傳統的道路，轉化悍戾之氣，或後悔憬悟或革面洗心，最後認同父權、建構符合傳統機制的自我，並無變革的可能。然而就在這些動態辯證過程中，其所揭現的人性消息，實又逾越作者的預設而游移往復多聲齊鳴。[66]

在《聊齋誌異》母親的書寫方面：如陳葆文〈《聊齋誌異》母親人物類型敘事析論〉一文，羅列出《聊齋誌異》各篇中，有關母親的各項內容，用力甚深，該論文所提到之論點，可提供本書女性書寫之探究時參考。例如其在《聊齋誌異》書寫「母親」角色的論述上，一方面親生母親往往無能為力，另一方面卻總與男主角岳母對男主角的態度發生關聯，體現了蒲松齡思考這些問題，所投射出濃厚的命定色彩與他視為家族使命的焦慮。此外，陳葆文論及「母親」或許不是小說女主角的當然人選，但她卻不輕易於敘事中缺席；為了發揮「母親」人物的最大功能，她或許會喪失自己身份的主體性，然她卻在關鍵時刻，發揮其守護、牽掛與溝通的軟性力量，絕不容忽視。這類人物所呈現之敘事特色，正體現了蒲松齡對怪異敘事與常態思維的有機融合。[67]文中對於母親形象，已能全面將各個故事中的母親角色，依照「故事情節類型」進行分析，這些研究成果皆可供本文做為論述分析的參考。

此外，陳翠英在〈《聊齋誌異》夫婦情意的多重形塑〉一文，對於文本分析用力很深，又提出值得深思的許多問題意識，這些

66　陳翠英：〈《聊齋誌異》悍妒書寫的複調話語及其性別意蘊〉，《臺大文史哲學報》第 76 期（2012 年 5 月），頁 222。

67　陳葆文：〈《聊齋誌異》母親人物類型敘事析論〉，臺師大主辦：「2009 敘事文學與文化國際學術研討會論文集」，2009 年 11 月，頁 28-29。

對本書之研究實有所啟發，可作為多向論述之參考依據：第一，其論述《聊齋誌異》確以豐富的篇章多方展現夫婦情緣、婚姻情境。夫妻結緣的條件為何？社會如何規範及形塑？從戀情走入家庭，夫妻在人倫網絡中的定位如何？如何看待彼此？特別是女性，身兼人女、人妻、人媳、人母的多重角色，如何安頓自我？在流變不居的生命情境中，彼此又如何承諾與信守夫妻情義？第二，作者指出近代學者所提「《聊齋誌異》的婚姻世界是各種婚姻形態在同一時代的相互糾結複合重疊的多元再現」等相關詮釋，諸說並陳。正如艾梅蘭指出「明清小說蘊涵兩種潛在對立的意識型態立場之間所形成的張力」。因此，《聊齋誌異》文本同樣屢現辯詰與游移。復因當代價值的融攝，如今我們可以拓展重層多向的觀照視野。[68]以上觀點皆可提供本書與明清社會進行對照研究的參考。

在此一相關論題上，筆者先後在民國 99 年度研究計畫案：〈明清之際女性經濟活動的價值意涵——以《聊齋誌異》及明清短篇小說為探討核心〉、102 年度研究計畫案：〈從「禮緣情制」——論《聊齋誌異》中女性的至情〉，以及拙作〈從女性「經濟活動」論「賢妻良母」之意涵轉型——以晚明清初小說為例〉、〈從「禮緣情制」論《聊齋誌異》中的女性美〉、〈論蒲松齡「情禮觀」之意涵——以《聊齋誌異》「異史氏曰」為探討核心〉等相關論文，展開衍伸性研究。從上述研究透過《聊齋誌異》女性的生命選擇，

---

[68] 陳翠英：〈《聊齋誌異》夫婦情義的多重形塑〉，《臺大中文學報》第 29 期（2008 年 12 月），頁 271。其文中之論點，可作為本書探究之參考。

看出她們在家庭與社會生活中，實際朗現的價值意涵。從中更可看出《聊齋誌異》女性之自覺精神，她們除了保有傳統德性我的主體精神之外，更能自覺反思社會既定規範等。其中有關女性面對傳統德性精神、禮教閨訓等衝突時，這些女性是如何選擇與兼顧？

至於「至情」論題的探究方面，筆者在〈從「三教同源」論蒲松齡「至情感通」思想〉一文中，雖然已就明清之際對「至情感通」思想加以關注，指出蒲松齡對「三教同源」之真心、以及「至情」之感通等問題的反思；也從《聊齋誌異》人物之「至情感通」精神，來探討蒲松齡體現「三教同源」之真心、至情的思想意涵與時代意識。[69]但其中值得探究的是，有關《聊齋誌異》報恩文本甚多，報恩之情與人倫至親之禮如何取得平衡呢？其中至情以報知己之「即情顯理」者，如：〈喬女〉一文中之寡婦喬女死後靈魂附身的堅持「不事二夫」，以及一生「至情以報知己」的表現精神，已實現出「即情顯理」的感通價值。

可見《聊齋誌異》女性議題在當代雖已成眾所矚目之課題，而此課題或受到女性主義所左右，例如：「《聊齋誌異》在中國文學史當中被看作是明清文言小說的集大成者，而且被譽為精神啟蒙和婦女解放的先鋒。」[70]又如王春玲在〈近年來《聊齋誌異》研究綜述〉一文中言：近年來，《聊齋誌異》研究更加活躍。在《聊齋

---

69 黃麗卿：〈從「三教同源」論蒲松齡「至情感通」思想〉，《宗教哲學季刊》第 62 期（2012 年 12 月），頁 57-70。

70 徐艷蕊：〈從《聊齋誌異》的性別話語質疑傳統文學經典的合法性〉《河北學刊》2005 年第 4 期（2005 年 7 月），頁 163。

誌異》的思想內容、創作動機、比較研究等方面都取得了豐碩成果，為人們準確理解和深入把握《聊齋誌異》提供了新的視野與角度。[71]目前有關《聊齋誌異》女性的研究則出現頗具爭議之論述，大抵有下列三種說法：

其一，是受到女性主義所左右，如周小雨在〈《聊齋誌異》中的女性經濟獨立意識〉指出：「《聊齋誌異》在中國文學史當中被看作是明清文言小說的集大成者，而且被譽為精神啓蒙和婦女解放的先鋒。」又從棄置男尊女卑、顛覆男耕女織、提倡男女平等，以論〈小二〉、〈黃英〉等所表現已經不是長期處於男性霸權社會中被奴化和異化的中規中矩的受制約控制的女性，而是具備了衝破這個長期罩在女性身上的封建樊籠，擺脫附庸男性的自卑境地──經濟獨立，成了有人格尊嚴的獨立女性。[72]

其二，是服膺父權觀點，理想女性形象的塑造方面，例如：馬瑞芳的〈《聊齋誌異》的男權話語與情愛烏托邦〉，她認為：《聊齋志異》的愛情女主角經作者主觀意志過濾，以男權話語扭曲成「蒲松齡式」女性形態；以男性需要為中心，子嗣凌駕一切。馬瑞

71　王春玲：〈近年來《聊齋誌異》研究綜述〉《滄桑》2007 年 2 期（2007
　　年），頁 178-179。王文指出：許多研究者對《聊齋誌異》的女性主義進
　　行廣泛而深入的研究，清算其中的男權意識。這方面的研究者有趙章超、
　　何天杰、譚本龍、尚繼武、高芸等。趙章超的〈試論《聊齋誌異》的女性
　　主義色彩〉認為：在《聊齋誌異》中，出現了一個女性自我世界，它消解
　　了夫權制度，豐富了傳統文學中女性單一、病態的性格特點，也解構了封
　　建知識分子躊躇滿志，不可一世的文學神話，塑造了一系列復仇女性形象。

72　周小雨：〈《聊齋誌異》中的女性經濟獨立意識〉，《陝西師範大學繼續
　　教育學報》第 23 卷第 S1 期（2006 年 11 月），頁 108。

芳的論述精闢深刻，引起了研究者的廣泛關注。[73]又侯學智認爲
《聊齋誌異》中的理想女性形象其實是作者內心欲求和企盼的產
物，其角色定位及其功能價值是從男性社會的規定性和男性的利
用、需要爲出發點的，反映出男權社會「女爲男用」的角色價值意
識，折射了中國傳統社會的男權文化心理。這些理想女性在家庭
範圍內都能嚴守封建社會婦女做人的規範，盡其職分，顯示出「以
丈夫爲重」、「以家庭爲重」、以「禮」爲重的賢德。她們存在的
價值就在於擔當家庭重任，無私奉獻於男性，盡到爲人妻、爲人
母、爲人婦的責任。這完全是將女性的利用價值寄托於女性形象
的結果。蒲松齡正是通過這種形象塑造，完成了他對主流文化語
境中「賢妻良母」的企盼。[74]

　　其三，則兼容二說，可參閱陳翠英在〈《聊齋誌異》夫婦情義
的多重形塑〉一文之論點[75]，並參考筆者〈《聊齋志異》中的女性
主體意識〉、〈從「情意生命」談《聊齋誌異》的女性自主 〉等。

　　上述爭議之看法中，有關服膺父權觀點，理想女性形象的塑
造方面，其論及「這些理想女性在家庭範圍內都能嚴守封建社會婦
女做人的規範」，則有待深入探究。有關「理想女性形象」到底要
呈現何種眞正意涵？是否就如同馬瑞芳所論述：「以男權話語扭曲
成蒲松齡式女性形態；以男性需要爲中心，子嗣凌駕一切。」或認

73　馬瑞芳：〈《聊齋誌異》的男權話語和情愛烏托邦〉，頁 73。

74　侯學智：〈《聊齋誌異》理想女性的角色定位及其價值功能期待〉，《濰
　　坊學院學報》第 7 卷第 3 期（2007 年 5 月），頁 26-29。

75　陳翠英：〈《聊齋誌異》夫婦情義的多重形塑〉，《臺大中文學報》第
　　29 期（2008 年 12 月），頁 271。

定是要嚴守傳統女教規範來談她們盡其職分，顯示出以丈夫、家庭以及以「禮」為重的賢德，或進而認定無私的犧牲奉獻，盡到為人妻、為人母、為人婦的責任，就認為蒲松齡正是通過這種形象塑造，要完成他對主流文化語境中「賢妻良母」的企盼。這些觀點皆有深思之必要。

明清之際的禮教由於政權改換的緣故，由明中葉的日漸開放走向緊縮，尤其是清初統治者為便於統治的需求，開始塑造貞節烈女、賢妻孝婦等傳統禮教下的模範婦女，這可從林麗月、衣若蘭等人的論文一窺究竟。反映在小說文學上，呈現出融合傳統禮教與社會期望的內容，本書將透過上述小說中女性「至情」生命之探討，將就其行為表現，以及行為動機等進行分析。現今研究者在論述傳統「女性至情」觀時，多從「女教書」著手，分析出的女性形象逐與「三從四德」關係密切，但是反觀《聊齋誌異》小說中女性的至情，其表現並非墨守現實禮文條規形式，也並非對抗傳統禮教之真精神，而是能實現「禮緣情制」之價值意涵。

從研究者之成果中，大抵可見「理想女性形象」之真正意涵，已有別於如陳東原《中國婦女生活史》一書所論述：明、清婦女大抵是在社會壓抑，被禮教所規範的生活的觀點。因為從史料中明顯表現出當時婦女並未因禮教規範而失去活動力，反而呈現出明清婦女在文化歷史轉型所帶出的意義，她們不僅多參與社會，也有不同的活動面向等。這些女性已呈顯出豐富多元的生命意涵。此外，錢南秀在〈「列女」與「賢媛」：中國婦女傳記書寫的兩種傳統〉論述：婦女史書寫涉及傳統中國社會、政治、歷史文化各方面。從多重角度研究婦女生活，以豐富中國歷史的總體研究，因而

建立於性別基礎上的歷史與文化分析，亦可深化我們對中國婦女史的認識。文中指出：「賢」在明以前所撰《列女傳》中，常指婦女以才德顧問政事、輔佐父兄諸子。《清史稿》中縮小爲處理家事。《清史稿・列女傳序》中提到絕大多數死於保護貞操。[76]清楚對比出明清女性在家庭與社會生活中，並非只縮小爲處理家事，或是執守「三從四德」而已，其中亦能反思貞節烈婦之問題，而朗現其多元價值意涵。

又如孫康宜在〈論女子才德觀〉文中論及：「明清之際乃歷史變革的關鍵，詩媛輩出，史無前例，看待才德兩極的角度從而多樣翻新。」[77]至清中葉才德之爭雖已甚囂塵上，但此一問題乃晚明婦教的爭議焦點。並由此指出其有趣之處：晚明才伎紛紛以「婦德」自期之際，大家閨秀卻汲汲自許爲「才女」。魏愛蓮早已指出文才與家務的新結合可見諸此時的世學家女。[78]從孫康宜文中引用魏愛蓮所指出「文才與家務的新結合可見諸此時的世學家女」的論點，並認爲此論點極爲重要，此皆可提供本書之探究參考。因爲在《聊齋誌異》女性中，亦大抵都能表現出文才與家務的新結合，其所謂「新結合」是否亦隱含著「情禮融合」之意涵，以此回應時代社會的變動，因而有其創新的價值觀，這是值得深入探究

76　錢南秀：〈「列女」與「賢媛」：中國婦女傳記書寫的兩種傳統〉，《重讀中國女性生命故事》（臺北：五南出版社，2011 年 7 月），頁 94-99

77　孫康宜：〈論女子才德觀〉，《古典與現代的女性詮釋》（臺北：聯合文學出版社，1998 年），頁 134。

78　孫康宜：〈論女子才德觀〉，頁 151。

的課題。就此本書擬從《聊齋誌異》所創造之女性多元的新形象，以及塑造女性理想典型，來探討其多元豐富之生命存在價值。

三、研究動機與目的

　　基於上述關鍵性語詞的界義與相關研究成果的探析，引發本書在研究上的幾個問題意識：明清時期之文學是如何思考女性問題？明清文人是如何詮釋，或反思女性議題？在情與禮的大時代限定下，蒲松齡是如何透過女性的書寫來彰顯「情禮融合」、「情禮兼得」之至情精神的可貴？這些論題之所以仍有待深入探究，因為從上述之相關研究成果中，研究者雖對情極為關注，但對於「至情」與「情禮融合」、「情禮兼得」等之真正意涵，仍有待商榷之處，如吳秀華在〈明末清初戲曲中女性形象主體意識之表現〉一文所論，明末清初文人不再一味肯定「以順為正的妾婦之道」，而是歌頌女性的叛逆行為。[79]其文中並未對「歌頌女性的叛逆行為」之論點，加以深入釐清說明。因此，該論點仍有爭議之處，此與明清文人所反思的「懼內天下之病也」、「悍婦十之九」等問題實有相異之處，若從其說法，則將容易流於西方女性主義文學批評之某種「對抗」路數，而較難將明末清初女性形象與主體意識之真正意

---

79 吳秀華：《明末清初小說戲曲中的女性形象研究》，第二章〈明末清初戲曲中女性形象主體意識之表現〉，頁 36-37 指出：「明末清初現實生活的巨大變化，哲學思想界的背離傳統，……以及歌頌女性的叛逆行為」等論點皆有待深入釐清。

涵表現出來。因此，蒲松齡是如何透過女性的書寫來彰顯其「情禮融合」、「情禮兼得」之至情精神，尚待深入探究。

此外，在西方女性主義研究熱潮下，投入相關女性問題的研究，真的只能從西方女性主義的「對抗」路數，才能彰顯女性的存在價值，或追求所謂獨立性格的生命本真嗎？凡此課題皆是本書所欲研究闡述者。

（一）研究動機

首先，關於明清時期文學是如何思考女性問題，以及明清文人是如何詮釋，或反思女性議題：面對晚明禮教空洞化，湯顯祖、馮夢龍以及蒲松齡等文人，都提出「至情」精神來對抗。可見與蒲松齡同時代，且同樣是以關懷女性、書寫女性為題者，並不乏其人，但主要是以晚明湯顯祖在《牡丹亭》塑造杜麗娘為天下有情人典型的代表。湯顯祖透過杜麗娘追尋愛情的自主覺醒，標舉「至情」精神的重要性，由此來說明恆常不變的核心價值。馮夢龍在《三言》中書寫出杜十娘、趙春兒、玉堂春等多位至情女性，由此提倡「情教說」，以「情」為核心價值，來回應世俗人心的變異。其「情教說」與編纂《情史》大抵是對「禮」成為僵化、虛偽的條文，以及禮過於情的社會規範的反思。

然而湯顯祖在《牡丹亭》裡所表現的，藉由情欲追求的力度所凸顯與完成的個人生命價值、自我定義及塑造，這樣的情觀與人生觀，在清初強調禮教並以經世致用的實學為重的政治社會文化氛圍中，已更加難以實現。考量這樣背景，程瓊與吳震生重新詮釋「才子」《牡丹亭》，藉由文、意的創造性詮釋，開闢私我的，

也是社會的情色空間，以對抗正統的嚴峻道德說教，自是有其深意。程瓊、吳震生利用批注戲曲經典之便，在經典文本之上，演繹出他們自己的文本，來面向男女讀者，發表他們自己對情色、自我與人生如何緊密相連的觀感，同時也傳播他們廣博的文史哲知識。[80]這些具有自主覺醒的女性典型，雖引發社會大眾的嚮往與共鳴。然而值得探究的是，晚明塑造這麼多女性自主覺醒的故事，到蒲松齡在《聊齋誌異》中所塑造女性情慾自主覺醒的故事中，大抵並非僅偏於情的一面而已，反而更深化女性情禮融合的理想典型的呈現，就此以觀，蒲松齡所書寫之女性意涵實有探究之意義。

此外，與蒲松齡同時代的吳梅村在〈聽女道士卞玉京〉一詩，也藉由書寫女性人物卞玉京歷經易代之際的種種悲劇，來寄託其情志。從孫康宜在〈吳梅村的「女性」認同〉文中指出，梅村以此詩來闡明有關「在明清之際，政治壓力最嚴峻的時候，詩人掌握到超越這個困局的竅門」這現象。從詩中藉由玉京以目擊者的語調描述中山女的故事，其陳述宛如與中山女憂患與共，在哀嘆女性角色的悲慘命運之際，也陳述了梅村的不幸遭遇，由此說明梅村何以經常在其七言歌行中安置女性做為戲劇化的角色。就此強調出其寫作用意與背景：

---

[80] 華瑋：〈《才子牡丹亭》之情色論述及其文化意涵〉，收於《明清婦女之戲曲創作與批評》（臺北：中央研究院中國文哲研究所，2003 年），頁 464。

透過女性角色——其身分無論性別或社會地位皆迥異於詩
人自己——寄託情志，梅村成功地賦予詩歌一種外物假借，
一種主體憑藉的「面具」。……這種「面具」的詩藝於有清
一代詩人啟發甚富：藉著這種客觀化的手段，詩人可以寄託
他們對清廷的憤懟，而又可避免因振筆直書而招文字獄的危
險。[81]

由上述孫康宜之文所言，值得本書參考之處有二：一者吳梅村此詩
以及其他詩中如〈王郎曲〉、〈臨淮老妓行〉等，幾乎其與受苦受
難的女性角色融為一體，藉此實有意傳達其情志。二者藉此詩藝這
種客觀化的手段，寄託他們對清廷的憤懟，而又可避免因振筆直書
而招文字獄的危險。

　　以上孫康宜對吳梅村詩中透過女性來寄寓其處境等這些觀
點，皆有助於本書對於蒲松齡的存在感受與歷史反思的省察，書
中某些反映清初時事，抒發民族情緒。例如《聊齋誌異》中〈公孫
九娘〉一篇，寫的就是淒涼的人鬼之戀，故事中以順治、康熙的于
七亂事為背景，女主角要表達的雖是壓抑已久的哀怨悲涼之情，
但實則是控訴清王朝統治者慘絕人寰屠殺無辜的罪行。其他如〈林
四娘〉雖也書寫人鬼之戀，但要傳達的是女主角的淒苦聲容，滿腹
不能自已的悲情——亡國之痛與身世之悲，也呈現出其堅強自主的

81　孫康宜：〈吳梅村的「女性」認同〉，《古典與現代的女性詮釋》，頁
　　173。

一面等。[82]另外，蒲松齡也書寫多篇女性經濟活動之故事，道出其自覺自主擔負持家養家的責任，在成就丈夫家人的同時，也實現其生命存在之價值意義。

　　此乃本書試圖從女性書寫觀點，就蒲松齡站在女性立場（處境）來進行各種行為表現，並藉由「女性發聲」方式來進行社會現象的反思，此處也可說是近代知識份子的生命型態之表現方式之一。龔鵬程在〈俠骨與柔情——論近代知識份子的生命型態〉即說出：「因為中國自古以來，便不乏儒俠、文人自比女性的作品與心態的傳統，特別是當面臨時代巨變，儒俠、文人難以在外王或理想上發揮，需要知音與自我安慰時，這種互涉就明顯。」[83]筆者將

82　張俊：《清代小說史》中指出：《聊齋志異》有反映清初時事，宣洩民族情緒的篇章。易宗夔《新世說》及上引《過日齋雜記》，都言及蒲松齡因「目擊國初亂離時事」撰寫《聊齋志異》，「以抒孤憤」事。書中約有十多篇作品，或隱或顯描述了明末清初的一些歷史事件，如崇禎年間的「濟南大劫」、「齊之大亂」，順治時的「謝遷之變」、「薑瓖之變」、「于七之亂」，以及康熙年間的「三藩作反」等。其中有些作品，如〈林氏〉、〈亂離二則〉、〈張誠〉、〈張氏婦〉、〈野狗〉、〈鬼哭〉、〈鬼隸〉、〈公孫九娘〉、〈韓方〉等，暴露了清兵入關後姦淫、擄掠、屠戮百姓的罪行。〈張氏婦〉甚至指斥「大兵所至，其害甚於盜賊」。有的作品，如〈三朝元老〉嘲諷了叛明降清的洪承疇。這些描寫，反映了清初民族矛盾的某些側面，流露出作者的某種不滿情緒。《中國小說史叢書》（杭州：浙江古籍出版社，1997 年），頁 212。

83　龔鵬程：〈俠骨與柔情——論近代知識份子的生命型態〉，收於《近代思想史散論》，（臺北：東大圖書公司，1990 年），頁 101-135；以及呂正惠：〈「內斂」的生命型態與「孤絕」的生命境界——從古典詩詞看傳統文士的內心世界〉，《抒情傳統與政治現實》（臺北：大安出版社，1989 年）頁 209-221。

藉由此一說法，結合蒲松齡所言「知我者其在青林黑塞間乎」來探討其書寫女性之意涵。由此可見，明清時期文學，或是文人對於女性問題的詮釋與反思，已經進入一種實質的對應關係中闡述，不但能傳達情志，也能同理感受女性所遭遇的種種問題。

其次，在蒲松齡所面對的情與禮的大時代限定下，他是如何透過女性的書寫來彰顯「情禮融合」、「情禮兼得」之至情精神的可貴：從蒲松齡〈聊齋自誌〉所言「浮白載筆，僅成孤憤之書：寄託如此，亦足悲矣！……知我者其在青林黑塞間乎」中，可知其書寫並非僅成孤憤之書而已，在其〈聊齋自誌〉中說「牛鬼蛇神，長爪郎吟而成癖」，將其創作熱情直接稱之為「癖」，亦比之為李賀的書寫癖詩和喜在詩中書寫鬼怪。始終酷愛著「才非干寶，雅愛搜神；情類黃州，喜人談鬼」來寫書。又從所言「遄飛逸興，狂固難辭；永托曠懷，癡而不諱」中，除了點出其性格有著「狂」「癡」特質之外[84]，此中或有其寄寓之所在，也是其道出書寫此書乃有別於世人之意圖。

然而蒲松齡何以將其核心價值特別寄寓癡者狂者之中？誠如陳葆文於《聊齋誌異癡狂士人類型析論》一書結論所言：狂生癡子們之諸般狂態痴心，不論表現在對權威或制度的藐視疏離，對心儀佳人的大膽示愛，或是對於所鍾情的人、物，一旦認定，至死不悔的堅持，其生命能源，固是來自蒲松齡癡狂性格的延展，以及其與現實遭遇撞擊後所產生的憤懣火花。但表現於狂者目中無人

---

[84] 陳葆文：〈癡狂士人類型之原型──蒲松齡析論〉，頁 64-79，文中舉出蒲松齡之多篇詩作，以此來印證其癡狂性格。

地對現實俗套或不公的極盡嘲鄙、視若糞壤，癡者對自我價值的態度執著、陷溺追求，以及以「愛情」爲心靈歸鄉的地位，凡此，小說癡狂人物的極端行爲、情節意蘊的終極設定，更多的是文學誇張放大的加工結果。[85]

　　由此隱然可見，蒲松齡之所以有著超乎常人的創作熱情，其中雖歷經挫折，但其持續一生精力都專注在《聊齋誌異》的創作上，大抵可從其書中所塑造狂生癡子之諸般狂態痴心的行爲表現，「得以剝見蒲松齡靈魂深處的幽微心事，讀懂所謂孤憤情懷」！然而由其「孤憤情懷」中，是否能將其心中所寄寓「知我者其在青林黑塞間乎」之意圖呈顯出來？如何藉由書中之女性書寫來說明「性癡則志凝」之意義？由此如何感知蒲松齡之創作意圖？

　　此外，陳文新在〈《聊齋誌異》的抒情精神與審美追求〉中說：「據統計，《聊齋誌異》中以愛情爲題材和涉及愛情的作品，占四分之一左右，即達一百二十篇。這一數字是驚人的。……引入比興手法來寫他的知己情結，最能顯示他與前輩的差異。」[86]文中指出以男女遇合象徵其他相對重大的社會生活內容，在中國古典詩詞中可謂源遠流長。舉出屈原〈離騷〉、李商隱〈海客〉、王安石〈君難托〉、劉基〈美女篇〉等例證，不勝枚舉。接著又說明：「在小說中運用比興手法，《聊齋誌異》之前，尚不多見。知己情結在蒲

85　陳葆文：〈癡狂士人類型之原型——蒲松齡析論〉，頁 246-247。其文中結論道出，透過癡狂士人諸像的分析解讀，〈聊齋自誌〉所謂「浮白載筆，僅成孤憤之書」，誠不虛矣！

86　陳文新：〈《聊齋誌異》的抒情精神與審美追求〉，收於《文言小說審美發展史》（武漢：武漢大學出版社，2002 年），頁 556-557。

松齡的人生中占有引人注目的位置。」然而陳文新此一論點值得思索的是，蒲松齡何以藉由比興手法，結合自身的經驗，並透過女性來書寫知己之感？從蒲松齡歷經改朝換代後之種種遭遇，以及他所面對「世情如鬼」的社會等問題中，除了對受苦受難的女性角色有較深的感受與刻劃外，更著墨在女性追尋其生命存在價值來寄託其情志，並從其對這些女性在「情」與「禮」的生命存在意義追尋中，體現其自我期許的創作意圖。

　　然而，這樣的創作意圖所要回應的是當時「情」與「禮」二分對立的時代性問題與社會現象。其實明代以來有關禮過於情的現象更為嚴重，尤其在男女的關係上，更以禮來繩治人。此從晚明湯顯祖《牡丹亭》標舉「因情而亡，因情而生」之精神，不僅使天下人感動，也引發大家對「情」、「理」對立的反省，因此「至情說」，以超越生死來對抗社會的「形骸論」[87]，即可知「至情」精神不僅很難在人間世實踐出來，反而受制於外在禮教的規範，而喪失其真精神，甚而衍生出「存天理滅人欲」[88]之對立問題。此由李贄的「童心說」，大力批判禮教的虛假，透過「真」與「情」來呈現「禮」的真精神。由此反思程頤所言：「視聽言動，即是禮，禮即是理也。」[89]其中最值得反思的是，何以人之「視聽言動」即是禮，即是「禮即是理也」？

87　〔明〕湯顯祖：《牡丹亭·題詞》（臺北：里仁書局，1986 年），頁 1。

88　〔宋〕黎靖德，王星賢點校：《朱子語類》（北京：中華書局，1986 年），卷十二，頁 207。

89　〔宋〕程顥、程頤：〈河南程氏遺書〉，《二程集》（臺北：漢京，1983 年），卷十五，頁 155。

　　此外，李贄對「禮之文」太過的現象，而欲彰顯「由中而出者謂之禮」、「從天而降者謂之禮」的意義，因而提出：「人所同者謂禮，我所獨者謂己……蓋由中而出者謂之禮，從外而入者謂之非禮；從天而降者謂之禮，從人得者謂之非禮。」[90]並且進一步強調：「蓋聲色之來，發乎性情，由乎自然，是可以牽合矯強而致乎？ 故自然發於性情，則自然止乎禮義，非性情之外復有禮義可止也。」[91]可見其特別從「非性情之外復有禮義可止也」，來強調禮義並非外在的規範教條，而是在人之內在性情中彰顯。換言之，其意義乃在標舉「禮之本」的精神，即是以人之情性為禮的內涵。

　　因此蒲松齡一方面要面對晚明時期以來，「禮」成為僵化、虛偽的條文，乃緣自於禮過於情的社會規範當中，男女關係從傳統的依存結構，無論是內在的本質，或是外在的人際關係，都已出現轉變的現象，因而備受時人的關注，於是他們一方面要立貞節牌坊，以禮法來繩治人，另一方面則是重欲太過。就此複雜問題，馮夢龍標舉出「情教說」來加以批判，其在《情史》中說：「生在而情在焉。故人而無情，雖曰生人，吾直謂之死矣！」[92]特別論述有情能生人，並以「萬物生於情，死於情」來喚起情之真的可貴，更展現出「情能生人」之精神。另一方面則要面對「情」與「禮」對立的時代性與傳統性問題，在明清社會文化發展脈絡中，我們

90　〔明〕李贄：〈四勿說〉，《焚書》（臺北：漢京文化事業公司，1984年），卷3，頁101。

91　〔明〕李贄：〈讀律膚說〉，《焚書》，頁132。

92　〔明〕馮夢龍：《情史》（南京：江蘇古籍出版社，1998 年），卷二十三，「情通類總評」，頁600。

除了可見文學作品中出現對「情」、「情欲」、「情性」、「情教說」等議題的大量關注外，亦常出現以「欲」代「情」之問題，文本中詠「情」之句甚多，[93]直至近代仍對天理與人欲的對立或融合之論，持續展開相關的討論，此從張壽安所云：「觀察十七世紀以降的文化走向，將之分爲兩大流派，一是情欲論述，一是禮教反省。」[94]在晚明清初社會文化發展脈絡中，出現以「理」代「情」的現象，就此如何對「情」做出適切的體會詮釋，實有其時代重要意義。

　　最後要說明的是：從中國文化的發展而言，「禮緣情制」並不是專爲「兩性關係」而設。其實就「禮緣情制」的普遍意義看來，君臣、父子、兄弟、夫婦、朋友等五倫之禮，均涵蓋著「禮緣情制」之情禮價值。《禮記·坊記》有言：「禮者，因人之情而爲之節文。」[95]可見禮是要依人情而制定，然後再一轉而爲節制情的準則，以此來判定人的行爲是否得宜。《禮記》中指謂的各種社會禮儀，是要讓每個人的情意生命能符合「禮」的規範，如此情意才得以抒發與安頓。故「情爲禮之本」之意，指謂的是儀式建構的源頭在尋求情意的合理。[96]亦即孔、孟思想中的「禮之文」在順應人

93　吳秀華：《明末清初小說戲曲中的女性形象研究》，第六章〈明末清初戲曲家創作心理與女性形象模式〉，頁157，另見頁175-181。

94　張壽安：〈我欲立情教，教誨諸眾生——跨越時空論「達情」〉（序言），張壽安、熊秉真合編《情欲明清——達情篇》，頁10。

95　〔漢〕鄭玄注、〔唐〕孔穎達疏：《禮記正義》，頁416-417。

96　曾守正對先秦以來有關性情、禮義探究中指出：在性情的討論中，先秦諸子（儒家、道家、陰陽家）對漢代哲學產生了影響，使得漢人從各種角度面對情欲，並且採取順情理情的基本態度。就此更指出：情與禮義的關係，

情。[97]此一意涵亦見於〈郭店楚簡・性自命出〉「禮作於情」條云：「情生於性，禮生於情。」[98]此中之「情」是其最核心的概念，情是禮的內在根源。主要是從重視情感的面向來談，並未否定人的情感。此乃儒家從內在情感的「安不安」（《論語》宰我問喪）來追問禮的合宜性，由此來強調「禮之本」之眞精神，在仁心的呈現，並且用以規範人的情意好惡。依儒家「禮制」之本在「仁」心，仁心所表現的好惡之情，在能好仁而惡不仁。而其外在的行爲規範則是禮，故直接落實在仁心所流露的情意生命而言，是以情意的內涵是本，而禮則是表現形式。

這樣的「情」與「禮」的關係，被蒲松齡運用在《聊齋誌異》的小說書寫上，他藉由標舉「男尊女卑」之社會現象，作出其關於女性在社會與家庭之表現的敘述與反思。故從此書之「異史氏曰」中更能彰顯小說人物具有女性主體意識、女性情欲自主之特性[99]：

不是對立的關係，而是層級的關係，即禮義建立在人情的基礎，並且可以引導情感。詳見氏著：《先秦兩漢文學言志思想及其文化意義——兼論與六朝文化的對照》（臺北：臺灣師範大學國文研究所博士論文，1998 年），頁 316-317。

97 曾守正：《先秦兩漢文學言志思想及其文化意義——兼論與六朝文化的對照》，頁 317。

98 李零：《郭店楚簡校讀記：增訂本》，（北京：中國人民大學出版社，2007年），頁 220。

99 有關《聊齋誌異》在「異史氏曰」對女性的稱讚來觀察，正呈現出張靜二在〈女權運動與女性主義文學〉中所言「只要是處理婦女在男權社會的困境、挫折以及奮鬥等」，即屬於所謂「女性主義文學作品」。因此從「異史氏曰」稱許小梅「死友而不忍忘，感恩而思所報，獨何人哉！狐乎！倘爾多財，吾爲爾宰」。讚譽喬女「知己之感，許之以身，此烈男子之所爲

這些對女性人物的讚詞，並非從反抗或顛覆父權來肯定她們，反而是從其呈現出女性有情有義、無怨無悔的眞情表現，以及其能朗現「情禮兼得」的人倫意涵等自主精神，給予極高評價。此一有關《聊齋誌異》女性議題所呈現之「情禮融合」的價值意涵，也是本書之研究動機。

再者，在當前西方女性主義研究熱潮下，研究者一味地從西方女性主義的「對抗」路數，投入相關女性問題的研究，是否爲唯一可以彰顯女性的存在價值，或追求所謂獨立性格的生命本眞的路。如前所述，本書以《聊齋誌異》的「女性書寫」爲題，除了一方面參考上述紀元文、張靜二等論述外，也將闡述女性主義所說「女性書寫」的「隱喻」，並側重在作者與「作品角色」的關係，來重新探討《聊齋誌異》書寫女性所寄寓之深刻意涵。另一方面本書對於女性主義所以產生於近現代的原因及其所要解決的基本問題，或基本立場、觀點等等基礎性的議題研究，在當前學界已有十分豐碩的成果，但這些問題對本研究而言，都是本書的研究基礎。

本書所闡述之《聊齋誌異》對女性之評價，以及相關女性之價值意涵的思考，認爲研究中國古典文學中的女性，除了從挪借西方女性主義文學理論做爲詮釋《聊齋誌異》女性議題外，是否能回歸文本語境與古代社會情境中，重新反思屬於華人文化中的女性

也。彼女子何知，而奇偉如是？若遇九方皋，直牡視之矣」。又稱細柳「不引嫌，不辭謗，卒使二子一貴一富，表表於世。此無論閨閫，當亦丈夫之錚錚者矣」等，對於上述具有女性主體意識、女性情欲自主之特性的女性，除了刻意呈現女性的困境之外，更能彰顯其情禮融合之價值。

問題，以及致力於女性文學研究、兩性議題、性別平等的反思與關懷。因此本研究並不直接藉用女性主義作爲論述蒲松齡之《聊齋誌異》裡有關女性書寫的研究依據；而是採取「詮釋學」的路數，主要從《聊齋誌異》文本產生的語境，就其文化傳統與社會情境，進行非對抗性，或批判性的文本「詮釋」。

至於爲什麼男性書寫的《聊齋誌異》會引發筆者想從「女性書寫」的角度，進行故事文本的詮釋，有關女性的主體意識、女性自主、女性美、女性理想典型、女性成全之情，以及女性經濟活動等議題的探討？筆者多年浸潤於明末清初小說文本之文學與社會、文學與經濟、文學與思想、文學與文化等相關議題研究。因此對於這部以鬼狐題材爲主的《聊齋誌異》作者蒲松齡，何以要運用女性這個角色，尤其是狐女的形象塑造，更顯其獨特之用心，其中文本更隱含著深沉之意義。此正是筆者想要透過「女性書寫」，進行文本之細部研究分析與討論的研究動機。

（二）研究目的

上述研究成果與筆者閱讀《聊齋誌異》原典所發現的問題，乃是《聊齋誌異》中從主體生命的實踐上，來重新反省「人之異於禽獸」的議題。因而在「情」與「禮」的對立與融合問題上，有其獨到的觀點。在《聊齋誌異》數百則故事中深含人性、人情之禮的作品甚多，大抵承繼「情教說」之觀點而來。但從「禮緣情制」中所要強調「情之所在」的重要性，打破人與異類之隔閡；再由人與異類無差別，以達於天地萬物一體之感。

另外，本書「女性書寫」乃依張靜二對「女性主義文學作品」

的界義，來探究《聊齋誌異》女性處境與存在的反思。就此以論蒲松齡在《聊齋誌異》中所提出的「禮緣情制」之立場、想法、觀點是甚麼？其中禮與情的關係爲何？禮何以離情？本研究目的所擬的問題意識有五：從女性的「主體意識」、女性「至情之美」、「女性理想典型」、女性「成全之情」，以及女性「經濟活動」等議題加以探討。分述如下：

第一，筆者在《聊齋誌異》「女性主體意識」的研究上，已依據《聊齋誌異》中之「女性主體意識」，作爲女性主體性之探討核心[100]，並重新反省千百年來女性獨立人格之形象塑造：或從推崇對抗傳統禮教之「女強人」的角度，或以批判女性在「男權意識」觀照下，強調「回歸順從之婦德」[101]等問題，從上述兩大研究面向的成果來看，女性主體性真的只能是「對抗」與「順從」的對立思

---

[100] 參見本書第二單元〈《聊齋誌異》中女性的主體意識〉，《聊齋誌異的女性書寫》（臺北：臺灣學生書局，2014 年）。

[101] 一般研究者認為蒲松齡正是通過這種形象塑造，完成了他對主流文化語境中「賢妻良母」的企盼。例如：〈喬女〉中的醜婦喬女，在丈夫穆生死後，儘管生活艱難，但她仍然拒絕了孟生的求婚，堅持守節而終。這是從服膺父權的意識形態之價值意涵來論述。然而從〈喬女〉遵守傳統的「不事二夫」肯定中，她為孟生表現「知己之情，許之以身」的勇氣，此一可貴精神，卻並未被研究者認知該女性有其「性情自覺」的主體內涵。例如：馬瑞芳〈《聊齋誌異》的男權話語和情愛烏托邦〉認為：《聊齋志異》的愛情女主角經作者主觀意志過濾，以男權話語扭曲成「蒲松齡式」女性形態；以男性需要為中心，子嗣凌駕一切。馬瑞芳的論述精闢深刻，引起了研究者的廣泛關注。見氏著：〈《聊齋誌異》的男權話語和情愛烏托邦〉，頁 73。上述討論議題請參見本書第二單元〈《聊齋誌異》中女性的主體意識〉。

考嗎？然筆者並非從性別意識來區分男性、女性的權力對抗，而是觀察《聊齋誌異》一系列的女性文本所呈現的至情至性，並非僅僅依附於男權發聲，其中也有其自主自覺所呈顯之「主體意識」，由此以彰顯女性主動、自覺去面對她的處境，做出自我的抉擇及興發承擔的勇氣。

第二，筆者在探討《聊齋誌異》女性「至情之美」的研究上，將藉由「禮緣情制」之意涵與「至情精神」的落實，來彰顯出情禮兼得之「女性至情之美」的價值意義。此一問題在許多篇章中也呈現的女性焦點議題是：一個女人面對禮與情的衝突時，會做如何的選擇？如何來呈現其生命價值？在小說中的女性之情較易受到禮法的壓迫，當女性被壓迫時，女性是如何對應？如何在現實的壓力下，又能維持其女性主體之美？ 因此，我們從小說中的描述，可以看到她們表現出有情有義、無怨無悔的來幫助男性化解困境，也展現出生命智慧，此一至情生命除了超越世俗之困境，突破種種社會既定僵化觀念之外，同時在回歸人倫日常之際，面對著現實人生之種種禮法制度，持續實踐人心之理。因此，筆者將從女性勇於面對之美、勇於承擔之美、勇於成全之美的分析，來呈現蒲松齡是有意藉由「情禮兼得」來創造女性至情之美。

第三，筆者在探討《聊齋誌異》塑造女性理想典型的研究上，乃藉由肯定「內外兼顧」之女性，如〈黃英〉、〈小二〉、〈細柳〉等篇，來觀察蒲松齡心目中對這三位女性的理想典型塑造。透過蒲松齡的寫作意圖，及其突顯的時代情禮之衝突對立，同時析論他如何藉由「情禮融合」的敘述模式，建構女性之理想典型。雖然囿於於篇幅，僅以〈黃英〉、〈小二〉、〈細柳〉等篇章，作為蒲

松齡創作意圖之分析論述的文本，以資隅反，但筆者將一方面觀察蒲松齡塑造女性之理想典型的特色，另一方面從他肯定女性之「內外兼顧」，來朗現其小說人物「情禮融合」之生命境界。

第四，筆者在探討《聊齋誌異》狐女「成全之情」之意涵的研究上，藉由蒲松齡筆下之「狐女」，面對值得託付終身的書生（男性）時，其表現愛戀之情的方式，除了實踐報恩以及追求情欲的安頓外，更彰顯狐女不求「名份」，不求回報，積極主動幫助書生面對種種困境之自發性行為，以及自我的抉擇，憑藉著這樣勇於承擔的勇氣，幫書生來化解其困境，幫助書生考取科考，幫書生完成美滿的終身大事等，不求回報，不求「名份」，無怨無悔的付出之情，朗現其「成全之心」的愛戀之情。這樣的形象塑造是逆反一般男女情慾「佔有」的兩性對應關係，呈現出《聊齋誌異》中十分特別的形象塑造，因此，我們可以從他對這一類「狐女」的描述中，觀察到「狐女」之至真、至性的成全之情，是一種「捨情成禮」的表現，也是一種情禮融合之至情價值。因此筆者將從《聊齋誌異》狐女「成全之情」的表現類型，分別從其「助人為情」與「捨情成禮」等表現做出詮釋，以見其表現之意義，期能將狐女「成全之情」之理想典型的價值呈現出來。

第五，筆者在探討《聊齋誌異》女性「經濟活動」之價值意涵的研究上，以「情意生命」做為基本論點，文學本質上是以「情意我」為主，從小說故事情節、主題、人物性格等描述裡，無不以情意互動為主，在情意生命的描寫，《聊齋誌異》女性是如何本著情意我、依據道德我做出生命選擇，來朗現其在家庭與社會生活的價值意涵。故在情節描述中，假若女性無認知之真，無德行之

善，又不能以才智與德行來經營生活，是很難開出自我實現的一片天。因此筆者將從當時體制的運轉中，觀察女性要如何藉由「財富」之經濟自主，為自己創造更大靈活的空間，從「女主內」出走後，是如何維持傳統女性本份，又能在「百無一用是書生」的時代情境下，突破客觀的限制，凸顯女人在「經濟活動」上，也能體現情意生命的價值。

四、研究方法

　　本書的研究方法，大體分為：

1. 理論基礎之建立，即由文化思想傳統，針對「情、禮關係」這一問題，建立理論基礎，做為詮釋文本之依據。

2. 考察明、清兩性互動的社會文化背景，並指出有關「情、禮」文化衝突的社會徵狀。

3. 相關文本分析，以前二項為參照來分析小說文本，詮釋其「情、禮關係」之意義，以及對文化傳統與當代社會的回應。但如前所述，本研究並不直接借用女性主義作為論述蒲松齡之《聊齋誌異》裡有關女性書寫的研究依據；所採取的是「詮釋學」的路數，主要從《聊齋誌異》文本產生的語境，就其文化傳統與社會情境，進行非對抗性，或批判性的文本「詮釋」。此一「詮釋學」的路數，除了從《聊齋誌異》文本產生的語境，就其文化傳統與社會情境，「詮釋」（非對抗、批判）為什麼產生《聊齋誌異》這樣「女性書寫」的因素條件、作者之用心及文本所隱含的意

義。這就是本書在方法學上所選擇的「進路」。

　　以上述方法來對《聊齋誌異》文本進行閱讀、整理、分析，以及綜合式詮釋。所用分析法擬從從蒲松齡在《聊齋誌異》中兩性的「情」與「禮」關係來探究，首先就《聊齋誌異》各篇寫作意圖爲進路，以觀其主要關注面向是甚麼？其中禮與情的關係如何？禮何以離情？《聊齋誌異》大抵多篇最後都有「異史氏曰」這種「仿史傳體」，或能由「異史氏曰」明白表述蒲松齡的觀點，然後再持之與故事情節的安排，做互文印證，依此或能推知作者的寫作意圖。其次在論蒲松齡以小說的表現形式，從其特別標舉兩性「情」與「禮」作爲論述核心，蒲松齡之寫作意圖爲何，其中何者是所要批判、顛覆的傳統文化之僵化問題？何者是其理想典型的建構？透過不同文本類型表現中，期能呈現「情禮融合」之核心價值，進而將晚明兩性的情感、婚姻等生命價值議題的關懷，展現更深入的面向，能有助於當代兩性議題發展之參考。

　　就此，首先，針對有關《聊齋誌異》文本中兩性「情」與「禮」等情節，先就文本材料作一選擇；逐一分析後，詮釋其價值意涵。採用之分析法是，針對小說文本情節中之人物行爲本身進行分析，以觀察、理解人物行爲表現過程，以及行爲動機、目的等，並結合當前明清婦女史、社會史、家庭史等研究成果，以探究有關《聊齋誌異》文本中兩性「情」與「禮」關係所呈現之意涵及其回應之時代問題。

　　因此，本研究將範圍限定在五倫中的「夫婦」議題上，且進一步將範圍由「夫婦」議題擴大到探討「兩性關係」中的女性處境問題，作爲檢視蒲松齡書寫「情禮兼得」之女性理想典型的核心價值。

五、諸論題的系列性關聯

　　關於本書何以要用「《聊齋誌異》的女性書寫」為題，在此必須先做一些釐清。首先必須說明的是：本書一方面透過女性的主體意識、女性至情之美、女性理想典型、女性成全之情、女性經濟活動等五大議題，建構出本書對於蒲松齡「女性書寫」之系列性論題的研究架構，此一架構乃是筆者近年來著力於《聊齋誌異》之女性議題所逐漸形成的。

　　至於本書五大議題之前後順序如何安排，則必須進一步說明：筆者試圖從蒲松齡對於人的自覺反思，而有主體的追尋與反思辯證之下，發現女性也因有著自主自覺所呈顯之「主體意識」，或能主動、自覺去面對其處境，而表現出自我的抉擇及興發承擔的勇氣可能。由此除了呈現出女性至情之美、女性理想典型以及女性成全之情等「情禮融合」之價值外，同時女性亦能從經濟活動中實踐兩方面之價值，其一「為己方面：體現情意自主的生命」，其二「為家方面：實踐守護人倫之禮序的責任」等，由此前後順序的安排，期能將本書五大議題之意涵呈現出來。

　　另一方面，這一系列論題的焦點，是透過蒲松齡所提出之「禮緣情制」的詮釋視角，檢視《聊齋誌異》文本中，對於人物的刻劃與情節的舖陳中，闡述女性在「情」與「禮」的實踐中，產生了「情過於禮」、「禮過於情」之種種對立、衝突的反思，進而強調「至情」精神的可貴，點出「情禮融合」的理想典型。

　　這兩項研究論題是透過「系列性」與「關聯性」的結合，形成

本書的外部篇章結構與內部「情禮融合」之主軸觀念的論述。因此，篇與篇的外部系列性研究，旨在探討蒲松齡對「女性」的存在處境與情感歸屬，以及女性在男權社會的困境、挫折和奮鬥等問題的書寫；而篇與篇的內部關聯性研究，則是側重在凸顯女性主體意識、至情之美、成全之情的描述，以及塑造理想女性典型的特性，更從女性實際參與經濟活動的過程中，強調女性之社會地位的轉變，以顛覆傳統「男主外女主內」的思維，卻又讓女性能在不違反傳統精神中，展現其自主性之主體生命的自覺與自由選擇的主體意識，更朗現其「情禮融合」之生命本真與至情精神的價值。

貳、《聊齋誌異》中女性的主體意識

本文的研究焦點，乃以《聊齋誌異》的女性主體意識，進一步反省蒲松齡對女性人物的形象塑造與描寫女性獨立人格之議題，同時針對目前研究者兩大論證方向：「反抗」與「順從」的對立面向來重新反思。就此透過《聊齋誌異》女性「情意生命」之體現及其女性自主精神的實踐，並且由「即情顯禮」的具體實現，期能展現《聊齋誌異》女性主體生命的價值。

一、對當代「女性主體意識」之研究面向的反思

首先，在「女性主體」方面，當前找尋「女性主體」的議題仍舊是臺灣學界的研究矚目焦點，此一女性議題也引發研究前近代或近代的學者熱烈討論。此從游鑑明在〈是補充歷史抑或改寫歷史？近廿五年來臺灣地區的近代中國與臺灣婦女史研究〉一文指出：「臺灣地區的近代中國與臺灣婦女史的研究學者，在補充歷史

也在改寫歷史，建構一個多元非零碎的婦女世界；但她認為其研究成果雖然累積不少成果，在史料選擇、問題意識提出和研究視野上，可以再提昇。」[1]文中也指出，由於從中國古典文學重新思索兩性關係和女性形象的研究關注探究之後，如史學家高彥頤（Dorothy Ko）、曼素恩（Susan Mann）等論著的出版，更激起學界對「女性自主」的再思。雖然其相關的女性議題引發各種爭議，但其賦予明清時期女性新生命的貢獻，也受到學界的肯定，更激發研究學者對於五四以來以二元對立的論述來對抗傳統，認為傳統女性是受壓迫的觀點之反思等。就此游鑑明更進一步說：

> 20 世紀末期以來，中國女性主體的追尋成為西方漢學界的研究典範，也在世界各地造成風起雲湧的研究風潮。[2]

1　游鑑明：〈是補充歷史抑或改寫歷史？近廿五年來臺灣地區的近代中國與臺灣婦女史研究〉，《近代中國婦女史研究》第 13 期（2005 年），頁 65-66。文中之「女性主體的迷失」部分談到：受後現代、後殖民和女性主義的影響，二元對立的論述受到挑戰，過去認為女性是受壓迫者的說法，在婦女史的研究領域引起關注；1988 年，從中國古典文學重新思索兩性關係和女性形象的研究啟動之後，「才女文化」的議題成為西方漢學界的熱點。史學家高彥頤（Dorothy Ko）、曼素恩（Susan Mann）論著的出版，更激起學界對「女性自主」的再思，儘管高彥頤對五四時期以來女性被放在「被害者」的批判受到質疑，曼素恩對鴉片戰爭以來中國進步論學者與西方看法的挑戰帶來不安，但她們賦予明清時期女性新生命的的貢獻是被肯定的。

2　游鑑明：〈是補充歷史抑或改寫歷史？近廿五年來臺灣地區的近代中國與臺灣婦女史研究〉，頁 72。

由此可看出，追尋「女性主體」在研究明清婦女史的學界沸沸揚揚，研究者雖已意識女性主體的問題，甚至比西方漢學界先一步發現中國傳統婦女的主體空間，但並未將此概念繼續闡述，而臺灣婦女史學界也未藉此發揚，為中國傳統女性找尋自主的世界，同樣的，如何將傳統和近代以來的中國女性搭上關係，也如風箏斷了線。[3]從游鑑明對「為何研究婦女史」研究成果的關注與反思，皆可供本文研究《聊齋誌異》中之「女性主體意識」的參考。

　　其次，在「主體意識」方面，當前學術研究已逐漸成為關注議題，此從「明清文學與思想中之主體意識與社會」之研究成果可知。其中提出論點：晚明時期，「主情」思潮與心學思想相呼應，席捲文壇。其主要的精神，即是在藝術意義上「主體意識」的覺醒。這股以「尊情」與「崇俗」為主的潮流，對於傳統著重「風化勸懲」之載道觀念的悖離，不僅啟導了晚明文人雅士對於世俗生活的一種縱情追求，更刺激了文學創作「多元發展」的機制。其中主

3　游鑑明：〈是補充歷史抑或改寫歷史？近廿五年來臺灣地區的近代中國與臺灣婦女史研究〉，頁 72-73 提及：早在 1981 年，李又寧便提到，受傳統是現代化阻力的觀念影響，許多中國婦女史的論著，視現代化以前的中國婦女是父系社會、家長權威制度下的犧牲品；李又寧又批評，這種觀點過於簡單化。她特別從三方面重新評估傳統中國婦女的角色與地位，首先，她認為傳統婦女具有勤勞的美德，使婦女不只是勤於理家，且是社會的生產者；其次，儘管傳統社會重男輕女，仍有部分人承認女子的能力不亞於男子，而且，在現實社會出現不少傑出婦女；再者，儒家的陰陽之說，固然意味著男女間理當不平等，但也有相輔相成的意思；家齊而後治國的觀念，說明女性需掌理家務，卻也表示婦女對整個國家負有一份責任。她甚至指出，傳統不僅幫助婦女演變，也是近代婦女改進地位的緣由。

體的自覺認知，以及發現「意志」之存在與可貴等論述[4]，研究成果有多篇探討明清文學中之女性議題，此皆提供本文新的研究面向作參考。

再者，有關《聊齋誌異》的女性研究方面，成果相當豐碩，仍是學界討論焦點所在。[5]特別是相關神仙狐鬼精魅的「女性」研究

---

[4] 會議成果展現的重要面向：明、清兩代，無論在文學或思想領域，個人「主體性」之發掘與確立，皆曾是文人與學者所致力達成的目標之一。這期間，由於宋明義理思想從程朱發展至陸王的重大轉折，思想家開始將一切行動與價值決斷之根源與核心，集中於人人所與生具有的「良知」，以「良知」作為存在主體的核心，使人對於自身之主體性的認知，產生了新的觀看角度。 這不僅構成了明代心學的思想重點，同時也對明代文藝理論與創作的發展，產生鉅大的影響。

其中如李贄「童心」說所強調之「真」、袁宏道「性靈」說所強調之「趣」，乃至其他戲曲家有關「情真」、「情至」的追求，不僅帶動了「情」與「理」的討論，其論鋒所及，亦開啟了藉由人之「存在本質」的討論，以探索「藝術」與「道德」關係的一種思維方向。參見王瓊玲主編：《明清文學與思想中之主體意識與社會》文學篇上（臺北：中央研究院中國文哲研究所，2004 年），頁 3。

[5] 請參黃麗卿：〈《聊齋誌異》形變研究〉，第一章〈緒論〉，頁 7-26。其中值得深思的問題是：例如：在顏莉莉說：蒲松齡自身經歷的獨特性，《聊齋誌異》題材來源的廣泛性，明清之際多種思想的碰撞與交融等因素決定了《聊齋誌異》中女性群體形象的複雜性。儘管 90 年代以來的研究成果取得了新的進展，但仍然存在許多不足，諸如，過多地關注其中的傳奇體篇章，而忽略了志怪體篇章中的女性形象研究，重視《聊齋誌異》作品內部的縱橫比較研究，但對蒲氏其他詩文雜著的研究相對薄弱，較注重《聊齋誌異》的個案研究，而尚未能形成一個總體性的框架——將《聊齋誌異》中的女性形象篇章置於傳統志怪小說史、傳奇小說史乃至整個中國小說

篇章頗多，蒲松齡在《聊齋誌異》中所塑造的女性形象是其藝術成就的巔峰之作。其中最可貴且深受大眾喜歡的是，小說中女性形象頗能彰顯她們追尋自我理想的精神、具有堅毅不拔的勇氣、彰顯知恩圖報的性情、展現才德雙全的智慧等價值意義，而有關女性自覺的表現精神，即為其內涵之一。

　　然而，近年隨著女性主義的風行，此一爭議課題的研究數量也隨之增多。稱許者如：《聊齋誌異》中的女性群像展現了主體對真、善、美的不懈追求，同時也替千百年來女性獨立人格的重新塑造提供了優秀的文學素材。[6]在傳統性別規範中，不但「男主女從」、「男外女內」等觀念早已根深柢固，隨陰陽學說而來的「陽尊陰卑」之論，更在男性／女性之間，劃出高下判然的階級鴻溝。[7]也因此，在邇來的「性別論述」之中，樓頭悵望、幽閨獨守的思婦，往往被論斷為「空洞的能指」、「男性筆下二元化的象徵符號」。[8]由此，批判者則從男權意識觀照下來論其女性形象，此

史、文學史的長河中——研究其精神內涵的繼承和流變。這一切都應當引起學者們的關注。

6　周小雨：〈《聊齋誌異》中的女性經濟獨立意識〉，頁108。

7　梅家玲：〈漢晉詩歌中「思婦文本」的形成及其相關問題〉，《國立臺灣大學文史哲學報》第44期（1996年6月），頁123-164。

8　孟悅、戴錦華以為：女性形象變成男性中心文化中的「空洞能指」，男性所自喻和認同的並不是女性的性別，而是封建文化為這一性別所規定的職能。說參孟悅、戴錦華：《浮出歷史地表》（臺北：時報文化，1993年），頁22。又，劉紀蕙指出：在男性的文學中，女性成為男性意義認同的象徵符號與自我表達的形式。女性是男性自我另一面向的複製。說參劉紀

系列研究指涉傳統女性形象乃折射男權社會根深蒂固的觀念，以及飽含對女性形象的希冀和壓抑，也就是透過此系列的女性形象更加鞏固男權社會對女性作為從屬性別的宰制與分配。

由此觀之，這些討論意涵並未能真正表現女性本真意義的情感和欲望。[9]就如雷群明在《聊齋藝術通論》一書中對《聊齋誌異》有相似的看法：「大量寫狐狸精少女的故事，⋯⋯，像紅玉、蓮香、小翠、鳳仙等等，她們其實就是活脫脫的人，只不過作者為了某種需要，才為她們披上了『狐』的外衣。」[10]張嘉惠文中也指出：不僅狐類，所有女妖都是蒲氏為她們披上了人的「外衣」，而蒲松齡以女妖寫人的意圖，乃是為將男性的特權合理化。[11]因此，值得我們進一步探問的是：《聊齋誌異》中的女性形象，是否融注了作者所生活的封建社會的那種根深蒂固的觀念和意識，還是其在婚姻愛情上表現得獨立自主，個性鮮明，具有強烈的主體意識？[12]如果只強調女性具有自主意識或獨立意識，而未能將文本中具有自覺選擇之意涵體現出來，則猶未能真正釐清女性主體意識的鮮活面貌與獨立特質。

蕙：〈女性的複製：男性作家筆下二元化的象徵符號〉，《中外文學》第18卷1期（1991年6月），頁116-136。

9　劉華：〈《聊齋誌異》女性角色中的男權意識〉，《河南機電高等專科學校學報》第16卷第3期（2008年5月），頁35。

10　雷群明：《聊齋藝術通論》（上海：三聯書局，1990年），頁160。

11　張嘉惠：〈《聊齋誌異》女妖故事研究〉（高雄：中山大學中文研究所碩士論文，2001年），頁89-90。

12　郭珊珊：〈《聊齋誌異》女性在婚戀中的主體意識〉，《內蒙古農業大學學報》第10卷第3期（2008年3月），頁339。

　　然而本文並非直接從性別意識來區分男性、女性的權力對抗，而是觀察《聊齋誌異》一系列的女性文本所呈現的至情至性，若非僅僅依附於男權發聲，其中也有其自主自覺所呈顯之「主體意識」，本文所要探討的女性主體意識，主要是針對傳統二元對立的觀點提出省察，筆者並不贊成激烈或過度偏頗的女性論述，亦非要論述「悍妒婦女」以顛覆男權社會的遊戲規則，挑戰甚至破壞了傳統社會對於「良家婦女」這個符號特質內涵之界義，一個已經積澱已久的固化符號系統崩解，引發模塑這個符號系統的權力者恐慌。[13]

　　此外，如前所述《聊齋誌異》女性議題在當代雖已成顯題，此一顯題或受到女性主義所左右，例如「《聊齋誌異》在中國文學史當中被看作是明清文言小說的集大成者，而且被譽為精神啓蒙和婦女解放的先鋒」[14]；又從棄置男尊女卑、顛覆男耕女織、提倡男女平等以論〈小二〉、〈黃英〉等所表現，已經不是長期處於男性霸權社會中被奴化和異化的中規中矩的受制約控制的女性，而是具備了衝破這個長期罩在女性身上的封建樊籠，擺脫附庸男性的自卑境地——經濟獨立，成了有人格尊嚴的獨立女性。[15]

13　陳葆文：〈《聊齋誌異「悍妒婦女」類型析論》〉，頁 254-255。

14　徐艷蕊：〈從《聊齋誌異》的性別話語質疑傳統文學經典的合法性〉，頁 163。

15　周小雨：〈《聊齋誌異》中的女性經濟獨立意識〉，頁 111。吳秀華在〈明末清初小說戲曲中女性形象主體意識之表現〉亦指出：「明末清初小說戲曲中女性主體意識的自覺具有多重原因。其中，在明清社會現實生活中，女性的經濟地位有一定程度的提高。經濟地位的提高，奠定了女性在家庭

　　然而，一般而言，大抵都從服膺父權觀點來論述女性形象；如此就造成女性角色的塑造扁平化，甚至自我空洞化，往往較易喪失主體意識。尤其隨著女性主義的風行，此一爭議課題的研究數量隨之增多。在 90 年代初期戴錦華等研究者所關懷之面向，從女性形象爲一「空洞能指」來反思，強烈指出在男性的文化符號結構中，女性形象已非任何抽象具體的眞實女性，並以「物化」與「欲望權」討論《聊齋誌異》之意涵。[16]此女性研究的方法論具有廣泛的影響性，也可視爲階段性的研究成果，並進而形成一套已然固定的論述。例如：馬瑞芳的〈《聊齋誌異》的男權話語與情愛烏托邦〉，她認爲：《聊齋誌異》的愛情女主角經作者主觀意志過濾，以男權話語扭曲成「蒲松齡式」女性形態；以男性需要爲中心，子嗣凌駕一切。馬瑞芳的論述精闢深刻，引起了研究者的廣泛關注。[17]又如：王向東〈《聊齋誌異》：錯綜纏繞的性別言說──蒲松齡進步婦女觀的另一面〉中所言：蒲松齡在其短篇小說集《聊齋誌異》中集中體現的婦女觀，並不像通常人們所認定的那樣積極和進步，而是呈現一種混雜、錯綜、盤旋纏繞的形態。與時人相比，蒲松齡小說中不乏同情婦女、張揚人性的層面，與此同時，在傳統「女禍論」的影響下，女性身份的隱性缺席和兩情相悅爲表象的男性立場婚戀觀也時有表現。蒲松齡錯雜交纏的婦女觀可以

　　中較高的地位。文中亦舉出《聊齋誌異》作爲例證。 詳氏著：《明末清初小說戲曲中的女性形象研究》，頁 33-34。

16　孟悅、戴錦華：《浮出歷史地表──中國現代女性文學研究》序，頁 18-19。

17　馬瑞芳：〈《聊齋誌異》的男權話語和情愛烏托邦〉，頁 73。

視爲性別觀念進化上一次意義重大的停靠和中轉。**18**

　　透過上述論點，我們所要反省的是：《聊齋誌異》可否從蘊含父權意識來審視箇中隱含的女性意識？如果是，那麼是否正如研究者所言：「女性終究是男性書寫歷史永遠失落的一個環節。」**19**如果不是，那麼從父權意識來作爲論述依據，是否絕對必要？提出的反思之論，亦可見近年有關女性主義方面之研究成果：　如王春玲在〈近年來《聊齋誌異》研究綜述〉一文中言：近年來，《聊齋誌異》研究更加活躍。在《聊齋誌異》的思想內容、創作動機、比較研究等方面都取得了豐碩成果，爲人們準確理解和深入把握《聊齋誌異》提供了新的視野與角度。**20**

　　時至今日，21 世紀討論此一「女性主體」問題時，對於女性主體，或是強調文本中女強人之肯定，如：夏艾青所言：女性地位是衡量一個社會文明程度的重要尺度之一，在一個男權的世界裡，蒲松齡的《聊齋誌異》爲我們創造了一個全新的女性世界，雖爲鬼魅狐仙，但她們敢愛敢恨，敢於衝破封建藩籬，追求自由幸福。蒲松齡把女性美提高到一個新的高度，女性不僅僅是一個可以讓男人賞心悅目的對象，更是一個力圖追求精神自由的主

---

18 王向東：〈《聊齋誌異》：錯綜纏繞的性別言說——蒲松齡進步婦女觀的另一面〉，《揚州大學學報（人文社會科學版）》第 11 卷第 4 期（2007 年 7 月），頁 41。

19 陳翠英：〈閱讀才子佳人小說：性別觀點〉，《清華學報》第 3 期（2000 年 9 月），頁 365。

20 王春玲：〈近年來《聊齋誌異》研究綜述〉，頁 178-179。文中指出近人研究成果，詳參本書第一單元註解 71，頁 40。

體。[21]邱玉明在〈論《聊齋誌異》中的女性先鋒意識〉一文指出：
在現代審美領域中，先鋒性是一種深邃的時代精神的集中體現。

因此，在中國歷代文人伴隨著世界文明的進程中，無論是在文
學理論上，或是在文學作品中，都賦予了女性先鋒意識其獨特的
內涵，尤其是蒲松齡的作品《聊齋誌異》，它從女性視角出發，充
分詮釋了中國古代女性強烈反叛封建禮教的先鋒意識，閃爍著女
性追求思想解放和經濟獨立的自強精神。[22]另外，王會敏在〈誰說
女子不如男──論《聊齋誌異》中的女強人形象〉一文言：在尚無
「女強人」稱謂的年代，蒲松齡的《聊齋誌異》中就出現了各種各
樣的女強人形象，這些女強人形象，既標志著中國古典文學女性
形象塑造的新高度，又啓發了後世文學作品中眾多進步女性形象
的塑造。[23]

然而，這種以「先鋒意識」、「女強人」來標舉女性的能力，
以對比女人可以比男人強的詮釋話語，似乎想要藉由此一思想當
武器，來強化其概念，是否會有片面性的思考危機？這不只是喪
失女人的真正特質而已，更是違反文學之實質內涵與價值。然而
我們應該反思的是，文學美所發散的實質生命意涵是什麼？它如
何引領我們有意識的去欲求並建立有意義、價值的生命？但侯學

---

21 夏艾青：〈《聊齋誌異》的女性觀〉，《湖南第一師範學報》第 6 卷第 2
    期（2006 年 6 月），頁 125。

22 邱玉明：〈論《聊齋誌異》中的女性先鋒意識〉，《開封教育學院學報》
    第 27 卷第 4 期（2007 年 12 月），頁 4。

23 王會敏：〈誰說女子不如男──論《聊齋誌異》中的女強人形象〉，《蘭
    州教育學院學報》2007 年第 4 期（2007 年），頁 19。

智於〈《聊齋誌異》理想女性的角色定位及其價值功能期待〉中仍言：《聊齋誌異》中的理想女性形象，其實是作者內心欲求和企盼的產物，其角色定位及其功能價值是從男性社會的規定性和男性的利用、需要爲出發點的，反映出男權社會「女爲男用」的角色價值意識，亦指出中國傳統社會的男權文化心理。[24]

可見此類研究者認爲蒲松齡正是通過這種形象塑造，完成了他對主流文化語境中「賢妻良母」的企盼。如舉出〈喬女〉中的醜婦喬女，大抵就其在丈夫穆生死後，儘管生活艱難，但她仍然拒絕了孟生的求婚，堅持守節而終。認爲這是從服膺父權的意識形態之價值意涵來肯定。然而本文則從《聊齋誌異》異史氏曰對〈喬女〉遵守傳統的「不事二夫」肯定中，同時她爲孟生表現「知己之情，許之以身」的膽識勇氣等可貴精神，認爲研究者並未將喬女之「性情自覺」主體內涵闡述出來，此待深入論述。

就此藉由主體的生命實踐意義來觀察反省時，可發現上述研究者之論述雖能肯定女性優點及能力，然而其論述方式是否眞能深化其人格美，是否眞能將女性之生命實質意義體現出來？是值得商榷的。當代學者孫康宜針對西方女性的主體意識提出深刻反省時言：今日的女性主義已由「解構」男權演進到「重建」女性的內在自覺。而這種破除性別規範的廣大意識正好迎合了後現代的文化趨勢；它融合了「主流」與「邊緣」，肯定了多元文化的「多樣性」，這個「多樣性」無形中把女人從憤怒的、怨恨男人的、「被

24　侯學智：〈《聊齋誌異》理想女性的角色定位及其價值功能期待〉，頁 26-29。

壓迫」的心理逐漸解放出來。九〇年代的女性已把重點轉移到「自信心的提升」。現在她們是在「頌揚」女性的自覺與自由，而不是在提倡反抗男性的政治行動。[25]由此可知女性主義者，若能側重「重建」女性的內在自覺，或能將《聊齋誌異》中女性自主生命之價值意義彰顯出來。

此外，本文所論之「女性主體意識」，即是以「女性自覺」作為女性主體性之探討核心。重新反省千百年來女性獨立人格之形象塑造：或從推崇對抗傳統禮教之「女強人」角度，或以批判女性在「男權意識」觀照下，強調「回歸順從之婦德」等問題，從上述兩大研究面向的成果來看，女性主體性真的只能是「對抗」與「順從」的對立思考嗎？

至於本文所謂「主體」一詞，並非以一般哲學的知識論來論述，[26]而是從中國文化是心性之學，是一種特殊的生命學問作為

---

25 引自美國耶魯大學東亞系教授孫康宜在〈關於女性的新詮釋〉中所言，詳見氏著：《古典與現代的女性詮釋》自序，頁 6-7。

26 「主體」乃是認識論基本範疇之一，只在人與對象關係中，作為認識、實踐、創價活動的承擔者，即能動認識和改造客體並創造價值的具體實現的人。而將「主體」的概念附予參予文學活動的人時，周英雄在〈必讀經典、主體性、比較文學〉一文便指出：在文學的研究上，若能將主體的位置（subject positions）加以適當的考慮，則「文學就不會被視為理所當然之物（given）；相反的，文學不外是範疇，範疇之形成固然賴社會歷史，但主體也必需在塑造範疇中，自求成形，自行觀照」。周氏並以藍博洲《幌馬車之歌》為例，說明創作者的主體性，乃透過小我擴充為大我，追求身份的認同，而讀者透過者種特殊的文學處理方式，多少也影響了「我們自己的身分認同」。周文收入陳東榮、陳長房：《典律與文學教學：第十六

立論思考。*27*此從《聊齋誌異》中〈蓮香〉「異史氏曰」對女性的處境表現，而提出「人身」的強烈反省，以觀蒲松齡對「人身」所強調並非只是形體與形貌的重視而已，同時也對人的心神部分極為側重。因為如果人的心神欠缺意志，就無法自覺自主選擇，那麼人的真正主體就無法彰顯，因此，本文所要標舉的「女性主體意識」，是要從女性主動、自覺去面對她的處境，由此興發自我的抉擇及承擔的勇氣。來探討《聊齋誌異》如何呈現女性之「主體意識」*28*，其中是否能透過對於自我抉擇的認知，使我們發現「意志」之存在與可貴。

屆全國比較文學會議論文選集》（臺北：中華民國比較文學學會，1995年），頁 1-22。

27 牟宗三：《中國哲學十九講》（臺北：臺灣學生書局，1983 年）第二講，頁 26-27。誠如王鎮華於〈主體的建立──生命之道的九把鑰是〉一文中所言：「主體，關鍵尤其在主、在天覺、在本心上。」又言：主體，在〈中庸〉的說法：「中也者，天下之大本也；和也者，天下之達道也。致中和，天地位焉，萬物育焉。」在〈大學〉的說法：「自天子以至庶人，壹是以修身為本。」修身是指格物致知、誠意正心；此二者即中國文化的知識論與實踐論。華梵大學中國文學系主編〉：《「生命實踐」學術研討會論文集》，（2002 年 12 月），頁 420。

28 王璦玲主編：《明清文學與思想中之主體意識與社會》文學篇上，頁 4。所謂「主體意識」，依性質而言，應是指一個人對於其自身存在之自覺與認知。而這種自覺與認知，最開始時雖只是覺察到自身之存在，然而隨著我們的精神指向，我們將外在世界導引進我們自我之內部，使自我於面對客體時，成為一個以「自我意識」為核心之「覺受者」與「判斷者」。並透過對於自我抉擇的認知，使我們發現「意志」之存在與可貴。

　　故而，本文將就上述兩大研究面向作為省察角度，重新將《聊齋誌異》中小說人物對於生命本真的追尋，作一反省觀照，著眼反思主體之核心精神所在——情意生命之真與情意生命之正，展現在《聊齋誌異》故事情節中的價值意義，其中「悍妒婦女」等女強人很有女性自主，然而她們以對抗方式來取代男權，其行為實不具有真正的「情意生命」，本文並不就此論述；主要是要藉以探討情意生命對於人在社會文化倫理結構，與男女關係中個人生命的安頓及存在價值的追求。

　　準此，本文擬透過《聊齋誌異》女性「情意生命」之體現方式：「情欲的安頓與昇華」、「形骸的藩籬與破除」等面向來探討女性如何透過「情意生命」的朗現，發揮其女性自主意識；復擬透過《聊齋誌異》文本對「人身」之形與心的描述，來突顯女性對真精神的追尋，並且藉由「即情顯禮」的具體實現，來展現《聊齋誌異》女性自主精神之情意生命的價值；同時透過道德規範與情欲追求所造成的內心衝突，其如何取得一種平衡以化解生活困境的過程，進而從情禮融合的生命體現，以及至情精神之朗現，闡明蒲松齡對自主生命的肯定與反思。

二、《聊齋誌異》女性「情意生命」之體現

　　本文所謂「情意生命」一詞，乃參考勞思光所言之「形軀我」、「認知我」、「情意我」以及「德性我」等自我境界概念之區分來作思索進路。勞先生認為「情意我」是以生命力及生命感為內容；

「德性我」是以以價值自覺爲內容。[29]本文要追問的是，如果生命是一體呈現的話，那麼「情意我」難道可以排除「德性我」、「認知我」、「形軀我」？若以此來反思生命議題，如何展現更深刻反省及關懷的空間？中國傳統文化中極爲重要的核心價值，向來重視生命情意、「至情感通」等價值意義，並以此來觀照生命的自在天眞，讓每個人的天眞得到存全。誠如《周易‧咸卦》中所言：「天地感而萬物化生，聖人感人心而天下和平。觀其所感，而天地萬

29　本文將從「情意生命」重新檢視《聊齋誌異》小說人物對於生命本真的自主追尋，作一反省觀照。有關所論「情意生命」一詞之概念，本文參考勞思光先生所言之「形軀我」、「認知我」、「情意我」以及「德性我」等自我境界概念之區分而來。勞思光所言之四種自我境界之設準分別為：形軀我——以生理及心理欲求為內容；認知我——以知覺理解及推理活動為內容；情意我——以生命力及生命感為內容；德性我——以價值自覺為內容。請參見氏著：《新編中國哲學史》（臺北：三民書局，2007 年）第三章〈孔孟與儒學〉（上），頁 148-149。勞先生認為「情意我」是從莊子之自我只是順物自然，觀賞自得，以論自由境界，其主體之主宰性，只顯於一種欣趣玩賞上（頁 278-279）。勞思光所對四種自我境界之設準分法，有其討論哲學的方便說法，然而其中有待商榷的是：如果就此分別來觀照生命，如何讓生命自在天真？如何讓每個人的天真得到存全？我們要追問的是，如果生命是一體呈現的話，那麼「情意我」如何可以排除「德性我」、「認知我」、「形軀我」？由此對生命有何深刻反省及關懷，實有深入探究的必要。近代學者曾昭旭已提出生命「情意」的重要性：「中國文化傳統重生命情意，人際關係講究有情有義，所以存心態度優先。」詳見氏著，《讓孔子教我們愛》（臺北：臺灣商務印書館，2004 年，初版一刷），頁 53。

物之情可見矣。」³⁰王夫之在《詩廣傳‧齊風》亦引《周易》論述：

> 「觀其所感而天地萬物之情可見矣。」見情者，無匿情者也。
> 是故情者，性之端也。循情而可以定性也。³¹

然而要如何從「天地感而萬物化生」來體現「天地萬物之情」？此
一深刻的生命反省與關懷，亦可從王陽明所言「天地萬物一體之
感」³²之至情精神中體現，並藉此來化解人與物之隔閡。此至宋明
理學「存天理，滅人欲」³³的思潮逐漸轉向「天理」的論述路線，
「人之欲」成爲被批判的議題，進而擴大至「人之情」的迴避上。
因此，忽略情與理中所隱含的「情意生命」³⁴。於是故事文本中「驚
天地，泣鬼神」的至情精神，在中國古典小說名著中成爲小說家對

30　〔魏〕王弼注，樓宇烈校釋：《老子周易王弼注校釋》（臺北，華正書局，
　　1983 年），頁 373-374。

31　〔清〕王夫之：《詩廣傳》（臺北：河洛圖書出版社，1974 年），卷二，
　　頁 43。

32　〔明〕王守仁：《陽明全集》（臺北：臺灣中華書局，1965 年），卷二
　　十六，頁 973。

33　〔宋〕黎靖德，王星賢點校：《朱子語類》，卷十二，頁 207。

34　曾守正對先秦以來有關性情、禮義的探究中指出：在性情的討論中，先秦
　　諸子（儒家、道家、陰陽家）對漢代哲學產生了影響，使得漢人從各種角
　　度面對情欲，並且採取順情理情的基本態度。就此更指出：情與禮義的關
　　係，不是對立的關係，而是層級的關係，即禮義建立在人情的基礎，並且
　　可以引導情感。詳見氏著：《先秦兩漢文學言志思想及其文化意義——兼
　　論與六朝文化的對照》，第四章〈先秦兩漢文學言志思想的轉變、文化意
　　義、及其與六朝文化的對照〉，頁 269。

抗反思社會規範、人間秩序的重要判準。然而明清文化中卻出現「情意生命」與「德性生命」[35]的對立議題，有關至情精神、綱常禮教等議題，在明清社會文化發展脈絡中，不僅大量關注[36]，直至近代，仍對天理與人欲的對立與融合，持續展開相關的討論，[37]在晚明清初社會文化發展脈絡中，出現以「理」代「情」的嚴重現象；小說中亦常出現以「欲」代「情」之問題，文本中詠「情」之句甚多，[38]就此如何對「情」、「至情」等課題做出適切的體會詮釋，仍有其重要意義。

　　故本文以《聊齋誌異》為討論範圍，並針對《聊齋誌異》中所標舉「情之至者，鬼神可通」、「禮緣情制，情之所在，異族何殊」等論點，來探討「情意生命」的價值意義。就其情感之感通問題，從現實當中來看，人與天地萬物是有差異的，是無法感通的。然而如果從人與天地萬物之共通性來論，人與天地萬物皆因「性情之真」與「性情之正」之道的體現，使其能無障隔且感通。由此，本

35　黃麗卿：〈《聊齋誌異》「形變」研究〉，第四章〈《聊齋誌異》「形變」的義理詮釋〉，頁 115-121。

36　一般研究者大抵視《聊齋誌異》為「孤憤之書」，強調其「恨世之情」、「憤世之意」。如：吳秀華在《明末清初小說戲曲中的女性形象研究》，頁 175 中，針對明末清初小說家何以會產生孤憤心理立論，並從其時代的女性形象做為觀察對象，將女性處境的難題，深刻地揭示出來。

37　張壽安：〈我欲立情教，教誨諸眾生──跨越時空論「達情」〉所云：「觀察十七世紀以降的文化走向，將之分為兩大流派，一是情欲論述，一是禮教反省。」見張壽安、熊秉真合編：《情欲明清──達情篇》，頁 10。

38　吳秀華：《明末清初小說戲曲中的女性形象研究》，第六章〈明末清初戲曲家創作心理與女性形象模式〉，頁 175-181。

文將通過《聊齋誌異》女性類型的情意生命之「眞」與「正」作一
辯證融合，以呈現至情精神之核心價值。準此，探討《聊齋誌異》
中的女性如何展現「情意生命」？如何照現人間世界的美好？如何
在人間世俗之禮教體制中體現天地既「眞且正」之情？如何藉由情
之眞與情之正的辯證融合，完滿實現其「情意生命」？當人之情既
眞且正時，何以即能顯天之情的既眞且正？在此意義之下，論天地
萬物一體相感通之情，才有呈現的可能。

　　其實從通俗文學的發展脈絡來看，在湯顯祖（1550～1616）《牡
丹亭》中塑造杜麗娘爲天下有情人之形象，此一「因情而亡，因情
而生」之精神，使天下人在感動之餘，也引發大家對「情」、「理」
對立之反省，他強調出：「嗟夫！人世之事，非人世所可盡。自非
通人，恆以理相格耳。第云理之所必無，要知情之所必有邪！」[39]
特別標舉出「形」之生死只是變異現象，眞正恆常不變的價值乃在
「至情」精神的體現，以此來批判世人偏執「形骸論」，導致失去
眞性情的問題。馮夢龍（1574～1646）也說：「生在而情在焉。故
人而無情，雖曰生人，吾直謂之死矣！」[40]他特別論述有情女子的
生死並非從形體的消亡變異來論斷，而是由「情生」、「情死」而
定，故而提倡「情教說」，以「萬物生於情，死於情」[41]來喚起情
之眞的可貴，其所編《情史》中，更展現出此一精神。

39　〔明〕湯顯祖：《牡丹亭・題詞》，頁1。

40　參見〔明〕馮夢龍：《情史》，卷二十三，「情通類總評」，頁600。

41　《情史》全書二十四卷，將「情」分類爲情貞、情緣、情私、情俠、情豪、
　　情愛、情癡情感、情幻、情靈、情化、情媒、情憾、情仇、情芽、情報、

　　此一問題在蒲松齡（1640～1715）的《聊齋誌異》中，更創造出許多有情有義之「奇女子」，藉由「至情」來超越形骸、生死、形貌、禮教等，如〈香玉〉中所論「情之至者，鬼神可通」，以貞定「情」與「心」的恆定價值，同時對生命中天理與人欲的去存問題，以及所衍生對「情欲」的討論反思，值得我們關注。

　　此外，從蒲松齡所論「情之至者，鬼神通之」觀之，此論應似承襲湯顯祖、馮夢龍等反省世人喪失生命本眞而成爲「形骸論」之社會，所要呈現的眞性情，不但有別於晚明人物，且更批判了這些人物耽溺物欲所衍生的問題，此由其塑造情癡所要展現之「志凝」之典型可知。[42]明清之際對情欲的肯定與追求，可見於《情史》首卷「情貞類」情主人曰：「自來忠孝節烈之事，從道理上做者必勉強，從至情上出者必眞切。夫婦其最近者也，無情之夫，必不能爲義夫；無情之婦，必不能爲節婦。世儒但知理爲情之範，孰知情爲理之維乎！」[43]然而世人面對「天理」與「人欲」的生命問題，反省批判者仍爭議不斷，例如王夫之所言：「天理、人欲雖異情，而亦同行……故遏欲存理，偏廢則兩皆非。」[44]特別指出「人

情穢、情累、情鬼、情妖、情外、情通、情蹟等，依類繫事，網羅世間萬物的種種情事，可說是第一位重視討論「情」的作家。

42　陳葆文：〈《聊齋誌異》癡狂士人類型析論之二——癡子型〉，《聊齋誌異癡狂士人類型析論》（臺北：里仁書局，2005 年），頁 196。

43　〔明〕馮夢龍編：《情史》，卷一〈情貞類〉，頁 23。

44　〔明〕王夫之：《船山遺書全集・讀四書大全》（臺北：中國船山學會、自由出版社，1972 年），卷十，頁 6981。

欲之大公，即天理之至正」，二者實不可分，唯有二者相結合，才能呈顯「人欲之大公，即天理之至正」之生命價值意義。

此一生命的對立、結合問題，直至清初《聊齋誌異》中所論及「世情如鬼」、「人不如鬼狐」等，似乎更形嚴重。因此，如何讓情意生命得到伸展的空間，如何能衝決禮教的藩籬？書中以鬼、仙、狐與人皆可無拘無束的長久生活，要對比何種問題？如：〈蓮香〉、〈魯公女〉中，不管爲狐、爲鬼，但因無人形之拘限及束縛更能展現眞性情，更具有眞正形體，更可免於處處受到各種的拘限。這是蒲松齡對現實社會之所以提出「孤憤」的批判，同時又試圖轉化出「情之至者，鬼神可通」之可貴價值。

就此，我們認爲蒲松齡面對的是「世情如鬼」的時代，因世人失去眞性情，導致生命的浮蕩，反而被僵化的禮教所束縛，而產生種種困境。故而對生命本眞提出深刻的反省，其反省方式主要是從小說中的花精鬼狐女性之「情之眞」與「情之正」，來對比現實社會人性的「情之私」所衍生之「情之惡」問題，其中值得反思的是，《聊齋誌異》中塑造出多篇有情有義、無怨無悔的女性來主動幫助男性化解困境，甚至完全承擔「女主外」的家庭生計，這些女性所體現的「情意生命」，是否出於「自主意識」，實值得深入加以省察，茲分述如下：

（一）情欲的安頓與昇華

情欲的安頓是一生的課題，若能安頓又可昇華，是一種生命的完成。《聊齋誌異》中對於女性經由其主體意識的自我朗現，而使情欲得以安頓甚至昇華的故事不少。首先，如〈鴉頭〉一文的敘

述中，可以看到儀度嫻婉的狐女「鴉頭」，雖身在青樓，受到其母逼迫鞭打，卻仍然潔身自好，堅持要嫁給真情之人，因此當她遇見貧窮老實的秀才王文時，立刻做出自己的選擇，她說：「妾委風塵，實非所願，顧未有敦篤可托如君者。請以宵遁。」這說出了鴉頭追求真情真愛的決心；然而是什麼力量？讓鴉頭不顧一切逃離青樓？又是怎樣的精神？讓她勇於追求兩情相好，選擇與王文私奔呢？作者蒲松齡更藉由王文知道鴉頭是「狐」，是「異類」後的真情相待，點出王文不以異類相棄，襯托出鴉頭何以會選擇王文，並且以「至情」相待，無怨無悔地料理家務而不以為苦。從鴉頭的選擇，除了可以看出她發自內心的「女性自主」意識，展現其安頓自我情欲的表現形式，也可以看到她「情意生命」的具體朗現。

　　鴉頭為情愛而堅持的昇華精神更令人動容：當鴉頭法力終不敵其母之妖術而被抓回，竟能不順從母意，情願拘禁十八年之久，可以在「幽室之中，暗無天日，鞭創裂膚，飢火煎心，易一晨昏，如歷年歲」。寧願被關受苦，也不屈服，其堅守之信念竟是：「從一者何罪？」此時從她生命當中所實踐的道德禮教，所看到的並非桎梏人性之教條束縛，而是已內化在她生命之中，至情精神力量的展現。由此我們才能理解鴉頭的用心，何以要堅持選擇矢志不二、從一而終的情愛，而情願付出常人難以忍受之痛苦代價，而最後兒子救她於水火之中，一家團聚，更說明蒲松齡他對堅毅高潔的情意生命的高度肯定，此從「異史氏曰」所嘉許道出：「至百折千磨，之死靡它，此人類所難，而乃於狐得之乎？唐君

謂魏徵更饒嫵媚,吾於鴉頭亦云。」[45]從鴉頭以情欲安頓、情欲昇華的過程中,所執守之深情眞意,不僅眞正展現禮之眞精神,更深刻表現出情意生命的美好。

其次,如〈花姑子〉中亦呈現此一情意生命。花姑因安生對她情意深重,又有救父之恩,因此背著父親與安生相會,但身爲異類的她說出:「妾冒險蒙垢,所以故,來報重恩耳。實不能永諧琴瑟,幸早別圖。」[46]其私會被章叟發現時,仍受到責罵,可見章叟不以異類而不守禮教。然而當安生爲蛇精所纏害致死時,章叟父女卻能急救之。此從花姑主動到安家,一改其溫美柔順,而痛哭聲嘶來弔唁,其「自門外嗷啕而入,撫屍捫鼻,涕洟其中,呼曰:『天乎,天乎!何愚冥至此!』」高聲啼哭並叮嚀安家雙親七日不殮,即急慌不告而別,雖看似未顧及其間禮數等世俗行爲,但皆益見其對安生惶恐關切之至情。此從七日到時,安生甦醒之際,花姑才詳述此次禍患及解救的驚險過程:「君前日已生西村王主政家。妾與父訟諸閻摩王,閻摩王弗善也。父願壞道代郎死,哀之七日,始得當。今之邂逅,幸耳。然君雖生,必且痿痺不仁;得蛇血合酒飲之,病乃可除。」[47]

由此可見,花姑與父親確歷經千辛萬苦,其父更以「願壞道代郎死,哀之七日,始得當」來挽回安生的生命。花姑報恩也是主動以自己道行的損失爲代價,此其最後見面時所說:「妾不能終事,

---

45　《聊齋誌異》,卷五〈鴉頭〉,頁606。

46　《聊齋誌異》,卷五〈花姑子〉,頁637。

47　《聊齋誌異》,卷五〈花姑子〉,頁640。

實所哀慘。然為君故，業行已損其七，幸憫宥也。」[48]由此展現「至情」的報恩之情義，實令世人感動。而此一無私的真情博得「異史氏」的肯定，並感慨：「人之所以異於禽獸者幾希，此非定論也。蒙恩啣結，至於沒齒，則人有慚於禽獸者矣。」[49]

花姑雖是以報恩來幫助安生，然而其所體現的情意生命，不但表現出巧慧，乃至治病、獻身、冥訟等都是自覺選擇。其生命圍繞安生而存在，甚至可以犧牲自己以救安生，此乃「異史氏」所稱許的「至於花姑，始而寄慧於憨，終而寄情於恝。乃知憨者慧之極，恝者情之至也。仙乎，仙乎！」[50]從花姑已超越異類之所為，不僅展現其智慧，以真情昇華形自然；又從其為安生生一子，其情愛終能獲得堅實的證明。從幫助安生死而復生中，更呈現其情意生命昇華之可貴，而安生終身不再娶，即是對花姑情意生命昇華的最好回應。

如在〈霍女〉中，描寫霍女「自薦枕席」與人同居三次，她自由追求「情欲」的行為，顯然違反世俗禮教規範，前兩次她選擇有錢有勢者，極盡奢侈花費之能事，有意敗光「貪淫鄙吝者」的家產，儼然是個蕩婦，她竟能以神奇手法「為吝者破其慳，為淫者速其蕩」，有意給予貪淫鄙吝者教訓。但當他遇到貧窮的黃生，是什麼力量讓她可以心甘情願為他打理一切，竭盡所能的付出相助？並在為他主動選擇佳偶，成全他們之後，遠離異地。蒲松齡雖指出其

48　《聊齋誌異》，卷五〈花姑子〉，頁640。
49　《聊齋誌異》，卷五〈花姑子〉，頁641。
50　《聊齋誌異》，卷五〈花姑子〉，頁641。

行爲並非貞潔烈婦，卻也未完全貶抑她，如在「異史氏」中稱：「女其仙耶？三易其主不爲貞；然爲吝者破其慳，爲淫者速其蕩，女非無心者也。然破之則不必其憐之矣，貪淫鄙吝之骨，溝壑何惜焉？」[51]一般論及有關女性自主，反抗傳統的規範，主要是以女性「自薦枕席」追求情欲爲出發點，認爲霍女行爲與傳統倫常規範有背反之處。然而蒲松齡在〈霍女〉一文中，何以能將霍女從蕩婦轉化爲多元豐富的形象，對於這樣的蕩婦卻能不從「三從四德」的世俗禮教來批判，反而能就女性處境來論其追求情欲的行爲，以及動機目的，來省察她是否有著眞心眞意的自主抉擇，以及無怨無悔的眞情堅持來作評斷。霍女所表現的情欲追尋，以及安頓情欲之後的超越行爲表現，雖都出於「自主意識」，但其中安頓情欲之後的昇華，則有著情意生命的價值意義，更展現「眞情」精神的可貴。

另外，如在〈荷花三娘子〉中，狐女自薦枕席與宗生相會，其行爲表現出情慾的放縱，如所言：「春風一度，即別東西，何勞審究？豈將留名字作貞坊耶？」[52]宗生因貪念狐女美色而罹病時，狐女還是每晚「攜佳果餌之，殷勤撫問，如夫妻之好。然臥後必強宗與合。宗抱病，頗不耐之。心疑其非人，而亦無術暫絕使去」。當得知是狐女所害，故而有請番僧以符咒除禍之舉，但宗生「見金橘散滿地上，追念情好，愴然感動，遽命釋之。揭符去覆，女子自壞

---

51 《聊齋誌異》，卷八〈霍女〉，頁 1097。
52 《聊齋誌異》，卷五〈荷花三娘子〉，頁 682。

中出，狼狽頗殆」[53]。念一度情好釋放了她。狐女雖感慨道：「大道將成，一旦幾為灰土！」[54]但對宗生仁惠之舉，則能有「誓必相報」之情，此從她取靈藥治癒病危的宗生，以及以「當得美婦，兼致修齡」來報宗生大德後，縱然宗生要與她再敘舊情，但狐女還是選擇離開，由此可見其行為出於「自主意識」。更可貴的是她能為宗生薦舉一位良婦，並教他追求的方法。因此，荷花三娘子形體雖然變來變去，宗生不但不畏懼，反而追求更為堅持執著，終於感動佳人現身，結為良偶，其中主要是因宗生能救狐女危難而有的回報之恩。

由此明顯看出狐女誓必相報之心，以贖害人之過，也因此有所覺醒而能超越「衾綢之愛」。狐女的悔過及捨愛薦人，更見其對生命已另有體悟。文中荷仙與狐女的表現則完全不同，她以矜持自重，堅持不理宗生對她苦心追求，故有形體的變化：宗生一見披冰縠之垂髫人（荷仙），即刻乘舟追之，此垂髫人變為紅蓮；宗生依狐女之教，對荷花爇火，當荷花變為姝麗，卻故意說自己是害人的妖狐，「將為君祟」，意在拒宗生於千里之外；宗生卻癡戀不已，姝麗又變為石，變為紗帔，最後為宗生之熾烈追求的真情所感動，自此不只「兩情甚諧，而金帛常盈箱篋」。其後生有一子，經六七年的美好生活，荷仙雖以「夙業償滿」選擇告別，心中卻對宗生的深情充滿不捨，除了主動提供他金帛滿箱之外，又留下昔

53　《聊齋誌異》，卷五〈荷花三娘子〉，頁682。

54　《聊齋誌異》，卷五〈荷花三娘子〉，頁683：狐女稽首曰：「大道將成，一旦幾為灰土！君仁人也，誓必相報。」

日冰縠帔以慰其憶念之情。由此可知,現實中兩人雖未能長聚到老,但這樣的分離並非悲劇。從荷仙自主為宗生安排子嗣以及打理生活所需,又能與宗生有真正情意,其情亦能永留宗生心中,可見此一超越情欲所呈現的情意生命,更彌足珍貴。

其他如〈紅玉〉中的狐女紅玉美貌出眾,且有過人的聰明才智、勤勞善良之美德,與馮生兩情相悅時,雖表現出情過於禮的行為,主動熱烈大膽追求情欲的滿足,如主動來見馮生:「相如坐月下,忽見東鄰女自牆上來窺。視之,美。近之,微笑。招以手,不來亦不去。固請之,乃梯而過,遂共寢處。」[55]但當其情受馮父阻擾責備時,紅玉流涕曰:「親庭罪責,良足愧辱!我二人緣分盡矣!」雖然馮生捨不得地說出:「父在不得自專。卿如有情,尚當含垢為好。」但紅玉還是表示「決絕」之意,且主動籌金,無所回報的資助馮生,以明媒正娶,完成終身大事,此由紅玉主動拿出白金四十兩贈馮生時所言:「去此六十里,有吳村衛氏,年十八矣,高其價,故未售也。君重啗之,必合諧允。」[56]其言畢即立刻離去,表現出為情奉獻無私而能昇華情慾之胸懷。這些狐女大抵皆能從情慾的安頓中,展現出助人為善,又昇華為「捨情成禮」之成全之情[57]。從上述幾則女性故事中特別強調「知己之情」、至情至性的可貴,並非排斥情欲,亦非摒棄「天理」,反而是要肯定情欲,安頓情欲,其中女性的自覺選擇有其特別意義。由此大抵可

---

55 《聊齋誌異》,卷二〈紅玉〉,頁 276。

56 《聊齋誌異》,卷三〈紅玉〉,頁 277。

57 詳參本書第五單元,頁 193-212。

以看出，蒲松齡是要以至情精神來面對「去人欲」的曲解問題，試
圖從安頓人欲，來展現「至情」精神之眞實意義。由此可知「至情」
精神，強調的是心靈的相知相惜，以突顯「情之至者，鬼神可通」
之可貴價值。因此，蒲松齡所稱「超越世俗之情」，並不只是男女
之情欲的安頓而已，其中更隱含著「從至情上出者必眞切」的「情
意生命」。

（二）形骸的藩籬與破除

在現實生活中，因「形骸」之藩籬所帶來的苦痛不少，人與異
類在形骸上的障隔，是具體而存在的事實，然而蒲松齡藉由異類
之形變與神通，再加上女性主體之情意的展現，破除了「形骸的藩
籬」，展現出至情感通之生命價值。首先，如〈阿纖〉中的鼠精阿
纖，只因奚三郎不以異類嫌棄她，反而再三念及眞誠奉獻，「思阿
纖不衰」，「使人於四途蹤迹之」，阿纖感念三郎的至情精神，才
回到他身邊。返家後，三郎因大哥嫌阿纖，故與他分居。「阿纖出
私金，日建倉廩，……年餘驗視，則倉中盈矣。不數年，家大
富；……」[58]阿纖除了獨自奉養公婆，又常常用銀子和糧食周濟嫌
棄她的三郎之兄。自此阿纖不念舊惡的心也感動大家，而能一家
和樂相處。

其他如黃英、嬌娜、青鳳、嬰寧、鳳仙、紅玉，長亭、白秋
練等等，都與阿纖一樣，皆爲異類，卻不需經過轉世投胎或借屍還
魂等方式，何以能留在人間，與人類無異，與人保持良好永久的

---

[58]　《聊齋誌異》，卷十〈阿纖〉，頁 1385。

關係，則是因爲他們都有著眞心相待之至情精神。其主要情節
如：阿纖「無甚怪異」、黃英「終老」而「無他異」等。又如「兪
愼」發現「素秋兄妹」爲蠹魚精所化，他說：「禮緣情制，情之所
在，異族何殊焉？」[59]馬子才「乃悟姊弟菊精也，益愛敬之」。[60]黃
生「始悟香玉乃花妖也，悵惋不已」[61]，他對於樹精「絳雪」一直
保持著眞摯友情，都沒有因爲所遇者爲異類，而心生排斥畏懼之
感，最重要是能與人和諧共處一生一世。因此，透過超越情欲、
超越形貌、超越生死、超越形骸等，不僅能轉化生命中種種困
境，更能展現情意生命之價值。

其次，與「形骸的藩籬與破除」方面表現相近者，如討論人之
死生形體變化問題，在此也一併探討之。以死生形體變化來凸顯
情意生命之價值的問題，此在《聊齋誌異》中塑造多篇有情有義的
女性身上，更能印證。不管爲狐、爲鬼，但因無人形之拘限及束
縛，更能展現眞性情。相較之下，爲什麼人具有萬物之靈的形體，
卻不免處處受到各種拘限，而無法展現出眞性情？然而從〈魯公
女〉、〈連城〉、〈蓮香〉、〈章阿端〉等文本敘述中，則能表現
出頌揚打破生死不移之眞情，透過超越生死的選擇，更顯示出至
情至性的彌足珍貴。如在〈魯公女〉中，主要打破人鬼殊途之隔，
特別是魯女暴殂，二人生死異路，反而成爲張于旦表達愛意情思
的轉機。從聞知魯女就停棺其讀書之寺時，在「悼嘆欲絕」之餘，

59　《聊齋誌異》，卷十〈素秋〉，頁 1350。

60　《聊齋誌異》，卷十一〈黃英〉，頁 1451。

61　《聊齋誌異》，卷十一〈香玉〉，頁 1550。

即難掩心中之情，不但誠摯地表達其愛戀之意，甚且祝禱其芳魂能現身相慰，當魯女相感現身時，道出：「感君之情，不能自已，遂不避私奔之情。」[62]魯女竟能跨越生死，與其繾綣五年。

　　至於魯公女在投生之前，和張生定下十五年的來世之約，是感其五年誦經超渡之恩。其言：「五年之好，於今別矣！受君恩義，數世不足以酬。」[63]張生為堅守重聚之約，乃「誌時日於壁」，終日念經行善，虔心修行，時時不忘十五年之約。魯女投生盧戶部家後，果然屢次拒絕貴家委禽，卻因張生返老還童而錯過再見的機會，竟然憂憤而死。當張生再次撫屍而祝時，魯女又再次復活，故能再續其二世之姻緣。魯女第二次以「人」的身份在現實世界以終身相報，不僅要通過張生「年貌舛異」的考驗，又經歷一次出生入死而終不改其志。此一打破生命形體之侷限，又透過轉世投胎之方式，適足以說明魯女真情亦已超越形體生死陰陽之隔。

　　在〈蓮香〉中的蓮香，以期盼之「樂死」方式來展現其真情，變為狐身亦是對桑生是否真情回應蓮香之考驗。因此，當蓮香「沉痼彌留，氣如懸絲」時，桑生及燕兒皆難過哭泣。病逝後，其屍體立刻化為狐身，從桑生不忍心以異類相棄，反而厚葬以觀，可見蓮香之至情，已能超越人狐之障隔。也因此情意而使蓮香樂以求死之特殊方式來投胎，其真情歷經十四年之考驗後，蓮香終能以轉世投胎之方式，成為真正的人間美女，也因有燕兒相助，使其得與桑生再續今世情緣。蓮香樂以求死之特殊方式來投胎，更說

62　《聊齋誌異》，卷三〈魯公女〉，頁294。

63　《聊齋誌異》，卷三〈魯公女〉，頁295。

明其心中保有眞情，故能經此歷練，終於修得「人身」。其歷經兩
世之眞情追尋，終能與桑生長相廝守，亦道出眞情超越生死之可
貴。

此中更說明蓮香心中堅持的眞情至性，使其能經由歷練，終
於修得「人身」。其歷經兩世之眞情的力量，更展現情意生命之可
貴。又如在〈連城〉中的「報知己」，呈現連城堅持選擇要嫁給貧
窮的知己喬生，是什麼力量讓連城可以反抗父命？當連城一死，
喬生亦不願獨活，坦然展現「樂死不願生」的精神，二人之至情感
動上天，而能雙雙死而復生。如〈聶小倩〉，小倩雖爲女鬼，卻有
感采臣不爲財、色所惑，終能改過向善，並助采臣避禍，采臣則
救小倩於苦海之中，收留小倩住在家中，小倩主動擔任家務，而
感動寧母不以鬼類而排斥。當寧妻病亡後，有意娶小倩爲妻。因
爲小倩的善良、親切、誠懇、樂於助人等眞心眞情，讓人忘其爲
鬼，是其至情的表現而能打破人鬼殊途之隔，終能與采臣結婚生
子。另外，在〈章阿端〉中，戚生之妻死後，本應投胎轉世，但她
堅決表示：「情之所鍾，本願長死，不樂生也。」[64]此一眞情亦打
破生死之隔，其展現的情意生命令人動容。

其他如〈阿寶〉中，阿寶的心因陰感孫生用情之深，尤其當孫
癡魂附在鸚鵡身上，進而對阿寶情意表白，阿寶才言：「深情已篆
中心。」但因孫癡家貧，阿寶父母認爲「擇數年得婿若此，恐將爲
顯者笑。」阿寶則因繡鞋已在孫生手中，發誓不嫁他人，才說服其
父母同意這門親事，但父母有意招孫生入贅。此時阿寶明白表示

---

[64] 《聊齋誌異》，卷五〈章阿端〉，頁631。

不妥：「婿不可久處岳家。況郎又貧，久益為人賤。兒既諾之，處蓬茅而甘，藜藿不怨也。」[65]

阿寶除了從家中得奩妝，頗增物產之外，又有鑑於孫生「癡於書，不知理家人生業；女善居積，亦不以他事累生。居三年，家益富。」[66]透過生活實踐，印證阿寶是真心對待孫生，心甘情願與其患難與共。後因孫生患消渴症而病亡，阿寶日夜不食、幾度至死，其真心真情感天動地，閻王便對孫癡說：「感汝妻節義，姑賜再生。」[67]終能使其夫婦死而復生。此處除了可見異史氏所要標舉之「性癡則志凝」之情真精神外，更藉由阿寶的情意自主表現，來呈顯出「天地間，有情皆可相契」之價值意義。

此外，在表現「至情」精神可感天亦可起死回生者：如在〈紉針〉一篇中，道出夏氏仗義之可貴，偶遇范氏母女在門外哭泣，立即關切詢問，當了解其困難處境後，不但把母女二人請入家中，酒食款待，而且主動表示：「母子勿戚，妾當竭力。」文本中特地寫出三十兩銀子對於夏氏「亦復大難」，因家境並不富裕，夏氏籌措錢財，也不敢告訴丈夫。夏氏是靠典當財物來湊錢的，千方百計營辦三天，也未湊齊三十兩銀子，又到自己母親那裡借錢。然而，籌足之錢竟被搶走，夏氏因愧對己諾，為此難過，引帶自經。夏氏埋葬後，其悲憫、義無反顧助人、關懷之心，終能感動上天而使夏氏、紉針雙雙死而復生。

65　《聊齋誌異》，卷二〈阿寶〉，頁237。
66　《聊齋誌異》，卷二〈阿寶〉，頁237。
67　《聊齋誌異》，卷二〈阿寶〉，頁238。

　　透過上述「情欲的安頓與昇華」、「形骸的藩籬與破除」等情
節文本，大抵可知情意生命雖屬內在，其中必須透過磨練與實踐
過程，才可從其行為表現出來。故而從當下情境表現而言，如在
〈連城〉一文，連城可以為知己而違抗父母之命，堅持選擇表現
「報知己」之心，甚至選擇為情而死，當連城一死，喬生亦不願獨
活，坦然展現「樂死不願生」的精神，其情終能感動天地，雙雙又
死而復生。頌揚生死不移之真情者，主要透過超越生死的自覺選
擇，更顯示連城反抗傳統父命並非盲動，而是出於堅守真情至性
的自覺，在〈嬌娜〉、〈花姑子〉、〈阿寶〉、〈紉針〉等篇，皆
表現為了情意而能對禮教規範、生死隔閡的超越，由此皆展現出
情禮融合之價值。

　　因此，《聊齋誌異》女性「情意生命」之體現，強調的是心的
自主覺察的重要性，唯有從其生命本真追尋，才能體察女性主體
意識之可貴。此可從〈魯公女〉中表現出「心誠則靈」的觀念來看，
故事中寫欲遵守已轉生為盧戶部千金的魯公女的婚姻之約，又擔
心年齡懸殊而無法踐約的張于旦，意欲借助佛力，持誦經咒，駐
顏卻老。其至誠感動了神人，於夢中提示他去南海朝拜。問：「南
海多遠？」答曰：「近在方寸地。」[68]佛教聖地南海就在人心中，
人心即南海耳。〈魯公女〉中所表現的宗教精神，從心學而論，更
說明出神佛即在心中。由此可知，只要心一念善，那麼神或佛就
在吾人心中，只要人行仁念善，或者只要有惻隱之心，至高無上
的「道」即可在吾人身上彰顯。

68　《聊齋誌異》，卷三〈魯公女〉，頁296。

　　《聊齋誌異》中的「至情」精神，主要是對「眞」特別的肯定與無私的堅持，意在追尋「眞人」，即是追求童心、赤子之心，可從蒲松齡〈壽常戩穀序〉一文看出：「天付人以有生之眞，閱數十年而爛熳如故，當亦天心所甚愛也。」[69]其實，本心善性人皆有之，蒲松齡認爲人具有之「眞」是天所賦予的，此人人皆有的眞，即是赤子之心。然而最可貴的是，能夠歷經數十年，仍「爛熳如故」，此種對「眞」之肯定與堅持，當是「天心」所要彰顯之至情精神，此從小翠之天眞爛熳表現，爲情愛無怨無悔的付出，異史氏稱讚小翠能有「月缺重圓，從容而去，使知仙人之情，更深於流俗也」之「至情」精神。但明倫亦就此稱許：「嫁衣代作，玉玦留貽，化笑貌於新人，慰懷思於後日，若小翠者，其仙而多情者耶？抑多情而仙者也。」[70]主要是更對小翠以眞情治癒公子之癡傻，不僅能安頓其情愛，更能成全其人倫大義等「至情」精神加以肯定。

　　又如嬰寧之天眞爛熳，純然與自然世界合爲一體，無拘無束，自由自在，不知人倫禮節爲何物。王子服雖愛慕其天眞，然而從帶回社會體制中，嬰寧已意識其因笑惹禍，易招致登徒子之覬覦想望，對方並在惡作劇中死亡，嬰寧即改變：「矢不復笑。」其自然本眞亦能逐漸學會適應環境及有所改變，懂得察言觀色，讓自己融入倫理社會中。天眞爛熳之情與倫理體制之間，必然存在著某種對立問題，從其「矢不復笑」，可見其嚴重性，此一問題

69　《聊齋文集》，頁66。
70　《聊齋誌異》，卷七，〈小翠評〉，頁1008。

值得重視及省思。

　　其實當嬰寧嫁入人間社會之後，其自然無邪之眞性情雖不能
如往昔自由展現，然而是何種精神讓嬰寧能心甘情願地寄情在人
間社會中？當嬰寧意識到現實社會的種種複雜規範時，亦能刻意
將其笑意隱藏心中，其外表雖執意不再顯露笑容，由此亦無礙其
心中所要呈現之情眞精神。此從異史氏之稱曰：「觀其孜孜憨笑，
似全無心肝者；而牆下惡作劇，其黠孰甚焉。至悽戀鬼母，反笑
爲哭，我嬰寧殆隱於笑者矣。」[71]嬰寧最後摘花、哭屍、「矢不復
笑」之表現，不言而喻，主要是社會虛僞現實奪其笑意；然而從凸
顯嬰寧之子「見人輒笑，亦大有母風」的行爲，亦正可說是對「眞
性情」理想的追尋，仍有期待堅持之心。

　　此外，有關「至情」精神所論之「眞」，其意義亦見諸〈樂仲〉
一篇：「斷酒戒葷，佛之似也，爛熳天眞，佛之眞也。」[72]其「佛
之似也」之似，其實亦只是一種執。如果自以爲執守斷酒戒葷，即
可見道成佛，於是過度偏執於此種形式，而未能內求於心上作工
夫，那麼必然衍生各種問題。此乃蒲松齡所要特別強調「爛熳天
眞，佛之眞也」之重要性。所謂「佛之眞也」之眞，是指價值上之
眞，唯有從價值上之眞作工夫，那麼生命之至情精神才有彰顯的
可能。從上述這些《聊齋誌異》中女性之所以能夠體現出情意生
命，主要是其能主動自覺的對生命本眞的追尋，故而能展現出至
情精神之價值。

71　《聊齋誌異》，卷二〈嬰寧〉，頁 159。
72　《聊齋誌異》，卷十一〈樂仲〉，頁 1546。

三、《聊齋誌異》女性「情意生命」之自主精神的實踐

　　有關女性情意生命的自主精神的討論，大抵一般皆將女性主體意識的研究，從反抗論述切入，以彰顯女性主體意識乃是具自主意識或獨立意識的女強人形象。然而，此系列僅從外在行爲表現來論述主體意識，例如陳葆文在〈俠女〉中，即清楚指出俠女的塑造極爲特別，賦予其在身體與性方面，能自主掌控。不但俠女對自己身體擁有絕對的主權，更拒絕了婚姻的形式，徹底顛覆了傳統小說所加諸俠女人物的制約。她可以爲了報顧母之恩，而決定「是否」及「如何」與顧生發生關係，此由小說其與顧生之初遇時的神態是「見生不甚避，而意凜如也」；其後受餽回報，照顧顧母，對於顧生受母命而伏拜致謝，依然是「舉止生硬，毫不可干」；及決定要爲顧家傳嗣時，對顧生則是「忽回首，嫣然而笑……挑之亦不甚拒，欣然交歡」；事畢之後，次日顧生欲續前緣，卻又「屬色不顧而去。日頻來，時相遇，並不假以詞色，稍游戲之，則冷語冰人」。

　　凡此，皆可見雖依傳統情節的發展，俠女必與顧生互動，並發生性方面的牽扯，但蒲松齡卻能在套用傳統情節模式之餘，使俠女對異性的情感表現，大反其道地呈現一種疏離冷漠的態度，使相對之下，其「嫣然而笑」、「欣然交歡」，乃至二次交媾，便

凸顯出俠女在「性」方面掌有絕對的操控權。[73]又如〈商三君〉中商三君假扮男裝，不屈服縣官的污判，也不畏生死，選擇主動籌畫為父報仇等，一般認為如此表現才具女性主體意識。

至於傳統社會對於不能「從一而終」的女子，大抵會從蕩婦來批判她，然而蕩婦或貞女的爭議問題，蒲松齡並未從傳統既有社會規範來作判別，如在〈霍女〉一文中對霍女主動追求情欲，非但未斥為蕩婦，反就其以神奇手法主動選擇對黃生情義相助，從「情欲自主」角度稱許之，值得吾人省思。如在異史氏稱：「女其仙耶？三易其主不為貞；然為吝者破其慳，為淫者速其蕩，女非無心者也。然破之則不必其憐之矣，貪淫鄙吝之骨，溝壑何惜焉？」[74]情意生命的價值意義，並非指「情欲」中陷溺情色方面，而是在肯定「情欲」，安頓情欲之中，更能展現助人愛人之真情。在反抗虛偽不實之禮教、肯定情欲追尋之自由之後，再回歸人情禮法的社會秩序裡。

然而蒲松齡何以能將〈霍女〉從蕩婦轉化為多元豐富的形象，此中值得深入探究。細究傳統女性在男權社會的存在樣態，其價值自覺的順從基礎可能朝向兩個選擇：第一是順從，傳統女性順從原先所建構之傳統或觀念，而導出行為規範的欲求，乃基於規範性的命令，此中關於順從的基礎是否有其反思與自覺呢？或者只是馴化、順從於傳統敘述的規範？第二是反抗，即是女性選擇與

---

73 陳葆文：〈由再創作論《聊齋誌異》之經典性——以〈俠女〉為例〉，《叩問經典》（臺北：臺灣學生書局，2005 年），頁 23-24。

74 《聊齋誌異》，卷八〈霍女〉，頁 1097。

傳統形象決裂、反抗，就實際據以行動的反抗準則，是否具有真正的價值自覺？如果僅從道德規範的對立面出發，而沒有去思考何以反抗，則只是流於為反抗而反抗，並流於一種盲動。我們如何從《聊齋誌異》中女性文本所隱含之意涵中，對其反思道德價值意涵提供自覺性的選擇呢？茲分述如下：

（一）順從傳統方面

有關順從傳統方面，本文認為並非以「存天理」的道德傳統為主，而去掉自然情欲，比較接近天理與人欲融通的「德性生命」，側重德性的本質。德性主要是彰顯「心」的本心善性，由此亦稱為「德性心」，此與「情性心」其實並非分開對立的，二者同樣皆是「心」之所發，也都展現了生命內在的核心價值。「德性心」強調的是人的「仁心善性」，以人之惻隱之心、是非之心為關懷重點，側重「心性學」之內在精神價值。其中惻隱之心便是情之表現，可見心性之學並不排斥「情與欲」，反而是要安頓「情與欲」。誠如王夫之所言：「天理、人欲雖異情，而亦同行……故遏欲存理，偏廢則兩皆非。」[75]另又指出「人欲之大公，即天理之至正」，由此可知天理與人欲，在王夫之眼中並非對立，而是要能融通天理與人欲，由此生命之價值意涵才能彰顯。可知此一德性除了含括「形而上之天理」，更要在「形而下之日常人倫當中」的實踐過程中顯現出來，從安頓與超越「人欲」，才能真正以達「踐形」之境界，而生命的理想與價值也才有實現的可能。

75　王夫之：《讀四書大全》，卷十三，頁6981。

　　《聊齋誌異》中人物所展現的「德性生命」，是以順從傳統的
眞精神爲主，其中必須兼顧天理與人欲，必須經過心的自覺自省
的選擇，並非一味盲目的遵守世俗的道德規範，如〈喬女〉一文即
可印證。一般研究〈喬女〉者，大抵就男權社會「女爲男用」的角
色價值意識，反映中國傳統社會的男權文化心理。[76]如侯學智由
此認爲蒲松齡正是通過這種形象塑造，完成他對主流文化語境中
「賢妻良母」的企盼。醜婦喬女在丈夫穆生死後，儘管生活艱難，
但她仍然拒絕孟生的求婚，堅持守節而終，這是從服膺父權的意
識形態之價值意涵來肯定。

　　然而本文並不認同侯學智之看法。因爲從「異史氏曰」：「知
己之感，許之以身，此烈男子之所爲也。彼女子何知，而奇偉如
是？若遇九方皋，直牝視之矣。」[77]以及但明倫對喬女的評點：
「美哉喬女！其德之全矣乎：不事二夫，節也；圖報知己，義
也；銳身詣官，勇也；哭訴縉紳，智也；食貧不染，廉也；幼而
撫之，長而教之，仁也，禮也。迨身既死，而猶能止其棺，斥其
子，卒以遂其歸葬之志，得爲完人於地下。嗚呼！抑何神乎！」[78]
此中可看出「異史氏曰」與但明倫的評點中，並非從服膺父權的意
識形態之價值意涵來肯定，而是在推崇喬女遵守傳統「不事二夫」
的同時，亦能讚許她爲孟生表現「知己之感，許之以身」等「奇偉」
之可貴精神與「德之全」的生命價值。「異史氏曰」與但明倫的評

76　侯學智：〈《聊齋誌異》理想女性的角色定位及其價值功能期待〉，頁
　　26-29。
77　《聊齋誌異》，卷九〈喬女〉，頁 1286。
78　《聊齋誌異》，卷九〈喬女評〉，頁 1287。

點中何以肯定喬女具有「奇偉」之可貴精神與「德之全」的生命價值。

　　然而值得深入探究的是，文中塑造的喬女不但黑醜，甚至身體殘缺，更遺憾的是「齴一鼻」，嚴重影響容貌，甚至「年二十五六，無問名者」。她之所以能嫁作穆家婦，並非穆生看重其德性，或身份地位，而只是穆生「家貧不能續娶」，尤其在嫁了三年，穆生死後，母子生活更為艱困，當喬女「大困，則乞憐其母。母頗不耐之」。此時連至親之母都不體恤支助她，喬女深知「乞憐其母」已無法改變現實的困頓，終於自覺表現出「亦憤不復返，惟以紡織自給」。這些都點出喬女何以開始因殘醜而婚姻無法自主，只能聽天由命的想法，但連至親都悲憐不再時，她已體會出處境再艱難，也必須為養育幼子而「以紡織自給」，此正表現出喬女一心一意為養家育子而有自主的德性。

　　從寡婦喬女堅持選擇「不事二夫」之德性心觀之，看似服膺父權，其中則有其自覺自主的選擇，此從其拒絕再嫁孟生可知。當孟生面對妻亡子幼，需要「以乳哺乏人，急於求配；然媒數言，輒不當意」。孟生雖然迫切需要娶妻照料幼子，但還是數次拒絕媒人的介紹，直到遇見喬女，孟生看待她與眾人則有不同的反應，對於喬女的黑醜及殘缺，並無鄙夷的態度，而是「忽見女，大悅之」，希望娶她為賢內助。但喬女則自覺選擇自立自助來化解其困境，並以德行來作「自我認同」的依靠。因此，喬女義正嚴詞的道出：「饑凍若此，從官人得溫飽，夫寧不願？然殘醜不如人，所可自

信者，德耳；又事二夫，官人何取焉！」[79]由此可見，喬女並未屈
服於饑凍受困的環境，反而是以傳統的德行自覺堅守，這樣的女
性主體意識的朗現，更顯其追尋「自主」情意生命之價值。

　　然而當孟生被喬女所拒時，亦未退縮，反而看重喬女內在之
賢德，堅持非她不娶。只是身為平凡的寡婦喬女，她很清楚自我
人生際遇難以開展婚姻之外的路徑，因此，她的醜貌顯得格外突
出，既無法得到社會、家族、婚姻的助力，她只能自立自助，以
「不事二夫」的德行來作「自我認同」的依靠。因此當孟生採取的
具體行動是「使媒者函金加幣，而說其母」。喬女亦不為所動，但
從其母見聘金時的喜悅之情，而對比喬女則表現出「女志終不奪」
的堅持，此處清楚看出貧醜的喬女與其母對於「不事二夫」的禮教
態度，卻有天壤之別。然而對於孟生對她的看重，此一「知己之
感」讓喬女深受感動，因此喬女更自主的將孟生視為知己，其心所
展現情義之勇氣，除了表現孟生之死，喬女不顧人言可畏，以未亡
人身份的「哭靈」，更可見諸她為爭回孟生家產而與孟生的好友的
對話：

> 夫婦、朋友，人之大倫也。妾以奇醜，為世不齒，獨孟生能
> 知我。前雖固拒之，然固已心許之矣。今身死子幼，自當有
> 以報知己。然存孤易，禦侮難，若無兄弟父母，遂坐視其子

79　《聊齋誌異》，卷九〈喬女〉，頁1283。

　　死家滅而不一救，則五倫可以無朋友矣。妾無所多須於君，
　　但以片紙告邑宰；撫孤，則妾不敢辭。[80]

此處喬女已明確告知林生「妾以奇醜爲世不齒，獨孟生能知我。前
雖固拒之，然固已心許之矣」。她心中感激孟生的相知相契，且有
決心要幫孟生「撫孤」的想法；至於孟生家產被搶之冤情任務，則
從五倫之情來曉以大義，託付林生。身爲孟生好友的林生亦將如喬
女所教，也前往告官打算，然而「無賴輩怒，咸欲以白刃相仇。林
大懼，閉戶不敢復行」。喬女見數日寂寂全無音訊，詢問之後，才
知林生膽怯，並未做到告官之責，導致孟生田產已被搶奪盡空。喬
女甚爲忿憤之下，毅然決然以弱女子身份挺身前往狀告縣官，審理
時，縣官並未先問案子之事實眞相緣由，反而先詰問喬女係屬孟生
何人，喬女所憑著以「理」來回復：「公宰一邑，所憑者理耳。如
其言妄，即至戚無所逃罪；如非妄，即道路之人可聽也。」[81]喬女
雖被縣官喝退，不僅不畏懼退縮，反而更激發她有著「冤憤無伸，
哭訴於搢紳之門」的不平之氣。這樣的膽識，終於感動搢紳：「某
先生聞而義之，代剖於宰。宰按之果眞，窮治諸無賴，盡返所
取。」[82]喬女何以能比林生更有膽識堅持告官爭回孟生家產？所堅
持的就是喬女「心之理」，故能無懼於官吏的斥責。同時亦有自覺
選擇幫忙「撫孤」來爲孟生興家。

---

[80]　《聊齋誌異》，卷九〈喬女〉，頁1284。

[81]　《聊齋誌異》，卷九〈喬女〉，頁1284。

[82]　《聊齋誌異》，卷九〈喬女〉，頁1285。

　　從喬女用其殘醜的形體，來對比林生、無賴之輩及昏聵官吏等，大抵反映出喬女報恩正展現一種「報知己」之情，這是一種「情意生命」的成全，其展現之勇氣亦如奇偉之「烈男子」一般。喬女發揮出「知己之感，許之以身」之膽識，足以說明喬女也有著「自然情欲」之心。但從她死後以還魂方式，來告誡孟生子「必以我歸葬！」即可看出她自覺堅持選擇「心之理」來貞定其情，這樣貞定不移之情，亦彰顯出其「德性」的可貴，由此適足以說明「嚴男女之防」的禮教規範，仍有其侷限性，實無法呈現真實生命之意義。

　　喬女雖嚴守「不事二夫」禮法的決心，此「禮」則適足以對抗世俗扭曲不實之禮教規範，此中即展現出為情守禮的真精神。其所堅守之人情、人性之禮中，實有著「知己之感」之真情，亦呈現出內在之精神價值。此從喬女「許之以身」的情意，可以經過二十多年時間的歷練實踐，幫助孟生完成其家的志業，即是明證。

　　然而身為穆家之人，喬女仍要自覺地選擇遵從「烈女不嫁二夫」的禮教，堅決不讓孟生子把她與孟生合葬，再三告誡孟生子「必以我歸葬！」其堅持要與穆生同葬之心，甚至透過其附身斥責的表現，再次強烈表白其並非全然以孟生家為重，其心之理，亦表現在護守穆生一家與保全其身的態度，由此更反映出喬女之「德性」生命，並非禮教規範下的僵化之理，其「報知己」之情中，同時亦展現出「全德」的生命價值內涵。由此可知其「德性生命」的認同貞定，並非如侯學智對喬女之論，從服膺父權的意識形態來肯定，反而是來自情意生命的選擇實踐與成全。

　　另外在〈青鳳〉一文中，青鳳對於耿生雖有好感，但對於叔父嚴格的閨訓，還是順從，而選擇離開耿生，此即如但明倫評出：

「一則以禮，一則以情。以禮制情，情當自屈。」[83]「以禮制情」正是青鳳叔父以嚴苛之家規閨訓，壓抑其自然情欲。在此一情況之下，狐女青鳳可能成為「情當自屈」之受害者，這並非真正的順從傳統，而是盲目的順從家規閨訓。因此，當耿生救出化為小狐的青鳳時，小狐立即變回青鳳本人，耿生則展現出欣喜萬分之情，並未有絲毫嫌棄之態。此時青鳳深受感動，才有勇氣抉擇與耿生相守一生，其情意生命不僅能超越世俗僵化之禮法藩籬，且已真正深含人性、人情之禮，此時其德性生命亦展現真實之人情價值。最可貴的是，當青鳳叔被捕之後，青鳳還是請耿生營救他，並接回照顧奉養，呈現人狐和諧共處一家的和樂畫面。又如〈鴉頭〉一文中的鴉頭雖身在妓院，卻可以主動選擇為真情而表現不屈服的心，堅持謹守「從一而終」的傳統美德，由此可以不順從母意，可以在「幽室之中，暗無天日，鞭創裂膚，飢火煎心，易一晨昏，如歷年歲」，情願拘禁十八年之久。其滿懷真摯之深情，始終堅守之強烈信念竟是：「從一者何罪？」

　　由此可知此一順從傳統，並非受到外在權力壓迫之支配，亦非盲目聽從傳統之規範，而是一種「性情自覺」，其中有著相知之深情作為支撐，由此可知，如果有真情在，傳統禮教要求女子理當堅守「從一而終」，其實並非桎梏人性之教條束縛，而應是人間最難得、最可貴之真情至性的「道德自律」的表現。其實鴉頭所抵抗之人倫道德，只是片面僵化的人倫之禮，並非深具人情、人性之禮，其所執守之深情真意，已能呈現禮之真精神。蒲松齡特別

---

[83]　《聊齋誌異》，卷一〈青鳳評〉，頁117。

嘉許道：「至百折千磨，之死靡它，此人類所難，而乃於狐得之乎，唐君謂魏徵更饒嫵媚，吾於鴉頭亦云。」[84]此種順從「從一而終」的情愛，是一種情義深重的傳統禮教精神，終能以眞情回歸美好之生命及眞實之人生，這是鴉頭之所以能通過種種磨難，超越世間之困境的重要支柱。

（二）反抗傳統方面

在反抗傳統方面，《聊齋誌異》中的女性所反抗者，並非盲目的對抗，亦非反抗傳統的眞精神，而是自覺反抗僵化禮教，或不合理的束縛，由此期能朗現「情意生命」的自主實踐。先從〈連城〉一文來看，連城可以爲知己而違抗父母之命，堅持選擇表現「報知己」之心，甚至選擇爲情而死，當連城一死，喬生亦不願獨活，坦然展現「樂死不願生」的精神，其情終能感動天地，雙雙又死而復生。頌揚生死不移之眞情者，主要透過超越生死的自覺選擇，更顯示連城反抗傳統父命並非盲動，而是出於堅守眞情至性的自覺。一般論及有關反抗傳統方面，主要是以女性「自薦枕席」追求情欲爲出發點，此一行爲與傳統倫常規範有對反之處，然而蒲松齡卻能不以蕩婦來批判，反而能就女性在追求情欲的行爲中，來省察她們，又能有著眞心眞意及無怨無悔的付出來加以肯定。此一類型文本甚多，值得深思探究。

如〈張鴻漸〉一文，狐女舜華傾慕書生張鴻漸的才貌，主動自薦枕席來與張生相會，其行爲雖與禮教閨訓不合，但舜華並非只

84　《聊齋誌異》，卷五〈鴉頭〉，頁606。

是追逐情慾的滿足而已，此從張鴻漸屢次受到狐女舜華相助，總能倖免於難，也能化解其危機，相處數年，舜華對他情意雖深，然而張鴻漸回鄉思妻之情卻日深。為此舜華不免故意試探其心，藉由施展法力，變成其美妻形貌之試煉，由此赫然發現張鴻漸對其妻之情義更甚於她，也確知他並非負心虛偽之人，舜華當下雖不免有失落之感，只是她也不願用法力變成其妻形貌，以此騙得虛假不實之情愛，或採取報復行動，反而自覺選擇成全其婚姻人倫之圓滿。最可貴的是，當張鴻漸返家後有難時，舜華仍是主動選擇相救解圍；困境解除之後，竟也不渴望張生回報，她對二人昔日之情愛亦無占有戀棧之意，由此可見舜華之行為並非只是盲目的反抗傳統，反而呈顯出無怨無悔的付出及成全之情的可貴。

其他如〈小謝〉中，小謝與秋蓉從主動戲弄破壞陶生的用品，看似反抗傳統之德行，但當她們體察出陶生不因美色而迷惑，反而坦誠正直應對，因而感動二人來向陶生學習請教。陶生與二女鬼之互動，由排斥至友好關係，直至陶生受到陷害後，二女主動積極與惡勢力對抗，其中「秋容」被城隍黑判攝去，逼充御媵，不屈被囚；「小謝」為救陶生，百里奔波，棘刺足心，痛徹骨髓，亦無懼無悔。二女及其弟的挺身相助，陶生終於戰勝惡官，化解其困境。因二女的情深義重，無怨無悔的付出，甚至連道士也深受感動，故能主動施以借屍還魂之法，助其圓滿情愛。[85]二女對陶生

85　〈小謝〉中敘寫：陶生以詩詞譏切時事，獲罪於貴介，被誣下獄。秋容、
　　小謝及三郎均悲惻，為其奔波於人鬼兩界，陶卒獲開釋，由是感激二女，
　　曰「今夕願為卿死」而求共寢，女以「向受開導，頗知義理」，執不可。
　　後遇一道士賜符作法。二女先後借屍還魂，陶生遂一箭雙雕，得二如花美

從百般刁難至敬重其為人，更可貴的是她們無畏於險惡勢力，反
而自覺選擇要為陶生付出一切，此中所表現的性情自覺極為可
貴，亦可見二女行為看似有違傳統，但從其情義的表現，亦呈現
出守護傳統之真精神。

　　從上述《聊齋誌異》中小說人物對於生命本真的追尋反省中，
其女性形象頗能彰顯其追尋自我理想的精神、具有堅毅不拔的勇
氣、彰顯知恩圖報的性情、展現才德雙全的智慧等價值意義，已
有女性自覺的表現精神。因此，其女性自覺所朝向的兩個選擇，不
管從其順從或反抗中的抉擇意識，大抵已將「道德自律」與「性情
自覺」二者的融合，展現出真實感人之生命意涵。在有關順從傳統
方面，此中表現實與傳統女性認同原先所建構之傳統或觀念，而
導出行為規範的欲求，乃基於規範性的命令，有極大不同，因已
有其反思與自覺之意識，而不會流於順從或者只是馴化傳統所建
構的規範，如其中論及護守傳統道德的「從一而終」、「不事二夫」
等婦德，假如也隱含了反思自覺及自我選擇之意涵，其中有著「知
己之情，許之以身」精神，實已隱含其自覺性情；至於反抗傳統方
面表現，上述女性亦非選擇與傳統形象決裂、對抗，所反抗者乃
僵化之傳統禮教，就實際據以行動的反抗準則，亦已具有真正的
價值自覺，以展現出自主的情意生命，並非從女強人形象對抗論
述切入，故能彰顯出女性主體意識。

眷。陶生因認為天下無鬼，作「續無鬼論」，直入鬼魅之域，復以不怕鬼、
不好色，得諸鬼以師事之，終賴諸鬼拔刀相助而解困危，並締結良緣，以
至捨身相救，而使陶生發出「願為卿死」的真情之語。參見《聊齋誌異》，
卷六，頁772-779。

四、從「即情顯禮」朗現女性主體生命的價值

　　透過上述女性情意生命之體現、自主實踐等書寫，大抵可見她們在情感的自我意識上，或婚姻的名份上，都呈現出在其女性之自主選擇與主體意識下，來面對種種難題，雖然其行為表現或順從傳統方面，卻非盲目順從或屈服禮教，猶能表現其獨立興家，自主能力。另外表現有若反抗傳統方面，看似情與禮的衝突，實非盲目反抗，而是反抗不合理或不合情之束縛，又能做到不逾越大傳統下的規範。上述這些女性對其情感婚姻方面，亦已具有真正的價值自覺，故能展現出自主的情意生命，彰顯女性主體意識。大都能在不完全接受支配之下，或有圓滿的情感生活，或選擇成全所愛者而離去。透過情與禮的辯證融合，呈顯其「情禮融合」之人生最高價值。

　　這些女性的「情禮融合」的價值，大抵都能具有「即情顯禮」的實踐性特質，其中即寓託蒲松齡對「禮」與「情」之關係的反思見解；文本中所強調「禮」必須依循人「情」，才能獲得合情合禮的規範，或制定出合乎人性、人情的禮節制度；如此之「禮」才不會成為僵化、虛偽的條文，而實踐出「即情顯禮」之價值。此乃承繼晚明「至情」的精神而來，其中所強調的「真情」並非排斥「天理」，反而自覺的要融合「天理」可貴的價值，即所謂「德性生命」，以達到「情理合一」之真實意義，亦是「即情顯理」所要彰顯之核心價值所在。然而晚明以來對「禮之文」太過的現象，亦提出反思，如李贄有意要彰顯「由中而出者謂之禮」、「從天而降者謂之

禮」的意義，因而提出：「人所同者謂禮，我所觸者謂己……蓋由中而出者謂之禮，從外而入者謂之非禮；從天而降者謂之禮，從人得者謂之非禮。」[86]此由李贄所提的「童心說」，大力批判禮教的虛假，透過「眞」與「情」來呈現「禮」的眞精神。從其所強調禮義並非外在的規範教條，而是在人之內在性情中彰顯，由眞心眞情來呈顯「禮之本」的精神，即是以人之情性爲禮的內涵。從蒲松齡在《聊齋誌異》一書中，所提出「禮緣情制」之價値核心，由此或可從「即情顯禮」來實踐其意義。透過女性情意生命自主的實踐，亦能看出其所呈現「即情顯禮」之精神中，即已朗現出女性之主體意識。

　　例如：〈小梅〉中因爲王慕貞有恩於小梅之母，嫁王慕貞爲繼室，終日經紀內外，使王家百廢俱舉，數年間，田地連阡，倉廩萬石，家中頑奴鈍婢無不樂於奉命，她能預知其家將有大禍降臨，故已預作安排。但是「天災」能度過，「人禍」卻很難化解，面對小梅表現出保子保產之心，即所謂「死友而不能忘，感恩而思所報，獨何人哉」的至情精神，就此異史氏特別予以稱許：「不絕人嗣者，人亦不絕其嗣，此人也而實天也。至座有良朋，車裘可共；迨宿莽既滋，妻子陵夷，則車中人望望然去之矣。死友而

86　〔明〕李贄：《焚書》，卷 3〈四勿說〉，頁 101。李贄特別從「非性情之外復有禮義可止也」，來強調禮義並非外在的規範教條，而是在人之內在性情中彰顯其意義。此從其標舉「童心說」來反思禮教僵化問題，亦可見「禮之本」的精神已逐漸式微，故要彰顯「由中而出者謂之禮」、「從天而降者謂之禮」的意義，即是以人之情性爲禮的內涵。

不忍忘，感恩而思所報，獨何人哉！狐乎！倘爾多財，吾爲爾宰。」[87]

　　特別就「此人也而實天也」來稱許小梅所表現人性中已有神性之光輝，小梅無怨無悔地爲王生管理家業，面對「世情如鬼」的社會，她能預作準備，從婚禮、生子彌月之禮等，皆排場隆重慶賀，並請有分量的長輩來見證主持，異史氏將其心之「至情」精神比諸天心之體現，並寄予極高肯定及推崇，此即從「即情顯禮」來肯定其價值。

　　仔細觀察《聊齋誌異》中的女性，只要能以情之眞與情之正的辯證融合，大抵可完滿實現其「情意生命」。如：〈喬女〉中的喬女報恩，展現一種知己之情，孟生不嫌她奇醜又是寡婦，堅持非她莫娶，喬女雖堅決不嫁，卻「已心許之」，其行爲是要「有以報知己」。因此，當孟生突然身亡，喬女可以不顧世俗規範，毅然挺身爲孟生哭靈、爭產、撫孤、嚴教興家，全心全意爲孟生家竭盡心力，喬女卻分毫不取，全無私心，這種無條件的報知己之心，喬女的形體之殘缺奇醜，卻能自覺選擇、義無反顧地完成孟生未盡之任務。在二人的互動中，喬女自覺地堅持選擇「不事二夫」的禮教規範，同時對於「知己之情」的相知相感，其「許之以身」的情意，可以經過二十多年時間的歷練考驗，其完成的情意生命，其中的「德性」生命並非禮教規範下的僵化之理，而是有著「全德」的生命內涵，更體現其主體生命之「即情顯禮」的價值。

　　另外，以「報恩」爲主題的文本中，「報恩」的行爲表面是屬

---

[87]　《聊齋誌異》，卷九〈小梅〉，頁1216。

於個人私事，但當這些女性之報恩，全無私心，也不求回報，更展現義無反顧的付出之情，透過此一具體的故事來說明至誠無私的情，能達到人我、物我的交會感通，此中報恩就成為一種公，合於理的情意生命表現，此即「即情顯禮」的實踐意義。此中所呈現「即情顯禮」之精神，更襯托現實社會有「情之惡」的問題產生，主要是世人失去性情之真，因此，無法「即情顯禮」。因為不能「即情」，「天理」就流於空洞僵化，致使原本「存天理」所要完成的「德性生命」，也因為缺少真情，而成為「禮教吃人」之教條規範。因此，「德性生命」並非只是偏於「存天理」而已，其中必須含有「至情」之精神，才能使「即情顯理」意義具體實現。如同馮夢龍所強調的六經「情教說」，其實他要說的是「王道本乎人情」、「真聖賢不遠於情」[88]，其最終歸結為以情為繫，取代以僵化之理為規範，使人達到深具「至情」之忠孝節烈，呈現真實生命意涵，此即《情史》所提倡「自來忠孝節烈之事，從道理上做者必勉強，從至情上出者必真切。……世儒但知理為情之範，孰知情為理之維乎」[89]之真情觀。

值得深思的是，「情為理之維」並非直接從「道理上做者」來，而是從「至情上出者」，此中「情為理之維」與「即情顯理」所體現的「理」，也就能有自覺、自主的實現價值意義，二者不但不排斥「至情」，反而有著「真性情」之精神，其所展現的真性情，更

---

[88] 〔明〕馮夢龍輯評，古本小說集成編輯委員會編：《情史》（杭州：浙江古籍出版社，1998 年），卷十五〈情芽類〉，頁 343。

[89] 《情史》，卷一〈情貞類〉，頁 23。

側重在釋放人的生命，使人能展現活活潑潑的心，由此體現眞實生命之價值。然而，明清社會中不但未能將「德性」、「情性」二者結合，反而呈現出「天理」與「情欲」對立的現象，遂引發「人不如鬼狐」等諸多弊病。

因此，就如在〈紅玉〉中，從紅玉自由追求情欲，但當情欲與理教道德衝突時，她是以對方立場著想，選擇「父母之命，媒妁之言」，來幫助對方護守人倫禮教，依禮俗爲他選擇賢德之妻。但當馮生遭遇家破人亡變局時，紅玉也能主動無私心的幫他扶養幼兒，也在父亡妻死的情形下，選擇爲馮生打理一切，化解困境，其表現不僅具有狐女俠情的勇氣，更突顯情意生命的可貴。要經過種種考驗及歷練，透過「性情之眞」、「性情之正」辯證的完滿結合，才能化解世俗「情之私」、「情之惡」所衍生的種種弊端，不即情就很難顯其理，如果失去眞性情，此理就已僵化。值得深思的是，有情意者，並非即有情意生命，而是在安頓「情欲」之際，不陷溺情色之中，進而展現助人愛人之眞情眞意。在反抗虛僞不實之禮教、肯定情欲追尋之自由後，再回歸人情禮法的社會秩序裡。

有關情意生命的具體實現，經得起時間持續的考驗的事例，如在〈鳳仙〉中，鳳仙因其父嫌貧愛富而深感悲傷，故而化作鏡影，歷經兩年之久，悲笑惕勵書生之表現，「異史氏」稱賞感嘆不已：「嗟乎！冷暖之態，仙凡固無殊哉！『少不努力，老大徒傷。』惜無好勝佳人，作鏡影悲笑耳。吾願恆河沙數仙人，並遣嬌女婚嫁人間，則貧窮海中，少苦眾生矣。」「仙凡固無殊哉」，顯然鳳仙已呈現「情意生命」之意義。

　　由此可說明蒲松齡關切的是打破物種、超越世俗的更高生命價值，故謂以「仙凡固無殊」。所以鬼狐與人可以超越物種形軀界線，只憑真情相愛便能相感相知。由此或能反省世俗中情之私、情之惡所衍生的種種困境。這在〈鴉頭〉、〈小翠〉、〈紅玉〉、〈魯公女〉、〈阿繡〉等篇章，特別顯彰其「性情自覺」之精神所展現的意義，從此可體會蒲松齡何以要深切祈求：「吾願恆河沙數仙人，並遣嬌女婚嫁人間，則貧窮海中，少苦眾生矣。」[90]讓我們注意到他從許多女性透過「自薦枕席」中的情欲追求，在情欲的安頓後，其展現至情至性、無怨無悔的付出，其中也能呈現「情意生命」的自主意識，這樣的安排乃是從「即情顯禮」的實踐性著眼，來朗現女性主體生命的價值。

五、結語

　　從上述《聊齋誌異》中小說人物對於生命本真的追尋反省中，其女性形象頗能彰顯其追尋自我理想的精神、具有堅毅不拔的勇氣、彰顯知恩圖報的性情、展現才德雙全的智慧等價值意義，已有女性自覺的表現精神。因此其女性自覺所朝向兩個選擇，不管從其順從或反抗中的抉擇意識，大抵已將「道德自律」與「性情自覺」二者的融合，展現出真實感人之生命意涵。

　　從蒲松齡所論「情之至者，鬼神通之」之精神，實承襲湯顯祖、馮夢龍等反省世人喪失生命本真而成為「形骸論」之社會，此

由其塑造情癡所要展現之「志凝」之典型可知。因此，從男權意識觀照下來論其女性形象，是就順從傳統角度，認爲這終究只是一本爲父權言說之書，仍有侷限觀點。至於以「先鋒意識」、「女強人」來標舉女性的獨立能力，以對比女人可以比男人強之詮釋話語，此一論述流於反抗方式，實難將書中至情感通之精神呈顯出來。

　　由此可知，吾人更需深刻反省當代文化之眞精神，如果當文化的內在精神喪失或扭曲之後，即便是孕育再精緻的內容，也將可能變成徒具形式的空殼。若文化的價值源頭或人的心靈缺少「至情至性」，作爲生命提昇的根據，那麼「禮之本在仁」也就名不符實。眞精神如何在中國文化創發新的當代意義，從《聊齋誌異》小說文本中所創造的女性對愛、對理想、對報恩、對情義的無怨無悔的堅持，以及呈現活活潑潑的生命動力，不僅可提供當代女性面對困境的指引，又可讓當代女性更有自信、有自覺的追求美好的生活。所以當代女性意識已變成主流，新女性在面對社會制度、回應既有框架之餘，其能自由地發展自我，能有自信地對待自己與人生、堅持自己選擇的路，是一件令人欣喜之事。因此從《聊齋誌異》的「眞性情」，展現出更多感人力量、生命活力及創造力，仍是吾人宜學習繼承及努力發揚的主要目標。

　　綜合上述，我們可以看到當蒲松齡面對「形骸論」、「世情如鬼」的社會時，仍不免從「孤憤」加以批判，然而更特別的是，從蒲松齡書中所呈現女性「情意生命」之體現方式：「情欲的安頓與昇華」、「形骸的藩籬與破除」等文本之情節，來探析女性透過「情意生命」的朗現，面對道德規範與情欲追求所造成的內心衝突，從

其取得平衡、化解困境的過程中，同時展現出獨立自主之智慧，又能深具至情至性的堅持，因此更可看出女性自主意識是來自情意生命的堅持。

此外本文透過《聊齋誌異》文本對「人身」之形與心的描述，來凸顯女性對眞精神的追尋，並且藉由「即情顯理」的具體實現，來展現《聊齋誌異》女性藉由自主精神之情意生命的價值，特別以異類變爲人，人與花精鬼狐在形體的「無障隔」，及由「死而復生」的精神等，其心卻展現出「眞精神」的追尋。從而化解世人對形骸的偏執，由此彰顯德性與性情二者結合的生命價值意義。可知其強調的是只要有心神在，不論是爲鬼或借屍還魂，都能呈現情意生命的價值意義。因此，從《聊齋誌異》開展晚明以來「情之至者，鬼神可通」的精神，以轉化現實種種困境，並藉由「至情感通」的核心價值，作爲其終極關懷，更可看出只有眞正具有「情意生命」，才能眞正展現女性的自主精神。

參、《聊齋誌異》中由「禮緣情制」所揭示的女性至情之美

　　本文旨在透過探討「禮緣情制」之意涵與「至情精神」的落實，來彰顯情禮兼得之「女性至情之美」的價值意義。此一問題在許多篇章中所呈現的女性焦點議題是：一個女人面對禮與情的衝突時，會做如何的選擇？如何來呈現其生命價值？在小說中的女性之情較易受到禮法的壓迫，當女性被壓迫時，女性是如何對應？如何在現實的壓力下，又能維持其女性主體之美？因此，我們從小說中的描述，可以看到她們表現出有情有義、無怨無悔的小說人物來幫助男性化解困境，也展現出生命智慧，此一至情生命除了超越世俗之困境，突破種種社會既定僵化觀念之外，同時在回歸人倫日常之際，面對著現實人生之種種禮法制度，持續實踐人心之理。準此，本文將從女性勇於面對之美、勇於承擔之美、勇於成全之美，來探討蒲松齡在《聊齋誌異》中所創造出「情禮兼得」的女性至情之美。最重要的是，從其「女性美」的塑造大抵也能反思「禮文虛而不實」與「情志僞而不眞」的問題，更能從「至情」實踐來超越世俗禮教規範的僵化與虛僞，透過其情眞意切的至情實踐，來展現情禮兼得的「女性至情之美」之意涵。

一、《聊齋誌異》提出「禮緣情制」之意義

　　明清文言小說高峰之作聊齋誌異》之研究成果，已十分豐碩，尤其是女性議題更呈現多元研究面向，也引發當代兩性關係課題的不同論述。[1]筆者從研究過程中，發現其女性經濟活動除在現實面維持生計、養家育子等工作外，亦具有理想面的自我價值意涵，透過她們助人、救貧等義行，朗現出「救世救贖之心」的自我實現；透過《聊齋誌異》女性的生命選擇，看出她們在家庭與社會生活中，實際朗現的價值意涵，從中更可看出《聊齋誌異》女性之自主精神。

　　然而值得深思的是：其理想女性形象並非僅限定在賢妻良母的類型，而是由賢妻良母作爲理想女性形象的角色範本出發，以涵括整體「女性至情之美」的精神面貌。[2]因一般研究者對此一「女

1　近代《聊齋誌異》女性議題之論述，大抵可分成三種說法：其一是受到女性主義所左右，其二是服膺父權觀點，理想女性形象的塑造方面，其三則兼容二說，可參考陳翠英在〈《聊齋誌異》夫婦情義的多重形塑〉一文之論述。以及筆者〈從「情意生命」談《聊齋誌異》的女性自主〉（收於張雙英主編，《文學與美學》（臺北：淡江大學中國文學系，2010 年，頁 199-231。）等文。在筆者之作中曾作若干反思，以往有些研究者，過於強調婦女史的特殊性，往往受成見所限，以致脫離社會文獻史料的現實意義，並以既定的文化思維爲框架，很難避免產生侷限性的論點。

2　黃麗卿：〈《聊齋誌異》女性「經濟活動」之價值意涵〉，頁 2-6。文中所謂的「女性」，並非從性別意識來區分男性、女性的權力對抗，而是觀察《聊齋誌異》一系列的女性文本所呈現的至情至性，若非僅依附於男權發聲，其中也有其自主自覺所呈顯之「主體意識」，由此所要探討的女性主體意識，主要是針對傳統二元對立的觀點重新省察。本文亦參考陳葆文

性美」的論述角度，並未從情禮兼顧方面深入討論，[3]就此本文將以〈青梅〉、〈鴉頭〉、〈紅玉〉、〈小梅〉為討論核心，兼從〈嬰寧〉、〈青鳳〉、〈喬女〉、〈阿繡〉、〈張鴻漸〉等篇，來談「女性至情之美」所展現之精神意涵。

　　目前關於《聊齋誌異》中的「女性至情之美」之精神意涵，大抵可從「異史氏曰」、但明倫的稱讚來觀察。如：「異史氏曰」稱許小梅「死友而不忍忘，感恩而思所報，獨何人哉！狐乎！倘爾多財，吾為爾宰。」[4]以及讚譽喬女「知己之感，許之以身，此烈男子之所為也。彼女子何知，而奇偉如是？若遇九方皋，直牝視之矣。」[5]但明倫對喬女的評點云：「美哉喬女！其德之全矣乎：不事二夫，節也；圖報知己，義也；銳身詣官，勇也；哭訴縉紳，智也；食貧不染，廉也；幼而撫之，長而教之，仁也，禮也。迨身既死，而猶能止其棺，斥其子，卒以遂其歸葬之志，得為完人於地下。嗚呼！抑何神乎！」[6]稱細柳「不引嫌，不辭謗，卒使二

　　探析《聊齋誌異》「悍妒婦女」類型中所言：並不贊成激烈或過度偏頗的女性論述，亦非要論述「悍妒婦女」以顛覆男權社會的遊戲規則，挑戰甚至破壞傳統社會對於「良家婦女」這個符號特質內涵之界義，一個已經積澱已久的固化符號系統崩解，引發模塑這個符號系統的權力者恐慌。參見陳葆文：〈《聊齋誌異「悍妒婦女」類型析論》〉，頁254-255。)

3　馬瑞芳：〈為精神美照亮的聊齋女性〉，《東岳論壇》第23卷第5期（2002年9月），頁90-93。以及李紅萍：〈論《聊齋志異》中的女性美〉、王雙寧〈淺析《聊齋志異》中的女性美〉等。

4　《聊齋誌異》，卷九〈小梅〉，頁1216。

5　《聊齋誌異》，卷九〈喬女〉，頁1286。

6　《聊齋誌異》，卷九〈喬女評〉，頁1287。

子一貴一富，表表於世。此無論閨閣，當亦丈夫之錚錚者矣！」[7]
對身爲婢女之青梅，稱其：「天生佳麗，固將以報名賢；……獨是
青夫人能識英雄於塵埃，誓嫁之志，期以必死；曾儼然而冠裳也
者，顧棄德行而求膏粱，何智出婢子下哉！」[8]就此但明倫也評
出：「至其議論正大，動必以禮，行必以義，尤足感人心情，蕩滌
邪穢，是爲有關世教之言。」[9]從這些文本記載中，我們可以看出
蒲松齡對女性的傑出表現，給予極高評價，用了「此烈男子之所
爲」、「此無論閨閣，當亦丈夫之錚錚者矣」、「狐乎！倘爾多財，
吾爲爾宰」等感嘆語句。另外，從異史氏所言，即呈顯青梅的膽識
過人與有情有義的幫助張生，實表現爲張生的知己。此亦如但明倫
所稱讚〈青梅〉此篇「尤足感人心情」，同時又是「有關世教之言」
等。從上述這些對女性讚詞中已呈現無怨無悔的眞情，卻又能不逾
越傳統精神，其中不僅有著情禮兼顧的人倫意涵，更能展現出「禮
緣情制，情之所在，異族何殊焉」[10]的至情。

就此，筆者將從「情禮兼得」來探討《聊齋誌異》中「女性至
情之美」之議題，特別以女性在面對傳統德性禮教、情意自主等衝
突時，這些女性是如何選擇與兼顧，其女性之「美」在面對情與禮
的交互關係時，表現出哪些狀況？「女性至情之美」如何能超越一
般墨守現實禮文條規形式？如何能不流於對抗傳統禮教之眞精
神？如何能呈現「情禮兼得」之價値意涵？以此如何呈現「女性至

7　《聊齋誌異》，卷七〈細柳〉，頁 1025。

8　《聊齋誌異》，卷四〈青梅〉，頁 453。

9　《聊齋誌異》，卷四〈青梅評〉，頁 453。

10　《聊齋誌異》，卷十〈素秋〉，頁 1352。

情之美」的精神？誠如陳翠英在〈《聊齋誌異》夫婦情義的多重形塑〉所言：〈宮夢弼〉中之黃女，在母親夫婿兩邊拉鋸之下，面對生命撕裂的痛楚，至此黃氏從逆女轉爲逆妻。但異史氏卻肯定黃女云：「閨中人坐享高倖，儼然如嬪嬙，非貞異如黃卿，孰克當此而無愧者乎？」[11]然而在〈宮夢弼〉中呈現出夫婦情分與原生家庭的要求相違，由「貞義」而至「貞異」之嘆，女性所須承擔面對的情義網絡，不只是夫婦之間，而是擴大至人倫的多重承擔。[12]因此，以上這些論點都是本文參考的基礎依據，由此可知探討蒲松齡所要呈現情禮兼得之女性美，是一個值得進一步討論的議題。

　　此外，目前論及女性精神美者，有馬瑞芳在〈爲精神美照亮的聊齋女性〉一文，描寫女性優美的精神世界，進而顯示出獨特的美，是《聊齋誌異》女性形象的重要特質，也是小說家蒲松齡對中國小說的重要貢獻。[13]但其文中舉出女性精神之美，以此要來作爲

11　《聊齋誌異》卷三〈宮夢弼〉，頁395。

12　陳翠英〈《聊齋誌異》夫婦情義的多重形塑〉，頁310指出：蒲松齡固然無以自外於傳統男尊女卑觀念，《聊齋誌異》性別書寫不離父權社會體制之下的男性關照，男權中心思想仍歷歷可見，女性終究要成就那不分賢愚男性的夫／父權角色，回歸傳統秩序，走向持家助夫、恪盡傳宗接代職責的人妻常軌。然而正如夏志清先生早已指出小說歧出多義，小說複調多音的敘事特質在《聊齋誌異》多篇中發揮得淋漓盡致。文學旨在呈現異於傳統規範的人性設想及期待，一個文人對生命的熱情及關懷。

13　馬瑞芳：〈爲精神美照亮的聊齋女性〉，頁90-93。文中僅指出宮娘表現男女之間柏拉圖式的愛；阿繡既不是「第三者」也不是「雙美共一夫」而是美的執著追求者；嬰寧是生命力的象徵和芳草美人的比喻，以及黃英等四位女性之美，此處仍有補充的空間。

《聊齋誌異》最亮麗的風景，其中論及「嬰寧是生命力的象徵和芳草美人的比喻」，以天眞爛漫，來對比禮教之嚴重僵化，不免有不足之處。其他如李紅萍的〈論《聊齋志異》中的女性美〉文中指出，女性外表美和心靈美相統一，表現最突出的是癡情美。但卻強調「情之至者，鬼神可通」，把「情」放在至高無上的地位，用以申論「情」可以掙脫「禮」的束縛，可以藐視「法」的存在。作者僅向封建禮教制度發出挑戰的宣言書[14]，並未談及「癡情美」爲何物？也未論及「至情」爲何意，所謂「至情」，能夠不要「禮」而獨立嗎？這些論點都還有待商榷。另外從張文霞之文亦持此一觀點，來說蒲松齡以自己特異的女性至情之美的標準，顛覆傳統及其規範。[15]目前一般對於《聊齋誌異》中兩性問題的探索，大抵是以傳統禮教層面出發，對於傳統女性「三從四德」、「不事二夫」等道德要求，語多讚揚。通篇以「禮」爲本，來進行分析探究，如王茂福在〈《聊齋誌異》兩性關係評判標準探賾〉文中[16]，其對喬

14　李紅萍：〈論《聊齋志異》中的女性美〉，《甘肅廣播電視大學學報》第14卷第6期，2004年6月，頁12-14。王雙寧〈淺析《聊齋志異》中的女性美〉，文中分論女性美有：容華絕代的外貌美、多才賢德的才情美、足愧鬚眉的俠義美、有膽有識的智慧美、縱橫商海的幹練美等。參見王雙寧：〈淺析《聊齋志異》中的女性美〉，《黑龍江教育學院學報》第27卷第9期（2008年9月），頁114-115。

15　張文霞：〈蒲松齡筆下的女性美及其對傳統的顛覆〉，《平頂山學報》第20卷第6期（2005年12月），頁41-43。文中並提出「禮緣情制」的首創性構想，進而塑造出那麼多蔑視封建禮教的藝術形象。

16　王茂福：〈《聊齋誌異》兩性關係評判標準探賾〉，《蒲松齡研究》2001年第4期，頁8-15。

女的各種讚揚，也是建立在其「不事二夫」的基礎而論，但對於蒲松齡何以大力稱許喬女「知己之感，許之以身，此烈男子之所爲也。彼女子何知，而奇偉如是？」則未討論，若僅以「禮」爲本，作爲《聊齋誌異》女性行爲的探索，則其對於情的安頓，以及情與禮的安置問題，尚有探討的空間。

　　一般論及「禮緣情制」之議題者，有從文化發展之過度形式化而導致「禮壞樂崩」來探討，省思整個時代文化的流弊問題，往往從兩極來論禮與情，便決定「禮義」是外在的、宰制的；而眞實情感則是反宰制的。此從魏晉時期的「緣情制禮」、「緣情立禮」的反省，便可說明兩漢兩端思想衝決的明顯範例。[17]晚明文化發展亦有類似的情況。因爲「禮緣情制」所要對治的，主要是晚明社會文化之僵化、禮文流於形式空洞的問題，由此要爲「禮」找到根源。如果當時是禮文虛而不實，情志僞而不眞，則「至情」、「禮緣情制」便只是作者意圖表現的理想。此在《聊齋誌異・素秋》文中，蒲松齡藉由書生俞愼發言：「禮緣情制，情之所在，異族何殊焉。」「禮緣情制」雖然只在此篇正式被提出，但其他小說中的很

---

17 陳昌明認爲六朝「情」與「名教」的劇烈衝突，引發時人「禮緣情」討論，這正是文學緣情觀念形成的背景之一。詳氏著：《沉迷與超越：六朝文學之感官辯證》（臺北：里仁書局，2005 年 11 月），頁 7-16。另外，林麗真〈魏晉人論「情」幾種面向〉一文，也處理了「禮與情」、「文與情」等論題，基本上認爲魏晉自覺了「情」對個體生命的意義，並啓發當時抒情文學的流行，以及（文學）「緣情」理論的建立。林文見 1996 年 4 月臺灣大學舉辦「語文、情性、義理——中國文學的多層面探討」國際學術論文。

多女性表現，也明顯有情與禮的兼顧精神。[18]然而筆者研究之主題並不處理晚明禮文虛假空洞化的問題，而是將「禮緣情制」觀念限定在對《聊齋誌異》「女性至情之美」的詮釋。

然而為何本文要提出從「禮緣情制」來講「女性至情之美」的問題？主要是因為在「禮緣情制，情之所在，異族何殊焉」之言說語境中，所要突顯的重點，並非只以「禮」為本而已，而是推出「禮」是要順著人情來制定，此一觀念實值得深入思考。至於本文對「禮緣情制」一詞之意義，雖取自《聊齋誌異》本身，然而本文的論述焦點，乃在於蒲松齡提出「禮緣情制」之立場、想法、觀點是甚麼？其中禮與情的關係如何？作者是如何透過小說人物的人生遭遇與自我實現，來呈顯其所要面對的時代性問題？此雖出自小說主角心中的感知，但也寓託蒲松齡對「禮」與「情」之關係的反思見解；例如他為何要強調「禮」必須依循人「情」，才能獲得合情合禮的規範，或制定出合乎人性、人情的禮節制度；如此之「禮」才不會成為僵化、虛偽的條文。

在吳九成《聊齋美學》中提及「禮緣情制」的婚姻觀時，他認為包括婚姻在內的倫理形式和禮制皆服從情的需要。[19]吳文中對

---

18 見《聊齋誌異》中〈青梅〉、〈嬰寧〉、〈鴉頭〉、〈紅玉〉、〈喬女〉、〈小梅〉、〈青鳳〉等篇。

19 吳九成《聊齋美學》文中需再商榷者有：1.在道德觀念上，他把愛情置於封建禮法之上，並提出了「禮緣情制」的首創性構想，進而塑造出那麼多蔑視封建禮教的藝術形象。然而從「禮緣情制」是否含有「愛情置於封建禮法之上」之意？又「禮緣情制」亦並非《聊齋誌異》首創性構想 2.「使包括婚姻在內的倫理形式和禮制服從情的需要」，何以「都是《聊齋誌異》獨有的審美創意」。在〈素秋〉中，更借人物對話提出「禮緣情制」，使

「禮緣情制」之意涵並未作一界定，更直接認爲「禮制」服從「情」的需要，但「情」之意義爲何，亦未有更詳實的論述。至於論到「至情」者，如劉秋娟〈從《聊齋誌異》看蒲松齡的至情思想〉認爲：《聊齋誌異》的愛情故事生發於蒲松齡「情之爲高」的至情思想，至情是他反抗封建禮教的最高思想武器。[20]這些論點實有重新反思與解析的必要。

準此，本文對於「女性美」的闡述，並非僅僅指其外在形體、形貌之美，而是由內在人格表現於外的行爲舉止所呈現之美，並能自覺選擇其性情生命、情感來朗現其情禮兼得之美，即謂之「女性至情之美」。筆者即從探討「禮緣情制」之價值意涵中，以論述「至情精神」的實踐；透過「情禮兼得」之實踐精神，以展現女性勇於面對之美、勇於承擔之美、勇於成全之美等，由此期能將《聊齋誌異》中「情禮兼得」的「女性至情之美」彰顯出來。

二、從「禮緣情制」之價值意涵到「至情精神」的實踐

關於「禮緣情制」與「至情思想」二者的議題，在明清社會文

包括婚姻在內的倫理形式和禮制服從情的需要，此一看法值得商榷。參見吳九成：《聊齋美學》（廣州：廣東高等教育出版社，1998 年），頁 314-315。

20　劉秋娟：〈從《聊齋誌異》看蒲松齡的至情思想〉，《廣州廣播電視大學學報》2011 年第 3 期，頁 54-58。

化發展脈絡中，有諸多討論與關注[21]。近代仍對天理與人欲的對立
與融合，持續展開相關的討論張壽安曾論及此一發展云：「觀察十
七世紀以降的文化走向，將之分爲兩大流派，一是情欲論述，一是
禮教反省。」[22]在晚明清初社會文化發展脈絡中，出現以「理」代
「情」的嚴重現象，其中有甚多學者提出反思，如蒲松齡於《聊齋
誌異》試圖從主體生命的實踐上，來重新反省「人之異於禽獸」的
議題，因而在「情」與「禮」的對立與融合問題上，有其獨到的觀
點。在《聊齋誌異》數百則故事中，深含人性、人情之禮的作品甚
多，大抵承繼「情教說」之觀點而來。但從「禮緣情制」中所要強
調「情之所在」的重要性，打破人與異類之隔閡；再由人與異類無
差別，以達於天地萬物一體之感。然而到底是要如何透過「禮」的
眞精神，來扭轉世俗對眞情之曲解與漠視，以達成人倫秩序之美，
實有待吾人深入探究。

　　其實「禮緣情制」所要對治的，主要是晚明社會文化之僵化、
禮文流於形式空洞的問題，由此要爲「禮」找到根源。如果當時是
「世情如鬼」的社會，所呈現的若是「禮文虛而不實，情志僞而不
眞」的現象，那麼「至情」、「禮緣情制」便是作者的理想，表現
之意圖。此從所言：「禮緣情制，情之所在，異族何殊焉。」雖出

21　一般研究者大抵視《聊齋誌異》爲「孤憤之書」，強調其「恨世之情」、
　　「憤世之意」。如：吳秀華《明末清初小說戲曲中的女性形象研究》，頁
　　39 針對明末清初小說家何以會產生孤憤心理立論，並從其時代的女性形
　　象做爲觀察對象，將女性處境的難題，深刻地揭示出來。

22　張壽安：〈我欲立情教，教誨諸眾生——跨越時空論「達情」〉（序言），
　　張壽安、熊秉真合編：《情欲明清——達情篇》，頁 10。

自小說主角心中的感知，卻也寓託蒲松齡對「禮」與「情」之關係的反思見解。而此見解正是引發筆者思考「禮緣情制」的思想觀點與核心精神。

　　藉由「禮緣情制」的前提來確立「情之所在，異族何殊焉」。然而有關「禮」與「情」的內容的普遍意涵，指涉甚廣，要如何了解其所強調「禮」必須依循人「情」，才能獲得合情合禮的約束，或制定出合乎人性、人情的禮節制度，如此之「禮」才不會成為僵化、虛偽的條文？藉由緣情的「禮制」，朗現人之真情至性；若具有真情至誠之心，異類亦與至情之人無異，以此打破人我、物我之間的種種障隔，也才能為彼此建立一個互動感通、化解障隔的超越依據。此即蒲松齡在《聊齋誌異》中標舉的「情之至者，鬼神可通」[23]的超越性，以及其所要強調之至真、至善、至美之「情」的極致展現的精神，由此至情精神即可與鬼神有「感通」的可能。由此才可呈現《聊齋誌異》之「禮」的真精神，與世俗「綱常禮教」下的禮文條規是有極大差別的。

　　由此可見「禮緣情制」之價值意涵的落實，極為重要，其中更要強調「至情」的實踐才能完成，然而「至情」並非只是感性的衝動而已，也不是不要禮，而是其中要有自律的理性動能，故能使其情發而皆中節，不會侵犯別人，才不會使至情成為反抗僵化禮教的最高思想武器，而是在實踐過程中能呈現「情禮融合」之價值。然而什麼是「禮」的真精神？「禮」之意義為何？在《禮記·

23　《聊齋誌異》，卷十一〈香玉〉，頁 1555。

坊記》即言：「禮者，因人之情而爲之節文。」[24]此言禮要依人情
而制定，再一轉而爲節制情的準則，以此來判定人的行爲是否得
宜。《禮記》中指謂的各種社會禮儀，是要讓每個人的情意生命能
符合「禮」的規範，如此才能有情意的抒發與安頓。

故本文對於「情爲禮之本」之意，指謂的是儀式建構的源頭在
尋求情意的合理，[25]就如孔、孟的思想中，「禮之文」在順應人
情。[26]此一意涵亦可見於《郭店楚簡・性自命出》「禮作於情」條
云：「情生於性，禮生於情。」[27]此中之「情」是其最核心的概念，
情是禮的內在根源。主要是從重視情感的面向來談，並未否定人
的情感。此乃儒家從內在情感的「安不安」（《論語》宰我問喪）
來追問禮的合宜性，由此來強調「禮之本」之眞精神，在仁心的呈
現，並用以規範人的情意好惡。故依儒家「禮制」之本在「仁」心，
仁心所表現的好惡之情，在能好仁而惡不仁。而其外在的行爲規
範則是禮，故直接落實在仁心所流露的情意生命，是以情意的內

24　〔漢〕鄭玄注、〔唐〕孔穎達疏《禮記正義》，頁 416-417。

25　曾守正對先秦以來有關性情、禮義的探究，指出：在性情的討論中，先秦
　　諸子（儒家、道家、陰陽家）對漢代哲學產生了影響，使得漢人從各種角
　　度面對情欲，並且採取順情理情的基本態度。就此更指出：情與禮義的關
　　係，不是對立的，而是層級的，即禮義建立在人情的基礎上，並且可以引
　　導情感。詳見氏著：《先秦兩漢文學言志思想及其文化意義──兼論與六
　　朝文化的對照》，頁 316-317。

26　曾守正：《先秦兩漢文學言志思想及其文化意義──兼論與六朝文化的對
　　照》，頁 317。

27　李零：《郭店楚簡校讀記：（增訂本）》（北京：中國人民大學出版社，
　　2007 年），頁 220。

涵是本，而禮則是外在的表現形式。

　　此一精神正是蒲松齡提出「禮緣情制」的用心所在。從其對「情」與「禮」關係的闡述中，他固然要強調「禮」必須依循人「情」，才能獲得合情合禮的約束，或貞定出合乎人性、人情的禮節制度。如此之「禮」才不會成為僵化、虛偽的條文。因此，我們從「禮之本」之真精神在「仁」、在「情」而言，如何讓「禮之文」[28]在完成建制以後，仍能保有「禮之本」的關懷，是一個值得注意的研究入徑。然而從歷代禮制發展中，出現了「禮之文」逐漸取代「禮之本」的現象。例如《世說新語》裡，提到王戎、和嶠兩人同遭父喪，晉武帝因「聞和哀苦過禮，使人憂之」，而詢問劉仲雄，其答覆為：「和嶠雖備禮，神氣不損；王戎雖不備禮，而哀毀骨立。臣以和嶠生孝，王戎死孝。陛下不應憂嶠，而應憂戎。」[29]這裡的「禮」為儀式、制度、規範，王戎因哀而忽略禮，對比和嶠哀不過禮，以此來論述「禮」與「情」的關係，其中不僅混淆了「禮之文」與「禮之本」的分際，甚而呈現出執政者重視「禮之文」現象，即是禮過於情的問題。

　　直至晚明湯顯祖從《牡丹亭》中塑造杜麗娘為天下有情人之形象，此一「因情而亡，因情而生」之精神，使天下人在感動之餘，也引發大家對「情」、「理」對立之反省，特別標舉「至情說」，

28　「禮之文」所指的儀式制度，如六禮等；以及指涉禮儀教化，如《孔子家語》卷三〈賢君〉所言：「敦禮教，遠罪疾，則民壽矣！」而非「禮之本」之真精神在「仁」、在「情」。

29　〔南朝宋〕劉義慶著，〔南朝梁〕劉孝標注，余嘉錫箋疏：《世說新語箋疏》，卷上之上〈德行第一〉（臺北：華正書局，1973 年），頁 19-20。

以超越生死來對抗社會「形骸論」[30]之說，即可知「至情」精神不僅很難在人間世實踐出來，反而長期受制於外在禮教的規範，而喪失其真精神，甚而衍生出「存天理滅人欲」[31]之對立問題。此由李贄的「童心說」，大力批判禮教的虛假，透過「真」與「情」來呈現禮的真精神，由此反思程頤所言：「視聽言動，即是禮，禮即是理也。」[32]其中值得反思的是，何以人之「視聽言動」即是禮，即是「禮即是理也」？由此李贄對「禮之文」現象的太過，欲彰顯「由中而出者謂之禮」、「從天而降者謂之禮」的意義，言出：「人所同者謂禮，我所獨者謂己……蓋由中而出者謂之禮，從外而入者謂之非禮；從天而降者謂之禮，從人得者謂之非禮；」[33]由此又言：「蓋聲色之來，發乎性情，由乎自然，是可以牽合矯強而致乎？故自然發於性情，則自然止乎禮義，非性情之外復有禮義可止也。」[34]特別從「非性情之外復有禮義可止也」，來強調禮義並非外在的規範教條，而是在人之內在性情中彰顯其意義，特別標舉「禮之本」的精神，即是以人之情性為禮的內涵。

---

30 〔明〕湯顯祖：《牡丹亭·題詞》（臺北：里仁書局，1986 年 4 月），頁 1。

31 〔宋〕黎靖德，王星賢點校：《朱子語類》，卷十二，（北京：中華書局，1986），頁 207。

32 〔宋〕程顥、程頤：〈河南程氏遺書〉，《二程集》，（臺北：漢京文化事業公司，1983 年），卷 15，頁 155。

33 〔明〕李贄：〈四勿說〉，《焚書》卷三（臺北：漢京文化事業公司，1984 年），頁 101。

34 〔明〕李贄：〈讀律膚說〉，《焚書》，頁 132。

因此，晚明清初文人面對情與禮的對立問題時，馮夢龍從「情能生人」、「情能死人」特別標舉「情教說」等論，強調的是「王道本乎人情」、「真聖賢不遠於情」[35]，其最終歸結為以情為繫，取代以僵化之禮教規範，使人達到深具「至情」之忠孝節烈，以呈現真實生命意涵，此即《情史》所要提倡「自來忠孝節烈之事，從道理上做者必勉強，從至情上出者必真切。……世儒但知理為情之範，孰知情為理之維乎」[36]之真情觀。例如他在《三言》故事中的「兒女私情」之轉成婚姻，也都在努力地避開與「父母之命」的衝突下完成。所以，所謂愛情的現實取向，在實際作法上，只是努力於將原本有違禮法的愛情，重新納回禮法的規範中。事實上，它對既有的倫理綱常並無挑戰之意，即使在愛情的發展過程中隱含著新人倫秩序的發展契機，也避開往這條新的路徑發展下去，而將之拉回既有的人倫結構中。[37]

由此可知，馮夢龍之「情教說」，雖然把「情」的道德地位抬高到本體之地，但並非要以情來否定或取代一切禮法道德，而是要以情來作為道德的發動力量，以情來作為禮法的內涵，並要以「情」來貫注於其他人倫綱常中，其所批判的只是僵化、教條式的禮法規範，其所謂：「六經皆以情教……情始於男女。」此處可看出「情」與既有倫理綱常的關係並非相斥的，並非要以男女之情來

---

35 〔明〕馮夢龍輯評：《情史》，卷十五〈情芽類〉，頁 343。

36 〔明〕馮夢龍輯評：《情史》，卷一〈情貞類〉，頁 23。

37 王鴻泰：《三言二拍的精神史研究》（臺北：國立臺灣大學出版委員會，1984 年），第三章〈人格的形象〉，頁 156。

取代其他的人倫道德，而是要以「情」爲既有道德的動力。[38]他所
提倡的「情教」，以「至情」爲恆常的核心價值，來回應世俗人心
的變異。針對傳統長期不變的社會秩序與禮教僵化提出批判，此
一「至情」精神的貞定，成爲晚明以降，文化發展脈絡中極爲重要
的課題。然而有關「至情」之意涵爲何？如何實踐？仍有待商榷。

　　就此，蒲松齡面對晚明以來「禮文虛而不實」與「情志僞而不
眞」的問題，有何回應之道？蒲松齡面對晚明以來「禮文虛而不實」
與「情志僞而不眞」的問題，其回應之道，即是透過小說中人心的
「至眞」、「至善」、「至美」，來朗現「禮緣情制」之精神，由
此期使客觀之禮不失眞、主觀之情不失僞，唯有至情者才能體現
「禮之眞，情之實」。在《聊齋誌異》中，針對時代的變異，除激
切地批判「世情如鬼」及「人不如鬼狐」之外，同時更提出「情之
至者，鬼神可通」來貞定「至情」精神的恆定價值，也回應了價值
失落的時代困境，因此藉由其對生命的無私付出，以及無怨無悔
的眞心堅持，期能將「至情」之核心價值意義彰顯出來。

　　故本文將從「情之至者，鬼神可通」的觀念來看，蒲松齡的用
心何在？所謂「情之至者」所追求之「至」，隱含著儒家「止於至
善」之至，此一「止於至善」之至，乃從人心而來，求心之眞以顯
情之眞，即爲儒家「仁心善性」之極致展現。此一極致情之至、心
之眞，故其「至情精神」方可化解萬物之隔，使其鬼神可通。由此
可知人與物、人與我在心之同源的基礎上，達成「至情精神」的理
想。反之，心不純、情不眞，鬼神亦不可通，此乃蒲松齡藉由眞心

---

38 王鴻泰：《三言二拍的精神史研究》，頁 141

來朗現「至情精神」的理境。由此可知蒲松齡所提之「至情」精神大抵承繼晚明而來，然而其所強調的「情」並非排斥「天理」，反而自覺的要融合「天理」可貴的價值，即所謂「德性生命」，以達到「情理合一」之眞實意義，也就是《聊齋誌異》中以「情禮兼得」所要彰顯之核心價值所在。

　　然而晚明以來極端地強調「至情」可通鬼神，眞的至情，異類也可相通，如何才能不使情過於禮，那麼「至情精神」的「至情」本身是否內含理性？使得行爲能得當而呈現情禮兼得之精神。其中情之性，以情作爲本體論，情內含理性，能發而皆中節，是否內含自律理性的動能？至情要有自律的內在性，自我節制，否則純粹依著至情去做，有可能過度？至情如無自律理性的動能，來對發乎情的節制，則將落於他律，只是外在的禮節，他律是外在禮制，即是以禮教規範來約束人之行爲。因此「至情」之說發展到明清之際，處理到何種地步、回應何種問題？如果只從「禮」之本質重新定義，用來對抗禮文之虛僞化的現象，那麼「至情」也只是停在理論上的策略語言而已，以之對抗僵化禮教，其實仍無法眞正回應禮之虛與情之僞的問題。

　　此外，蒲松齡在《聊齋誌異》中所提出的「禮緣情制」之立場，主要是有鑑於「世情如鬼」等問題，其目的要對應社會、人倫、政教等問題，要回應出「天理」與「人欲」斷裂的現象，其中「禮緣情制」可作爲反思在家庭倫常失不失衡的關鍵，如：「悍妒婦女」與「賢妻良母」之對比，甚則在蒲松齡的故事中，也有從悍婦轉爲賢婦的類型，如：〈江城〉、〈呂無病〉、〈夜叉國〉等篇章，這些都可以說明其在反思人倫秩序是否可以情禮兼得的問題。例如

〈江城〉篇之異史氏所云：「人生業果，飲啄必報，而惟果報之在房中者，如附骨之疽，其毒尤慘。每見天下賢婦十之一，悍婦十之九，亦以見人世之能修善業者少也。觀自在願力宏大，何不將盂中水灑大千世界也？」以及〈夜叉國〉中異史氏曰：「夜叉夫人，亦所罕聞，然細思之而不罕也。家家床頭有個夜叉在。」這些省思大抵指出其所感知的社會中，有情無禮方面之女性甚多。由此蒲松齡在故事中，將一個「悍妒婦女」轉化爲「賢妻良母」，呈現其對人倫秩序的表現與對應的反思。

然而有關有情無禮方面，如：「悍妒婦女」的議題，馬瑞芳在〈胭脂虎的生動形象〉一文中提出：蒲松齡創造的「胭脂虎」江城，極爲成功。江城用自己的潑悍，依著感覺，率性而爲，將封建家長的威勢，三從四德的法規，完全顛覆禮教規範，認爲這是封建時代的婦女對壓迫的畸形反抗，[39]此處值得析論，亦需反思[40]。蒲松齡何以要敘寫江城之「悍」？施之於翁姑，施之於父母，施之於朋友，導致公婆與之分家，父母爲她氣死，朋友互相勸戒：「不敢飲於其家。」江城之悍還施之於與她同樣潑悍的二姐：「裂褲而痛楚焉。」施之於本來應該授受不親的姊夫：「疾呼覓杖。」要親手教訓竟敢嘲笑她的姊夫。江城之悍，之暴，之殘謬不仁，可謂登峰造

---

39 馬瑞芳：〈胭脂虎的生動形象〉，收於《神鬼狐妖的世界——聊齋人物論》（北京：中華書局，2002 年），頁 120。

40 陳翠英在〈《聊齋誌異》悍妒書寫的複調話語及其性別意蘊〉，頁 195 論及《聊齋誌異》不僅探奇誌異，也網羅世情，全書近三分之一篇幅攸關婚戀主題，對女性悍妒現象尤有豐富的關注。無論從傳統性別語境或蒲松齡一己遭際的悍婦經驗考察，悍妒婦女都是被貶抑批判，甚至否定的對象。

極。對於這種「悍婦」的對應方式，依蒲松齡所言，乃因果宿業，故使老僧點悟江城，回歸人倫禮教，終能成爲賢婦。

又如〈雲蘿公主〉中之侯氏，對治好賭無賴如豺狼一般的丈夫，其性格剛烈，對丈夫又打又罵，從表面上看，似與傳統文化對女性的要求背道而馳。但正是此種強悍性格，使得可棄從賭、盜的邪路上有轉圜餘地，但侯氏除了時時點醒可棄的平日作爲外，還是特別與他約法三章來管束嚴懲他，直到可棄七十歲有過，還要被勒鬍鬚地過起家庭生活。「婦持籌握算，日致豐盈，可棄仰成而已。」雖然侯氏之悍起到雲蘿公主以及其父兄教誨所不能起到的效果，蒲松齡由此也在「異史氏曰」中說：「砒、附，天下之至毒也，苟得其用，瞑眩大瘳，非參、苓所能及矣。」[41]肯定侯氏爲悍婦育子理家之功，但由此也可看出侯氏有情無禮的表現，實情非得已。此外，在本篇「異史氏曰」中，又指出謝氏開設當舖，致富興家，同時嚴管逃家三年的丈夫在旁讀書，終能考上科舉。從謝氏開設當舖致富中，可看出女性不僅具有興家樂業的意義，更可看出女性具有主政、「善居積」的能力，並非要一味對抗男性，反而可看出某些「悍婦」是爲「持家育子」而對抗無賴丈夫，不得不悍。因此，從悍婦轉爲賢婦的經營持家中，更可看出、《聊齋誌異》一書創造「善居積」的理想女性典型，是要從女性的自覺實踐過程中，試圖來呈現「禮緣情制」的至情，並回應禮與情的分裂問題。

然而《聊齋誌異》從至情的實踐過程中，其「禮」與「情」的

---

[41]　《聊齋誌異》，卷九〈雲蘿公主〉，頁 1273。

交互關係，除了上述有情無禮的行為之外，其最核心之「禮」與
「情」議題方面，仍可從以下兩種主要表現行為來探究：

其一，有關「情過於禮」方面：情意的表現是要適度，要有理
性去節制情分，所發之情是不能過度，如果就如李紅萍在〈論《聊
齋誌異》中的女性美〉中所言：把「情」放在至高無上的地位，用
以申論「情」可以掙脫「禮」的束縛，可以藐視「法」的存在，[42]其
所言之「情」真的有這麼大的能量嗎？這會是蒲松齡要呈現情過於
禮的本意嗎？有關情過於禮如自薦枕席之行為方面，劉秋娟在〈從
《聊齋誌異》看蒲松齡的至情思想〉文中云：小說中男女主人公一
旦產生了情，便把男女授受不親、男女之大防之類的禮教訓語拋
到九霄雲外，人性回歸到最本真的狀態。[43]然而劉秋娟所論這些
表現情過於禮之行為，只是從其熱情一面來闡述，熱情的表現只
是情欲的一面而已，並非至情之價值。因為在《聊齋誌異》一書中
普遍所呈現是：當她們自覺感知到對方的至情與可貴行為之後，
這些行為背後，女性皆能無怨無悔的實踐付出，隱含了真心護守
其真情與家庭的可貴。由此表現出情禮兼得之美。

首先，從〈嬰寧〉一文大抵可知，在嬰寧愛笑之行為中，蒲松
齡特別強調嬰寧無拘無束地笑，連結婚拜堂她都「笑極，不能俯

---

42 李紅萍：〈論《聊齋誌異》中的女性美〉，《甘肅廣播電視大學學報》第
　 14 卷第 6 期（2004 年 6 月），頁 12-14。王雙寧〈淺析《聊齋誌異》中的
　 女性美〉頁 114-115 分論女性美有：容華絕代的外貌美、多才賢德的才情
　 美、足愧鬚眉的俠義美、有膽有識的智慧美、縱橫商海的幹練美等。

43 劉秋娟：〈從《聊齋誌異》看蒲松齡的至情思想〉，《廣州廣播電視大學
　 學報》2011 年第 3 期（總第 46 期）（2011 年 6 月）。

仰，遂罷」。這樣率性自由的表現行為，當然與笑不露齒，笑不出
聲的女教閨訓有違。然而透過嬰寧天真浪漫所要呈顯的「真性情」
女子，除了要對比在世風日下的惡濁時世中，嬰寧這樣率性而為
的自由奔放是極為難得，也有其可貴之處，然而嬰寧所表現「情過
於禮」的行為是蒲松齡所要肯定的嗎？所謂「情」可以離禮而存在
嗎？還是也有值得深思之處。從嬰寧的天真爛漫到愛花成癖，也
愛爬到樹上摘花，「一日，西人子見之，凝注傾倒。女不避而笑。
西人子謂女意屬己，心益蕩」。[44]她對陌生男子也「不避而笑」，
造成西人子之心益蕩，而想要得到嬰寧之情。嬰寧則用巧計懲罰
輕薄的西人子，因而導致西人子喪命，其父到官府狀告王生，並
揭發嬰寧為妖怪。此一事關人命之案件極為嚴重，邑令雖然因王
生的為人，而原諒嬰寧之所為，但這樣太過的行為，其婆婆則嚴
重地教訓她一頓，說她「憨狂爾爾，早知過喜而伏憂也」，還說出
若非邑令英明，嬰寧就得拋頭露面到公堂，丟盡她王家的臉面！
此「情過於禮」的行為，是蒲松齡所要表達的主題所在嗎？嬰寧的
「笑不可遏」、「復笑不可仰視」、「放聲大笑」等率性而為的自
由奔放，其實這只是蒲松齡要呈顯其天真的可貴一面。

其次，表現出自薦枕席方面者，如〈紅玉〉中之紅玉，其與馮
生兩情相悅的「遂共寢處」時，可看出紅玉一開始也只是追求情欲
的滿足與安頓而已，而並未意識到應守著人倫禮教規範問題，這
是其表現情過於禮之行為。但當其情好之事被馮生父發現，並叱
「女子不守閨戒」時，她能明白馮父愛子之心，感受「親庭罪責，

44　《聊齋誌異》，卷二〈嬰寧〉，頁157。

良足愧辱」[45]，立即知錯，主動堅持選擇嚴守「父母之命」之禮，放棄個人之私情，遂決絕離去，表現其有心守禮之心。又如〈小謝〉中之小謝、秋蓉夜半主動戲弄陶生，但當她們感知陶生「目中有妓，心中無妓」[46]之狂放形象時，她們轉而向陶生虛心學習，而不再表現情慾太過的一面，三人終於成為生死與共的知心好友。至於〈蓮香〉中之蓮香雖也表現出情過於禮的追求情欲，但當情欲得到安頓時，她也能夠真心至情的幫助桑生，甚至無怨無悔地幫他完成美滿的終身大事。

其二，有關「禮過於情」方面：如〈青鳳〉中之青鳳，因受限於閨訓、家範，而不敢輕易表露心中之情，不得不表現出禮過於情的態度。然而青鳳何以能有勇氣抗拒僵化之禮法，可以自我抉擇婚姻？其中主要是耿生特別看重青鳳，實勝過名利地位，對青鳳示愛，立即直接說出：「得婦如此，南面王不易也！」[47]此雖於禮節無所忌憚，卻也非登徒子之好色醜行，只不過是真情流露、不耐矯飾而已。在本文中敘寫青鳳深夜又與耿生相遇，耿生求親近，青鳳吐露心聲：「惓惓深情，妾豈不知？但叔閨訓嚴，不敢奉命。」[48]耿生堅持要求與她見面，二人之情意才得相知。這時青鳳叔回來撞見，怒斥青鳳：「賤婢辱吾門戶！不速去，鞭撻且從其後！」[49]對於青鳳叔之怒責，耿生則大聲勇於承擔一切刀鋸鈇鉞之

---

45 《聊齋誌異》，卷二〈紅玉〉，頁283。
46 《聊齋誌異》，卷六〈小謝〉，頁772。
47 《聊齋誌異》，卷一〈青鳳〉，頁114。
48 《聊齋誌異》，卷一〈青鳳〉，頁114。
49 《聊齋誌異》，卷一〈青鳳〉，頁115。

罰，曰：「罪在小生，於青鳳何與？倘宥鳳也，刀鋸鈇鉞，小生願身受之！」[50]於是二人分開。後來再度重逢時，青鳳強調：「昔雖獲罪，乃家範應爾。」可知青鳳與耿生剛見面之時，乃受限於閨訓、家範，而不敢輕易表露心中之情。

　　此乃如但明倫所評：「一則以禮，一則以情。以禮制情，情當自屈。」[51]「以禮制情」即能說明青鳳叔父以嚴苛之家規閨訓，壓抑其自然情欲，因此，在此一情況之下，狐女青鳳有可能成為「情當自屈」之受害者。然而青鳳何以有勇氣決定與耿生相守一生？主要是從耿生在清明節之際外出救出小狐時，當小狐立即變回青鳳本人，耿生並未有絲毫嫌棄之態，反而展現出欣喜萬分之情，是耿生的真心至情使得青鳳能超越世俗僵化之禮法藩籬，而回應耿生以至情。然而青鳳之至情並非不要禮，其至情則能真正深含人性、人情之禮。此從青鳳叔父有難時，他們除了想盡辦法拯救之外，更能有報答之心，以盡孝道，使得人狐一家和諧相處。此處似乎已道出「以情制禮」之禮，假如並未流於形式，其中已有真心真情，那麼就不會有所謂「情當自屈」的狀況產生，尤此可知從女性至情的實踐表現中，大抵能反思也能解決禮、情的分裂問題。特別是《聊齋誌異》中的異類女性至情，大抵揭示出五倫關係的相對待性，和三綱昭示的絕對的主從關係，已有明顯不同，由此要呈現出「情禮兼得」之精神。

　　《聊齋誌異》強調女性「至情」之重要，作品中試圖從人與異

50　《聊齋誌異》，卷一〈青鳳〉，頁116。
51　《聊齋誌異》，卷一〈青鳳評〉，頁117。

類之戀中，一方面有意肯定自然情欲的重要，一方面則讚揚知己
之愛或忠貞癡情之表現。其中，尤其對於超然生死之外、超越形
骸、「因情而生」等精神極為推崇。可知其對「情」體悟如此深刻，
能自覺反省。特別提出至情之可貴，期能以情制禮，尊重「情」的
合理性，其作品中甚多討論。蒲松齡對社會衍生之種種問題，除了
要回應晚明湯顯祖、馮夢龍等人之至情觀點之外，更要以「女性
美」表達人間真情之美好，使人間禮法因注入人性人情，由此展現
出馮夢龍所言：「有情疏者親，無情親者疏。」[52]此論不只超越儒
家之綱常禮法，其中如何展現「禮失求諸野」中禮之真精神，如何
使「禮緣情制」之精神再現出來，或許才是解決當時禮失其本、情
失其真的時代性問題關鍵所在。

　　從上述所要呈現「禮緣情制」的價值意涵中，大抵可知是要彰
顯「情禮兼得」之至情，然而至情並非要顛覆禮的真精神，必須從
至情的實踐過程，透過「禮」與「情」的交互關係來觀察，真正至
情的實踐，並非只是表現情真的一面，因為從情過於禮、禮過於
情或有情無禮等表現行為中，皆非真正的至情實踐，因此，從《聊
齋誌異》女性的自覺實踐過程中，即可從「情之至者，鬼神可通」
來轉化「世情如鬼」的問題，尤其特別藉由在男性社會中被禮文約
束最為嚴苛的女性來呈現「至情」，其中「女性美」的表現亦可寄
寓其深層意涵。藉此試圖來回應化解禮與情的分裂問題，必須在
「禮緣情制」，才能完成「情禮兼得」之「至情精神」的實踐。

52　〔明〕龍子猶：〈《情史》序〉，頁1。

三、女性「情禮兼得」的「至情之美」

本文旨在探討「禮緣情制」之意涵與「至情精神」的落實，以彰顯出情禮兼得之「女性美」意義。此一問題在許多篇章中呈現的女性焦點議題是：一個女人面對禮與情的衝突時，會做如何的選擇？如何來呈現其生命價值？在小說中的女性之情較易受到禮法的壓迫，當女性被壓迫時，女性是如何對應？如何在現實的壓力下，又能維持其女性主體之美？就此我們將從小說中的描述，以觀其性情生命、情感的行為表現，來朗現其情禮兼得之美。

從《聊齋誌異》中可見蒲松齡站在女性立場（處境）來展現各種行為，而以「性別擬代」方式[53]，來進行社會現象的反思，實有其寓託之所在。鳳仙一開始與劉生交好，也表現出情過於禮的行為，然因其父嫌貧愛富而私自悲傷，故化作鏡影，以悲笑惕勵書生，終能促使他考上科舉，此處即表現出情禮兼得之美。因此「異史氏」稱賞感嘆不已：「嗟乎！冷暖之態，仙凡固無殊哉！『少不努力，老大徒傷。』惜無好勝佳人，作鏡影悲笑耳。」[54]正可說明

---

[53] 龔鵬程〈俠骨與柔情——論近代知識份子的生命型態〉言：從蒲松齡的存在感受與歷史反思來省察：因為中國自古以來，便不乏儒俠、文人自比女性的作品與心態的傳統，特別是當面臨時代巨變，儒俠、文人難以在外王或理想上發揮，需要知音與自我安慰時，這種互涉就明顯。參見氏著《近代思想史散論》（臺北：東大圖書公司，1990年），頁101-135；以及呂正惠：〈「內斂」的生命型態與「孤絕」的生命境界——從古典詩詞看傳統文士的內心世界〉，《抒情傳統與政治現實》（臺北：大安出版社，1989年），頁209-221。

[54] 《聊齋誌異》，卷九〈鳳仙〉，頁1184。

《聊齋誌異》中士子的貧窮與科舉，關乎人情冷暖的現實處境，或許也深知此一問題對士子傷害很大，故而衷心懇求仙人能派遣「仙女」來救贖，遂發出「吾願恆河沙數仙人，並遣嬌女婚嫁人間，則貧窮海中，少苦眾生矣」之宏願。女子表現出情禮兼得的至情，亦可從〈鴉頭〉、〈小梅〉、〈紅玉〉、〈青梅〉等篇來探討，這些女性「至情之美」的生命表現，除了深含「禮緣情制」之情意，其中所隱含之至情精神，如何呈現出情禮兼得的女性至情之美？實深值探究。

從其小說故事中的女性人物性格行為，以及情節的鋪陳安排等，展現出蒲松齡重新面對傳統「禮之本」的精神，以及在現實生活當中實踐，使其真實生命得以朗現「禮緣情制」的核心價值，特別是《聊齋誌異》女性所遵守的「禮緣情制」中，大抵可看出禮的本身即隱含至情精神。由此如何從《聊齋誌異》呈顯情禮兼得的女性美意涵，實值得深入省察。情禮兼得表現在勇於面對之美方面，如〈青梅〉一文即表現出勇於面對、承擔之美。此從青梅「偶至其家，見生據石啖糠粥；入室與生母絮語，見案上具豚蹄焉。時翁臥病，生入，抱父而私。便液污衣，翁覺之而自恨；生掩其蹟，急出自濯，恐翁知。梅以此大異之。」[55]青梅見到如此至情有孝心的張生，讓她極為感動，遂向小姐阿喜推薦可作為良匹。激動的說出：「吾家客，非常人也。娘子不欲得良匹則已；欲得良匹，張生其人也。」[56]但因其父母反對，青梅「見不諧，欲自謀」，表

---

55 《聊齋誌異》，卷四〈青梅〉，頁 445。

56 《聊齋誌異》，卷四〈青梅〉，頁 445。

現出情過禮之決心，此從青梅晚上主動前往找張生，表明其愛慕
之情，張生則因青梅昏夜來訪之行為，而嚴拒青梅之愛意，且
說：

> 卿愛我，謂我賢也。昏夜之行，自好者不為，而謂賢者為之
> 乎？夫始亂之而終成之，君子猶曰不可；況不能成，彼此何
> 以自處？[57]

張生所言正道出其對禮的見解，這也可看出蒲松齡對禮的想法。但
當青梅言及「妾良家子，非淫奔者；徒以君賢，故願自託」的愛慕
之意，即可見青梅之表現並非「情過於禮」。此當小姐怪其「淫奔」
之行而要施杖責，青梅轉述張生有著守禮、守本分的自處之道時，
小姐亦特別贊歎曰：

> 不苟合，禮也；必告父母，孝也；不輕然諾，信也：有此三
> 德，天必祐之，其無患貧也已。[58]

小姐所言也非常重要，指出這是為人極為難得的至高德行，由其特
別標舉張生具有「禮」、「孝」、「信」三德，已能確認張生之人
格表現異於常人，認為：「有此三德，天必祐之，其無患貧也已。」
但小姐縱然認為張生絕對不會貧困以終，亦佩服其守禮表現，然在

57　《聊齋誌異》，卷四〈青梅〉，頁 446-447。
58　《聊齋誌異》，卷四〈青梅〉，頁 447。

其父母嚴厲反對之下，小姐也只能屈服「父母之命」，而沒有堅持要嫁張生之勇氣決心。由此可見其還是表現出禮過於情。不過當她得知青梅與張生之對話內容，以及其堅持守禮之原則，青梅非嫁給張生之心意，表現出「不濟，則以死繼之」時，所展現勇於面對之至情，小姐對此亦深表肯定。此從小姐質疑：「癡婢能自主耶？」到「我必如所願」的佩服與感動，即能證明。針對青梅對此一情愛的堅持之心，而讓小姐願費盡心思幫忙說服其父母，能讓青梅以原價之金贖身，甚至更難得的是，她也肯拿出積蓄來完成青梅的美事。而小姐此一恩情的支持成全，更讓青梅感佩於心，因而有日後青梅亦能成全其與張生的婚事，終其一生以婢子禮來侍奉小姐。

更難得的是，青梅從入門之後，表現出其勇於承擔之美。如：「孝翁姑，曲折承順，尤過於生；而操作更勤，鑿糠秕不為苦。由是家中無不愛重青梅。梅又以刺繡作業，售且速，賈人候門以購，惟恐弗得。得資稍可禦窮。且勸勿以內顧惕讀，經紀皆自任之。」[59]青梅承擔家計，用心以刺繡為業，解除張家的窮困，終於讓張生無後顧之憂而考取科舉，這都展現其勇於面對、承擔的堅定毅力。此即異史氏肯定：「獨是青夫人能識英雄於塵埃，誓嫁之志，期以必死」的勇於面對之美，其中也有情禮兼得之美。此外又能突顯青梅的感恩、報恩之情，即讓受難的小姐嫁給張生，自己則退居妾位。「青梅事女謹，莫敢當夕。而女終慚沮不自安。於是母命相呼以夫人。然梅終執婢妾禮，罔敢懈。」[60]從青梅如此

59　《聊齋誌異》，卷四〈青梅〉，頁 448。

60　《聊齋誌異》，卷四〈青梅〉，頁 453。

依禮法不敢代替正妻侍寢，並以「執婢妾禮」來侍奉小姐，不僅有勇於成全之美，更展現情禮兼得的感人精神。

　　此外，表現女性至情之美者，也可從〈紅玉〉來觀察。文中紅玉與馮生兩情相悅的「遂共寢處」，點出紅玉一開始只是追求情慾的滿足與安頓，而並未意識到禮教規範問題，這是表現情過於禮之行為。但當其情好之事被馮父發現，並叱責「女子不守閨戒」時，紅玉並不怒，而是能明白馮父愛子之心，感受「親庭罪責，良足愧辱」，她立即知錯，並斷然說出與馮生的緣分已盡。縱然馮生想要瞞著父親繼續與她有「含垢為好」之私情，但紅玉卻堅持選擇守禮而放棄個人之情，並決絕離去，表現出守禮之心甚於馮生。此從所言「妾與君無媒妁之言，父母之命，踰牆鑽隙，何能白首？」⁶¹紅玉意識到「含垢為好」之情，終究只是「踰牆鑽隙」的敗壞風俗，並不合禮教閨訓，是不合夫妻之禮，更無法有白首偕老之可能。

　　由此看出紅玉與馮生兩情相悅時，能勇於追求情慾的安頓，當其情受馮父阻擾斥罵時，然而她並非一走了之，而是籌金無所回報的資助貧寒之馮生，能以明媒正娶之禮聘娶美妻，表現其真情與善良，是真心幫助馮生。因此，當馮生娶妻生子，過這美滿生活時，紅玉皆未出現；但當生慘遭變故被誣陷，其父、賢妻雙亡，幼子被棄山中之際，在俠客幫其報仇後的灰心絕望之際，紅玉才攜子回來與他團圓，表現出紅玉勇於面對與成全之心。

　　當紅玉在安頓情愛之後，更能表現勇於持家承擔之美。然而

61　《聊齋誌異》，卷二〈紅玉〉，頁277。

她並不是以狐仙異術幫馮生致富，恢復家業，而是身體力行經營生計，從她對馮生說：「今家道新創，非夙興夜寐不可。」[62]更親自動手「剪莽擁篲，類男子操作」，同時又「出金治織具；租田數十畝，僱傭耕作。荷鑱誅茅，牽蘿補屋，日以爲常」。[63]從紅玉與男子操作無異的勤勞表現，讓馮生安心準備科考，最後終於將一破敗之家轉至興盛，因此深得「里黨聞婦賢，益樂資助之」，以及馮生稱讚紅玉「灰燼之餘，卿白手再造矣」，此皆道出紅玉持家興家勇於承擔之美的肯定。「異史氏」更稱許：「其子賢，其父德，故其報之也俠，非特人俠，狐亦俠。」[64]可見蒲松齡對紅玉勇於面對父權、獨立持家育子、成就馮生科考的肯定中，更要呈現紅玉情禮兼得之美。

　　另者，從表現禮過於情，到情禮兼得勇於承擔者，還可見於〈小梅〉一文。文中小梅之母爲報王生相助之恩，於是遣其女小梅先入王妻室中，王妻臨終前託囑王慕貞娶其婢女小梅，小梅成爲王家繼室。當王生「請即上堂，受兒女朝謁」，她登北堂時，「王使婢爲設坐南嚮，王先拜，女亦答拜；下而長幼卑賤，以次伏叩，女莊容坐受；惟妾至，則挽之。自夫人臥病，婢惰奴偷，家久替。眾參已，肅肅列侍。」[65]從王生與其妾、婢女、僕人依照身份地位、年紀大小的參拜，即說明王家「女主政」的家規森嚴，似乎表現出禮過於情之情況，更加凸顯小梅對「喪禮」、「婚禮」、

62　《聊齋誌異》，卷二〈紅玉〉，頁282。
63　《聊齋誌異》，卷二〈紅玉〉，頁282。
64　《聊齋誌異》，卷二〈紅玉〉，頁283。
65　《聊齋誌異》，卷九〈小梅〉，頁1211-1212。

「彌月之禮」等之慎重其事，藉以隆重來展現其勇於承擔之美。

當王妻死時，小梅力排眾議，使喪禮井然有序。當要嫁為王生繼室前，特別要求「匹配大禮，不得草草」，婚禮之舉行一定要正式隆重，更要力邀位尊德重的「年伯黃先生」來「主秦晉之盟」。另從小梅生子彌月之禮，她更使王生盛筵敬邀非要「黃年伯」蒞臨不可，因此，當黃伯送上豐渥的賀儀，但以年老不能遠行辭謝盛會時，小梅則禮數周到的派遣兩媼強邀他特來參與聚會，黃伯才勉強與會。小梅立即「抱兒出，袒其左臂，以示命名之意」。並又再三詢問其痣之吉凶之名。黃笑曰：「此喜紅也，可增一字，名喜紅。」「女大悅，更出展叩，是日，鼓樂充庭，貴戚如市。」[66]可知其隆重之禮的意義，不僅表現深謀遠慮，也有重新替「人倫」論證，以取得重要憑證。自喜紅出世後，至確認其痣之吉凶之名，行確認血親之實，此於小梅自主婚請黃公到滿月時便已埋下伏筆。這些禮並不違背情，反而是符合人情之本份。

從透過隆禮的表現，其中亦隱含小梅的至情，其言：「王郎王郎，會短離長，謂可悲否？」[67]此一深深哀嘆，即將小梅內心壓抑之情呈現出來，以及臨行諄諄囑咐「執手愴然交涕」，在在表現無限深情，以見小梅對王生的真情二人之感情深厚，卻受到客觀環境的限制不得不分離。因此她特別叮嚀王生「牢記吾言，後會亦不遠也」。分開六年之久，發生瘟疫，王生因醉酒而忘記小梅所囑，影響二人「後會」的機會，小梅仍不忘對王生之深情，仍興復其

66　《聊齋誌異》，卷九〈小梅〉，頁1214。

67　《聊齋誌異》，卷九〈小梅〉，頁1214。

家。小梅並非享樂，而是終日經紀內外，使王家百廢俱舉，數年間，田地連阡，倉廩萬石，家中頑奴鈍婢無不樂於奉命。最重要的是，能預知王家將有大禍降臨，且能預作精心安排。如祭掃王生之墓，將其子交由黃公、王生之妾撫養等事後，才悄然消逝。

其中最能展現小梅勇於承擔之美者，是她深知自己負有一份責任——重整王家，保留子嗣的責任。因此，當遇到強悍的族人，亦無懼色，而是從容以對：「所繫族人，共謀兒非慕貞體胤，女亦不置辨。既而黃公至，女引兒出迎。黃握兒臂，便捋左袂，見朱記宛然，因袒示眾人，以證其確。乃細審失物，登簿記名，親詣邑令。令拘無賴輩，各笞四十，械禁嚴追；不數日，田地馬牛，悉歸故主。」[68]這些都可看出小梅並非膽怯懦弱之女子，而是宛若一位能洞見觀瞻、運籌帷幄的大英豪，毫無畏懼地對抗「世情如鬼」的社會失序問題。

從文中所述，可知小梅何以在其婚禮、生子彌月之禮上要隆重舉行，並特別力邀年高德劭的黃公蒞臨見證，此中即可知當時社會倫理失序之問題，更可突顯人倫秩序已敗壞。然人間之禮並非虛禮，而是有人性、人情之禮。因此，當王家遭遇大難，急遽敗落之際，終能印證小梅之應變果斷能力，回應化解「族人益橫，割裂田產」之悍行，及時為王生保產保家，表現其應世能力。故「異史氏」特別稱許：「不絕人嗣者，人亦不絕其嗣，此人也而實天也。至座有良朋，車裘可共；迨宿莽既滋，妻子陵夷，則車中人望望然去之矣。死友而不忍忘，感恩而思所報，獨何人哉！狐乎！倘

爾多財，吾爲爾宰。」[69]此中道出小梅能護守家產與王家的和諧安定，除了有著報恩之情，以及小梅對王生的夫妻眞情之外，亦可見人情之禮極爲重要。由此更強烈對比出世道無情的一面，以見小梅感恩報恩之心甚爲可貴。小梅的情禮融合的精神表現更感動異史氏，極爲讚嘆地道出「狐乎！倘爾多財，吾爲爾宰」，希望自己有幸能幫小梅管理財務。

　　其他又如在〈連城〉一文，連城可以爲知己之情而違抗父母之命，堅持選擇表現「報知己」之心，甚至選擇爲情而死。當連城一死，喬生亦不願獨活，坦然展現「樂死不願生」[70]的精神，其情終能感動天地，雙雙又死而復生。頌揚生死不移之眞情者，主要透過超越生死的自覺選擇，更顯示連城對抗傳統父命並非盲動，而是出於堅守眞情至性的自覺。另外在〈嬌娜〉、〈花姑子〉等篇，皆表現爲了情意而能對僵化禮教規範、生死隔閡的超越，這些都呈現出女性情禮兼得之美，而其「至情」實踐，不僅朗現情眞之意，也能貞定禮之眞精神。而從嬰寧「操女紅精巧絕倫」、「女正色，矢不復笑」、眞誠侍奉婆婆以及掃墓祭拜生母等行爲觀之，皆非要顚覆傳統閨訓，其中亦可顯其孝行、守家之情禮。可知從此一情節以觀，即表現出嬰寧已由情過於禮而回歸到「情禮兼得」之美。

69　《聊齋誌異》，卷九〈小梅〉，頁 1216。

70　《聊齋誌異》，卷三〈連城〉，頁 3650。

四、結　語

　　透過上述文本，大抵可知《聊齋誌異》所呈現的女性，其面對禮與情的衝突時，最終的選擇通常是自覺以眞情爲優先考量，由情之眞與情之善來呈現其生命價值。當這些女性之情受到禮法禮制的壓迫時，女性仍能忠於自己的愛情，並不會只爲順從父命而嫁人，而是能自覺依其性情生命、情感來朗現其情禮兼得之美，女性皆能遵守「禮緣情制」之至情。可知其至情生命並非只是情眞的表現，其中必須透過磨練與實踐過程，才可表現情禮兼得之美，而能反映禮的眞精神。最可貴的是，其情禮兼得表現在勇於面對、承擔、成全之美等方面，皆在現實生活當中實踐，使其眞實生命得以朗現「禮緣情制」的核心價值，透過至情的實踐過程，由此更彰顯情禮兼得的女性美意涵。

　　由此可知《聊齋誌異》所呈現的「女性至情之美」的故事中，其在「情過於禮」方面，雖標舉「眞性情」、「至情」的可貴，但其行爲表現仍是發而皆中節的人倫價值，即不失其禮；而在「禮過於情」方面，雖強調「不事二夫」、「從一而終」等守禮、重禮之精神，然其禮亦不失眞情，由此至情實踐過程中，所呈現之「情眞」、「禮實」及其「情禮兼得」之「情意生命」的人物形象，此從《聊齋誌異》女性所展現之「情禮兼得」生命的勇氣與承擔、成全，來安頓與實踐眞實的生命，即能彰顯「禮緣情制」之價值意涵。

　　極爲難得的是，《聊齋誌異》中之「女性至情之美」是由內在

人格表現於外的行為舉止所呈現之美，並能自覺選擇其性情生命、情感來朗現其情禮兼得之美。從她們表現出有情有義、無怨無悔的幫助男性化解困境，也展現出生命智慧，此一至情生命，並非只是情真的表現，也並非要衝破或對抗「禮」之真精神，除了超越世俗之困境，突破種種社會既定僵化觀念之外，同時在回歸人倫日常之際，面對著現實人生之種種禮法制度，持續實踐人心之理，此時其所持守之「理」，並非偏於「形而上之天理」一面，而是要兼顧「形而下之日用倫常生活」，因此本文認為從女性勇於面對之美、勇於承擔之美、勇於成全之美，可以看到蒲松齡在《聊齋誌異》有意創造出「情禮兼得」的「女性至情之美」之意涵。

肆、《聊齋誌異》中所塑造的女性理想典型

——以〈黃英〉、〈小二〉、〈細柳〉爲例

　　本文將以《聊齋誌異》塑造女性理想典型爲題，藉由肯定「內外兼顧」之女性，如〈黃英〉、〈小二〉、〈細柳〉等篇來觀察蒲松齡心目中，對這三位女性的理想典型塑造。透過蒲松齡的寫作意圖及其突顯的時代情禮之衝突對立，同時析論他如何藉由情禮融合的敘述模式，建構女性之理想典型。本文囿於於篇幅，僅以〈黃英〉、〈小二〉、〈細柳〉等篇章，作爲蒲松齡創作意圖分析論述的文本，一方面觀察其塑造女性之理想典型特色，另一方面從他肯定女性之「內外兼顧」，朗現其小說人物「情禮融合」之生命境界。

一、蒲松齡塑造女性理想典型之意義

　　當代女性議題已成顯學，並且呈現出多元發展的研究面向，甚至引發當代兩性關係課題的不同論述。筆者在此一議題亦有若干反

思，以往有些研究者將焦點集中在強調婦女史的特殊性，時常受成
見所限，以致脫離社會文獻史料的現實意義，並以既定的文化思維
爲框架，因此論點難免有所侷限。此外，研究者亦有從男權意識來
觀照婦女形象，認爲傳統文學中的婦女書寫，終究只是一本爲父權
言說之書，此一觀點的侷限，不言而喻。至於從西方女性主義之「先
鋒意識」、「女強人」等視角，來標舉婦女的獨立能力，此一論述
容易流於意識形態的對抗模式。[1]事實上，這樣的路線很難從史料
文獻中看出，中國傳統婦女在不同時代社會所展現的眞正意義，甚
至延伸出某些對立偏頗之論。[2]

　　因此，本文主題乃延續筆者：〈從女性「經濟活動」論「賢妻
良母」之意涵轉型──以晚明清初小說爲例〉[3]、〈論蒲松齡「情

---

[1] 黃麗卿：〈從「情意生命」談《聊齋誌異》的女性自主〉，收於張雙英主
　　編，《文學與美學》（臺北：淡江大學中國文學系出版，2010 年），頁
　　199-231。另見黃繁光、黃麗卿、莊蕙綺〈明清婦女的經濟活動與社會地
　　位研讀會成果報告〉，頁 149-154。

[2] 近代《聊齋誌異》女性議題之論述，大抵可分成三種說法：其一是受到女
　　性主義所左右，例如周小雨〈《聊齋誌異》中的女性經濟獨立意識〉，頁
　　108 所論（。其二是服膺父權觀點，理想女性形象的塑造方面，例如：馬
　　瑞芳的〈《聊齋誌異》的男權話語和情愛烏托邦〉，頁 73。又如侯學智
　　亦與此論相近。侯學智：〈《聊齋誌異》理想女性的角色定位及其價值功
　　能期待〉，頁 26-29。其三則兼容二說，可參考陳翠英在〈《聊齋誌異》
　　夫婦情義的多重形塑〉一文之論點，頁 271。以及筆者〈從「情意生命」
　　談《聊齋誌異》的女性自主〉等文。

[3] 黃麗卿：〈從女性「經濟活動」論「賢妻良母」之意涵轉型──以晚明清
　　初小說爲例〉《2012 女性文學與文化學術研討會論文集》（臺北：淡江
　　大學中國文學系出版，2013 年），頁 325。

禮觀」之意涵——以《聊齋誌異》「異史氏曰」爲探討核心〉[4]等相關論文，所做的衍伸性研究，同時參考目前國內外之相關研究成果進行進階性的探討。

　　準此，筆者從上述研究成果中，發現明清之際的女性，她們從事經濟活動除在現實面上維持生計、養家育子等工作外，亦具有其理想面的自我價值意涵，透過她們助人、救貧等義行，朗現其「透過淑世之心」的自我實現。尤其難能可貴的是：《聊齋誌異》裡的「賢妻良母」，除了保有傳統「德性我」的主體精神外，更能自覺反省歷來所承繼「女主中饋，廣繼嗣」的刻板形象，反思社會既定規範等。陳東原《中國婦女生活史》一書所論及之貞節觀念，在明代特別的提倡：「變得非常狹義，差不多成了宗教。」[5]針對陳東原之觀點，提出強烈**反思者**，以高彥頤所著《閨塾師—明末清初江南的才女文化》一書爲代表，他的研究核心在透過性別與歷史兩者的結合，試圖打破五四所建構的婦女史觀，不再單從社會壓抑、備受禮教束縛爲論述觀點，重新展現明末清初的婦女在社會中所具備的生機與活力。[6]

4　黃麗卿：〈〈論蒲松齡「情禮觀」之意涵——以《聊齋誌異》「異史氏曰」爲探討核心〉〉，《宗教哲學季刊》65 期（2013.12），頁 75-90。

5　陳東原：《中國婦女生活史》，頁 241。

6　高彥頤：〈丈夫與女中丈夫：女性角色的錯位與延伸〉中，主要在探討明清之際的女性文人，爲了承擔家計，如同男性文人一般，外出巡遊教學，並藉由自身的才華打入男性的社交網絡之中，女性得以在其中展現自我的能力，甚至取代丈夫的角色，成爲家中主要的經濟來源，成爲「女中丈夫」，扛起丈夫應扛起的家庭責任。全文圍繞在這些身爲才女的女性，其經濟生產與其階級、家庭的關係。作者透過相關的論證，試圖扭轉女性社會性別

　　此從本書前一個單元〈《聊齋誌異》中由「禮緣情制」所揭示的女性至情之美〉中，已指出蒲松齡在《聊齋誌異》中，除了反思「男尊女卑」、「悍妒婦女」等問題，同時有意創造出「情禮兼得」的女性至情之美。最重要的是，從其「女性至情之美」的塑造，大抵也能反思「禮文虛而不實」與「情志偽而不真」的問題，更能從「至情」實踐來超越世俗禮教規範的僵化與虛偽，透過其情真意切的至情實踐，來展現情禮兼得「女性至情之美」之意涵。基於蒲松齡《聊齋誌異》是試圖從主體生命的實踐來重新反省此一議題的基本預設，以及其在「情」與「禮」的對立與融合問題上，所呈現男女的兩性互動關係中，已非僅是傳統社會文化問題而已，其中更展現出小說家對當時「情」與「禮」已從「對立」到「融合」的理想性建構，[7]因而朗現其多元價值意涵，就此所要呈現之「女性理想典型」，實深值探究。

　　目前針對《聊齋誌異》中女性課題的探索，已引發當代多元的論述。然而有關「女性理想典型」之多元意涵，研究者雖從不同觀點作探究，但大抵仍從男權觀點、或從女權對抗等加以論述，如陳翠英〈《聊齋誌異》　夫妻情義的多重形塑〉以《聊齋誌異》的婚姻情節出發，採用性別觀點等方式，剖析書中對於夫妻情義的多重面貌。從故事情節中對於夫妻之間的離合關係、守貞與否等問題，試圖解釋蒲松齡所展現的多重性別意識，但作者也強調囿於時代背

　　的邊緣角色，和從中產生的負面文化意涵。見氏著：《閨塾師──明末清
　　初江南的才女文化》，頁146。
7　詳本書第三單元，頁133-143。

景之故，仍然回到父權社會體制下的男性視野，以男性中心觀作爲敘事主體，無論是多強勢、多違背傳統的婦女，最終仍要回到持家興夫的人生正軌。[8]又如馬瑞芳〈《聊齋誌異》的男權話語和情愛烏托邦〉認爲：《聊齋志異》的愛情女主角經作者主觀意志過濾，以男權話語扭曲成「蒲松齡式」女性形態；以男性需要爲中心，子嗣凌駕一切。以「理想女性」──賢妻、佳妾、雙美共夫──滿足男性中心論的需要，男女愛情並未獲得平等，封建樊籠尚未衝破，禮教桎梏亦未打碎。[9]從陳翠英所論「以男性中心觀作爲敘事主體」以觀女性，「最終仍要回到持家興夫的人生正軌」，然而由此如何呈現這些女性在其時代之處境與意涵？而馬瑞芳亦試圖從「蒲松齡式女子」形象的表現形態及其意義，進行解讀，最後仍將其歸結於作者的男權思想。這些詮釋觀點仍有待深入探究。

　　與上述相近之論，尚有侯學智所認爲的《聊齋誌異》中理想女性形象，在家庭範圍內，都能嚴守封建社會的婦女規範，盡其職分，顯示「以丈夫爲重」、「以家庭爲重」、「以禮爲重」的賢德。她們存在的價值就在於擔當家庭重任，無私奉獻給男性，盡到爲人妻、爲人母、爲人女的責任。這完全是將女性的存在價值，寄托在女性形象塑造的結果。蒲松齡正是通過這種形象塑造，完成了他對

8　陳翠英：〈《聊齋誌異》夫妻情義的多重形塑〉，頁315指出：蒲松齡固然無以自外於傳統男尊女卑觀念，《聊齋誌異》性別書寫不離父權社會體制之下的男性關照，男權中心思想仍歷歷可見，女性終究要成就那不分賢愚男性的夫／父權角色，回歸傳統秩序，走向持家助夫、恪盡傳宗接代職責的人妻常軌。

9　馬瑞芳：〈《聊齋誌異》的男權話語和情愛烏托邦〉，頁73。

主流文化語境中「賢妻良母」的企盼。[10]該文認為寡婦喬女在丈夫穆生死後，儘管生活艱難，但她仍然拒絕孟生的求婚，堅持守節而終，這是服膺父權的意識形態價值。又如王立、劉暢、杜芳合著的〈婚姻報恩與《聊齋誌異》恩報主題〉一文，以《聊齋誌異》裡的婚姻報恩故事為主題，說明其中蘊含的議題，文章提到，透過報恩一事，可使男女之間的婚姻締結打破傳統禮教的束縛。但是，這些進行報恩的婦女，不論其身份為何，實際上代表的是傳統社會中的弱勢女性，作者認為是因為在故事論述中，將婦女及其婚姻作為報恩的工具，這種論述模式是對應於男性內心期盼的投射結果。[11]

另從女權以對抗父權者，如邱玉明在〈論《聊齋誌異》中的女性先鋒意識〉一文指出：在現代審美領域中，先鋒性是一種深邃的時代精神的集中體現。中國歷代文人伴隨著世界文明的進程，在文學理論上和文學作品中都賦予了女性先鋒意識的獨特內涵，尤其是蒲松齡的作品《聊齋誌異》，它從女性視角出發，充分詮釋了中國古代女性強烈反叛封建禮教的先鋒意識，閃爍著女性追求思想解放和經濟獨立的自強精神。[12]類此論述在今日仍持續發展中。此外，日本有關女性研究的議題，亦有相當參考價值。[13]

10　侯學智：〈《聊齋誌異》理想女性的角色定位及其價值功能期待〉，頁26-29。

11　王立、劉暢、杜芳：〈婚姻報恩與《聊齋誌異》恩報主題〉，《遼東學院學報（社會科學版）》2007年第9卷第6期，頁104-110。

12　邱玉明：〈論《聊齋誌異》中的女性先鋒意識〉，頁4。

13　關於日本學者對於《聊齋誌異》的研究，集中在翻譯作品和翻譯者上，例如對太宰治以〈黃英〉改編成的作品〈清貧譚〉，芥川龍之介的翻譯創作等。詳參王啟元：〈日本短篇小說《清貧譚》與《聊齋誌異》〉，《蒲松

　　有關《聊齋誌異》塑造女性之篇章極為精彩多元，南瑛在〈論《聊齋誌異》中的理想女性形象〉指出：蒲松齡在《聊齋誌異》中塑造眾多的女性形象，這些女性美麗清純、秀外慧中，才智超群、識見不凡，勤勞治家、百事和順，情深意長、忠貞不渝，沉著機智、勇於抗爭，寄寓著蒲氏對女性的期望，體現出作家的審美理想和非同尋常的識見，開拓女性的審美意蘊。[14]但本文所論蒲松齡塑造出理想的女性類型，則是強調有情有義、無怨無悔的女性，她們不但幫助男性化解困境，甚至完全承擔「主外」的家庭生計。除了完滿養育幼子、奉養長輩的家庭責任外，亦能在當時的社會結構制度底下，透過經營家政達成自我實現之機會，體現出美善合一的「人格美」，同時亦能超越困境而展現女性生命、參與社會的多元面向。

齡研究》2002 第 4 期，頁 34-45。另於安載鶴、孟慶樞在〈日本近年《聊齋志異》研究述評〉，論及日本的研究者在探討《聊齋誌異》裡的女性形象時，由於自身的怪譚文化與傳統社會裡嚴格的身份繼承制度影響下，在研究時著重以花精鬼狐的女性為主要研究對象，側重其異於人間的一面，尤其強調「變身」的內容，但是關於變身的故事，在日本童話、怪譚中亦有類似的題材，如「白鶴報恩」等。對此植松由起子於《思考：美女と狐と幽靈——『聊齋誌異』の世界》裡針對兩者進行分析，指出對於這種變身的題材，在日本的故事情節中，這種異類變身的女性，必須捨棄或隱藏其異類的身份，否則不能見容於社會。而對於中國的《聊齋誌異》裡的異類女性，因為其身異類而被社會喜愛，並額外賦予她們突破社會道德倫理的角色功能，對此感到驚訝不已。參見安載鶴、孟慶樞：〈日本近年《聊齋志異》研究述評〉，《古籍整理研究學刊》2009 年第 1 期（2009 年 1 月），頁 91-94。

14 南瑛：〈論《聊齋誌異》中的理想女性形象〉，《長江師範學院學報》第 27 卷第 2 期（2011 年 3 月），頁 58-61。

此種「善居積」的女性，呈現出龔鵬程所言的「父系而母權」之現象：「家庭中，本來男尊女卑，父親在家中是家長，有其權威地位，但因父親經常出遊（遊學、遊幕），如蒲松齡本人，家長這個位置遂由母親取代了，形成了父系而母權的局面，文人又不善治生，家計須賴妻子經營，經濟權因此也歸了主母。」[15]此一「女性主政」的現象極為特別，也極為重要，是蒲松齡長期生活在社會底層的體驗與關懷，可說是他塑造女性理想典型的根源所在。

但在李文慧、王恒展的〈論《聊齋誌異》中兩性角色的錯位〉裡，多篇作品反映了兩性角色的錯位，文中有對強勢女性的描寫，男性則呈現出一種被弱化，甚至忽視的現象。精明能幹的妻子成為了家庭經濟收入的主要來源，在家庭經濟生活的舞臺上，她們成為絕對的主角，妻子光輝的形象使平庸的丈夫相形見絀。此外，〈黃英〉中的黃英、〈細柳〉中的細柳、〈小二〉中的小二等各方面能力都在男子之上，她們丈夫的形象則黯然失色，充其量是個配角。[16]由此更道出〈黃英〉篇章中，顯示夫妻二人的三次交鋒，每次都是黃英以理性取勝，她不卑不亢的話語，既尊重對方，又保持理性的獨立和堅持自己的追求。丈夫馬子才酸腐的書生氣，也在妻子形象的襯托下，暴露無遺，自認清高的他，最終還是接受了靠妻子養活

---

15 龔鵬程：〈文人的世俗生活：以《聊齋誌異》來觀察〉，《中國小說史論》（北京：北京大學出版社，2008 年），頁 301-302。其文中從「三重宰制下的世俗生活」作一觀察：其中特別指出明清文人受到三重宰制：其一、受科舉枷梏，其二、受悍妒婦，其三、受經濟困窘枷梏。

16 李文慧、王恒展：〈論《聊齋誌異》中兩性角色的錯位〉，《蒲松齡研究》2006 年第 3 期，頁 5-10。

的事實。馬子才在家庭經濟支配上的失敗，說明其婚姻支配權徹底喪失，妻子黃英成爲眞正意義上的「一家之主」。[17]其論述實有其立場，但這樣犀利的說法中，仍有待商榷之處，因爲女性理想典型是在成全夫妻雙方之情意，以及安頓家庭生活爲前提考量，而非成就個人之事業。

另外，屈小玲在〈《聊齋誌異》與寫作品當論——以 17 世紀清貧士人家庭婦女的經濟活動爲例〉一文認爲：黃英通過種菊致富的故事，表明受商業經濟的影響，都市清貧士人婦女已經突破了傳統靠女紅技藝謀生的方式。從她的獨立經營種菊、擴大土地經營、建屋、與丈夫的衝突和經營家庭中，馬子才是一個安於守清貧的士人丈夫，黃英不但充分表現經營和治家的才幹，同時也體現婦女在經濟上獲得獨立之後的自主意識。[18]此論雖突顯黃英的強悍與能幹，但其經營的目的是爲了改善家庭經濟，不在成就個人。

由此觀之，無論上述研究者，是從男權意識觀照來論其女性形象，他們從認同傳統的角度，認爲這終究只是一本爲父權言說之書而已。或是藉由「先鋒意識」、「女強人」等思考角度來標舉女性的獨立能力，並且特意藉由女人可以比男人強之詮釋話語，積極地由顛覆男尊女卑、棄置男耕女織等研究角度，來論述《聊齋誌異》女性承擔生計的問題。當中在有關「顛覆」一詞之後設性看法上，讓我們反思到：婦女有了承擔生計能力，是否就一定要顛覆或對抗

17　李文慧、王恒展：〈論《聊齋誌異》中兩性角色的錯位〉，頁 14。

18　屈小玲：〈《聊齋誌異》寫實作品爭論——以 1 7 世紀清貧士人家庭婦女的經濟活動爲例〉，《四川師範大學學報》第 39 卷第 3 期（2012 年 5 月），頁 122-123。

男性？或者說關於「女性」研究議題，應該回歸到社會文化氛圍中探討，而非預設古代女人之能力，只是被動、被宰制下的行為反應。

因此，本文特別舉出〈黃英〉、〈小二〉、〈細柳〉等篇之「女性理想典型」意涵，來反思有生計能力之女性，並非只能用顛覆男尊女卑、棄置男耕女織；或反映出男權社會「女為男用」的角色價值意識等觀點來觀照而已。此由蒲松齡在《聊齋誌異》序中所云「知我者，其在青林黑塞間乎」之深切反省，其所關切之重要議題，不只是抒發一己之孤憤而已，更展現其對當時情與禮從對立到融合的理想性建構，由此寄寓其深刻意涵。準此，本文試圖透過〈黃英〉、〈小二〉、〈細柳〉等篇創作意圖之分析，來探討《聊齋誌異》所要塑造的女性理想典型，以及這樣的典型所要回應的情與禮的對立現象中，女性之「內外兼顧」所朗現之「情禮融合」的至情生命境界。

此外，尚須說明的是：綜觀《聊齋誌異》中所書寫的女性理想典型，表現在「內外兼顧」者有二十餘篇，大致可分為三類：一為從事紉織者，如〈青梅〉、〈胡四娘〉、〈鴉頭〉、〈喬女〉、〈辛十四娘〉等篇；二為開設工廠、經營菊藝者，如〈小二〉、〈黃英〉為代表；三為「善經濟」者，如〈細柳〉、〈江城〉、〈阿寶〉等篇。從這三大類型來看，有關開設工廠、經營菊藝者，與傳統女性「主內」、「女織」等有明顯不同。在其他從事紡織工作者：如〈辛十四娘〉依靠紡紗織布，出資營商，獲利後將錢儲存。以及〈鴉頭〉一文中，鴉頭在「家徒四壁」，窮困難當之際，遂讓王文在門前設小肆，賣酒販漿。自己則「作披肩，刺荷囊，日獲贏餘，飲膳甚優。積年餘，漸能蓄婢媼」等，都可以看出，《聊齋誌異》女性在承擔

生計之「經濟活動」中，從事紡織、刺繡業，來維持家計，養家育子、守護家庭，面對生活，努力改善自己遭遇的決心與毅力，這是《聊齋誌異》塑造女性之理想典型之所在。然而本文因篇幅之限，僅擇〈黃英〉、〈小二〉、〈細柳〉三位，做爲《聊齋誌異》塑造女性理想典型的分析對象。

準此，本文將藉由三個典型論述：一論，黃英呈現之理想典型，黃英雖是花精，卻謹守份際，善於藝菊營生，並非自我享樂，而是以護家愛夫爲主，因此丈夫發現眞相後，反而更敬愛之；二論，小二呈現之理想典型，小二在婚姻的選擇方面，選擇與丁生私奔，看似違背父母之命，其實是其父沉溺於左道，在其二人曉諭箇中危機後，其父仍不聽之下，小二才以自我意志爭取自己的婚姻幸福。逃到異鄉，爲能使生活安定無虞，小二勇於開創事業，成爲當地大富豪，其夫則一直在旁守護協助，共同面對難關，二人經營出幸福美滿生活。更可貴的是，小二更以悲天憫人之心來造福鄉里，其夫妻的共同表現，不僅創造出極爲珍貴之模範，更呈現小二之理想典型的神奇特性；三論，細柳呈現之理想典型，細柳不但能主政善經營，又能以寡婦教養二子一富一貴，博得「異史氏」的肯定，進行《聊齋誌異》塑造女性理想典型之獨特性論述。

二、應時處變，創造人生——黃英呈現之理想典型

在〈黃英〉篇中的女主角——黃英是一位「菊花精」，是因爲

馬子才愛菊成癖，表現出「世好菊，至才尤甚」，以及「聞有佳種，必購之，千里不憚」的行動力而感動菊花精姊弟。雖然馬生已有妻室，但菊花精仍不憚千里來與馬子才巧遇。此一情節敘寫並無怪異荒誕，蒲松齡亦曾自況為有「癖」之士，如其詩所云「我昔愛菊成菊癖，佳種不憚求千里」[19]，而有其寄託的色彩。從黃英弟道出「種無不佳，培溉在人」的藝菊之法時，而使「馬大悅」，以及陶氏姐弟因從金陵徙河朔仍無定所，馬生竟然欣然開口邀其同行歸鄉共住等看來，馬生確實表現出異於常人的難得情義，而此一癡情於菊，更讓黃英姊弟銘感於心，故其對馬生也展現出「知己之情」的回報。

　　然而黃英姊弟並非僅是提供馬生過著物質豐厚的享樂而已，也非順從馬生過著安貧樂道、固守高潔的生活，而是讓馬生感知自食其力生財致富以改變困境，來實現其生命的存在價值，才是日用倫常不離道的真諦所在。然而傳統俗儒固守常道而鄙視營利，馬生對菊花「懷之專一」的性格表現，是吸引黃英姊弟之重要關鍵，但黃英在藝菊為生致富的實踐過程，其精明能幹、善解人意而不失幽默的性格，如何表現在其與馬生生活互動迭有波折衝突中，而黃英如何化解困境而呈現其理想典型，僅此試就其婚姻的選擇、藝菊營生、夫妻互動等方面來探討。

　　其一，在婚姻選擇方面，黃英姊弟二人住進馬家之後，因清貧無以為生，因此陶生決定要賣菊謀生，但素來耿介的馬生聽其言後，立即反駁：「僕以君風流高士，當能安貧；今作是論，則以東

19　〔清〕蒲松齡：〈十月孫聖佐齋中賞菊〉，《聊齋詩集》，《蒲松齡全集》第 2 冊，卷五，頁 352。

籬爲市井，有辱黃花矣。」[20]由此可見馬生認爲把種菊之處當作市場，這對菊花是一種污辱，其中也對原本看中陶生的超凡脫俗，志節高尙失望，而有鄙視之意。這話中更看出馬生對經商、商人極爲看輕，更不用說要「以東籬爲市井」，販菊更是過於庸俗之舉。

然而陶生則微笑回應：「自食其力不爲貪，販花爲業不爲俗。人固不可苟求富，然亦不必務求貧也。」[21]此處說出黃英姊弟價值觀，他們不認爲經營販賣菊花是低俗之業，只要靠「自食其力」仍可以求得富貴，但馬生則不以爲然。之後兩人仍有衝突，但當馬生發現陶生並沒有對自己私藏祕方，加上陶生神奇的菊藝有其至大吸引力，才化解二人的衝突，同時對善雅談、善紉績以及精烹飪的黃英有傾慕之意。黃英雖懷有對知己報恩之情，但因馬生有妻室，而不爲所動。

其實馬生對「絕世美人」的黃英極有好感，也關切其出嫁之事，如馬生到陶家作客時，即詢問此事：「貴姊胡以不字？」答云：「時未至。」問：「何時？」曰：「四十三月。」馬生對此回答甚爲不解，又進一步追問其因，陶生卻笑而不言。及至經過「四十三月」後，其妻病亡，馬生才會意過來，並派人向黃英表白求婚之意。雖然黃英似有意願，卻表示要「專候陶歸」來決定。後有客託寄陶生函信表明，叮囑其姊嫁給馬生。這裡都看出黃英所守之禮，是依乎人情，並非外在之禮制而已。

20　《聊齋誌異》，卷十一〈黃英〉，頁 1447。

21　《聊齋誌異》，卷十一〈黃英〉，頁 1447。

原本清貧的陶家，在姊弟經營藝菊之下，陶家已極富有，因此馬生要娶黃英時，她堅辭「不受采。又以故居陋，欲使就南第居，若贅焉」。此處說出她不想讓清貧的馬生花費訂婚聘禮，也考量其舊宅簡陋，而提議結婚新房要搬到南院，但馬生則認為黃英此一提議，讓自己如同入贅一般，故而堅持不搬進黃英所修的新宅院，也堅持「擇日行親迎禮」，並在其舊宅舉行婚禮。黃英亦不違其意而結婚，然其決定其實並非順服父權之禮，而是基於報恩的知己情意。

其二，在藝菊營生方面，黃英不因嫁入馬家而停止課僕種菊的事業，從文本所述：

> 黃英既適馬，於間壁開扉通南第，日過課其僕。馬恥以妻富，恆囑黃英作南北籍，以防淆亂。而家所須，黃英輒取諸南第。不半歲，家中觸類皆陶家物。馬立遣人一一齎還之，戒勿復取。[22]

由此可見，黃英之所以同意在北院舊宅舉行婚禮，只是不想直接與馬生有正面衝突，並非是服膺父權，而是深知馬生耿介不一的性格，有意婚後再作改變。此從「於間壁開扉通南第，日過課其僕」即可看出。黃英在北院南牆開一個門通南院，一方面是為了方便她每天回南院督促考核僕人，以維持生計；另一方面是「而家所須，黃英輒取諸南第。」即可見黃英已知曉馬生家中經濟困窘、物資缺乏的現況，也能體會馬生基於夫權意識使然，絕對不會依從黃英建

---

22 《聊齋誌異》，卷十一〈黃英〉，頁1449。

議立即遷移南宅新居。因此對於黃英到南院取用家中所須物品，來改善生計，馬生雖然採取的態度是：「恥以妻富，恆囑黃英作南北籍，以防淆亂。」

黃英並未理會馬生要設南北兩宅各立帳簿，此處可見黃英的同意在北院舊宅結婚，是出於真心感恩馬生的為人與對她的情意表現。因此對於馬生處理南院物品，先是立即遣人一一歸還，「戒勿復取」之表現，黃英則不以強勢態度來回應他，而是以婉轉笑言「陳仲子毋乃勞乎」，來將他比擬過於追求廉節清高，不食亂世之食，遂餓死的陳仲子。從馬生聽聞後的慚愧，到「不復稽，一切聽諸黃英」的轉變，可見馬生也意識到自己態度太過執拗，故而生活所需一切則依照黃英之意而行。此處除了已見馬生能體會黃英的情意之外，亦看出黃英並非以直接對抗的方式來回應丈夫，而是以情理來曉諭馬生夫妻的財產是可共享的，此處黃英能改變馬生固守清貧的生活價值觀，更是用心良苦，亦是其情禮融合之表現。

而這樣的情禮融合之表現，亦可見黃英的「鳩工庀料，大作土木」方面，在馬生也不能禁建之下，終能完成「樓舍連互，兩第竟合而為一」，使貧富差異極大的兩家已不分疆界，此處亦可見黃英為改善居家環境而辛勤付出，並非強勢炫耀其財富以對抗夫權，主要是為了安頓家園，使其生活無憂無虞，此從其「然遵馬教，閉門不復業菊，而享用過於世家」[23]即可見黃英之所以表現出賢德一面，乃是因為其藝菊營生已「享用過於世家」，故能顧及馬生的觀

23　《聊齋誌異》，卷十一〈黃英〉，頁 1449。

念與立場，尊重馬生的意見，不再對外藝菊爲業，此處亦看出黃英內外兼顧之用心，以及情禮融合之表現。

其三，黃英在夫妻互動方面，雖然黃英已然「遵馬教，閉門不復業菊」，想要以丈夫、家庭爲重。但一般研究者仍從黃英的獨立養家，而成爲眞正意義上的一家之主，來貶抑馬生。如李文慧所言：「馬子才在家庭經濟支配上的失敗，說明其婚姻支配權徹底喪失，妻子黃英成爲眞正意義上的一家之主」[24]，對文本實有詮釋太過，其理解仍有值得商榷之處。又如藍慧茹則從以下引文，其所論亦可再探索之處：

> 馬不自安，曰：「僕三十年清德，爲卿所累。今視息人間，徒依裙帶而食，眞無一毫丈夫氣矣。人皆祝富，我但祝窮耳！」黃英曰：「妾非貪鄙，但不少致豐盈，遂令千載下人，謂淵明貧賤骨，百世不能發跡，故聊爲我家彭澤解嘲耳。然貧者願富，爲難；富者求貧，固亦甚易。床頭金任君揮去之，妾不靳也。」馬曰：「捐他人之金，抑亦良醜。」黃英曰：「君不願富，妾亦不能貧也。無已，析君居：清者自清，濁者自濁，何害。」乃於園中築茅茨，擇美婢往侍馬。馬安之。[25]

在藍慧茹引用上述文本，推論出：「黃英爲一獨立的個體，可以獨

---

24 李文慧、王恒展：〈論《聊齋誌異》中兩性角色的錯位〉，頁 14。

25 《聊齋誌異》，卷十一〈黃英〉，頁 1449-1450。

立於男性之外。又指出黃英落落大方地表示家中財富任馬生揮霍，獨立的她並不以爲女性就應該附屬於男性之下。」[26]這些觀點表面上指出黃英的獨立個性，但並不表示黃英要「爲一獨立的個體，可以獨立於男性之外」，黃英因爲藝菊爲生已能改善其家境，且所得亦足以過著「享用過於世家」的奢華生活，因此能安心過著「遵馬教，閉門不復業菊」的生活，而並非要強調黃英想要成爲獨立的個體，自己可以獨立於男性之外。此處馬生對於「祝富」的享受，其「不自安」的性格表現，乃是社會上對男子普遍的期待與觀念，因此馬生不免擔心自己「徒依裙帶而食，眞無一毫丈夫氣矣」，其一生清德將毀於一旦。

透過彼此溝通對話中，黃英已能體會馬生的心境與立場，並不堅持要馬生過享樂生活。而是在其豪宅的園中，蓋一處茅草屋，讓馬生住進去，更選擇美婢前往侍奉，而使「馬安之」。然而馬生雖安於清貧生活，又有美婢隨侍在旁，卻並未眞正安於住在「築茅茨」的環境，亦未沉溺於美婢的陪伴而忘記黃英之情意。反而表現：「然過數日，苦念黃英。招之，不肯至；不得已，反就之。隔宿輒至，以爲常。黃英笑曰：『東食西宿，廉者當不如是。』馬亦自笑，無以對，遂復合居如初。」[27]由此可看出馬生在追求清高之德的同時，但又苦念黃英，「招之，不肯至；不得已，反就之。隔宿輒至，以爲常」之下，此處亦見馬生的改變其行爲，乃是對黃英的眞心眞情，

---

26 藍慧茹：《從《聊齋誌異》論蒲松齡的女性觀》（臺北：秀威資訊科技公司，2005 年），第五章〈卑微與偉大——女性的自我與價值審視〉，頁130-131。

27 《聊齋誌異》，卷十一〈黃英〉，頁 1450。

此由黃英以「東食西宿」故事幽默馬生所標榜的「清廉」時，馬生
並未氣憤，反而自知固守清貧而流於形式，「亦自笑」，在兩人之
笑中，兩人價值觀的差距衝突即化為烏有，終能過著「遂復合居如
初」的圓滿生活。此處馬生已能體會出黃英的辛勤營生，是為了改
善家計、提升居家生活品質，並非貪取個人的享樂，也能感受黃英
聽從尊重其想法，不再以種菊賣菊營利，因此亦能安於「享用過於
世家」的生活，而對黃英無怨無悔的真心對待，更感知於心。

　　此後馬生雖乍見陶生酒醉化為菊花，不免表現出「駭絕，告黃
英」，黃英「要馬俱去，戒勿視。既明而往，則陶臥畦邊。馬乃悟
姊弟菊精也，益愛敬之。」[28]對於看到陶生入菊的變化過程，馬生
雖駭然，卻不輕鄙排斥，反而更加愛敬黃英。此從陶生死後，二人
仍共同扶養其女長成，及至「嫁於世家」，馬生始終真心真意地守
候在黃英身旁，由「黃英終老，亦無他異」，即能說明馬生對黃英
的情義亦未因其為異類而相棄，也不因黃英未幫他生兒育女，而要
求納妾，反而與黃英一起將陶生之女教養成人，嫁入世家，這都是
極為可貴的至情表現。

　　從「黃英終老，亦無他異」中，即能看出黃英因有著真情至誠
之心，因此在馬生的心中，她雖是「異類」，也與至情之人無異，
也因有此至情表現，不但能超越人菊的隔閡，更能化解她與馬生觀
念上的矛盾衝突與對立。蒲松齡藉由人與異類有著至情之心而無形
體之別，故呈現出天地萬物一體之感，藉此來凸顯人倫秩序之美。
由上述可見，黃英表現出善於經營，持家興家等成就，並非志在成

28　《聊齋誌異》，卷十一〈黃英〉，頁 1451。

就個人，其中她對馬生固守清貧的觀念，以及士高於商的優越心態等，不但能包容、體諒，除了回應「百無一用是書生」的時代困境與觀念迂腐外，且能化解他所受到的經濟桎梏等問題，終能讓馬生感知自食其力生財致富以改變困境，由此亦能實現生命的存在價值，並非只是賞菊、愛菊的安貧樂道而已，順應時代的藝菊致富，其實也是日用倫常不離道的意義所在。

綜上所述可知，黃英是一位「應時處變，創造人生」的理想典型女性，我們從黃英實現藝菊營利的自主表現，以及她有著兼顧持家護家的守禮情意，而並非如藍慧如所言「黃英為一獨立的個體，可以獨立於男性之外」，反而展現出其應時處變的態度與創造人生的決心，最終展現的是她身為女性，在傳統男性為主的社會中，勇於承擔，卻又能守護家庭的行表現裡，展現出她情禮相融的生命價值。

三、智巧圓融，開創新機──小二呈現之理想典型

《聊齋誌異》女性營生事業成功者，除了見於〈黃英〉中經營菊藝亦能守護家庭的例子外，亦可見於〈小二〉篇中經營琉璃工廠，養家救貧者，這些女子在外經營持生維持家計，或開設工廠的描述，亦並非如上述研究所言：小二等女性各方面能力都在男子之上，致使丈夫的形象為之黯然失色，充其量是個配角。另言小二精明能幹的妻子成為家庭經濟收入的主要來源，在家庭經濟生活的舞

臺上,成爲絕對的主角,妻子光輝的形象使平庸的丈夫相形見絀。

　　蒲松齡筆下的小二,其各方面能力都在男子之上,她們丈夫的形象則黯然失色,充其量是個配角![29]或從異史氏所論:「二所爲,殆天授,非人力也。然非一言之悟,駢死已久。由是觀之,世抱非常之才,而誤入匪僻以死者,當亦不少。爲知同學六人,遂無其人乎?使人恨不遇丁生耳。」[30]認爲作者是從男性中心的性別成見之觀點以論之。[31]上述觀點皆是犀利之處,也頗值得參考,但如設身處地以小說女性來看,則仍有商榷之處。謹此就〈小二〉文中小二如何呈現其理想典型,試從婚姻的選擇、創造事業、夫妻互動等方面來探討。

　　其一,婚姻選擇方面,「絕慧美」的小二與丁生同窗五載,頗相傾愛,丁生將其心意告知母親,並依禮向趙家求親,趙父卻以「期以女字大家,故弗許」。小二與丁生彼此情愛受到阻絕,但小二並未對抗來爭取。反而因其父依附白蓮教門下,知書善解的小二,習紙兵豆馬之術,盡得徐鴻儒的全部法術,而受到重用,這是其對父母孝心的表現。丁生則不因成了秀才而忘記小二之情意,故而不肯論婚,選擇「潛亡去,投徐麾下」,這是丁生堅持要娶小二的表現。小二雖主軍務之要職,但從其見到丁生而表現出「見之喜,優禮逾於常格」、「丁每宵見,嘗斥絕諸役,輒至三漏」等,小二對丁生的情意亦可知。因此,當丁生表明來見小二之心意,以及指出當時

29　李文慧、王恒展:〈論《聊齋誌異》中兩性角色的錯位〉,頁 14。

30　《聊齋誌異》,卷三〈小二〉,頁 382。

31　陳翠英:〈《聊齋誌異》夫婦情義的多重形塑〉,頁 271。

政治社會對左道有打壓消滅之意：

> 我非妄意攀龍，所以故，實為卿耳。左道無濟，止取滅亡。
> 卿慧人，不念此乎？能從我亡，則寸心誠不負矣。[32]

丁生所言，小二並未質疑其好意忠告，也非如其父所言：「我師神人，豈有舛錯？」反而能能感知丁生的真心真情。但從小二「憮然為間，豁然夢覺」，她並未立即與丁生為情而私下離開，而是意識到左道必有危機，需要請告父母，因此決定「二人入陳利害」，在其父仍不能覺悟後，小二才決定選擇「易髻而髻」，與丁生私奔。

　　從婚姻的選擇方面，小二的婚姻並非順從「父母之命，媒妁之言」，基於丁生多年的情意相待而決定，此乃對父母觀點之修正。為人女的小二決定「易髻而髻」與丁生私奔。看似違背父母之禮，表現出情與禮的對立，甚至是情過於禮，但是小二此一行為，並非盲目對抗父命，而是她對時事所趨的智慧觀照判斷後，才以情感婚姻為優先考量，其選擇實情非得已。

　　其二，在創造事業方面，是從經驗中學得智慧經營而成的。小二與丁生攜手逃難的過程中，也共同經歷許多人生困境及變局，但小二皆坦然面對。當他們倉促逃離之際，生活費用不足，在「假粟比舍，莫肯貸以升斗」之下，因無法向鄰居借糧，小二才無愁容地展開質賣簪珥，以幻術聚金、戟指止盜、設壇傾注甘霖等神怪謬悠之術求財。當小二以幻術得金千兩之後，「漸購牛馬，蓄廝婢，自

32　《聊齋誌異》，卷三〈小二〉，頁378。

營宅第」，卻遭到「里無賴子窺其富，糾諸不逞，逾垣劫丁」，經過盜匪搶奪、蝗災入侵、鴻儒就擒等事件，鄉里中人忌妒其財富，又「漸知爲白蓮教戚裔」，結合官吏捕抓丁生入獄。從「以重賂啖令，始得免」的實情中，可見貪官問題甚爲嚴重。而小二拿出重金救出丁生之後，更意識到「貨殖之來也苟，固宜有散亡。然蛇蠍之鄉，不可久居。」[33] 由此也認知到賺取財富不宜以幻術取得，且要愼選安居之處。因此，主動「賤售其業而去之」，並遷移到益都之西鄙，這些都表現出小二善於面對變局之能力。

經過上述的經歷之後，小二記取教訓，不再以幻術聚金，但爲能謀生、安定生活，她表現出靠自己用心創造「奇式幻采」的棋燈：

> 女爲人靈巧，善居積，經紀過於男子。嘗開設琉璃廠，每進工人而指點之，一切棋燈，其奇式幻采，諸肆莫能及，以故直昂得速售。居數年，財益稱雄。[34]

在創造財富之餘，小二對村中有二百餘戶居民，採取「貧者俱量給資本，鄉以此無遊惰」。這是以輔助的方式，幫助游手好閒者轉入生產行列。另外，「每秋日，村中童子不能耕作者，授以錢，使採茶蕰，幾二十年，積滿樓屋。人竊非笑之。會山左大饑，人相食，女乃出荍，雜粟贍饑者，近村賴以全活，無逃亡焉。」[35] 由此可見

33　《聊齋誌異》，卷三〈小二〉，頁381。
34　《聊齋誌異》，卷三〈小二〉，頁382。
35　《聊齋誌異》，卷三〈小二〉，頁382。

小二除了表現獨立自主之女性外，也展現出救窮撫困之善心。小二的善於謀劃救災，主要是她與丈夫同甘共苦的經驗而得的，此從琉璃廠的經營有成，即可應證：

> 女督課婢僕嚴，食指數百無冗口。暇輒與丁烹茗著棋，或觀書史為樂。錢穀出入，以及婢僕業，凡五日一課；女自持籌，丁為之點籍唱名數焉。勤者賞賚有差；惰者鞭撻罰膝立。是日給假不夜作，夫妻設肴酒，呼婢輩度俚曲為笑。[36]

由此可見小二的經營事業成就，其中仍有丁生在旁幫她檢查帳本和登記簿，報出收支以及核對僕婢作業的名稱和數量等，而小二通過自己的智慧才能和辛勤勞動所成就的一番事業，並非要對抗「男耕女織」，或對抗男性。從其「為人靈巧，善居積，經紀過於男子，每進工人而指點之……居數年，財益稱雄」，可見在當時社會結構制度底下，女性展現自己的才能與力量創造財富，仍要有丈夫的協助相伴，才能無後顧之憂地投身社會救濟活動，以創造財富、經營工廠以及救助鄉鄰等，由此可知，這些成就其實並非靠天賦使然，反而是要依靠人力後天的經驗學習而來，更重要的是要能習得悲天憫人之心、心靈智慧之勇氣等，才是《聊齋誌異》中創造「善居積」女性的理想典型之所在，否則女性具有「自我實現」之能力，則可能流於「悍婦」以桎梏男性，或只供給個人的享樂而已，而失去其經營財富的意義。

36　《聊齋誌異》，卷三〈小二〉，頁381。

其三，小二在夫妻互動方面，小二與丁生可謂鶼鰈情深。依其夫妻共同表現，實可當珍貴典型。此從二人自幼的同窗情誼，因頗相傾愛，而使丁生非小二不娶，明知「左道無濟，止取滅亡」極為危險，他還是堅持選擇「不肯論婚，意不忘小二也。潛亡去，投徐麾下」由此來證明其不顧安危而要讓小二知其心志，乃在「我非妄意攀龍，所以故，實為卿耳。左道無濟，止取滅亡。卿慧人，不念此乎？能從我亡，則寸心誠不負矣。」[37]也因受到丁生情意相挺的感動，而讓小二激發勇氣向父母稟明在左道將自取滅亡。此由其逃離不久，即發生「鴻儒就擒，趙夫婦妻子俱被夷誅」事件，此中除了証明丁生深謀遠慮的識見之外，更看出丁生有擔當面對危機，又有膽識勇氣「齎金往贖長春之幼子以歸」，這些都是丁生真心實意對待小二的表現。

最難能可貴的是，丁生亦能不避嫌的將小二兄長之幼子贖回，「兒時三歲，養為己出，使從姓丁，名之承祧。」其能撫養宗族，並視為親生之子，並非只是一時之念而已，而是對小二真誠的對待，故能經歷長久的考驗。當他與小二開設開設琉璃廠，到已然成為當地的大財主，丁生仍一直在旁支持幫忙，辛苦之餘，更能一起「夫妻設肴酒，呼婢輩度俚曲為笑」來面對工作與生活。從小二的撐起一切事業與財富之餘，又能以濟助來帶動鄉里的產業、未雨綢繆的存糧賑災等，都說明了丁生真心至情的對待小二，讓小二將幸福的情意發揮到淋漓盡致，結合其長才，來照顧鄉里之人。因此，小二雖未生兒育女，但丁生亦未有納妾生子之舉，其專情與真心皆

---

37 《聊齋誌異》，卷三〈小二〉，頁378。

讓小二感動，故能用心投入事業的創造，而得到非凡的成就。然而小二此一成果表現，並非要成為女強人或悍婦，而是為了幫助丈夫，守護家庭，成就家業、以及與丈夫共享人生等。

由此可知，小二是一位「智巧圓融，開創新機」的理想典型女性。在小二的努力當中，顯示出她身為女性的智巧圓融，因此能在自我實現部分，超越困境，展現女性承擔生計的多元面向，透過她開創新機的經濟能力，化解了丁生的經濟桎梏，創造更美好的生活，由此展現出她情禮融合之生命價值。

四、膽識過人，扭轉頹運——細柳呈現之理想典型

從〈黃英〉、〈小二〉所呈現之理想典型，即可看出其表現非流於女強人，或想成為一家之主，而是能成就內外兼顧之理想女性。此在〈細柳〉一文中亦呈現相近之理想典型，然而與前二篇有所不同的是，細柳除了在婚姻的選擇、經營事業、夫妻互動等方面，皆可見其自覺選擇的可貴之外，細柳更要負起丈夫早亡，她本身要如何經營事業，要如何完全擔當後母、親母的責任，這是極大的難題，但從「異史氏曰」對細柳稱許「此無論閨閣，當亦丈夫之錚錚者矣！」給予極高評價，實呈現出傳統女性處境之不易。本篇透過細柳相夫理家育子，將「賢妻良母」形象的衝突與平衡朗現出來，以呈現其理想典型，以下就婚姻的選擇、經營事業、夫妻、育子互

動等方面來探討。

　　其一，細柳在婚姻選擇方面，在〈細柳〉中的細柳「少慧，解文字，喜讀相人書」，故在選婿時，堅持挑選自己喜愛的良匹，以「必求一親窺其人」，來試圖改變自己的命運。然而「閱人甚多，俱未可，而年十九矣。」只好聽從父母之命，下嫁喪妻遺一子的高生。但藍慧茹在《從《聊齋誌異》論蒲松齡的女性觀》中則言：細柳爲一非常典型的賢母形象。……小說通篇描寫她侍夫理家、教子成才。藍文中引用周先愼認爲「眞正使人物大放光彩，是後半部份寫她訓子。」[38]然而細柳之女性形象，在爲人女、爲人妻方面，即已表現出反思自主能力，若無此一自覺選擇表現，實難彰顯其爲賢母之大智慧表現。因此本文將從她養家育子的作爲，來朗現其情禮融合之理想典型。

　　細柳自知「良匹」難尋，此從她說「我實欲以人勝天」，無法改變多舛之命，最後無奈之下只好聽從父母之命，下嫁喪妻遺一子的高生，這是她守禮的表現。從細柳結婚後「夫妻甚得」，伉儷感情融洽，彼此能關心對方，並對前室遺孤視如己出，「撫養周至」。此一用心又從細柳的歸寧，長福也貼心的依賴她，「福輒號啼從之，呵遣所不能止」。一年之後生下一子，取名長怙，願其「長依膝下耳」等的敘述，都看出細柳身爲人妻、爲人母有著情禮融合的表現，這些表現說明出細柳有傳統「賢妻良母」順從形象的一面。

　　其二，在經營事業方面，細柳堅持擔任內外兼顧之工作，因爲已先知丈夫將有早亡之命，因此婚後細柳更表現出剛強好勝，有意

38　藍慧茹：《從《聊齋誌異》論蒲松齡的女性觀》，頁56-57。

要掌管家政一面；她與一般「主內」的女子不同，並不留意女紅，而重視事業經濟，十分關心「畝之南東，稅之多寡，按籍而問，惟恐不詳」，也向高生提出：「家中事請置勿顧，待妾自為之，不知可當家否？」[39]在其要求自主當家的強勢之下，接管了家中經濟大權，她當家半年，一切治理得井然有序，「半載而家無廢事，生亦賢之」。除了表現「女主外」的才幹，也能將家中照顧得很周到，因而贏得高生的稱許。然而當追逋賦者打門催賦，細柳請家奴處理仍無見效，催促召回高生擺平後，高生竟戲言道出：「今始知慧女不若癡男耶？」細柳的苦心經營，並非要取代夫權，因此聽到不免難過哭泣，而高生則心疼不忍她過於勞累，而要自任當家，但細柳仍執意要負責當家。由此可見當時女子「主外」仍不受到社會認可，仍需丈夫出面才能解決「主外」之事務，女性不管再用心辛勤的理財當家，在「男尊女卑」的社會裡仍受到質疑與奚落。

在「欲以人勝天」的努力堅持之下，細柳非但不畏辛苦，反而執意要改善家計，於是「晨興夜寐，經紀彌勤。每先一年，即儲來歲之賦，以故終歲未嘗見催租者一至其門；又以此法計衣食，由此用度益紓。」[40]學會凡事要「預備」，才能防患未然，有備無患。高生由衷開懷地作詩稱許她的賢慧能幹，具「內外兼顧」之美；其內心對丈夫的推崇至情，除了言出「高郎誠高矣：品高，志高，文字高」之外，更祈盼他健康長壽；此由對聯結尾「但願壽數尤高」，即清楚表達細柳對丈夫有真心關愛之情。

39　《聊齋誌異》，卷七〈細柳〉，頁1020。

40　《聊齋誌異》，卷七〈細柳〉，頁1020。

其三，在夫妻互動方面，對丈夫情深意重，更有無微不至的關照，同時又要撫育二子成才不易的處境。因為細柳知道丈夫高生具有早夭的命相，所以一方面抱持「人定勝天」的目標，堅強面對；另一方面也預作準備，努力學習操持家中內外大小事物，以免變故來臨時不知所措。從她預購優質昂貴的棺木，不惜「多方乞貸於戚里」來看，即可看出其對丈夫的情意：

> 村中有貨美材者，女不惜重直致之；價不能足，又多方乞貸於戚里，生以其不急之物，固止之，卒弗聽。蓄之年餘，富室有喪者，以倍賞贖諸其門。[41]

細柳特別關注高生安危，但當突發不幸時，「時方溽暑，幸衣衾皆所夙備。里中始共服細娘智」。處理得有條不紊，其應世能力深得里人稱讚，由此更可看出她表現「賢婦」情禮融合之價值。但是細柳在其夫過世時承擔家計，以及喪禮的籌備周至，並非要博得「賢妻」的美名，而是要能避免家庭的破碎，因此她要面對更多忍辱負重之事，以及教子成才興家的責任。

在父親高生死後，長福即「嬌惰不肯讀」，細柳先是加以「譙呵」、「繼以楚夏」，在長福惡習不改後，順其習性，讓他與「僕僮共操作」，甚至讓他「無衣」、「無履」，「冷雨沾濡，縮頭如丐」。最後，長福不堪其苦而逃家，細柳對於前妻子高福的嚴苛管教，甚至被鄰里說成無情黑心繼母，她也不甚在意。高福離家後，

---

41 《聊齋誌異》，卷七〈細柳〉，頁 1020。

她也不追問，直到數月後，高福求鄰人向細柳求情，願受百杖返家。
細柳知其真心悔改，才許其返家，「與弟怙同師」讀書。高福終能
發憤上進，考取進士。小兒高怙資質駑鈍且淫賭，母令其棄卷而農，
農工既畢，細柳出資使學商販，多次血本無歸，謊稱被盜。細柳知
其惡習難改，趁他去洛陽經商時，設計使他嚐到牢獄之苦。此後才
徹底痛改惡習，踏實經商，「貨殖累巨萬矣」。她以寡婦身份獨立
撐家、承擔生計之外，更可貴的是，她撫育兩子，不僅因材施教，
更能用嚴苛的方法來磨練改造他們的心性，「卒使二子一貴一富，
表表於世」。細柳要面對的艱難處境，從背負無情虐待前妻子與不
肖子的罵名，到教子成才、持家興家之責任完成，細柳守禮興家的
忍辱負重，極為不易。

　　她對二子超乎常人的近於冷酷的嚴屬，實非虐待前妻子的後
母，而是對症下藥的誠心至愛；由她對福兒說：「汝弟今日之浮蕩，
猶汝昔日之廢學也。我不冒惡名，汝何以有今日！人皆謂我忍，但
淚浮枕簟，而人不知耳！」[42]這些忍辱負重不為人知的苦心表現，
是要福兒勵學成就美名，並未逾越為人母的分際。其對待資質駑鈍
且淫賭的怙兒，亦是如此。此從所言：「汝弟蕩心不死，故授之偽
金以挫折之，今度已在縲絏中矣。中丞待汝厚，汝往求焉，可以脫
其死難，而生其愧悔也。」[43]以此置之死地而後生的教導方式，實
非世人眼中的「賢妻良母」，但對抗「蕩心不死」的不肖子，亦屬
情非得已的手段。

42　《聊齋誌異》，卷七〈細柳〉，頁 1023。
43　《聊齋誌異》，卷七〈細柳〉，頁 1023。

　　從細柳一生守節、撫孤，並「以人勝天」的努力踐行，終於「使二子一貴一富，表表於世」。這樣的成就，事實上並非其個人生命的貪圖享樂，而是寄望栽培教導其子有「正直與良善之心」。文末敘述：「邑有客洛者，窺見太夫人，年四旬，猶若三十許人，而衣妝樸素，類常家云。」[44]由此可知，細柳育子有成，仍過著「衣妝樸素，類常家」之生活，在男尊女卑的社會中，蒲松齡所表達「女主外」的觀念，敢向命運挑戰，勇於以個人的努力奮鬥，開創人生道路的傑出女性形象，表現出真正的「賢妻良母」典型，並非要對抗父權社會，反而是要發揮女性自覺精神勇於擔負家庭責任，從而展現出女性「情禮融合」的價值。

　　誠如〈細柳〉「異史氏」所稱：「此無論閨闥，當亦丈夫之錚錚者矣！」[45]細柳一生所為，可見女子也能突破三從四德之束縛，而能勇於承擔家庭責任，其「以人勝天」的信念與努力，正體現其情禮融合之精神。本篇旨意正突顯「慧女不若癡男」之時代問題。她說「我實欲以人勝天」，也要代夫當家。她當家半年，一切治理得井然有序，「生亦賢之」。

　　細柳是一位「膽識過人，扭轉頹運」的理想典型女性。細柳處在一個女子「主外」仍不受到社會認可的時代，因此對外仍需丈夫出面，才能解決這「主外」之事務。然而細柳代夫「主外」理家護家之辛勤用心，只能得到丈夫的肯定；當她的丈夫過世後，細柳要面對的艱難處境，從背負無情虐待前妻子與不肖子的罵名，到教子

44　《聊齋誌異》，卷七〈細柳〉，頁 1024。

45　《聊齋誌異》，卷七〈細柳〉，頁 1025。

成才，完成興家責任，實極爲不易。此由蒲松齡對細柳「不引嫌，不辭謗，卒使二子一貴一富，表表於世」的稱許，到「此無論閨閫，當亦丈夫之錚錚者矣」！讓我們看到細柳膽識過人，勝於鐵錚錚的大丈夫，也讓我們看到她面對逆境時，「扭轉頹運」的決心，還有能守禮、育子有成，朗現其至情精神，以及情禮融合的生命價值。

五、結　語

　　從上所述，本文透過〈黃英〉、〈小二〉、〈細柳〉等篇人物之形象塑造，或角色的衝突性安排，最能突顯蒲松齡「禮緣情制」何以要從傳統禮教，來對比出他強調情意自主的衝突與超越，又從超越一般墨守現實禮文條規形式，選擇兼顧情與禮的人倫實踐中，皆呈現《聊齋誌異》塑造女性之理想典型，乃在表現「情禮融合」之價值。從所呈現之「情眞」、「禮實」及其「情禮融合」之「情意生命」下的人物形象，以及兼守人倫秩序之美的理想價值。在這些小說女性人物中，其「情」與「禮」之關係，並非衝突與對立，而是一種相互融合的完滿成果，這樣的結果，正是本文探討的目的所在。

　　此外，《聊齋誌異》塑造女性理想典型之意義，除了回應「情禮對立」之現象外，更肯定「內外兼顧」的女性，此由〈黃英〉、〈小二〉、〈細柳〉等篇之分析，即可看出這三位女性是蒲松齡心目中的理想人物，也呈顯其寫作意圖，除了回應當時情禮的衝突對立之外，更要以情禮融合來建構女性之理想典型。其實在蒲松齡筆

下，「內外兼顧」之女性特質所對應的社會現象，正是蒲松齡所關切的問題。

　　然而蒲松齡刻劃以「內外兼顧」的女性所要面對的社會現象，是在兩性關係的社會中，「男主外，女主內」，男子要扛起生計，在其筆下的男子，卻無能去對抗，反而藉由塑造「內外兼顧」的女性，來彌補此一家庭分工結構崩解之現象。當時社會混亂：一是科舉桎梏男性，賢婦被迫擔負生計、守護家庭，如〈青梅〉、〈鳳仙〉、〈胡四娘〉等；二是政治黑暗，賢婦勇於面對強權、獨立持家育子，如〈張鴻漸〉、〈紅玉〉等；三是世風沉墮，女性逐漸經濟獨立、意識抬頭等，以對應社會問題，如〈細柳〉、〈小二〉、〈小梅〉、〈喬女〉等篇。這些理想典型的女性表現，正隱含著蒲松齡的創作用心所在，此亦可回應龔鵬程所言明清文人所受到的三重宰制。[46]由此可見《聊齋誌異》中對「內外兼顧」、「情禮融合」的女性，何以賦予極高的肯定。

46　龔鵬程，〈文人的世俗生活：以《聊齋誌異》來觀察〉，《中國小說史論》，頁 301-302。

伍、《聊齋誌異》中狐女「成全之情」的價值意涵

一、狐女「成全之情」的問題意識

　　《聊齋誌異》一書問世以來，其最受世人矚目與讚賞者，並非世俗之人間佳麗，而是許多可親可愛深具人性的花精鬼狐，因此被稱爲「鬼狐傳」。[1]筆者將藉由蒲松齡筆下所描寫的「狐女」，在面對值得託付終身的書生（男性）時，其表現愛戀之情的方式，除了實踐報恩以及追求情欲的安頓外，更彰顯狐女不求「名份」，不求回報，一心只想積極主動幫助書生面對種種困境等自發性的行爲表現，或是緣由於自我的抉擇，憑藉其勇於承擔的勇氣，或幫書生化解困境，或幫助書生考取科考，或幫書生完成美滿的終身大事等。這些行爲表現不求回報，不求「名份」，無怨無悔的付出其眞情眞意，朗現出其「成全之心」的愛戀之情，背後實具作者蒲松齡對人物形象塑造時的價值意涵。

1　〔清〕蒲松齡：《聊齋誌異》，「各本序跋題辭」，趙起杲〈青本刻聊齋誌異例言〉，張友鶴輯校《會校會注會評本》，頁27。

　　因此，筆者在探討《聊齋誌異》狐女「成全之情」之意涵的研究，特別對其所塑造之「狐女」形象，是有別於一般人對「狐女」之印象，因此這樣逆反一般男女情慾「佔有」的兩性對應關係，呈現《聊齋誌異》十分特別的形象塑造，乃是筆者從蒲松齡對這一類「狐女」的描述中，觀察到「狐女」之至眞、至性的成全之情，是一種「捨情成禮」的表現、也是一種情禮融合之至情價值。準此，筆者將從「助人爲情」與「捨情成禮」等表現，來探討《聊齋誌異》狐女「成全之情」的表現類型，以見其表現之意義，期能呈現狐女「成全之情」之理想典型的價值。

　　從蒲松齡在《聊齋誌異》所創造之狐女中，大抵可見其在情欲追尋、安頓之後，同時也能表現超越情欲的精神，實值得深思。這些狐女雖然普遍呈現出天眞爛漫之情，如〈小翠〉、〈嬰寧〉、〈紅玉〉、〈蓮香〉等，但是其「天眞爛漫」並非只是「情過於禮」而已，而是表現出如蒲松齡〈壽常戩穀序〉一文所言：「天付人以有生之眞，閱數十年而爛熳如故，當亦天心所甚愛也。」[2]蒲松齡認爲人雖具有天所賦予的「眞」，（即赤子之心），然而最可貴的是，能夠歷經數十年，仍「爛熳如故」，此種對「眞」之肯定與堅持，當是「天心」所要彰顯之精神。即如〈讀灌仲孺傳〉一文，極力稱讚：「灌仲孺眞聖賢也！眞佛菩薩也！」並寫出灌仲孺一生所爲，猶如聖賢、佛菩薩一般，呈現「其胸與海同其闊，其心與天同其空，其天眞與赤子同其爛熳」[3]的眞心眞情。此類狐女大抵有著「其

2　〔清〕蒲松齡著，盛偉編：《蒲松齡全集》冊二，頁 66。

3　〔清〕蒲松齡著，盛偉編：《聊齋文集》，卷二，頁 112。

天真與赤子同其爛熳」之情，極為難得的是狐女表現出的「成全之情」，是蒲松齡對人之真心與「至情」感通等問題的反思。因此，若就異史氏所言，這是一個「世情如鬼」的社會，那麼狐女的「成全之情」是否也隱含著其對應社會文化的深刻反思？

此外，筆者對於此一議題的研究，乃延續〈從「禮緣情制」論《聊齋誌異》中的女性美〉等相關論文的衍伸性研究。因此，首先，反思「禮文虛而不實」與「情志偽而不真」的問題，從蒲松齡有意創造出「情禮兼得」「女性美」的塑造，透過其情真意切的至情實踐，來展現情禮兼得「女性美」之意涵。[4]其次，則從《聊齋誌異》「異史氏」對小梅、青梅、紅玉、鴉頭等的批評，其表現之精神正是蒲松齡提出「禮緣情制」的用心所在。經由筆者對蒲松齡「禮緣情制」之「情禮觀」義涵的闡述，確實朗現了蒲松齡在「論情」與「論禮」上存在一個終極的理想目標，那就是對於「情禮兼得」的完滿實現。[5]

值得注意的是，從其所呈現之「情真」、「禮實」及其「情禮兼得」之「情意生命」下的人物形象，以及兼守人倫秩序之美的理

---

4 黃麗卿：〈從「禮緣情制」論《聊齋誌異》中的女性美〉，頁472。

5 黃麗卿：〈論蒲松齡「情禮觀」之意涵——以《聊齋誌異》「異史氏曰」為探討核心〉《宗教哲學季刊》第65期（2013年12月），頁75-90。文中旨在從其對「情」與「禮」關係的闡述中，可以看到「禮」要不僵化，不成為虛偽的條文，強調「禮」必須依循人「情」，才能獲得合情合禮的約束，或是要貞定出合乎人性、人情的禮節制度。因此，從其在「論情」方面，雖標舉「真性情」、「至情」的可貴，但其行為表現仍是發而皆中節的人倫價值，即不失其禮；而在「論禮」方面，雖強調「不事二夫」、「從一而終」等守禮、重禮之精神，然其禮亦不失真情。

想價值中，大多屬於異類女性，其中尤以狐女為多，但研究者除了肯定其獨立自主追求情愛，擺脫傳統禮教的束縛之外[6]，大多側重在狐女自薦枕席、衝破禮教方面，至於「捨情成禮」等成全之情方面，則較少探究，大抵認為蒲松齡是以男性中心、子嗣至上、報恩、宿緣等酸腐思想作崇的結果，[7]來質疑其結局的安排。甚至認為這些狐女守禮重回家庭，可說是一憾事，這些觀點仍有待商榷，值得再深入探究。

此外，筆者在〈《聊齋誌異》狐仙「形變」之意義〉中，即以「狐仙」[8]為論述對象，來呈顯其「形變」之內在精神價值。文中以「狐仙」之意，並非就狐妖已修煉成仙而言，而是就其能從形色欲求之安頓，而展現出仁義禮智等大體之美德，同時亦能呈現天真爛熳之情以論之。易言之，是就其具有真性情，可呈顯內在生

---

6 葉惠齡：〈鬼狐故事所反映的問題〉，《聊齋志異中鬼狐故事的探討》（台北：中國文化大學出版部，1982年），頁94-95。

7 馬瑞芳：〈大智若愚的小翠〉，《神鬼狐妖的世界──聊齋人物論》，頁111-112。

8 本文所論《聊齋誌異》中有關「狐仙」一詞之界定，大抵參考如下：如〈胡四姐〉所言「我今名列仙籍，不應再履塵世，但感君情，特報撤瑟之期」；〈張鴻漸〉中之舜華道出「妾，狐仙也，與君固有夙緣」；〈小翠〉中異史氏以「月缺重圓，從容而去，使知仙人之情，更深於流俗也」讚嘆小翠。但明倫亦稱許小翠：「嫁衣代作，玉玦留貼，化笑貌於新人，慰懷思於後日，若小翠者，其仙而多情者耶？抑多情而仙者耶？」等，其中「狐仙」最特別的意涵，其實是其心中能保有生命本真，且能顯真實之情。誠如馬瑞芳在《講聊齋》中所言：「聊齋狐仙，最符合這一『和易可親，忘為異類』『示以平等』的特點。」見氏著：《講聊齋》（北京：中華書局，2005年4月），頁147。

命之本眞而論。其意涵將作爲筆者探討狐女所表現「成全之情」的
價值之參考。

　　目前針對《聊齋誌異》中女性課題的探索，研究者大抵從不同
觀點探究，或從男權觀點[9]、或從女權對抗以及將兩者融合等加以
論述[10]。然而從《聊齋誌異》描寫花精鬼狐，而被稱許爲「鬼狐傳」
看來，就如趙起杲在〈青本刻聊齋誌異例言〉言：「先生是書，蓋
倣干寶搜神、任昉述異之例而作。……其事則鬼狐仙怪，其文則
莊、列、馬、班，而其義則竊取春秋微顯志晦之旨……是編初稿
名鬼狐傳。」又如馮鎮巒〈讀聊齋雜說〉亦稱道：「多言鬼狐，款
款多情。」[11]然而細究之，「鬼」、「狐」之命名，並不只是意味
著書中此類角色數量之多，而在於其形象之奇特，勝出於其他異
類之上，實爲小說重要內容之一，故以「鬼狐」爲書名，其中必然
隱含著作者塑造狐女「成全之情」的創作意圖。

9　陳翠英：〈《聊齋誌異》夫妻情義的多重形塑〉，頁 315 指出：蒲松齡固
　　然無以自外於傳統男尊女卑觀念，《聊齋誌異》性別書寫不離父權社會體
　　制之下的男性關照，男權中心思想仍歷歷可見，女性終究要成就那不分賢
　　愚男性的夫/父權角色，回歸傳統秩序，走向持家助夫、恪盡傳宗接代職
　　責的人妻常軌。又如馬瑞芳：〈《聊齋誌異》的男權話語和情愛烏托邦〉，
　　頁 73 認爲：《聊齋誌異》的愛情女主角經作者主觀意志過濾，以男權話
　　語扭曲成「蒲松齡式」女性形態；以男性需要爲中心，子嗣凌駕一切。以
　　「理想女性」——賢妻、佳妾、雙美共夫——滿足男性中心論的需要，男
　　女愛情並未獲得平等，封建樊籠尚未衝破，禮教桎梏亦未打碎。
10　詳本書緒論之研究成果，頁 28-32。
11　《聊齋誌異》，「各本序跋題辭」，頁 9。

其實蒲松齡以「鬼狐」爲書名，必然有其創作意圖，那麼以「狐女」來表現其成全之情，是否要來對比人間某種現象？或要寄寓何種意涵？然而，一般研究者的研究焦點，大多集中在《聊齋誌異》具異類身份的「人物」之情節分析上。[12]其中如李劍國在《中國狐文化》一書第八章雖已論及情狐之表現[13]，並歸結出：蒲松齡筆下的情狐們具有兩個基本特徵：一是美麗多情，這種感情不是輕薄的男歡女愛，而是眞性情、至情，顯示出愛情的眞誠性、深刻性；二是愛情和情操、愛情和道德的完美統一，情狐們往往同時又具有賢狐、義狐的特徵。其筆下的情狐是高度審美化和理想化的，他把人間和仙間女性的全部風采和美德都集中到狐女們身上，使之成爲《聊齋誌異》中最具魅力的藝術形象。[14]然而其書中第八章敘寫「情狐」部分，僅就其情節作一描述，至於情狐之愛情觀，以及其所隱含的社會文化意涵等問題，著墨不多，此皆有必要再深入探討。

---

12 馬瑞芳《神鬼狐妖的世界——聊齋人物論》書中論及狐女篇章甚多。張稔穰：《聊齋誌異藝術研究》（濟南：山東教育出版社，1995 年），「上編、綜論」第一章「人物論」部分，亦對於書中鬼狐形象加以分析。

13 李劍國：《中國狐文化》（北京：人民文學出版社，2002 年），第八章〈《聊齋志異》與美狐：狐妖的文學審美化〉，頁 295-306 主要論及一從民俗審美到文學審美，二美狐分析之一：情狐，三美狐分析之二：友狐，四爲其他清人文言小說中的美狐。

14 李劍國：〈《聊齋誌異》與美狐：狐妖的文學審美化〉，《中國狐文化》，頁 306-307。

　　至於「狐女」一詞，雖見於《聊齋誌異》〈狐女〉[15]篇中，但筆者並非僅探討此篇之狐女而已，除了要從其表現自由追求情欲滿足之外，更要從其爲顧及倫理而捨棄情欲的超越之情，又能在書生處於危急之際而伸出援手，此一「明大義、急人難」的狐女形象表現，即展現出「捨情成禮」之情，而與傳統「女狐」「你若無情，我則無義」的對應方式有別，如在〈醜狐〉、〈狐四姐〉中之狐三姐等，大都側重性慾的追逐。此一對應方式並無情意可言，只呈現損人利己的女狐的單一面向，即一般所指女狐通常以美色惑人、主動追逐性慾等負面形象，較少從形色欲求來安頓生命，更難呈現出至誠至善之情。

　　此外，《聊齋誌異》一書中之狐女並非邪惡與誘惑的化身，她們大都是作者心目中理想女性的化身，在其身上寄寓對女性的理想期待。就此筆者將從《聊齋誌異》狐女「成全之情」的表現類型，分別從其「助人爲情」、「捨情成禮」等分析歸納，以探究其表現之意義。由此再分別從其反思和諧人倫關係的社會價值，以及反思超越情慾之情禮融合的價值，藉此期能將狐女「成全之情」之理想典型的價值呈現出來。

二、狐女「成全之情」的表現類型

　　如前所述，《聊齋誌異》一書之所以被稱爲「鬼狐傳」，除了

15　《聊齋誌異》，卷十一〈狐女〉，頁 1525：狐曰：「世俗符咒，何能制我。然俱有倫理，豈有對翁行淫者！」翁聞之，益伴子不去，狐遂絕。

這些鬼狐故事表現出有情有義的真性情之外，在其情節安排與人物刻劃中最值得被稱許的是，《聊齋誌異》能塑造這些狐女有「成全之情」的表現。「成全之情」可說是人類最為可貴、最為難得，也最難抉擇的情操，誠如《論語・顏淵》所言：「君子成人之美，不成人之惡。小人反是。」這是孔子要教導我們的為人處世之道，凡是能幫助別人、成全他人的美德才能算是君子、是仁者。尤其是在面對情感與婚姻的選擇時，「人生自是有情癡」，又有幾人能超越自己的情慾、真情，而誠心誠意的自覺選擇退讓，自覺成全對方的美事。

　　放眼歷史長河中，又有幾人能夠在情義之下，自覺選擇捨棄一己之情而選擇情禮兼得的成全他人呢？然而蒲松齡卻將人類最為可貴、最為難得，也最難抉擇的「成全之情」賦予狐女身上，且在《聊齋誌異》一書中書寫「成全之情」者，大抵以情能助人之情節篇幅居多，但是能夠助人為情，又能自覺選擇捨棄個人之情，以成全他人之情者甚少，這是值得探討之處。而這也是筆者要從蒲松齡何以將此一自覺成全他人之情，以之敘寫《聊齋誌異》狐女的「成全之情」的原因，就此並從其表現「助人為情」，以及「捨情成禮」等類型之意義，加以探討。茲分述如下：

（一）「助人為情」類型

　　本文所謂「助人為情」的類型，主要係指狐女在面對值得託付終生的男性，除了積極追求情欲的安頓之外，並能積極主動、自覺去面對化解種種困境，透過一種無私的「成全」，所完成的助人之情。主要代表篇章有〈蓮香〉、〈小翠〉、〈辛十四娘〉、〈張

鴻漸〉中之舜華、〈阿繡〉、〈胡四姐〉、〈封三娘〉等。

　　《聊齋誌異》一書中表現出成全助人之情者，首先，如〈蓮香〉中的狐女蓮香，面對心儀的書生桑生，雖表現情過於禮的情欲追求，當其情欲得到安頓時，她並未獨佔桑生，明知桑生受到女鬼燕兒的迷惑甚深，使其身體遭致受損之際，蓮香大駭地問道：「殆矣！十日不見，何憊憊損？保無他遇否？」[16]桑生詢問其故時，蓮香雖回答「妾以神氣驗之，脈析析如亂絲，鬼症也」的嚴重病情，又指出放縱情欲的後果可懼：「如君之年，房後三日，精氣可復，縱狐何害？設旦旦而伐之，人有甚於狐者矣。天下瘵屍瘵鬼，寧皆狐蠱死耶？」[17]桑生以為她是忌妒而不以為意時，但是蓮香不忍心看著桑生縱慾而死，非要救他不可。她說：「固知君不忘情，然不忍視君死。明日，當攜藥餌，為君以除陰毒。幸病蒂猶淺，十日差當已。請同榻以視痊可。」甚至到了隔夜還是堅持「果出刀圭藥啖生。頃刻，洞下三兩行，覺臟腑清虛，精神頓爽。」[18]桑生病情痊癒之後，心中雖然感激蓮香的救助，但還是始終不信燕兒為鬼的事實，暗地裡還是與燕兒相好。從蓮香為此生氣地說「君必欲死耶！」、「君種死根，妾為若除之，不妒者將復何如？」[19]以及被桑生誤解其病是「彼云前日之病，為狐祟耳」時，蓮香也講出「百日後，當視君於臥榻中」的氣話，就直接離去。

16　《聊齋誌異》，卷二〈蓮香〉，頁222。

17　《聊齋誌異》，卷二〈蓮香〉，頁222。

18　《聊齋誌異》，卷二〈蓮香〉，頁223。

19　《聊齋誌異》，卷二〈蓮香〉，頁224。

　　然而蓮香的離開並非選擇棄他於不顧，而是甘願不辭千辛萬苦，上山四處採藥，「別後採藥三山，凡三閱月，物料始備，療蠱至死，投之無不蘇者」，準備拯救桑生。因此當蓮香「解囊出藥」，以治癒桑生病入膏肓之疾，甚至不惜獻出自己的一切時，這種選擇以成全之心來對待所愛的人，終於使燕兒愧疚不已，感動萬分。蓮香也並未直接反對或指責燕兒，反而在了解她的身世經歷之後，也能體諒、憐憫燕兒的遭遇，並能成全桑生及借屍還魂成人的燕兒美事。蓮香雖為狐女，但從她「沉痼彌留，氣如懸絲」時，桑生及燕兒皆傷心難過哭泣，病逝後，其屍體雖化為狐身，然而桑生亦不忍心以異類相棄，反而厚葬，都可看出蓮香以包容、體諒、智慧來救助化解桑生的危機。而狐女蓮香助人為情之心，更博得「異史氏」[20]大力稱賞：「嗟乎！死者而求其生，生者又求其死，天下所難得者非人身哉？奈何具此身者，往往而置之，遂至腆然而生不如狐，泯然而死不如鬼。」[21]

　　其次，如〈小翠〉中的狐女小翠之助人為情較為特別，小翠雖是為母報恩，「自請為婦」，嫁給「絕癡」的王元豐。[22]但是唯有

20　《聊齋誌異》共 491 篇，「異史氏曰」計有 194 則，約佔全書五分之二，其中所呈現之意涵，實可作為蒲松齡撰寫《聊齋誌異》的參考，故亦有探究之必要。詳參本書第一單元註解 4。

21　《聊齋誌異》，卷二〈蓮香〉，頁 232。

22　有關助人為情而有成全之情者，雖從〈小翠〉中的小翠可作為代表，但一般研究大抵將其歸為報恩類型，筆者認為：小翠雖是為母報恩，「自請為婦」嫁給「絕癡」的王元豐。但是從小翠母女的救命恩人王太常，在功名上雖有些成就，卻有「生子絕癡，鄉黨無與為婚」的苦惱。因此，若只是單純將小翠嫁入王家為媳，即為報恩，其實仍無法化解其困境的。因此唯有

無私成全之情的相助，才能解救王元豐的「絕癡」，同時也能化解王家之危機。至於化解王太常的政治危機，又能讓他升官，更非易事，若無真正狐女的主動相助成全，實難達成此一使命，故將其助人之情歸在此類加以論之。

　　在蒲松齡筆下的小翠是一個在日常生活中，以其任情憨笑戲謔的方式來展現其特質，她天天與十六歲公子遊戲玩樂，表面上似乎要顛覆禮教之規範，縱然面對婆婆責難，仍然俯首微笑，絲毫無畏懼之心，往往令公婆深感無奈，表現其善謔性格。[23]但她也能窺知翁姑喜怒，又能從生活細節中百般呵護點化公子，透過戲謔、撫慰、戲樂等藉以治癒公子「不能知牝牡」之癡傻病疾。她甚而與公子裝扮成各種各樣戲中人物，如「復裝公子作霸王，作沙漠人」，直至喬裝為宰相時，即引發公公官場的危機與不安，因而對小翠的行為舉止深表不滿，極為憤怒而告訴夫人，云：

> 「人方瞰我之瑕，反以閨閣之醜，登門而告之。余禍不遠矣！」夫人怒，奔女室，詬讓之。女惟憨笑，並不一置詞。撻之，不忍；出之，則無家：夫妻懊怨，終夜不寢。[24]

此處已道出公子的父母對小翠的表現深感無奈，其公公更擔心政敵

　　有透過狐女無私的相助，才能解救王元豐的「絕癡」，同時也能完成王家
　　傳宗接代之使命。

23　《聊齋誌異》，卷七〈小翠〉，頁 1001 云：「以脂粉塗公子作花面如鬼。
　　夫人見之，怒甚，呼女詬罵。女倚几弄帶，不懼，亦不言。」

24　《聊齋誌異》，卷七〈小翠〉，頁 1002。

會藉此尋找其過錯，但又不忍休棄她。及至讓公子喬裝皇帝時，以無可原諒地大罵小翠是「禍水」，王家全族不久就將誅滅。此從王父「驚顏如土，大哭曰：『此禍水也！指日赤吾族矣！』與夫人操杖往。」當小翠回應他將承擔一切後果時，已可見識出其膽識，由此藉以挑戰人間至高權威，凸顯官場上之問題，化解其公公政敵的刁難，甚而升任高官。這一切的極大轉變，才讓他們發現小翠竟是一個奇女子。

特別是當小翠幫公子「去癡」之後，二人有著琴瑟靜好之情，更能說明小翠的善謔性格，並非要顛覆倫常禮教，而是有其對治社會人性之道。因此，從上述小翠陪伴公子戲謔、撫慰等以治癒公子，以及為王太常化解政敵危難，而能擢升高官等，皆可看出狐女小翠並非要得到報酬獎賞，反而對自己無法生產而擔憂不已[25]，這都表現出其助人為情的成全之情可貴所在。

另外在〈辛十四娘〉中，辛十四娘雖是狐女，但她娟好的外貌還是深深吸引馮生愛慕，不以其為異類而見疑，反而堅持要娶她為妻。當馮生請郡君強迫她匆忙與馮生成婚時，十四娘則表明若草率成婚，「婢子即死，不敢奉命」！冥官夫人為之作媒，狐家雖允婚，成就此對綺麗的人狐之戀，但從十四娘堅持自己正當的要求，並以死維護自己的尊嚴，則充分體現出其不懼怕強權，不屈服壓力的反抗精神。但十四娘嫁給馮生之後，則能表現助人為情與「捨情成禮」的成全之情，茲分述如下：

25　小翠自己無法生產而擔憂不已，表現出其捨情成禮的成全之情可貴所在，詳見本單元，頁 202-206。

　　其在「助人為情」方面：首先，在經營管理財務上，十四娘嫁給馮生時，並無嫁妝，只看到「兩長鬣奴扛一撲滿，大如甕，息肩置堂隅」而已，但是十四娘「為人勤儉灑脫，日以紝織為事。時自歸寧，未嘗逾夜。又時出金帛作生計。日有贏餘，輒投撲滿」。[26]身為名士的馮生家境雖好，但十四娘還是天天勤於紡織的用心持家，縱然歸寧亦未怠於此一工作，平日除了拿出錢財來貼補家用外，還看到她將贏餘投到大甕撲滿中。這樣的行為表現，並未引起馮生與家僕們的注目，但是當馮生遇到大災難後，十四娘也身亡時，馮生與新娶的祿兒，已生一子，正逢家計困頓之際，「夫妻無計，對影長愁。忽憶堂陬撲滿，常見十四娘投錢於中」，馮生才想到十四娘的大甕撲滿，當「箸探其中，堅不可入；撲而碎之，金錢溢出。由此頓大充裕。」[27]由此讓他們過著幸福無虞的生活，這都是十四娘「助人為情」的表現。

　　此外，從其化解危機災難的表現方面來看，十四娘平日對馮生交友表現出極為關心，當她首次見到楚公子後，認為「其人猿睛而鷹準」，並勸馮生「不可與久居也」，但是不可久居又不能不居，因此而有幾次的矛盾衝突，尤其是他們一起參加考試，楚公子考第一，馮生考第二，楚公子洋洋得意，在生日宴會上沾沾自喜一番，馮生卻譏笑以對，甚至馮生評楚公子新作後，竟然「笑述於房」，但辛十四娘則「慘然」曰：「公子豺狼，不可狎也！子不聽

26　《聊齋誌異》，卷四〈辛十四娘〉，頁542。

27　《聊齋誌異》，卷四〈辛十四娘〉，頁546。

吾言，將及於難！」馮生雖已戒慎警惕[28]，卻在出門弔喪時，又被
楚公子硬拉到家灌醉，誣陷他逼姦殺婢，綁送官裡問罪。十四娘
雖與馮生約法三章，馮生還是遭到楚公子陷害，她雖「潸然曰：
『早知今日矣！』」在此一性命交關之際，還是勇於面對此一危
機，以果斷的如下處事，展現其運籌帷幄，決勝千里的機智和才
能，如：

> 因按日以金錢遺生。生見府尹，無理可伸，朝夕搒掠，皮肉
> 盡脫。女自詣問。生見之，悲氣塞心，不能言說。女知陷阱
> 已深，勸令誣服，以免刑憲。生泣聽命。女還往之間，人咫
> 尺不相窺。歸家咨悢，遽遣婢子去。[29]

十四娘雖送錢給府尹，但馮生還是「朝夕搒掠，皮肉盡脫」，說明
這是「無理可伸」，而且是「陷阱已深」的死劫，因此先勸馮生「誣
服，以免刑憲」。當馮生屈打成招，被判絞刑。「女聞，坦然若不
介意。」其「坦然」神情，看似不在意，其實是有著臨危不懼的計
策。但馮生將被處決時，「女始皇皇躁動」，「於邑悲哀，至損眠
食」，則又體現其對馮生擔憂不安的至情。直到她得到狐婢以色相
交通皇帝遞交御狀確認後，才有「出則笑色滿容」，「亦不愴側」

28　〈辛十四娘〉頁 542：醒而悔之，因以告女。女不樂曰：「君誠鄉曲之儇
　　子也！輕薄之態，施之君子，則喪吾德；施之小人，則殺吾身。君禍不遠
　　矣！我不忍見君流落，請從此辭。」生懼而涕，且告之悔。女曰：「如欲
　　我留，與君約：從今閉戶絕交遊，勿浪飲。」生謹受教。

29　《聊齋誌異》，卷四〈辛十四娘〉，頁 543。

的神情。馮生出獄後，她「悲而已喜」，即可見其對丈夫異於常人的至情表現，故能有膽識助他化解災難。

　　至於如〈胡四姐〉中之狐女胡四姐接受尚生之情意，為了避免尚生受其三姐之害，即坦言三姐狠毒，已殺死三人，絕對要和她斷絕關係，並書符於門。可見胡四姐為了關心救助尚生，可以不顧姐妹之情份，但三姐也並未向他報復。之後，有道人將三姐、四姐等裝入瓶中，準備殲滅，因為四姐輕輕一句「坐視不救，君何負心」，尚生也救其性命。為此胡四姐放下與尚生之情而努力成仙，經過十年還不忘情地回來探望尚生，尚生也不捨其情，要邀她返家，但四姐則不再為情受苦，堅持她的成仙之道。等再來探望尚生時，又過了二十年，四姐主要來看他，並告訴他死期，要尚生勿擔心受怕，只要從容早做準備，最後會幫助度他為鬼仙，由此更可看出其對尚生的至情。從胡四姐為了化解尚生的危機，可以不顧三姐之狠毒，她努力辛苦成仙的三十年歲月，並非只是為了個人精神自由的成仙而已，也非要與尚生再續至深的情緣，而是積極主動來幫助尚生渡化成仙，狐女助人之情義不可謂不深！

　　其他〈封三娘〉中的狐女封三娘，與少女十一娘發展出知己之情誼，二人情誼深厚，封三娘為十一娘安排同里的窮儒孟安仁作為婚姻大事的對象。十一娘嫌其窮，封三娘批評她說：「娘子何以墮世情哉！」十一娘怕父母不同意，封三娘鼓勵她說：「志若堅，生死何可奪也。」[30]狐女對愛情的堅貞超越生死，也抱持海枯石爛心不變的地步！以此點化十一娘要專情於孟安仁。並用計幫助十

30　《聊齋誌異》，卷五〈封三娘〉，頁613。

一娘私下嫁給孟生，直到幫助貧儒孟生完成科考當官之後，才與十一娘雙雙回家團聚，而狐女封三娘則不居功，也不與十一娘共事一夫，她自覺選擇成仙之路而離去，這是封三娘助人成全其情義之重要價值所在。

其他助人成全之情者，又如〈張鴻漸〉中之舜華、〈阿繡〉、〈嬌娜〉、〈荷花三娘子〉中之狐女等，都能表現主動積極幫助書生之情意，不求「名份」，不求回報，自發性的「成全」相助之情，朗現其無私之情與義。

（二）「捨情成禮」類型

本文所謂「捨情成禮」者，係指狐女表現愛戀之情的方式，在追求情欲的安頓外，能有著不求「名份」，不求回報之自發行為與自我抉擇，其中有「名份」的退讓，有無怨無悔的付出，憑藉著這樣勇於承擔的勇氣，幫書生來化解其困境，幫助書生考取科考，幫書生完成美滿的終身大事等，然而當書生面對人倫大義的抉擇時，如子嗣等，或書生心中對其妻的情義承諾難於忘懷，狐女大抵會表現出捨棄其情慾而成全書生的人倫大義。蒲松齡在《聊齋誌異》人物中塑造出多篇有情有義、無怨無悔的狐女來幫助男性化解困境，甚至完全承擔「女主外」的家庭生計，狐女所體現的「情意生命」安頓與圓滿中，即有著「捨情成禮」之情。

小翠在「助人為情」的可貴表現，其主動積極化解王家困境等，已如前所述，在此一「捨情成禮」類型中，小翠更展現其退讓成全之心，完成情禮兼得之價值。但馬瑞芳在〈大智若愚的小翠〉一文，則認為此篇結局狐女小翠因不能生育，讓王生另娶與小翠

一模一樣的新婦，自己悄然離去。「異史氏」言：「月缺重圓，從容而去，始知先人之情，亦更深於流俗也！」就此馬瑞芳認爲蒲松齡男女愛情並未獲得平等，封建樊籠尙未衝破，禮教桎梏亦未打碎。然而筆者並不認同其看法，其觀點有待商榷之處如下：

小翠在「捨情成禮」的表現，可從小翠兩度離家以觀。小翠雖能化解王家困境，但是「每患無孫」又成爲王家的大困擾。自小翠嫁入王家，對於公子之純眞癡情，寧受詬罵，亦不忍離棄。然無論小翠如何付出，王氏夫婦仍對沒有子嗣問題掛懷於心，尤其面對將被免官的困擾，王公準備拿出價累千金的玉瓶「以賄當路」，卻被小翠打破，故於此大聲詬罵。小翠藉此轉身，盛氣離去，並向公子坦言：

> 我在汝家，所保全者不止一瓶，何遂不少存面目？實與君言：我非人也。以母遭雷霆之劫，深受而翁庇翼；又以我兩人有五年夙分，故以我來報曩恩、了夙願耳。身受唾罵，擢髮不足以數，所以不即行者，五年之愛未盈。今何可以暫止乎！ 31

小翠雖然直接說出她並非人類，是爲了「來報曩恩、了夙願」，之前受到無數的大聲詬罵，是因爲他們有五年的夙份未了，但現在她已無法忍受王氏夫婦的不知感恩，故憤而選擇離去。小翠離去之後，得知公子進入屋內「覩其剩粉遺鈎，慟哭欲死；寢食不甘，日

31　《聊齋誌異》，卷七〈小翠〉，頁 1005。

就羸瘵」。又「求良工畫小翠像，日夜澆禱其下」，公子日日思念
所表現「慟哭欲死」之情，持續二載之久，小翠爲此深受感動，此
從其再度與公子重逢之時，道出：「二年不見，骨瘦一把矣」即可
看出公子的癡心與專情。

其實小翠離去並非因王氏夫婦之責罵，而是因爲自己實不能
產育，唯恐耽誤其宗嗣。屢次勸公子另擇婚娶，公子卻始終不
從。爲此小翠不得不改弦易轍，更堅決執意將其形貌聲音，逐漸
變得與畫像判若兩人，對公子說：「昔在家時，阿翁謂妾抵死不作
繭。今親老君孤，妾實不能產，恐誤君宗嗣，請娶婦於家，且晚
侍奉翁姑，君往來於兩間，亦無所不便。」[32]小翠直接指出自己無
法生育，必將耽誤其家傳宗接代之大事，終於說服公子答應再
娶。自此之後，小翠特別出示畫像之美貌，與自身改變之容相互
比較，公子赫然發覺小翠形貌與畫像已迥若兩人，不得不道出：
「今日美則美，然較昔則似不如。」其實小翠從治癒其癡傻之疾，
至平日對公子無微不至所付出之眞情，公子必然永銘於心，此一
眞情已難以割捨。因眞情已不移，故對小翠本人前後容貌之改
變，在公子心中其實並無分別；然而就小翠有意變異其貌，並笑
而焚燒昔日公子爲她所繪之畫像，其用意主要是爲避免公子再因
小翠離去而陷入「慟哭欲死」之苦。因此對小翠第二次離家，公子
心中雖不忘其情，僅只是「雖頃刻不忘，幸而對新人如覯舊好」。
至此公子「始悟鍾氏之姻，女預知之，故先化其貌，以慰他日之思

32　《聊齋誌異》，卷七〈小翠〉，頁 1007。

云。」[33]因新人之容貌與化形後的小翠並無絲毫差異，公子對小翠所興起之相思情意，終能有所慰藉寄託。

極為難得的是，原來小翠「化形」為鍾太史女之容，是作為日後公子傳宗接代之計，此乃情非得已之辦法。因小翠感知公子對她的癡情不移，難以承受分離之苦，此從第一次分離的公子表現可知。有鑑於此，小翠只有從形貌作一改變，又徹底燒毀其畫像，使公子逐漸適應形貌變異之小翠與鍾太史女並無差別，使其相思之情很快轉移，又能完成其傳宗接代之大事，可見小翠真心難得之情，實已超越世俗之表現。故而異史氏對王太常夫婦既有「何其鄙哉」之譏；最重要的是，能以「月缺重圓，從容而去，使知仙人之情，更深於流俗也」讚嘆小翠。但明倫亦稱許之：「嫁衣代作，玉玦留貽，化笑貌於新人，慰懷思於後日，若小翠者，其仙而多情者耶？抑多情而仙者也。」[34]從小翠的報恩、以真情治癒公子之癡傻，之後小翠化形為鍾太史女之容，以作為日後其傳宗接代之計等情節看來，可見蒲松齡並不服膺傳統禮教的刻意安排，而是從小翠自覺安頓王生情愛，以及成全其人倫之情等加以肯定。

就此但明倫又進而稱許：「觀小翠之所行，可謂從容有度矣。當夫婦成禮之後，其翁姑固嘗惕惕焉惟恐其憎子癡者；爾時即用饔蒸衾蒙之術，胡不可也？乃不以為嫌，而反給之，裝之，若惟恐其癡之不甚者。癡不可用而可用，視乎用之之人耳。用我之

33　《聊齋誌異》，卷七〈小翠〉，頁 1007。

34　《聊齋誌異》，卷七〈小翠評〉，頁 1008。

癡，啓彼之疑；用我之癡，致彼之誣；談笑之間，雄兵已卻。高
鳥盡，良弓藏，夫而後癡兒可無有矣。嚮使驟化癡顛，急調琴
瑟，敵勢方盛，何以破之？是曩恩終未報，宿願仍難了也。失手
碎玉瓶，有所藉口而飄然以去，急流勇退，小翠有焉。即謂墮瓶爲
脫身之計也可。」[35]

　　透過小翠助人爲情以及「捨情成禮」的成全之情表現，可見馬
瑞芳僅將其以子嗣爲重等，就此認爲蒲松齡男女愛情並未獲得平
等，封建樊籠尙未衝破，禮教桎梏亦未打碎，未能從作者創作文本
之意圖、或其時代處境等傳統文化問題深入剖析，而僅將其以子
嗣爲重等，歸結於作者的男權思想，這些觀點都是有待商榷的。因
爲異史氏主要是對小翠以眞情治癒公子之癡傻，不僅能安頓其情
愛，更能成全其人倫大義等「情禮融合」加以肯定。此處研究者若
能從作者創作文本之意圖、或其時代處境等傳統文化問題深入剖
析，則能看出蒲松齡塑造小翠爲報母恩而助人爲情，以及「捨情成
禮」的成全之情表現，實非世俗常人所能做到，此一「情禮融合」
之價値更呈顯出狐女成全之情的可貴。

　　至於辛十四娘在「捨情成禮」的表現方面，更朗現出情禮融合
之價値。因爲當馮生身陷囹圄，將遭處死之時，十四娘雖想方設
法地要救他脫險，但又預蓄祿兒爲馮生良偶，「獨居數日，又託媒
嫗購良家女，名祿兒，年已及笄，容華頗麗；與同寢食，撫愛異
於群小。」[36]馮生出獄後，十四娘反覆要求離開馮生：「妾不爲情

35　《聊齋誌異》，卷七〈小翠評〉，頁 1005-1006。

36　《聊齋誌異》，卷四〈辛十四娘〉，頁 543。

緣，何處得煩惱？君被逮時，妾奔走戚眷間，並無一人代一謀者。爾時酸衷，誠不可以告愬。今視塵俗益厭苦。我已爲君蓄良偶，可從此別。」但是馮生「泣伏不起。女乃止。夜遣祿兒侍生寢，生拒不納」。可見十四娘之情義深重終能感動馮生，因此其對待之情已由愛色之心，轉化爲愛德之心，此從馮生非但拒絕祿兒侍寢，甚而對迅速衰老、「黧黑如村嫗」之十四娘「敬之，終不替」，以及當辛十四娘暴疾絕食時，「生侍湯藥，如奉父母」，都可看出馮生的眞情眞義。但是十四娘費盡千辛萬苦地救馮生脫險，對「世情如鬼」的社會，以及世道人心詭譎多變，似有很深的感慨與體悟。

又從預蓄祿兒爲馮生良偶，也看出十四娘因自己未生子嗣的擔憂。因此，當馮生消災解厄返家團聚時，她雖有「悲而已喜」之情，卻又對馮生說出她爲情緣所苦，「今視塵俗益厭苦」而要選擇離開馮生。但當馮生「泣伏不起」的眞情表現時，十四娘雖也不忍心，其形貌卻突然有著一連串的變化：「容光頓減」、「漸以衰老」、「黧黑如村嫗」到身亡。這都看出十四娘是眞心要爲馮生的子嗣人倫大義考量，而捨棄她對馮生的眞心至情。故「異史氏」稱之：

> 輕薄之詞，多出於士類，此君子所悼惜也，余常冒不韙之名，言冤則已迂，然未嘗不刻苦自勵，以勉附於君子之林，而禍福之說不與焉。若馮生者，一言之微，幾至殺身，苟非室有仙人，亦何能解脫囹圄，以再生於當世耶？可懼哉！[37]

---

[37]　《聊齋誌異》，卷四〈辛十四娘〉，頁546。

從十四娘死後立即成仙，曾一度出現人間，並請僕人轉知馮生，她已名列仙籍，讓他不要掛懷，而能安心地與祿兒共同生活。對於辛十四娘之「成全之情」，蒲松齡之所以稱許她爲仙人，除了十四娘表現出善識人心、勸夫改過、機智過人、洞察世情等智慧救出馮生外，更對其「成全之情」的情禮融合表現極爲讚賞。

從十四娘「助人爲情」到「捨情成禮」的表現，除了一方面在經營管理財務上，勤勞用心，幫忙持家，「爲人勤儉灑脫，日以紝織爲事，」、「有贏餘，輒投撲滿」，表現出社會中的賢婦形象，終能大大改善馮生家境，無須爲養家育子煩憂。另方面十四娘在馮生身陷囹圄，將遭處死之時，費盡千辛萬苦，設計救他脫險，都是她「助人爲情」異於常人的至情表現。同時又預蓄祿兒爲馮生良偶，更有「成全之情」中最爲難得的「捨情成禮」表現。

另者，表現出「捨情成禮」方面，亦可從〈阿繡〉一文見之。狐仙阿繡可以很自由地追求世俗情欲之滿足，而表現情過於禮之行爲，但當她感知至情之意義時，也能夠由此穿透世俗、傳統之觀念，對於俗世之情較易看開，而能以助人之仁心以成全人間之情愛，自己可以獨立自主地追尋其理想情愛之眞意，此在〈阿繡〉、〈張鴻漸〉文可印證。〈阿繡〉一文中，狐仙化成嬌麗無雙的阿繡而與劉子固歡會時，即表現出情過於禮，但當她被僕人識破並非阿繡後，劉生大懼，僕人準備攻擊她。狐仙知自己暴露，制止了攻擊，但不加害劉生，也不對僕人報復，而能臨變不驚，談笑自如，並且在酒宴中與劉生告別，顯示其善良敦厚、和藹可親，大膽表白承諾要救出受難的阿繡，如：

> 女曰：「妾真阿繡也。父攜妾自廣寧歸，遇兵被俘，授馬屢墮。忽一女子，握腕趣遁，荒竄軍中，亦無詰者，女子健步若飛隼，苦不能從，百步而屢褪焉。久之，聞號嘶漸遠，乃釋手曰：「別矣！前皆坦途，可緩行，愛汝者將至，宜與同歸。」劉知其狐，感之。[38]

在兵亂中，劉子固竟能再遇到眞阿繡，實非易事，以他自己被綁的經歷而言，仍然心悸猶存，何況是弱女子的阿繡，此時他心中極爲感動，因爲他確知是被自己唾棄的狐女阿繡成全他們。由此更顯示其善良敦厚、和藹可親以及她愛劉生之心。但當她更知劉生和阿繡眞誠相愛，也能克制自己的情感，努力促成他二人的婚姻。在兵亂危難中，她救出阿繡，送她到劉生身邊，使他們歸家完婚，之後又幫助他們處理好家中事務。劉生深感其義，特別「爲位於室而祀之」。最難得的是，因能感受二人之誠，而能有「故時復一至，今去矣」[39]之決定。令人稱賞的是，狐仙可以自由地追求情欲，主動與劉子固歡好，當深感二人情愛之誠後，反而能成全其婚姻之圓滿，表現出勇於成全之情、情禮兼得之美。

　　再從〈張鴻漸〉一文來看，狐女舜華對落難的書生張鴻漸，因相助而收留他，也因愛慕而主動提出：「妾以君風流才士，欲以門戶相託，遂犯瓜李之嫌，得不相遐棄否？」雖然張生坦言他已娶妻，但舜華不以爲意，反而笑說：「此亦見君誠篤，顧亦不妨。既

38　《聊齋誌異》，卷七〈阿繡〉，頁995。

39　《聊齋誌異》，卷七〈阿繡〉，頁997。

不嫌憎，明日當煩媒妁。」張生聽後也主動示好，留下舜華，其行
爲看似自薦枕席，表現出情過於禮的行爲，但舜華是眞心愛慕張
生，而有「欲以門戶相託，遂犯瓜李之嫌」的逾越表現，也提出要
「當煩媒妁」來安頓他們的婚姻。

　　相處三年後，張生發現舜華非同尋常之處，舜華也大方承
認，「妾，狐仙也，與君固有夙緣。如必見怪，請即別」，並未有
半點掩飾，光明磊落。張生並不嫌棄，而依戀其美，只是當他說
出「卿既仙人，當千里一息耳。小生離家三年，念妻孥不去心，能
攜我一歸乎」的請求，舜華則不悅地回答：「琴瑟之情，妾自分於
君爲篤；君守此念彼，是相對綢繆者，皆妄也！」[40]張生雖然一再
聲稱他離家對妻子的思念之情，也將以此對待舜華。舜華雖是仙
人，但也有私情，「妾有偏心：於妾，願君之不忘；於人，願君
之忘之也」[41]，從其言中可看出她對張鴻漸的專情，不願意也不捨
得他離開。當張生還是請求送他返家時，舜華雖答應，但張生返
家的一切，包括妻子以及當年同遭落難被捕之眞實狀況，張生正
感動得與妻相聚，卻沒想到這一切都只是舜華用法術所變得的幻
象。

　　然而當舜華變成張妻來試探他說：「君有佳耦，想不復念孤衾
中有零涕人矣！」卻聽到張生回答：「不念，胡以來也？我與彼雖
云情好，終非同類；獨其恩義難忘耳。」[42]舜華得知張生的心意

40　《聊齋誌異》，卷九〈張鴻漸〉，頁1229。

41　《聊齋誌異》，卷九〈張鴻漸〉，頁1229。

42　《聊齋誌異》，卷九〈張鴻漸〉，頁1229。

後，有著憤怒後的悵然心情，此從她發現張生對其妻之情義更甚於她，說出：「君心可知矣！分當自此絕矣，猶幸未忘恩義，差足自贖。」[43]即可知其心中難過又有失落之感，雖然認爲應該與張生「分當自此絕矣」，但是舜華並無想方設法阻撓。在探知張生並非負心虛僞之人後，她終於思考情愛之意義，並非欺騙，亦非強求而得。此從經過三日，舜華忽然說出：「妾思癡情戀人，終無意味。君日怨我不相送，今適欲至都，便道可以同去。」[44]即可見舜華已體悟出「癡情戀人」的單方想法，並非她想追求的情愛，她也不想再以法術變成其妻形貌，以此騙得虛假不實之情愛，而取得張生的情慾依戀。因此，決定與他分開。但當張鴻漸有難時，舜華仍是主動相救解圍，這是其助人爲情的成全之情的難得表現。

　　此一難得的奇女子——舜華，其勇於「捨情成禮」之情更令人感動敬佩！其具有超強的法力，竟非爲一己之情的滿足，而是爲了幫助誠篤的張生。因此，她能瞬息把張鴻漸送回家，同時，她又很有計謀，假裝是張生表妹，灌醉兩個解差，救出張生。可看出舜華確實是個有法力、有情意、能擔當、敢放棄的狐仙。其癡情不悔，又不溺於情，神通廣大而又足智多謀，也表現其至情的生命意義。其中最爲可貴的是，當張鴻漸返家後有難時，舜華仍是主動選擇相救解圍，困境解除之後，竟也不渴望張生回報，她對二人昔日之情愛，亦無占有戀棧之意，反而呈顯無怨無悔的付出及成

43　《聊齋誌異》，卷九〈張鴻漸〉，頁1230。
44　《聊齋誌異》，卷九〈張鴻漸〉，頁1230。

全的可貴。此從文末著墨於張鴻漸一家團圓和樂，舜華飄然遠逝中，即可見其表現勇於「捨情成禮」之情。

另外，在〈狐女〉一文中，蒲松齡寫到狐女聲稱：「世俗符咒，何能制我。然俱有倫理，豈有對翁行淫者！」[45]她雖深知被伊生之父所厭棄，而選擇離開伊生，但是當伊生有危難時，她還是出手相救，並在相會時刻，還爲了顧及伊生父子的人倫之情，自覺從容離伊生而不再出現，此亦表現其勇於「捨情成禮」的成全之意。

透過上述文本，大抵可知《聊齋誌異》之狐女皆能表現勇於助人以及「捨情成禮」成全之情，其至情生命並非只是情之眞的表現而已，最重要的是，情之「至」是要含有「善」與誠在其中，必須透過磨練與實踐過程，由此所表現的情禮兼得之美，以及所反映的禮之眞精神，才是眞正的「至情」價值。此從〈蓮香〉、〈小翠〉、〈辛十四娘〉、〈張鴻漸〉、〈阿繡〉、〈嬌娜〉、〈封三娘〉等篇中，狐女的行爲表現，即可印證。尤其最可貴的是，這些狐女之情禮兼得的表現，都是自覺抉擇勇於面對、承擔、成全之情等方面，並在現實生活當中實踐，眞正將其眞實生命得以朗現「禮緣情制」的核心價值。故透過其至情的實踐過程中，更彰顯出情禮融合之意涵。

三、狐女「成全之情」中理想典型的價值

從上述之表現類型中，通過這些狐女「成全之情」的助人之情

---

45 《聊齋誌異》，卷十一〈狐女〉，頁 1525。

與「捨情成禮」之情，主要是對比人間諸多不合理的問題，大抵可見其理想典型的價值，其一，反思「成全之情」對和諧人倫關係的社會價值，其二，反思「成全之情」乃是一種超越情慾之情禮融合的價值。分述如下：

（一）反思「成全之情」對和諧人倫關係的社會價值

在上述這類型的故事裡，有些可以提供我們反思「成全之情」對和諧人倫關係的社會價值，如〈蓮香〉中的蓮香對於桑生的情意並非只是佔有，而是能無怨無悔地、自覺眞心地幫他化解困境，在面對女鬼燕兒的情慾蠱惑之下，她也沒有採取對抗的態度，而是從同情與諒解的處境，從容以對，因此，能讓燕兒有心悔改，甚至有勇氣透過借屍還魂的方式，成爲眞正的女子。蓮香更能成全他們的婚事，幫桑生免於情慾太過而喪命，同時又能完成美滿的終身大事。從蓮香的成全之情，實可回應其社會人倫失序以及「悍妒婦女」等問題。〈小翠〉中的小翠除了以善謔來治癒公子的癡病、幫他完成婚姻大事外，同時又化解王公的政治危機，由此來凸顯社會政治黑暗甚爲嚴重。而小翠的成全之情，不但能讓王家完成人倫大義，亦能揭發權臣互鬥、官場黑暗等問題，此對和諧人倫關係的社會價值助益甚大。

又在〈辛十四娘〉及〈張鴻漸〉等狐女中，即呈現出《聊齋誌異》的「世情如鬼」[46]等問題，甚爲嚴重。〈辛十四娘〉中，馮生與楚公子相交匪淺，只因馮生酒後嘲笑直接指出其作品問題，就

46　《聊齋誌異》，卷四〈羅刹海市〉，頁464。

受到楚公子的陷害入獄。十四娘雖天天送錢給府尹，但馮生還是受到「朝夕搒掠，皮肉盡脫」的屈打，這樣「無理可伸」而且受到「陷阱已深」的死劫，正說明朋友之倫業已蕩然無存。

誠如蒲松齡在〈小梅〉藉由狐女小梅的表現有情有義，勇於面對困境，即是對比此一社會倫常問題，故異史氏論曰：「不絕人嗣者，人亦不絕其嗣，此人也而實天也。至座有良朋，車袠可共；迨宿莽既滋，妻子陵夷，則車中人望望然去之矣。」[47]由此分別刻劃主人盛時和衰後，朋友的判然有別態度。當主人家勢盛時，有美酒車袠供客，朋友亦樂與共享富貴。但主人死後，家勢衰落，昔日朋友不僅莫肯顧恤遺屬，抑且去之惟恐不遠、不速。再有權勢者，更不會理會此事，深怕遺屬有所告求。然而相較之下，狐女則不然，正表現出「死友而不忍忘，感恩而思所報，獨何人哉！狐乎！倘爾多財，吾為爾宰」情義雙全之至情。

此外〈張鴻漸〉一文，因張鴻漸遭到陷害之時，屢次受到狐女舜華情義相助，才得以化解危機，這篇可說是《聊齋誌異》中呈現其時社會「世情如鬼」的代表作之一。其批判性很強的內容，更值得世人深思。因此，蒲松齡將之改寫成《聊齋俚曲》，先寫成《富貴神仙》，後改為《磨難曲》。透過唱作俱佳的通俗性作品，更能讓人從中可以清晰地感知，並看社會的黑暗。正如但明倫所評的：「勢力世界，曲直無憑，貪賂者安居，鳴冤者反坐，茫茫世宙，教人從何處呼天耶！」[48]此中道出張鴻漸僅因代人撰寫一張鳴冤狀

---

47 《聊齋誌異》，卷九〈小梅〉，頁 1216。

48 《聊齋誌異》，卷九〈張鴻漸評〉，頁 1234。

紙，就得遭受十幾年的磨難，若非狐女舜華「成全之情」的情義相助，實難化解「勢力世界」的極端黑暗對人性的傷害，以及對人倫關係的社會價值之迫害。

其他有關人倫省思與對應問題方面，主要在回應「天理」與「人欲」斷裂的現象。尤其他從「禮緣情制」省思家庭倫常是否失衡的關鍵，如：「悍妒婦女」與「賢妻良母」之對比，甚則在蒲松齡的故事中，也有從悍婦轉爲賢婦的類型，如〈江城〉、〈呂無病〉之王氏、〈夜叉國〉等篇章，就是反思人倫秩序是否可以情禮融合的問題。另在〈鏡聽〉中道出「貧窮則父母不子」[49]以及〈小梅〉、〈胡四娘〉、〈鴉頭〉、〈紅玉〉等篇皆深入探討社會人倫失序的問題。

由此提出其理想解決之道，如〈鳳仙〉中的狐女鳳仙，其開始與劉生交好，也表現出情過於禮的行爲，然因其父嫌貧愛富而私自悲傷，故化作鏡影，以悲笑惕勵書生，終能促使他考上科舉，此處即表現情禮融合之價值。因此，「異史氏」稱賞感嘆不已：「嗟乎！冷暖之態，仙凡固無殊哉！『少不努力，老大徒傷。』惜無好勝佳人，作鏡影悲笑耳。」[50]正可說明《聊齋誌異》中士子的貧窮與科舉，關乎人情冷暖的現實處境，或許也深知此一問題對士子傷害很大，故衷心懇求仙人能派遣「仙女」來救贖，而發出「吾願恆河沙數仙人，並遣嬌女婚嫁人間，則貧窮海中，少苦眾生矣」[51]

49　《聊齋誌異》，卷七〈鏡聽〉，頁939。

50　《聊齋誌異》，卷九〈鳳仙〉，頁1184。

51　《聊齋誌異》，卷九〈鳳仙〉，頁1184。

之宏願。這些女子「成全之情」的表現，呈現其至情乃具有「情禮兼得」之價值意涵。由此可知其通過這些狐女的「成全之情」的表現，是要反映人間諸多不合理之事，同時也是在創造其心中和諧人倫關係的社會價值。

（二）反思「成全之情」乃是一種超越情慾之情禮融合的價值

　　這類型的故事裡，提供我們反思「成全之情」乃是一種超越情慾之情禮融合的價值。此一問題可從〈小翠〉、〈辛十四娘〉、〈阿繡〉、〈張鴻漸〉等篇來探討。誠如上文對狐女表現勇於助人以及「捨情成禮」成全之情的論述，這種無私的成全不但彰顯真正的「至情」價值，更朗現作者心中對和諧人倫關係的社會價值，存在一種理想性之外，我們從這些狐女在考量其與書生的人倫關係時，大抵都能有著不求「名份」，不求回報之自發行為與自我抉擇，其中有「名份」的退讓，有無怨無悔的付出，也有勇於承擔的勇氣，甚至超越情慾的方式，來幫書生來化解其困境，幫助書生考取科考，以及幫書生完成美滿的終身大事等，最後「捨情成禮」的結果，反而使這些狐女在追求情欲的安頓，以及面對人倫大義時，選擇不靠法術來取得情欲的安頓，或以一種成全之情，捨棄個人情慾，甚至超越情慾地成全書生的人倫大義，反而讓我們從其勇於面對、承擔中，看到狐女情禮融合，甚至情禮兼得之生命價值的表現。

　　〈小翠〉中小翠以真情治癒公子之癡傻，但為王家後代考量，小翠捨離自己的情慾而藉故離家出走。公子的難過思念，兩年的哭

泣尋找，讓小翠不捨再度返家，化形爲鍾太史女之容，以爲日後傳宗接代而離家之計，來慰藉公子不捨之情。而〈辛十四娘〉文中之十四娘也是爲馮生的子嗣打算，在馮生入獄期間，即已預買祿兒，從她費盡千辛萬苦救出馮生，即可看出其對馮生的至情之深，但十四娘還是要堅決離開馮生。縱然馮生以死挽留的情意讓她不忍心立刻捨離，就此十四娘只好從形貌做一改變，從「容光頓減」、「漸以衰老」、「黯黑如村嫗」到身亡。十四娘的死亡看似捨棄她對馮生的眞心至情，但其實是眞心爲馮生子嗣的人倫大義考量，故有勇氣超越情慾來成全人倫的美滿，此處更彰顯十四娘有著情禮融合的成全之情。

　　至於〈阿繡〉及〈張鴻漸〉中的狐女，其「成全之情」更是一種超越情慾之情禮融合價値之理想典型，因爲這兩位狐女法術極爲高超，她們有辦法靠法術變成人間美女的形貌，也有能力知曉書生的遭遇與困境，更能從容幫書生打理一切。但是當她了解書生所愛戀的人，其眞心用情比她還深時，不管是阿繡或舜華，她們不會強求依戀，也不會以騙術來贏得情慾，反而眞心選擇退讓，展現成全之情，幫他們化解危機，最終能美滿團聚。她們這種不求「名份」，不求回報的幫助愛戀之人的眞心成全，實人間罕見。問世間能有幾人能超越此份至深情慾的依戀？而狐女則能爲之，此中可見蒲松齡除了要反思當時社會「懼內天下之病也」[52]的問題，以及時代風氣縱慾太過的批判，其中更寄寓其對「至情精神」的理想嚮往。

---

[52]　《聊齋誌異》，卷六〈馬介甫〉，頁729。

　　因此，在塑造狐女表現情欲的安頓與昇華方面，則有超越情慾，又有生死相隨的知己情誼之例。如〈嬌娜〉一文中，狐女嬌娜與孔生二人雖表現對情欲的嚮往，如孔生胸腫，眠食俱廢，嬌娜用狐丹治癒，孔生則有「曾經滄海難爲水」之深情。但二人各自嫁娶之後，彼此以誠相待，並將其情愛昇華爲超越情欲的生死相交情誼。其獻出生命而終不悔之精神表現，則見於嬌娜一家面臨滅頂之災時，孔生不以異類見棄相欺，反而以「至情只可酬知己」之心捨身相救。當嬌娜遇雷霆之劫，孔生仗劍擊雷鬼相救，自己反被擊死，當嬌娜一見孔生昏死於旁，大哭道：「孔郎爲我而死，我何生矣！」嬌娜「以舌度紅丸入，又接吻而呵之」，此一以救活孔生爲優先的行爲，似乎將倫常禮教擺在一旁，看似全然無視於「男女授受不親」的清規戒律，其中卻有超越世俗之情。孔生被嬌娜救醒後，嬌娜之夫雖已身亡，但她仍然視孔生爲姊夫，自覺選擇將二人之情昇華爲知己之情誼，在生活上彼此相惜相待、相互成全，卻不會逾越禮教規範。而孔生與嬌娜二人歷經生死交關所證得的「知己之情」，蒲松齡特別稱許：

> 余於孔生，不羨其得艷妻，而羨其得膩友也。觀其容可以忘飢，聽其聲可以解頤。得此良友，時一談宴，則「色授魂與」，尤勝於「顛倒衣裳」矣。[53]

嬌娜與孔生二人雖非夫妻，卻能爲救活對方而有肌膚之親，嬌娜與

53　《聊齋誌異》，卷一〈嬌娜〉，頁65。

孔生情深而不逾越規矩，此一超越世俗之情，是一種至情精神的展現。對此但明倫亦稱許：「嬌娜能用情，能守禮，天眞爛熳，舉止大方，可愛可敬。」[54]不僅僅表現難得的知己之眞情，也昇華爲親情。蒲松齡對嬌娜自覺堅持選擇情禮兼得的表現，除了從其集眞、善、美於一身，而道出由衷肯定與羨慕外，也從其超越情慾來反思縱慾太過的社會失序問題，更由此可見其對「成全之情」所朗現的情禮融合價值，是極爲肯定的。

　　蒲松齡透過《聊齋誌異》狐女「成全之情」的情欲追尋到情欲的安頓，以及反思超越情慾，呈現情禮融合的價值，除了藉此反思以回應「形骸論」、「世情如鬼」的社會亂象外，更從其在「情意生命」的安頓與昇華的表現中，展現「成全之情」的情禮融合之價值意涵。

四、結　語

　　綜上所述，在《聊齋誌異》中強調人與狐女之眞情相戀，除了要對比出世俗對眞情之曲解與漠視，以及從各種不同角度肯定情欲安頓與昇華之必要性外，最爲特別的是強調眞正之至情，是要展現情之眞與情之善的精神，才能超越世俗之侷限，以及僵化禮教之限制。因此，從其所言「情之至者，鬼神可通」，凡萬物之靈魂，基本上不受形體、物種的限制，即能相互感通與成全，故以此印證所謂「乃知天地間，有情皆可相契」。易言之，一切動植物等

54　《聊齋誌異》，卷一〈嬌娜評〉，頁65。

生命，只要有眞心眞情，此一至誠之心必能與人互動感通成全，打破種種障隔，以建立完成各種情誼。此從蒲松齡藉由書生愈愼明確指出：「禮緣情制，情之所在，異族何殊焉。」即可看出其「情禮觀」所呈現情禮兼得的價值。就此而言，狐女「成全之情」更具理想典型之價值。

因此，本文認爲《聊齋誌異》狐女「成全之情」的表現，在「助人爲情」與「捨情成禮」這兩類型，已將其「情意生命」的安頓與昇華，呈現「成全之情」此一理想典型的價值，其中更隱含人類最爲可貴、最爲難得也最難抉擇的情操，也將此一「可捨」、「無欲」、「無悔」之眞心眞情的寫作意圖，透過狐女的「情禮融合」價值來朗現。而此書之所以被稱爲「鬼狐傳」的豐富意義，或可說是蒲松齡之理想創作意圖所在。此外，透過狐女「成全之情」的分析，更加彰顯蒲松齡反思狐女的「成全之情」，實隱含情禮融合的和諧人倫關係，以及其對超越情慾的成全之情，除了回應當時「形骸論」、「世情如鬼」等社會亂象外，更同時朗現狐女「成全之情」之情禮融合的至情價值。

陸、《聊齋誌異》中女性經濟活動之價值體現

　　本文的研究議題乃是在本書第二單元〈《聊齋誌異》女性中的主體意識〉與第四單元〈《聊齋誌異》中所塑造的女性理想典型〉的研究基礎上，進一步以「情意生命」做爲基本論點，藉由女性「主體意識」的發用與實踐，來彰顯女性主動、自覺後，或迫於生活困境，或基於自主意識的自我實現所願，形成女性獨立經營的「經濟活動」行爲中，朗現出《聊齋誌異》女性的自我抉擇與承擔家庭經濟的勇氣。準此，本文將藉由情意生命的書寫視角，分析《聊齋誌異》中之女性是如何本其情意我，且又能依據道德我，做出其對人生價值的選擇，並且因此朗現其在家庭與社會生活上所隱含的價值意涵。

　　因此，本文將以《聊齋誌異》故事情節中的女性「經濟活動」[1]行爲做爲研究對象，並且預設其女性在「認知之眞」與「德行之善」

1　有關本文關注的焦點：「經濟活動」一辭，首先從「經濟」一辭之詞典義看來，或指「經世濟民也」，或指近世之謂「人類利用種種財貨，以充足其欲望之一切行爲及其狀態」，或指「節儉也」，在這些界義中，與本文女性「經濟活動」相關之延伸性界義有「經濟行爲」、「經濟能力」、「經

的前提下，以其「才智與德行」來經營生活，開創出屬於自我實現
的一片天的成就，一方面回應了怎樣的社會現象，另一方面在其情
禮融合之行爲表現下，展現怎樣的終極關懷。因此，本文將從當時
體制的運轉中，觀察女性要如何藉由「財富」之經濟自主，爲自己
創造更大的靈活空間，從「女主內」出走後，藉由經濟活動，朗現
其理財致富之傑出成就外，又能不失其身爲女性的傳統本份，克
服了「百無一用是書生」的時代困境，也改善了家庭貧困的現況，
突破了現實社會某些外在的體制與限制，凸顯女人在「經濟活動」
上，也與男人一樣可以表現自主能力與承擔家庭、社會之存在價
值。

一、《聊齋誌異》中之「女性經濟活動」概述

　　《聊齋誌異》女性之「經濟活動」，是就故事情節中的女性具
體行爲爲主的研究入徑，且是本書探討相關《聊齋誌異》女性議題
的一環。在筆者關於《聊齋誌異》女性的研究成果中，發現明清之
際的女性，除在現實面上維持生計、養家育子等工作外，她們從
事經濟活動的行爲看似違反傳統，不符合社會的期待，但從其不

營」等，在本文探討的《聊齋誌異》女性中，藉由「經濟行為」取得並使
用財富之行為者，如〈黃英〉、〈細柳〉等，藉由「經濟能力」，透過其
本身的經濟力量，達成養家救貧者，如〈農婦〉、〈小二〉，藉由「經營」
方式，創立工廠，從事生產，改善家計者，如〈小二〉。從上述文本語境
中，這些女性在「主內」的同時，又越出本位而做了男性的工作，而能擔
負「內外兼顧」者，亦在本文探討範圍之內。

遺餘力的實踐中，透過她們助人、救貧等義行，卻也朗現其「透過淑世之心」的自我實現，更具有其理想面的自我價值意涵。誠如游鑑明所言，學界已賦予明清時期女性新生命，由此重新思索五四以來以二元對立的論述來對抗傳統，認為傳統女性是受壓迫的觀點之反思等。[2]尤其《聊齋誌異》中對於「賢妻良母」之實踐能力，所表現之「性別越位」[3]，最終卻能保有傳統「德性我」的主體精神，以及反思社會既定規範，同時表現其情意生命的價值。此乃本文何以要探討明末清初小說中，婦女在社會所具備的生機與活力，以及其在中國婦女史的經濟活動與社會地位，提供另一種詮釋視角的意義與目的所在。

　　然而就目前明清相關小說文本的「女性經濟活動」研究成果觀之，大抵從女性所擔負之謀生工作來探討。此從《聊齋誌異》中蒲松齡描述女性參與許多類型的「經濟活動」，除了在經濟生產方面的刻劃外，這些女性經濟活動的敘述裡，更展現出「分配」、「交

2　游鑑明：〈是補充歷史抑或改寫歷史？近廿五年來臺灣地區的近代中國與臺灣婦女史研究〉，頁72。

3　「性別利用」與「性別越位」這兩個語詞之界義，本文乃是採用顏崑陽〈從「性別利用」到「性別偽裝」與「性別越位」──柳如是在傳統兩性關係中的位置變移〉一文的指涉義涵。即顏崑陽所說的「性別越位」是指：兩性相對的文化社會位置，本已被建置成定型的結構關係。因此，兩性關係並非生物性的延伸，而是文化性的建構；在這個文化建構上，兩性的存在位置已經被定型化，形成一種常態的結構。因此，當一個男性越出本位而做了女性的事情；或反之，一個女性越出本位而做了男性的事情。這種情況，我就稱它為「性別越位」。參見2014年6月13日淡江大學中文系舉辦「2014女性文學與文化學術研討會」專題演講。

換」、「消費」等多元面向，各有不同的意義。[4]因此，為了探究
其價值意涵，筆者將就《聊齋誌異》文本中，明顯敘寫女性從事生
產方面的經濟活動，予以補充歸納，並加入男性狀況作為參照（參
見附表一）。

此外，本文從「女性經濟活動」來討論，並非指女性獨自營
利，掌握經濟大權，亦非如書中提到悍婦對抗男性的問題。這類
關於悍婦的書寫，是因為晚明清初的婦女，可憑藉紡織等工作賺
取金錢，或是依靠嫁妝，成為提供家庭經濟來源的一員。既然婦
女經濟能力佔有重要地位，她們在家中的地位自然也隨之上升，
因而對於家中事物的影響力也逐漸提高，甚至凌駕丈夫之上，似
表現出書中所謂的「懼內天下之通病也」[5]可知這些「悍妒婦女」
等女強人雖然有女性自主能力，然而她們以對抗方式來取代男
權，其行為實有待評估。不過女性在傳統的「男尊女卑」、「女主
內」社會所表現的「經濟活動」，除了突破舊有的限制，其內心何
以產生自覺自省的選擇能力，以化解男性所受經濟之桎梏，此乃
值得探討之課題。

因此，本文所要論述的焦點議題，並非僅止於「經濟活動」的

4　在生產、消費方面，《聊齋誌異》文本已近七十篇之多，交換、分配所呈
　　現的意義更為多元。交換方面：如卷二〈嬰寧〉中：「愛花成癖，物色遍
　　戚黨；竊典金釵，購佳種，數月階砌藩溷，無非花者。」嬰寧愛花，私自
　　將「金釵」典當，只是為了要買「佳種」。至於分配方面：文中婦女拿出
　　嫁妝、資金，提供丈夫、兒女、家庭作經營與分配，甚至周濟的文本約
　　30篇左右。本文圍於篇幅所限，僅探討生產方面。

5　《聊齋誌異》，卷六〈馬介甫〉，頁729。

類型歸納與探討而已，而是要從《聊齋誌異》女性透過「經濟活動」，所呈顯的「內外兼顧」特殊形象，其中又呈現何種「情禮融合」的價值意涵與終極關懷？準此，綜觀近五百篇之文本內容，共有八十餘篇涉及經營生計活動，其中與女性「經濟活動」有關的具體篇章，約五十篇左右。[6]相較於明清小說而言，蒲松齡何以要使用相當篇幅來呈現女性「經濟活動」的課題？此一論述除了與蒲松齡的人生課題——「貧窮與舉業」有關之外，女性「經濟活動」的課題應有他特意要彰顯的價值或意義。

其實有關明清研究女性「經濟活動」之議題，在近現代研究中已受學界關注，其成果對女性形象的描述，呈現多元且較具爭議性。如林麗月〈從性別發現傳統：明代婦女史研究的反思〉文中，對於庶民婦女經濟活動的研究，除了針對生產力的探討外，亦提及巫仁恕從消費面探討明清婦女的生活。[7]另外，從明清文人小說、筆記及文集等史料中，對於婦女從事各種經濟、社會活動的記述與評價，來反省歷來所承繼「女主中饋，廣繼嗣」的刻板形象，已非如陳東原《中國婦女生活史》一書所論述：明清婦女大抵

6　參見于天池：〈蒲松齡的商人意識〉，此文專門論述《聊齋誌異》寫到商人或以商人為主人公的故事有七十多篇，約占現存篇目的六分之一，僅次於書中對於讀書仕人的描寫，這是很值得注意的。見氏著：《蒲松齡與《聊齋志異》胚說》，頁 63-80。

7　林麗月有兩篇關於近 20 年明代婦女史和社會風尚，具有回顧性質的論文。林麗月：〈從性別發現傳統：明代婦女史研究的反思〉，《近代中國婦女史研究》第 13 期（2005 年 12 月），頁 1-23；林麗月：〈世變與秩序：明代社會風尚相關研究評述〉，《明代研究通訊》第 4 期（2001 年 12 月），頁 9-19。

是在社會壓抑，被禮教所規範的生活的觀點；因爲從史料中明顯
表現出當時婦女並未因禮教規範而失去活動力，反而呈現明清婦
女在文化歷史轉型所帶出的意義，她們不僅多功能參與社會，亦
有著不同的活動面向等。[8]其中針對陳東原之觀點提出強烈反思
者，以高彥頤所著《閨塾師—明末清初江南的才女文化》一書爲代
表[9]，其研究核心在於透過性別與歷史兩者的結合，試圖打破五四
所建構的婦女史觀，不再單從社會壓抑、備受禮教束縛爲論述觀
點，重新展現出明末清初的婦女在社會中所具備的生機與活力。
至於庶民婦女方面，如衣若蘭所著《三姑六婆——明代婦女與社會
的探索》一書，對有關文獻資料，分析研究三姑六婆等婦女之活

8　目前直接探討明清婦女的經濟活動研究者，如羅麗馨於〈明代紡織手工業
　　中婦女勞動力之探討〉文中，從《古今圖書集成・閨節部》中關於婦女從
　　事紡織的內容出發，分析其分佈地區紡織型態、紡織收益等，指出明代婦
　　女紡織分佈地區廣泛，由於原料取得便利的緣故，以棉紡織爲主。除了從
　　生產面向的討論之外，巫仁恕在《奢侈的女人——明清時期江南婦女的消
　　費文化》一書中，則以明清婦女消費活動爲主，針對江南婦女對於服飾、
　　宗教活動、閒暇活動等的消費行爲進行探討，這些觀點對於明清婦女生活
　　和社會文化的研究，亦能呈現不同的意義。見黃繁光、黃麗卿、莊蕙綺：
　　〈明清婦女的經濟活動與社會地位研讀會成果報告〉，頁149-154。

9　高彥頤：〈丈夫與女中丈夫：女性角色的錯位與延伸〉中，主要在探討明
　　清之際的女性文人，爲了承擔家計，如同男性文人一般，外出巡遊教學，
　　並藉由自身的才華打入男性的社交網絡之中，女性得以在其中展現自我的
　　能力，甚至取代丈夫的角色，成爲家中主要的經濟來源，成爲「女中丈夫」，
　　扛起丈夫應扛起的家庭責任。全文圍繞在這些身爲才女的女性，其經濟生
　　產與其階級、家庭的關係。作者透過相關的論證，試圖扭轉女性社會性別
　　的邊緣角色，和從中產生的負面文化意涵。見氏著：《閨塾師——明末清
　　初江南的才女文化》，頁115-152。

動，及其在明代社會中的地位與功能，所展現的多元文化之社會現象。[10]大抵可見女性並非只是在家管理家事，已有明顯「內外兼顧」之表現能力。有關其他研究女性經濟活動議題的成果，所呈現明清社會中的庶民經濟面向，茲舉例分述如下：

　　從明代中後期江南地區的家庭狀況看，尤值得注意的一個現象，是外在社會經濟型態與結構改變，以及科舉制度僵化等等因素，使得夫妻之間的關係，出現了一些微妙的變化；此一變化的關鍵，就在於作為妻子的一方，成為維持家庭正常生活的主要經濟來源。這可從文獻史料所記載的江南婦女參與經濟活動得到印證。如陳江《明代中後期的江南社會與社會生活》[11]一書中，已有詳實探究。因此，以下筆者整理摘錄該書研究女性經濟活動之成果。其要旨如下所示：

　　首先，陳江認為在江南人家的經濟來源中，婦女的收入佔有很大比重。如前文所述當時經濟的多元化發展，曾引徐光啟、顧炎武等人的話說明，江南城鄉正是依賴棉紡絲織這「一機一杼」的「女紅末業」，才得以「上供賦稅，下給俯仰」，否則一家人便難以維持生計。可見，江南人家的婦女已不再像傳統自然經濟條件

10　衣若蘭：《三姑六婆──明代婦女與社會的探索》，文中可見三姑六婆等婦女之活動，以及在這些變遷中所產生的種種作用，和其在明代社會中的地位與功能。

11　陳江：〈消費風尚和生活情趣〉，文中針對明代中後期的江南社會，探究「追新慕異中映現的社會變遷」。其書第二章〈血緣群體和民間社團〉中，則論及女性參與生產活動之養家的表現。參見氏著：《明代中後期的江南社會與社會生活》（上海：上海社會科學院出版社，2006 年），頁 124-157。

下的家庭婦女，主要從事照看兒女、煮飯燒菜、縫縫洗洗之類無足輕重的家庭內政，她們與男子一同承擔生活的重擔，她們的生產勞動成為家庭經濟來源中不可或缺的一部分。可見當時人對江南人家夫婦共同維持生計，以及婦女在家庭經濟中的重要地位，多有揭示。[12]由此強調當時婦女的生產成為家庭興衰的關鍵，其地位之舉足輕重，可想而知。[13]從其所引的文獻，可見這些女性實際參與相關織綿綢素絹，績苧麻黃草以成布匹，或養蠶可十筐，日成布可二匹等活動，對家庭收入助益甚大。

12　例如：顧炎武引華亭人顧清的話說：「農家最習勤以為常，至有終歲之勞，無一朝之餘。苟免公私之擾，則以自為幸，無怨憂者。婦女和饁餉外，耘穫車戽，率與男子共事。」又《松江府志》所載說：「百工眾技，與蘇杭等。若花米踴價，匹婦洗手而坐，則男子亦窘矣。」俱見顧炎武：《肇域志‧江南九‧松江府》。又如崇禎《吳縣誌》記載：「濱湖近山小民最力嗇，耕漁之外，男婦並工捆屨、辟麻、織布、織席、採石、造器營生。」崇禎《吳縣志》卷10〈風俗〉。王士性說：「農為歲計，天下所共也，惟湖以蠶。蠶月，夫婦不共榻，貧富徹夜搬宿攤桑。」見氏著：《廣志繹》卷4〈江南諸省〉。上述文獻俱見陳江：《明代中後期的江南社會與社會生活》，第二章，頁64-65。

13　陳江：〈血緣群體和民間社團〉文中舉出：明末桐鄉人張履祥說：「西鄉女工，大概織綿綢素絹，績苧麻黃草以成布匹；東鄉女工或雜農桑，或治紡織。若吾鄉女工，則以紡織木棉與養蠶作綿為主。隨其鄉土，各有資息，以佐其夫。女工勤者，其家必興，女工游惰，其家必落；正與男事相類。夫婦人所業，不過麻枲繭絲之屬，勤惰所系，似于家道甚微，然勤則百務俱興，惰則百務俱廢，故曰：家貧思賢妻，國亂思良相。資其輔佐，勢難相等也。且夫匹夫匹婦，男治田可十畝，女養蠶可十筐，日成布可二匹，或紡棉紗八兩，寧復憂饑寒乎？」張履祥：《補衣書》卷下。上述文獻俱見陳氏著：《明代中後期的江南社會與社會生活》，頁65。

　　其次，陳江認為江南婦女的勤儉操持是維持家庭正常生活，免除丈夫後顧之憂的重要保證。江南婦女的吃苦耐勞是遐邇聞名的，而江南的商賈常行商在外，士人好交友出遊，因此家庭事務多由主婦一手操持。徐渭記述名士陳鶴的生平時，特別表彰了其妻胡安人的相夫之功，「安人賢且才，率能給山人取。山人雖外豪宕，然事父母至抑畏，處諸弟若女兄弟至和愛。周貧乏不問有無，至於晏安無虛夜，調飲食，紉中服，皆時出新巧，安人無不佐之，隨事立辦。於是山人內成孝友，外益得肆其抱，以驚一世」。[14]亦可見江南婦女極為能幹賢慧，其相夫之功，更屬難能可貴。

　　綜上所言，陳江對於明代中後期女性經濟活動的看法：江南婦女以其經濟收入、辛勤操持和聰敏才智對家庭的維持，做出了極大貢獻，從而在一定程度上贏得丈夫的尊重。雖不能說當時的夫妻關係已有很大改變，但與此前及其他地區相較，明代中後期江

14　陳江：〈血緣群體和民間社團〉，引述徐渭〈陳山人墓表〉，載《明文海》卷434〈墓文六・文苑〉。見氏著：《明代中後期的江南社會與社會生活》，頁66。陳江在其書第二章〈血緣群體和民間社團〉中，又言及類似事例，在當時堪稱比比皆是，如見於《明清以來蘇州社會史碑刻集》所錄，〈夏君廷禮妻陸碩人墓誌銘〉載：「碩人綜理內政，辛勤晨暮，罔憚勞瘁，家益用饒，人謂廷禮有賢婦也」；〈范母朱碩人墓誌銘〉載「碩人姓朱，……長歸范君希遠，植生起事，相助之功居多。時希遠兄弟載登進士，宦游南北，無內顧之憂，蓋有賴也」。參見王國平、唐力行主編：《明清以來蘇州社會史碑刻集》（蘇州：蘇州大學出版社，1998年），頁45、50。上述文獻俱見陳氏著：《明代中後期的江南社會與社會生活》，頁68。

南婦女的家庭地位有所提高，應屬事實。[15]由其研究可見，江南地區因文教昌盛，生活水準相對較高，女孩在家中的地位也較其他地區稍高一些。這一狀況也反映了明代江南地區的家庭關係，確實已出現某些變化。儘管這些變化是細小和微妙的，但其意義卻是不可忽視的。[16]從陳江研究中可見，明代中後期江南婦女的家庭地位有所提高，實屬事實，當時女性已受到父母深愛，其與家庭關係，確實已出現某些變化，從這些文獻中，大抵呈現出女性經濟活動在晚明社會已是普遍現象，而女性經濟活動在家庭中也扮演了重要地位。

　　另從陳瑛珣在其書第二章〈明清契約文書中的婦女角色〉中，從明清婦女的入契及其地域性差別比較，以論其參加「經濟活動」情況比之前代有更進步的發展[17]。第三章更針對其契約中的女性業主買賣往來狀況，來說明女性之謀生方式。其中寫到「女性的私房錢：另類社會金融活動」、「經濟性合會：女性起會聚資」[18]等。來說明當時某些婦女藉由紡織所得購買田地，從事借貸業的過程。其經濟活動絕非單以紡織業為重心，活動範圍也非侷限於家庭裡面。從這些女性業主、女性中人、媒證，女性涉入的金錢放

15　陳江：〈血緣群體和民間社團〉，《明代中後期的江南社會與社會生活》，頁68。

16　陳江：〈血緣群體和民間社團〉，《明代中後期的江南社會與社會生活》，頁68。

17　陳瑛珣：〈明清契約文書中的婦女角色〉，《明清契約文書中的婦女經濟活動》，頁89-96。

18　陳瑛珣：《明清契約文書中的婦女經濟活動》，頁273-305。

貸行為與女性合會這類社會金融活動，並逐一說明女性與明清社會經濟活動關係緊密，卻又長時間被視而不見的經濟、金融活動力，將女性參與社會經濟活動片段從明清契約文書內的相關記載，抽絲剝繭後重新整合架構出來。[19]從這些婦女所展開的各種經濟行為中，更可說明她們已走向多元化的活動途徑。

另外，如吳秀華在〈明末清初小說戲曲中女性形象主體意識之表現〉亦指出：明末清初小說戲曲中女性主體意識的自覺具有多重原因。其中，在明清社會現實生活中，女性的經濟地位有一定程度的提高。經濟地位的提高，奠定了女性在家庭中較高的地位。而女性家庭地位的提高，必然對傳統的家庭倫理觀念帶來衝擊。正如某些人一再驚呼「綱紀頹墜」、「綱紀日以凌夷」等等，集中體現了經濟基礎對上層建築的決定作用。我們看到這一時期的女性參與社會經濟活動的廣泛性與普遍性，也說出女性並非只是「主內」管理家務而已，而是能「內外兼顧」的面對社會的變遷。[20]此

19　經由女性「經濟活動」的描述，使得我們認識中國婦女不為人知的一面，並發現婦女「柔順賢淑」之外的另一種特質，同時也發掘了中國婦女在倫理道德之外的另類能力。如陳瑛珣《明清契約文書中的婦女經濟活動》一書中，也指出研究中國婦女的相關論文，多半由傳統倫理道德的角度去剖析，卻忽略了中國婦女在男尊女卑的傳統之下，仍然可以獨撐一片天。她說：「父權至上的中國社會，單就立法上來看，婦女可以說是沒有發言權的弱勢族群；但就社會現況來說，婦女特有的細心、敏感、自我保護的生存本能，一旦得以充分發揮，不見得全然是扮演弱者的角色，女性涉及社會經濟相關活動，史上亦有例可循。」頁93。

20　吳秀華：〈明末清初小說戲曲中女性形象主體意識之表現〉，《明末清初小說戲曲中的女性形象研究》，頁33-34。文中所引方志史料，諸如「吳

外，有關明清女性參與經濟活動相關文獻參考，可參見本文附表二。

　　蒲松齡在《聊齋誌異》中，何以要藉由女性的經濟活動來寄寓其深沉感受？且其何以要用「善經濟」的女性面對生活與社會存在的問題，做為其小說舖陳的依據？從本書第四單元中有關女性理想典型，大抵可見其是要回應傳統兩性關係的社會中，原本在「男主外，女主內」，男子要扛起生計，然而筆下的男子卻無能去對抗，反而藉由能幹的女性來彌補此一家庭分工結構崩解之社會現象。如〈小二〉所呈現女性經營工廠之餘，又能備荒、救濟鄉民之義舉；其他如〈細柳〉、〈小梅〉、〈黃英〉、〈青梅〉等篇章的婦女，她們的「主政」能力及其持家養子的職責，皆深受到蒲松齡的稱許。另外，最值得討論的是從悍婦轉為賢婦的類型，如〈仇大娘〉、〈江城〉、〈呂無病〉之王氏、〈雲蘿公主〉之郭氏與謝氏等，都可從「經濟活動」中看出她們興家樂業的意義。

　　因此，本文將就《聊齋誌異》女性如何融入世情，又深化情意生命的獨立意涵，探討女性經濟活動的參與，在明清之際的社會史和女性生活史的深層意義。同時也要藉由《聊齋誌異》的研析，提出有別於傳統既定思維的觀察視域，來回應明清之際女性參與經濟活動所展現之多元化的生命價值意涵。

　　農治田，男女效力」、「茜涇鎮以蒲鞋著。數里內，鄉民夫婦窮日夜細織。合郡男婦皆以做襪為生，從店中給籌取值」等。

二、《聊齋誌異》中女性從事「經濟活動」之類型

　　在本單元進行分析前，對於相關的研究成果，先做一些說明：例如衣若蘭在〈史學與性別：《明史·列女傳》與明代女性史之建構〉一文中指出：官私史集包含各式明史和地方志書，這一類書籍所收錄的婦女傳記，在對象的選擇上，以貞節烈婦爲主，教化社會爲其主要目的，在敘述上多半強調這些婦女勤苦持家、善事女工的一面，著重的是傳統婦德的宣揚，其婦女所從事的經濟活動多以紡織業爲主，或略而不述，隱含著對於「男耕女織」此一經濟上的性別分工的理想。[21]道出女性自古以來大抵從事「主內」的常態活動，「主外」之經濟活動則較闕如。[22]但隨著明代中葉社

21　衣若蘭：〈史學與性別：《明史·列女傳》與明代女性史之建構〉一文中，探究作爲正史的《明史》一書，編纂者在寫作〈列女傳〉時，有別於前此各代的正史，在傳主的挑選上，以平民婦女爲主，且集中於有關節烈事蹟的描述。這種現象的出現，是與明代文人對於女性傳記的撰述在數量上、種類上均有所增加關係密切。明代文人對於女性傳記的寫作，就傳主的社會身份而言，從親朋好友家中女性尊長，擴展至名妓、僕婦、鄉里間德行可述的婦女等，更大幅度的投射出明代各階層婦女的生活。頁 8-10。

22　在《史記·貨殖列傳》中，有關「女性經濟活動」從業者之敘述，如「寡婦清」之事蹟，此爲特例，這則記載具有兩重意義：一是因爲她是以管理者身份，負責家族產業經營，管理只有男人才能做的礦產工作；二是她雖是寡婦，卻以守節來營治產業持家，因而受到世人肯定。一般而言，婦女的活動自古以來就是以「女主中饋」來操持日常工作，不但正史方志不會記載，也不受古代文人重視。詳參《史記·貨殖列傳》（北京：中華書局，1982 年），卷 129，頁 3260。至於《十通》中的《續三通》和《清朝三

會經濟的繁榮趨勢,經營生計買賣活動頻繁,《三言》文本中已對商人的地位肯定[23];對女性商業經營者有所讚嘆,如〈李秀卿義結黃貞女〉之黃善聰,而描述女性管家治家能手,如〈蔡瑞虹忍辱報仇〉之蔡瑞虹等。至於其他研究女性經濟活動議題的成果,更呈現出明清社會中的庶民經濟面向。

如前所述,在《聊齋誌異》近五百篇文本中,涉及商人共 80 餘篇,其中描寫女性經濟活動方面,包括:生產、交換、分配、消費等篇章亦 80 餘篇,展現出女性多元的面向。因此如果只就蒲松齡對社會現象的觀察、關懷,他要寫「孤憤」時所投射對婦女形象的書寫,這只是表象的問題而已,從上述「善經濟」的女性資料來看,這並非個人因素,到底是明清文人書信、筆記小說、文獻史料等豐富的女性記載中,或是女性在明清社會文化、經濟活動的多元參與?讓蒲松齡要表「孤憤」時,這些女性可以當作書寫的元素?納入經濟活動中作觀察,可以從社會史、家庭史、區域經濟史等家庭史方面:具有「善經濟」的女性,在家庭中身份是妻、妾、朋友?社會史方面:基本上是甚麼階級的家庭,為甚麼這些

通》,其內容以明清兩代的典章制度為主,其中的〈食貨〉專記國家的各種經濟政策,包含田制、賦稅、戶口、均輸、錢幣等相關規定,對於民間經濟活動隻字未提。當然,婦女經濟活動也付之闕如。

23 黃仁宇:〈從《三言》看晚明商人〉,文中指出:《三言》非歷史著作,但其所包括中國十六、十七世紀間社會史及經濟史之資料豐碩。吾人以其所敘述與其他資料暨歷史背景對照,發覺其所提供商人生活及商業組織之情況大都確切,且其敘述綿密,可以補助較正式堂皇歷史資料之不足。詳氏著:《放寬歷史的視界》(臺北:允晨文化事業公司,1988 年),頁36-37。

「善經濟」的女性具有這樣的能力，被蒲松齡書寫進去？區域經濟史方面：山東、江南等地區在文本內皆曾觸及。然而本文受限制篇幅，僅能首要關懷女性與經濟活動，藉此議題或能提供明清女性的社會史和生活史意義等研究視野的參考。

　　至於小說文本中所書寫的女性承擔生計者，約有二十餘篇，大致又可分為三種型態：第一是從事紉織者，第二是開設工廠、經營菊藝者，以〈小二〉、〈黃英〉為代表；第三是善經營者，以〈細柳〉為代表，詳參附表。從這三種經濟活動的行為來看，有關開設工廠、經營菊藝者，與傳統女性「主內」、「女織」等有明顯不同。茲分述如下：

（一）從事紉織業，維持家計，養家育子者

　　從事紉織業，維持家計，養家育子者，首先，如〈喬女〉一篇中的醜婦喬女，丈夫早逝，幼子熬熬代哺，貧苦無依，親母亦不相助。故除了以紡紗織布養家育子外，並能撫育知己孟生之子以及為其延師教讀，讓兩個幼子皆能有成就表現。其次，在其他從事紡織工作者：如〈辛十四娘〉中的辛十四娘「為人勤儉灑脫，日以紝織為事……又時出金帛作生計。日有贏餘，輒投撲滿」[24]。她依靠紡紗織布，出資營商，獲利後將錢存在小儲錢罐裡，除了化解家庭困境之外，又能持續經營事業，改善家庭狀況。〈鴉頭〉一文中，鴉頭跟隨王文脫離苦海後，租屋而居，「家徒四壁」，窮困難當。鴉頭遂讓王文在門前設小肆，賣酒販漿。自己「作披肩，刺

24　《聊齋誌異》，卷四〈辛十四娘〉，頁542。

荷囊，日獲贏餘，飲膳甚優。積年餘，漸能蓄婢媼」。[25]這一類女
性都可以看出《聊齋誌異》女性在承擔生計之「經濟活動」中，從
事紉織、刺繡業，來維持家計，養家育子。而且這一類型之女子
在面對生活努力時，也能具體改善自己的遭遇，從其經濟活動的
行爲中，讓我們看到女性的決心與毅力，這是《聊齋誌異》女性讓
人動容之處。

（二）經營琉璃工廠，養家救貧者

經營琉璃工廠，養家救貧者，在《聊齋誌異》文本中，所側重
之女子在外經營持生維持家計，或開設工廠的描述，亦非要成爲
女強人，而是爲了幫助丈夫，其中顯示女性自我實現部分，超越
困境，展現女性承擔生計的多元面向。例如：〈小二〉篇中的小二
與其夫丁紫陌在益都西部開設琉璃廠，「女爲人靈巧，善居積，經
紀過於男子。嘗開設琉璃廠，每進工人而指點之，一切棋燈，其
奇式幻采，諸肆莫能及，以故直昂得速售。居數年，財益稱
雄」。[26]可見小二通過自己的智慧才能和辛勤勞動，成就了一番事
業，並非要對抗「男耕女織」，或對抗男性。並可見在當時社會結
構處在「男尊女卑」的制度底下，女性透過經濟活動的具體表現，
展現自己的力量之外，也具有「自我實現」的價值意義。

25　《聊齋誌異》，卷五〈鴉頭〉，頁 602。
26　《聊齋誌異》，卷三〈小二〉，頁 381。

（三）經營菊藝，改善生計者

經營菊藝耘植，改善生計者，如〈黃英〉為能改善生活，種植特種菊花致富，丈夫甚為反對以菊花為賺錢的工具，引以為恥。黃英與弟弟陶生從貧無立椎之地，到本著「自食其力不為貪，販花為業不為俗。人固不可苟求富，然亦不必務求貧也」[27]的思想，共同藝菊為生，「一年增舍，二年起夏屋……漸而舊日花畦，盡為廊舍。更於牆外買田一區，築墻四周，悉種菊」。[28]陶生赴外賣菊，黃英在家「課僕種菊，一如陶。得金益合商賈，村外治膏田二十頃，甲第益壯」。[29]黃英藝菊獲利後，購買良田兩千畝，修蓋起了「連垣」的樓宇，從經濟改善家境，實現持生自立能力，卻非要欺壓對抗丈夫。從黃英藝菊，終能化解家中的困境，此一善於經營、懂管理的女子，其經濟上具有經營謀略和指揮才能，確實具有追求自主的應世智慧。

（四）其他善於經營，維持家計者

其他善於經營，維持家計者，如〈細柳〉、〈小梅〉、〈雲蘿公主〉、〈仇大娘〉等，在〈細柳〉一文中，細柳嫁給高生後，並未屈服於命運的安排，努力主動的學習經營「主外」之業，「於女紅疏略，常不留意；而於畝之東南，稅之多寡，按籍而問，惟恐

27　《聊齋誌異》，卷十一〈黃英〉，頁 1447。

28　《聊齋誌異》，卷十一〈黃英〉，頁 1447。

29　《聊齋誌異》，卷十一〈黃英〉，頁 1452。

不詳。」*30*，並且「晨興夜寢，經紀彌勤。每先一年，即儲來歲之賦，以故終歲未嘗見催租者一至其門；又以此法計衣食，由此用度益紓」。表現出「人定勝天」的志向，主動要擔負起家庭重擔。細柳經紀彌勤，儲積來歲之賦，家中用度得獲紓解，家庭內外治理有方，終讓催租者從此不再登門。然而丈夫死後，她以寡婦身份獨立撐家、承擔生計之外，更難能可貴的是，在撫育兩子走上正途方面。從細柳能做到「不引嫌，不辭謗」來承擔生計、養家育子看來，其表現出的女性生存意識，有著堅毅不拔的處世智慧，發揮出無限的力量，更能創造出家族和諧的人倫禮序。此外，在〈小梅〉一篇中，小梅對於經濟活動表現出「終日經紀內外」，「井井有條」。*31*以此家中「百廢待舉。數年中，田地連阡，倉廩萬石矣」。當王家遭遇大難，急遽敗落之際，小梅再度展現應變果斷能力，終能為王生保產保家。其中緣由只因為王慕貞有恩於小梅之母，小梅才嫁王慕貞為繼室。但小梅並非貪求享樂，而是終日經濟內外，使王家百廢俱舉，數年間，田地連阡，倉廩萬石，家中頑奴鈍婢無不樂於奉命，最重要的是，能預知其家將有大禍降臨，故已預作安排。小梅表現出保子保產之心，此處更看出其內外兼顧之持家護家能力。

其他如〈仇大娘〉中之仇大娘，在面對母家遭人陷害，卻不畏強暴，敢於鬥爭。她是在繼母被害臥床，仇福人財兩空的家境破舊的情況下回到仇家的。但仇大娘並未安於現狀，而是積極投狀、

30　《聊齋誌異》，卷七〈細柳〉，頁 1019-1020。
31　《聊齋誌異》，卷九〈小梅〉，頁 1212。

訴訟「力陳孤苦，及諸惡局騙之狀，情詞慷慨」。[32]終於使壞人遭受拷打，「故產盡反」。她在娘家住下亦非圖產享樂，而是使惡人不敢侵犯，扭轉家境。此從仇祿再度被害充軍關外，其田產都被官府沒收時，她「執析產書，銳身告理」，終能保留新增的良田若干頃，即可看出她有見識，表現出勇於告官爭回家產，善於處事的應世智慧。由於她能善經營理家，不但「養母教弟，內外有條」，且多年經營管理，「第宅亦頗完好」。實可稱得上是位內外兼顧之女英豪。

　　綜上所述，蒲松齡對於女性從事紉織者，不管是開設工廠、經營菊藝者，或為善經營者等類型的表現，都給予極為肯定之評價，其中雖指出開設工廠、經營菊藝者，與傳統女性「主內」、「女織」有所不同，但對於她們能善持家、經營有道，又能無怨無悔的付出以回應困境，都賦予極高肯定。因此，我們合理的推論，從《聊齋誌異》所涉及經營生計活動的敘述，以及與女性「經濟活動」有關的篇章甚多，其關懷論述應與蒲松齡的人生課題——「貧窮與舉業」有關，從其詩集中可見，蒲松齡自壯年至老年，不論他居家讀書或長年設帳在外，甚至告老撤帳返鄉，都如〈四十〉詩中呈現「貧因荒益累，愁與病相循」的景象。[33]在他貧荒愁病的一生中，女性到底扮演著何種角色呢？從現實面來探討，蒲松齡的妻子是他書寫女性的典範來源嗎？從蒲松齡個人處境而言，妻子劉氏可說

32　《聊齋誌異》。卷十〈仇大娘〉，頁1394。

33　參見陳葆文：〈癡狂士人類型之原型——蒲松齡析論〉，《聊齋誌異癡狂士人類型析論》，頁27-87。

是支持家庭養育子女的重要支柱，也可以看出其「內外兼顧」的賢妻良母形象，在蒲松齡生命中之重要性。在其所撰文章中對於女性的稱頌，雖強調的是「溫謹樸訥寡言」的閨訓，遵守順從慈孝爲本，成爲一個稱職的賢內助，如〈述劉氏行實〉中追念、感懷其妻劉氏爲蒲家負起家計、辛勤育子教子。但文中也透露出劉氏在「松齡歲歲遊學，劉氏薙荊榛……雖固貧寂守，然不肯廢兒讀」的堅強一面：

> 入門最溫謹，樸訥寡言，不及諸宛若慧黠，亦不似他者與姑悖譓也……（處士公）乃析箸授田二十畝。時歲歉，菽五斗、粟三斗。雜器具，皆棄朽敗，爭完好；而劉氏默若癡。……松齡歲歲遊學，劉氏薙荊榛，覓傭做堵，假伯兄一白板扉，大如掌，聊分內外；出逢入者，則避扉後，俟入之乃出。……雖固貧寂守，然不肯廢兒讀。34

然而一般論及有關蒲松齡對情與禮之關係的闡述，大抵從其文集來看他與其母的密切關係35，或經由他稱許妻子劉氏支持家庭的重要

---

34 〔清〕蒲松齡：〈述劉氏行實〉，《聊齋文集》，頁301-303。

35 由蒲松齡〈述劉氏行實〉中可知蒲松齡母董氏最憐其妻劉氏，此乃蒲松齡所感念者。又據蒲氏〈柳泉公行述〉，蒲松齡亦於四兄弟中事母最孝，董氏病篤之際，惟蒲松齡「扶持保抱，獨任其勞，四十餘日，衣不一解，目不一瞑；兩伯一叔，惟晨昏定省而已」參見蒲松齡著、盛偉編：《蒲松齡全集‧雜著》，頁217。

性[36]，來探析蒲松齡對情與禮的特殊觀點。就此僅從其對女性的稱頌，如謹守閨訓，如順從慈孝之根本的敘述來看，而認為其筆下的女性還是以依附丈夫為職。但從其〈述劉氏行實〉文中，其實可看出蒲松齡長年在外，若非其妻的擔負家計、照顧長輩、養兒育女挑起所有重擔，以及對他的體諒、包容、信任，恐怕很難讓他無後顧之憂而能發揮所學的。

　　從上述所論，可見他在小說文本中所書寫的經濟活動行為，何以並非只是單純寫出女性所擔負起家庭之工作而已，而是表現出內外兼顧者為多。如〈黃英〉、〈小二〉、〈農婦〉、〈小梅〉、〈細柳〉等文中女子，不僅描寫「主外」工作，其背後所要呈現的意涵，似乎與自己在外設帳為業四十七年的處境有關，也隱含著如果沒有妻子劉氏以「紡績」貼補家用，兼顧主外之事，自己一家食口眾多，不知如何度日。因此，小說從兩性關係互動中，既肯定女性角色在家庭生產之意義，也關懷了女性守家育子的不易。由此可知，如果是在社會安康和樂的時代，蒲松齡當然希望一般家庭的分工，亦能如他在《農桑經》序中所言「居家要務，外惟農而內惟蠶[37]」。即說出傳統社會的家庭分工模式是男主外而女主內。

36　蒲松齡〈述劉氏行實〉中述及其分家後之生活窘境，食指繁浩，幸賴其妻劉氏辛苦持家、更適時扮演勸諫點醒蒲松齡科舉夢之諫友，可以看出其賢妻良母形象在蒲松齡生命中之重要性。見《聊齋文集》，頁301-303。

37　《蒲松齡全集・雜著》《農桑經》序，頁247。另於《家政內編》序中「陶朱居室，亦資蠶黛之人；西伯行仁，尤須桑蠶之婦」等針對女性掌內之重要性之論說，然而所載內容已亡佚，文中在〈書齋雅制〉則以記筆墨硯印以至於裝潢等諸多室內之事。《蒲松齡全集・雜著》，頁217。

清楚點出男子負責務農養家，女子原本只要在家中盡養蠶，負責
「主內」的料理家務，然而從蒲松齡在小說文本之所以創造承擔生
計「主外」的理想女性，實有其親身經歷、深刻感受以及寄寓之所
在。

　　因此，讓我們注意到《聊齋誌異》中對女人在家中主政的狀況，
有甚多的描述，如：〈小梅〉：「女腆然出，竟登北堂。王使婢爲
設席南嚮。王先拜，女亦答拜；下而長幼卑賤，以次伏叩。」[38]〈小
二〉：「女督課婢僕嚴，食指數百無冗口。暇輒與丁烹茗著棋，或
觀書史爲樂。錢穀出入，以及婢僕，凡五日一課。女自持籌，丁
爲之點籍唱名數焉。」[39]〈呂無病〉：「既而課工，惰者鞭撻不貸，
衆始懼之。又垂簾課主計僕，綜理微密。孫乃大喜，使兒及妾，
皆朝見之。」[40]〈柳生〉：「女持家逾於男子。擇醇篤者授以資本，
而均其息。每諸商會計於簷下，女垂簾聽之；盤中誤下一珠，輒指
其訛。內外無敢欺。數年，夥商盈百，家數十巨萬矣。」[41]另外，
在〈雲蘿公主〉的異史氏曰中，更道出：

> 章丘李孝廉……夫人閉置一室，投書滿案。以長繩繫榻足，
> 引其端自櫺內出，貫以巨鈴，繫諸廚下。凡有所需，則躡繩，
> 繩動鈴響，則應之。夫人躬設典肆，垂簾納物而估其直；左
> 持籌，右握管，老僕供奔走而已；由此居積致富。每恥不及

38　《聊齋誌異》，卷九〈小梅〉，頁 1211-1212。

39　《聊齋誌異》，卷三〈小二〉，頁 381。

40　《聊齋誌異》，卷八〈呂無病〉，頁 1117。

41　《聊齋誌異》，卷七〈柳生〉，頁 974。

> 諸姒貴。錮閉三年，而孝廉捷。喜曰：「三卯兩成，吾以汝
> 為鰕矣，今亦爾耶？」[42]

又如：

> 耿進士崧生，亦章丘人。夫人每以績火佐讀：績者不輟，讀
> 者不敢息也。或朋舊相詣，輒竊聽之：論文則瀹茗作黍；若
> 恣諧謔，則惡聲逐客矣。每試得平等，不敢入室門；超等，
> 始笑迎之。設帳得金，悉內獻，絲毫不敢隱匿。故東主饋遺，
> 恆面較錙銖。人或非笑之，而不知其銷算良難也。[43]

從以上異史氏記載指出現實社會中，善持家的妻子對待放蕩丈夫，
不但嚴禁其外出，更用作生意的態度來經營，終能幫助丈夫考取科
舉。然而這些善經濟的女性所擔負「內外兼顧」的背後辛酸，世上
又有幾人能體會而予以肯定呢？因此從《聊齋誌異》中所創造女性
要扛起一家生計，以及女性在現實面中的存在經驗而言，可觀察到
女性特殊處境：為生存、要活下去，透過經濟活動，透過克服困境，
所表現出女性對家庭的責任意識，其實是蒲松齡要稱揚歌頌的。

　　所以在《聊齋誌異》小說中對於婦女販賣經營行為較為具體的
記載，大約三十餘篇，其他有關消費與出資周濟等文本亦有四十
篇左右。值得探討的是，對於婦女之所有善經營積攢的本領，其

42　《聊齋誌異》，卷九〈雲蘿公主〉，頁1273-1274。

43　《聊齋誌異》，卷九〈雲蘿公主〉，頁1275。

原因大抵如下：

其一，是丈夫早逝：如〈喬女〉、〈細柳〉等養家育子。喬女的丈夫早逝，幼子嗷嗷代哺，貧苦無依，親母亦不相助。故以紡紗織布持家養子，最難得的是，對於肯定其德的知己，不僅能教養其子，也能善管其家產。細柳也是因爲丈夫早逝，獨自扶養前室子與親子，不但讓家業蒸蒸日上，又能針對其二子才性來教育之，終使二子一富一貴，實踐守護人倫禮序之責任。

其二，是丈夫無能、無賴：前者如〈阿寶〉孫子楚「癡於書，不知理家人生業」，阿寶勤儉持家，「善居積，亦不以他事累生，居三年，家益富」。後者在〈雲蘿公主〉中之郭氏，從一悍婦獨自養家育子，又能對治好賭無賴的丈夫。

其三，是丈夫出遊：如游幕[44]、求道、考科舉等，此在〈雲蘿公主〉中之謝氏，其開設當舖撐家，嚴管逃家三年的丈夫，而能考上科舉。在〈白于玉〉中之葛女讓吳青庵無後顧之憂地入道成仙，自己則心甘情願地撫養吳生與仙女所生之子，在「內外兼顧」之下，亦使吳生之子考取科考。又如〈青梅〉、〈胡四娘〉等篇之女性資助丈夫出外參加科考。

其四，是家庭有難：〈鴉頭〉、〈小梅〉、〈張鴻漸〉中之方氏、〈仇大娘〉、〈小二〉、〈辛十四娘〉等，其中小二以法術取得資產，縣官貪其富，污陷其夫入獄。〈張鴻漸〉中張鴻漸被誣陷逃亡在外，妻子方氏賢能有見識，養家育子十幾年，其子考上科舉終能

---

44 楊海儒：〈蒲松齡游幕高（郵）寶（應）的媒介人物探析〉，《蒲松齡研究》2005 年第 4 期。

洗刷冤情。〈仇大娘〉中仇大娘面對母家的遭人陷害,不畏強暴,敢於鬥爭。其多年經營管理,「第宅亦頗完好」,善於處事,使破碎的家園重新凝聚,促成一家感情和諧團聚。

由此大抵可知,從《聊齋誌異》中所塑造出之女性理想類型,已如本書第四單元所論:主要是以有情有義、無怨無悔的女性來幫助男性化解困境,甚至完全承擔「主外」的家庭生計。女性除了解決家中養育幼子、奉養長輩之外,女性亦能在當時社會結構制度底下,也有自我實現之機會,體現出美善合一的「人格美」,同時女性亦能超越困境而展現女性生命參與社會的多元面向。其中亦呈現「善經濟」主政的女性。[45]有關女性的主政所呈現「父系而母權」之現象:「家庭中,本來男尊女卑,父親在家中是家長,有其權威地位,但因父親經常出遊(遊學、遊幕)如蒲松齡本人,家長這個位置遂由母親取代了,形成了父系而母權的局面,文人又不善治生,家計須賴妻子經營,經濟權因此也歸了主母。」[46]此一「女性主政」的現象極為特別,也極為重要,亦可見於《聊齋誌異》中的其他文本。這是蒲松齡長期生活在社會底層的體驗與關懷,實有深入探究的必要。

此外,蒲松齡在《聊齋誌異》和其他作品中,受到當時社會的許多影響,其地域包含原生地山東地區和主要遊歷的江南一帶,

45　參本書第四單元,頁 153-184。

46　龔鵬程:〈文人的世俗生活:以《聊齋誌異》來觀察〉,《中國小說史論》,頁 301-302。其文中從「三重宰制下的世俗生活」觀察,特別指出明清文人受到三重宰制:其一、受科舉桎梏,其二、受悍妒婦桎梏,其三、受經濟困窘桎梏。

反應於作品裡有關婦女經濟活動的論述，其中女性能備荒、救濟鄉民之義舉者，有關山東饑荒導致人相食的史料，可參考徐泓之研究。[47]茲摘錄區分如下：

首先，山東地區在明清之際有許多天災發生，這些天災除了帶來民眾生命財產的損失外，往往也伴隨疾病和飢荒的發生。以明萬曆四十三、四年的山東地區爆發的飢荒為例，當時甚至發生人相食的慘狀，丁懋遜《重修霑化縣志》：「至乙卯（萬曆43年，1615）、丙辰（萬曆44年，1616）歲災，更異矣！百里如焚，芽苗不生；齧木皮，茹草根，盡，則割人為食。」而在康熙末年，山東又遭逢一場持續三年之久的災荒，蒲松齡面臨這場天災，力求官府能伸出援手救濟百姓，在他的〈救荒急策上布政司〉一文中，提到當時的災民沿街乞討，暴屍荒野，甚至「人相食」的慘況，希望能促使地方官員賑濟災民。上書未果後，他仍持續關心這場天災的情形，有一系列紀錄災荒的作品誕生，如〈淫雨之後繼以大旱，七夕得家書作〉、〈餓人〉、〈流民〉、〈憂荒〉等。為避免這種因天災而生的慘劇再現，蒲松齡於其著作中不斷指出備荒的重要性。特別在《聊齋誌異》的篇章〈小二〉呈現女性經營工廠之餘，又能備荒、救濟鄉民之義舉。[48]

---

47 徐泓：〈介紹幾則萬曆四十三、四年山東饑荒導致人相食的史料〉，《明代研究通訊》第6期（2003年12月），頁143-149。

48 部分婦女基於家學淵源等緣故，憑藉其專業知識，或是養家活口，或是救濟鄉里，例如明代魏驥在〈徐賢母傳〉中提到徐氏為醫學教授之女，精通諸醫方論，對於上門求醫者，無論貴賤貧富，均悉心診治，所救治者達百

　　其次，《聊齋誌異》有多處提到悍婦，這種關於悍婦的書寫，是因為當時的婦女可憑藉紡織等方式賺取金錢[49]，或是依靠嫁妝，成為提供家庭經濟來源的一員。由於婦女經濟能力的佔有重要地位，使得其於家中地位也隨之上升，因而對於家中事物的影響力也逐漸提升，甚至有凌駕於丈夫的情形。此從蒲松齡的故事中，有關從悍婦轉為賢婦的類型，可以相互觀察，如：〈江城〉、〈呂無病〉、〈夜叉國〉等。從〈江城〉異史氏曰：「人生業果，飲啄必報，而惟果報之在房中者，如附骨之疽，其毒尤慘。每見天下賢婦十之一，悍婦十之九，亦以見人世之能修善業者少也。觀自在願力宏大，何不將盂中水灑大千世界也？」[50]以及〈夜叉國〉中異史氏曰：「夜叉夫人，亦所罕聞，然細思之而不罕也。家家床頭有個夜叉在。」[51]有關「悍婦」是指其脾氣、個性悍，或是因為要反抗不合理制度不得不悍，面對無賴夫婿不得不悍？其行為違反禮教規範，對抗傳統，有時是面對生活困境要活下去，此點很重

人。凡此種種，皆顯示當時婦女所從事的經濟行為相當多元化，且動機不一的情形。

49　明清江南地區紡織業的發達，婦女成了家庭主要勞動者，這對夫亡故或丈夫因經商、仕官或避禍遠走他鄉的家庭來說，是一種正面的助力。婦女藉著績紡可以上供賦稅，下給撫養。當時因紡織工具的改良，而有以催婦織績的小型織坊，婦女除了在家紡績之外，亦可受催至織坊，論件計酬。不但有專催織婦的工作坊，明代還出現了專門代工的婦女。據高世瑜《中國古代婦女生活》書中所言：明代有婦女專以製鞋、製襪為業，甚至有婦女專靠做肚兜賺錢。

50　《聊齋誌異》，卷六〈江城〉，頁863。

51　《聊齋誌異》，卷三〈夜叉國〉，頁353。

要。家中男人無工作能力，或一心考科舉。如〈雲蘿公主〉中之郭氏，以一悍婦對治好賭無賴的丈夫。「婦持籌握算，日致豐盈，可棄仰成而已。」[52]此外，在異史氏曰中，指出謝氏開設當舖致富，同時嚴管逃家三年的丈夫在旁讀書，終於考上科舉。由此從「經濟活動」中可看出女性不僅具有興家樂業的意義，更可看出女性具有主政、「善居積」的能力，亦非要一味反抗男性，反而可看出某些「悍婦」是爲「持家育子」而對抗無賴丈夫，不得不悍。至於從悍婦轉爲賢婦的經營持家中，更可看出《聊齋誌異》一書創造「善經濟」的理想女性典型，來關懷社會民生之用心。

再者，因爲明清時期的男性爲了謀生、科考、仕宦等緣故，必須長期在外遊歷，在此情況下，婦女必須擔負起家庭大小事務。甚至獨立支撐家計，以供養長上，協助家中男性進行科舉。蒲松齡身爲一名科舉不遂的文人，長期在外遊歷，對於這些獨立支撐家庭的婦女多所讚揚，反映在《聊齋誌異》的篇章有〈阿寶〉、〈張鴻漸〉、〈青梅〉、〈胡四娘〉等。

從上述文本所言可知，蒲松齡對於女性從事紡織者，不管是開設工廠、經營菊藝者，或爲善經營者等類型的表現，都給予不同評價，也指出有關開設工廠、經營菊藝者，與傳統女性「主內」、「女織」雖有所不同，但對於她們能善持家、無怨無悔的付出，都賦予極高肯定。然而現有研究者中對於〈喬女〉、〈小二〉、〈黃英〉等則有爭議的看法。對於〈喬女〉只就其「不事二夫」的肯定，但並未從蒲松齡在「異史氏曰」認爲其中最可貴的是，她爲

52　《聊齋誌異》，卷九〈雲蘿公主〉，頁1273。

已死的「知己」孟生不惜興訟爭產，無怨無悔代他養家育子，表現出烈男子「知己之情，許之以身」的勇氣，以及喬女有其「性情自覺」的主體選擇，表現出「至情」精神之可貴。

就如郝艷芳、劉娟在〈淺析〈小二〉與〈黃英〉中的女性形象〉一文，對〈小二〉、〈黃英〉則認為：《聊齋誌異》中的「異史氏曰」是其「思想之升華，但它美玉中時露瓦礫，鮮花間常現莠草」。如「二所為殆天授，非人力也」，蒲松齡把小二的聰明才智，善經營懂管理的能力歸結為「天授」，沒有正視女性的自身才能。又把小二所取得的成就與幸福生活，統統歸結於丁紫陌所引導，這對於小二乃至整個女性群體來說，是極為不公的。黃英課僕種菊，自強自立，尊重丈夫而不一味屈從，婚姻似乎已不能成為綑綁她的枷鎖。後來卻依然「遵馬教，閉門不復業菊」。這是對馬子才的妥協，也是對現實社會的妥協，她終究逃脫不了封建社會「相夫教子」的人生信條。作為花之精靈尚且如此，何況現實社會中的普通人呢？這不能不引起我們深深地思索。[53]然而本文透過〈小二〉、〈黃英〉、〈細柳〉、〈喬女〉、〈小梅〉的「經濟活動」來看《聊齋誌異》女性的表現時，她們或任勞任怨，或做賢妻良母，或養家致富，或勇於告官，或善於經營事業等，都展現女性「性別越位」之能力，可知其在父權社會中，是一股穩定社會與家庭生活的強大力量。此一表現，誠如錢南秀在〈「列女」與「賢媛」：中國婦

---

[53] 郝艷芳、劉娟：〈淺析《小二》與《黃英》中的女性形象〉，《安徽文學》（下半月）2009 年第 3 期（2009 年 3 月），頁 165。

女傳記書寫的兩種傳統〉[54]所論述：《清史稿》所指婦女之「賢」乃縮小爲處理家事，是需要反思的。從《聊齋誌異》書寫的女性承擔生計者所表現之類型，大致可分爲三種型態中，即清楚對比出明清女性在家庭與社會生活中，並非只是處理家事，亦非執守「三從四德」而已，而是能擔負「內外兼顧」之職，並朗現其多元價值意涵。

三、《聊齋誌異》中「善經濟」之女性所對應的社會現象

　　從上述之類型分析可看出，蒲松齡筆下「善經濟」之女性所對應的社會現象的特質，這樣的特質所要對應的社會現象，正是蒲松齡所關切的存在問題。一般研究者大抵視《聊齋誌異》爲「孤憤之書」，強調其「恨世之情」、「憤世之意」。如：吳秀華在〈明末清初小說家的孤憤心理與女性形象模式〉一文，針對明末清初小說家何以會產生孤憤心理立論，並從其時代的女性形象做爲觀察對象，將女性處境的難題，深刻地揭示出來。[55]她大致仍沿著前人研究的方向，進一步深入發掘蒲松齡「孤憤」心態的社會學、倫理學價值，認爲這是蒲松齡在科舉道路上艱難窒礙所發的滿腔悲憤，由此對封建黑暗政治發出強烈義憤；或呈現封建禮教束縛

54　錢南秀：〈「列女」與「賢媛」：中國婦女傳記書寫的兩種傳統〉，《重讀中國女性生命故事》（臺北：五南圖書出版公司，2011 年），頁 94-99。
55　吳秀華：《明末清初小說戲曲中的女性形象研究》，頁 39-41。

下，無數青年男女之怨憤，然而《聊齋誌異》中的女性卻要堅強的負起養家育子的任務，努力排難解紛，展現「女主外」的能力。其實「世情如鬼」也是《聊齋誌異》中女性所處的社會問題之一，蒲松齡在〈與韓刺史樾一書〉中說：「唯思世無知己，則頓足欲罵；感於民情，則愴惻欲泣。」⁵⁶這表明《聊齋誌異》審美情感的純眞性，來自作者的磊塊之憂、疾世之憤。

然而這種純眞情感，一再表示：「生無逢世才，一拙心所安。我自有故步，無須學邯鄲。」「何況世態原無定，安能俯仰隨人爲悲歡！」⁵⁷蒲松齡的孤憤，是他自己用整個身心去感受現實生活而產生的。他發自肺腑，不平則鳴，既非矯揉造作，也無掩飾遮瞞。⁵⁸正因爲在現實強烈感受社會黑暗、生命扭曲，他卻無法實現治事救世之志，也無法在家庭中負起養家教子之責任，他將如何化解此一困境？蒲松齡何以要在《聊齋誌異》中藉由女性從事經濟活動來寄其深沉感受？蒲松齡以「善經濟」的女性所要面對的社會現象，原本在兩性關係的社會中，「男主外，女主內」，男子要扛起生計，然而其筆下的男子卻無能對抗，反而藉由能幹的女性來彌補此一家庭分工結構崩解之社會現象。

就此，以下本文將從（一）科舉桎梏，賢婦被迫擔負生計、養家育子；（二）政治黑暗，賢婦勇於面對強權、獨立持家；（三）

56　見《蒲松齡全集》第一冊，頁134。

57　見《蒲松齡全集》第2冊，頁582。

58　吳九成：《聊齋美學》，頁53-58。

世風沉墮，女性逐漸經濟獨立、自主意識抬頭等三個面向，來談
蒲松齡筆下「善經濟」之女性所對應的社會現象：

（一）科舉桎梏，賢婦被迫擔負生計、養家育子

　　中國自古以來，便不乏儒俠、文人自比女性的作品與心態的傳
統，特別是當面臨時代巨變，儒俠、文人難以在外王或理想上發揮，
需要知音與自我安慰時，這種互涉就更明顯。[59]由此以觀蒲松齡站
在女性立場（處境）來進行經濟活動，來進行社會現象的反思，如
〈鳳仙〉一文中，鳳仙因其父嫌貧愛富而悲傷，故而化作鏡影，以
悲笑惕勵書生之表現，終於讓丈夫考上科舉。「異史氏」稱賞感嘆
不已：從「嗟乎！冷暖之態，仙凡固無殊哉！『少不努力，老大徒
傷。』惜無好勝佳人，作鏡影悲笑耳」[60]、「貧窮則父母不子」[61]，
正可說明《聊齋誌異》中士子的貧窮與科舉，關乎人情冷暖現實處
境問題，或許也深知此一問題對士子傷害很大，衷心懇求仙人能派
遣「仙女」來救贖，故而發出「吾願恆河沙數仙人，並遣嬌女婚嫁
人間，則貧窮海中，少苦眾生矣」之宏願。

　　《聊齋誌異》描寫科場黑暗、勾魂攝魄的作品有十篇之多，
如：〈葉生〉、〈素秋〉、〈考弊司〉、〈司文郎〉等，這些作品
大多以離魂的形式，來表現讀書人的悲慘命運。《聊齋誌異》敘寫

59　龔鵬程：〈俠骨與柔情——論近代知識份子的生命型態〉，頁 101-135；
　　呂正惠〈「內斂」的生命型態與「孤絕」的生命境界——從古典詩詞看傳
　　統文士的內心世界〉，頁 209-221。

60　《聊齋誌異》，卷九〈鳳仙〉，頁 1184。

61　《聊齋誌異》，卷七〈鏡聽〉，頁 939。

科舉對士子的扭曲極為深刻，如：〈王子安〉中異史氏道出王子安之心態變化，士子受到科舉的控制如此嚴重，其妻只能無奈獨撐家計[62]。如〈葉生〉中的葉生之妻不但無錢料理丈夫下葬之事，更要獨自擔負養家育子之責因為葉生「文章詞賦，冠絕當時」，然而他卻榜上無名，竟至「嗒喪而歸，愧負知己，形銷骨立，癡若木偶」[63]，抑鬱而死。奇異的是，當丁乘鶴攜子入都時，他的靈魂繫於公子身上，使公子中亞魁。丁乘鶴又幫葉生捐錢做監生，終於中舉，此處強烈揭露出科舉制度的黑暗面。葉生困於名場，萎頓至死，肉身雖死，靈魂出遊體外，仍然教讀孺子，爭奪科名。等到三四年後，衣錦還鄉時，始悟已身死三四年，見到靈柩，撲地而滅。從葉生為科舉至死仍要完成自我，除了深刻反映出科舉對人心的腐蝕及摧殘外，更凸顯出多數女性被迫擔負家計、養家育子之苦。

　　《聊齋誌異》深刻的暴露科舉制度對廣大士子靈魂的禁錮、生命的擠壓，強烈地反應了其時代讀書人，在科舉黑暗下的苦難和掙扎，造成生命的扭曲。其評「世情如鬼」，主要是指其失去真性情而言。在科舉社會裡，世態炎涼、人情冷暖都與科舉的成敗直接相關。因此《聊齋誌異》賦予某些女性扮起超強能力，或深具堅毅不拔的勇氣來助其一臂之力。如〈鳳仙〉中的狐女之所以化入鏡中以悲喜激勵劉赤水，即因科舉與社會冷暖有關。鳳仙在鏡中有兩年之久，直至劉生一舉而捷，才出鏡與他團聚。可知若非狐仙鳳

62　《聊齋誌異》，卷九〈王子安〉，頁 1238-1239。

63　《聊齋誌異》，卷一〈葉生〉，頁 81。

仙變爲鏡中人的相助，劉生要考取科舉，恐怕比登天還難。此外，扛起家計讓丈夫專心治學考科舉者，如〈青梅〉文中張生與青梅兩人的互動關係：張生身陷科舉桎梏時，青梅承擔家計，以刺繡爲業，解除張家的窮困，展現女性經濟活動的堅定毅力。從《聊齋誌異》中清楚呈現出科舉的桎梏困境，若無鳳仙扮起鏡中人之超強能力激勵丈夫，或無青梅的深具堅毅不拔的勇氣來扛起家計，以助丈夫一臂之力，實難衝破科考之難關。

（二）政治黑暗，賢婦勇於面對強權、獨立持家

「政治黑暗，賢婦勇於面對強權、獨立持家」，這一點也是蒲松齡所處時代與社會的大問題，因爲從《聊齋誌異》中道出「世情如鬼」、「人不如鬼狐」的批判，以及「強梁世界，原無皂白，況今日官宰半強寇不操矛弧者耶？」[64]的控訴，可以看出當時整體社會所要共同面對的問題；例如蒲松齡在〈夏雪〉一篇中，藉由「神亦喜諂」之事實，特別以「異史氏曰」方式超過故事文本過半的議論：「世風之變也，下者益諂，上者益驕。」[65]突顯官場怪異問題者，又如：〈盜戶〉中的邑令，不敢治盜，導致盜賊橫行鄉里，當邑令之女被狐所惑，抓狐入瓶時，狐則大叫：「我盜戶也！」[66]此在「異史氏曰」中對世局之變異，更賦予強烈批判。這些都指陳出社會之黑暗混亂，但是《聊齋誌異》中的賢婦則能勇於面對，獨立

64　《聊齋誌異》，卷一〈成仙〉，頁87-88。

65　《聊齋誌異》，卷八〈夏雪〉，頁1058。

66　《聊齋誌異》，卷八〈盜戶〉，頁1086。

持家。

如〈張鴻漸〉一文中張鴻漸之妻方氏，方氏見識不凡，對張鴻漸不但情義深重，她聽到丈夫將參與諸秀才鳴冤告狀之事，對秀才做事有其深刻見解：「大凡秀才作事，可以共勝，而不可以共敗：勝則人人貪天功，一敗則紛然瓦解，不能成聚。今勢力世界，曲直難以理定，君又孤，脫有翻覆，急難者誰也！」[67]但明倫對此十分欽佩，認爲「爲秀才者宜佩此言」，「秀才伎倆，世界勢力，不料數語道破，乃得之閨中」[68]。此一議論直接揭示其時代政治黑暗，強權當道的問題，也顯示出方氏卓異的見識。張鴻漸所面對的社會：「時盧龍令趙某貪暴，人民共苦之。有范生被杖斃，同學忿其冤，將鳴部院，求張爲刀筆之詞，約其共事。」[69]但張鴻漸聽取妻子的諫言後並未參與秀才告狀，只是代人寫狀詞，卻因趙縣令「以巨金納大僚，諸生坐結黨被收」，當時參與的秀才皆被逮捕入獄，他也被牽涉其中，因而逃亡在外十餘年，過著顛沛流離的生活。其妻則要負起獨力養家育子的責任。在這十年的逃亡期間，方氏獨自持家，撫養孩子，可謂嘗盡艱辛。對此，張鴻漸十年後返家感激方氏而言：「流離數年，兒已成立，不謂能繼書香，卿心血殆盡矣！」[70]文中敘寫方氏對丈夫的思念有多次心理起伏變化，一開始是「日以張在亡爲悲」，又在「感傷益痛」中憶念其夫，縱然兒子考取科舉見到父子同歸，方氏仍「駭如天降」。從這些變

67　《聊齋誌異》，卷九〈張鴻漸〉，頁 1227。
68　《聊齋誌異》，卷九〈張鴻漸〉，頁 1227。
69　《聊齋誌異》，卷九〈張鴻漸〉，頁 1227。
70　《聊齋誌異》，卷九〈張鴻漸〉，頁 1233。

化除了寫盡方氏對丈夫的深厚感情，以及長年對丈夫安危的擔心受怕外，更凸顯出世局的險惡、世人的苦難悲情。在張鴻漸屢次逃亡期間，也因爲有妻子的不畏艱險考驗，堅守情意來勤苦獨立持家，撫育獨子考取科舉，終能爲父洗刷冤情。可知若非方氏以「心血殆盡」的智慧見識與苦心，實難撐起一家的團圓與安定，其內外兼顧的表現，可謂其轉變型的賢妻良母典型。

又如〈紅玉〉中，透過狐女「紅玉」，爲馮生安排美妻，只因其妻美而被當地有權者橫搶，遭到老父被毆致死、妻死子散、家破人亡等慘禍，且哭訴無門，各級衙門都告遍，仍無人受理，冤屈未能得到伸張。在此一殘酷之社會現實中，不僅訴狀無門，行刺又不得，官場之腐朽黑暗可知，[71]其後因爲紅玉的再度出現，終得化解困境。且親手勤勞操作負起家計，讓馮生安心準備科考，並將一破敗之家轉至興盛，馮生稱讚紅玉「灰燼之餘，卿白手再造矣」，「異史氏」更稱許「其子賢，其父德，故其報之也俠。非特人俠，狐亦俠也。遇亦奇矣」。[72]正道出若無紅玉的挺身相助，馮生的悲慘命運實令人難以想像。可見蒲松齡對紅玉勇於面對強權、獨立持家的肯定，來回應揭露當時政治黑暗的問題。再如〈辛

71　〈潞令〉異史氏曰：「潞子故區，其人魂魄毅，故其爲鬼雄。今有一官握篆於上，必有一二鄙流，風承而痔舐之。其方盛也，則竭攫未盡之膏脂，爲之具錦屏；其將敗也，則驅誅未盡之肢體，爲之乞保留。官無貪廉，每蒞一任，必有此兩事。赫赫者一日未去，則蠅蠅者不敢不從。積習相傳，沿爲成規，其亦取笑於潞城之鬼也已！」將貪暴不仁，催科尤酷的潞令爲官才百日，自稱：「蒞任百日，誅五十八人矣。」其凶暴、殘酷之非人性程度，實不言可喻。《聊齋誌異》，卷六〈潞令〉，頁719-720。

72　《聊齋誌異》，卷二〈紅玉〉，頁282-283。

十四娘〉中之馮生的行爲輕薄喜飲酒，不識人心險惡，因酒後譏諷友人的文筆，而受到致命陷害入獄，十四娘雖天天送錢給縣官，還是難逃死罪。最後十四娘的冷靜機智與膽識，用計將馮生救出死牢。

從上述〈張鴻漸〉、〈紅玉〉、〈辛十四娘〉等篇中皆反映出政治黑暗與社會苦難的嚴重問題，若無這些賢婦的膽識過人與勇於面對強權、獨立持家，人間將成爲煉獄一般的苦痛。

（三）世風沉墮，女性逐漸經濟獨立，自主意識抬頭

有關世風沉墮的問題，也是蒲松齡長期面對的生活現象，在當時民間社會底層的苦難與種種亂象，蒲松齡針對世人爭逐沉溺情欲，導致世俗的墮落。刻意藉由小說中女性「經濟活動」能力來突顯眞情感通的可貴；一方面強調自我盲目追逐外在美貌表象之人，不僅沉淪聲色犬馬之中，同時也爲「功名利祿」爭逐不已，導致人心扭曲的人性醜態外，比對出務實女性之經濟獨立與意識抬頭的時代現象。另方面針對朱熹所論「存天理，滅人欲」的片面曲解，而導致道德與人之情性的斷裂，因此，道德與情欲被二分、或兩極化，導致情欲被抽離，道德變成形式教條[73]，使得人性之眞變成假道學家的眼中釘。蒲松齡藉由筆下「善經濟」之女性顛覆道德條規中的反抗世俗沉墮的僵化體制，展現經濟獨立能以自我

73　根據蒲松齡在〈爲許邑侯募修明倫堂疏〉一文，可看出「政莫急於民命，化莫先於倫常」；「蓋倫常者，生民之大命也」，蒲松齡肯定宣揚道德倫理的重要，並非僵化的綱常禮教。

意識處世的真女子典範。

晚明社會因經濟的活絡，已呈現奢靡風氣[74]，情欲放縱問題更形嚴重。當時世俗爭逐情欲，蒲松齡在〈金和尚〉中敘寫金和尚死後葬禮，比之《金瓶梅》中的西門慶更為驚人誇張，藉此指陳一個披著袈裟的土豪惡霸，其惡劣行為和窮奢極欲的修行方式，應受批判[75]。這些亂象都是世俗沉墮的冰山一角。對於明末社會明顯的世俗化趨向問題，就如毛文芳於〈明末清初文化書寫的面向與考察〉[76]一文中指出：明代後期的社會確實起了很大的變化，儉樸敦厚、貴賤有等的風氣，被華侈相高、僭越違式的風氣所取代，禮制與價值觀的鬆動，乃至治安敗壞，皆可視為當時經濟發展與政局變化的反映。奢靡風尚與物力豐盈的相互循環與刺激，充分

---

74 陳江：〈消費風尚和生活情趣〉，文中針對明代中後期的江南社會，側重「追新慕異中映現的社會變遷」，已做探究。見《明代中後期的江南社會與社會生活》，頁 124-157。

75 〈金和尚〉中道出：金和尚做「負販」起家，數年暴富，於是起甲第，買田宅，文中敘寫豪奢氣勢：「一時服御華侈，聲勢炫赫，」且「又廣結納，即千里外呼吸亦可通，以此挾方面短長，偶氣觸之，輒惕自懼」。「奴輩呼之皆以『爺』；即邑人之若民，或『祖』之『伯、叔』之。……其假子『領鄉薦』，金之名以『太公』謀。向之『爺』之者『太』之者，膝席者皆垂手執兒孫禮。」而其為人「鄙不文，頂趾無雅骨。生平不奉一經，持一咒」。文中極力渲染金和尚僕從之盛、宅院之盛、交納之盛、喪葬之盛，比西門慶有過之而無不及。此從作者罵其「狗苟鑽緣，蠅營淫賭，是謂『和幛』」，可謂著此一家，罵盡「緇黨」。誠如但明倫評蒲松齡此篇則「字字皆成斧鉞」。《聊齋誌異》，卷七〈金和尚〉，頁 1009-1014。

76 毛文芳：〈明末清初文化書寫的面向與考察〉，《物、性別、觀看——明末清初文化書寫新探》（臺北：臺灣學生書局，2001 年），頁 5。

表現在人們食衣住行等日常生活上，亦對原先貴賤有等的社會階層造成衝擊。財富可以作為晉身之階，過去以稱號、服飾、屋樣、用品料式等社會等級的標幟，均被財富所打破，財富可以購買一切，包括改變身份的功名官爵。仕商階層界限出現很大的浮動，種種迷惑、不安與失序，也拉近了四民間的距離，造成明末社會明顯的世俗化趨向。[77]從《聊齋誌異》的故事中，可發現「生命本真」之失落問題極為嚴重，特別是對人心變異、人倫的困境，有不同方式的反省。蒲松齡對於這類世間「十之九悍婦」，只能冀望神仙異人來救死紓困。如在〈馬介甫〉這篇寫奇悍之婦鞭撻丈夫，奴役家翁，雖有狐仙馬介甫使用幻術欲制悍婦，以重振乾綱，但都因丈夫的庸懦無能，仍不能制其雌威，甚而鬧到家破人亡，文末因有狐仙來搭救，也只能稍解其一時之困。因此，作者慨嘆「懼內，天下之通病也」[78]，實可作為人倫變異之某些現象。值得批判的是，此從〈夜叉國〉中之夜叉刻意表現出有情有義

---

77 學者對於明代社會的研究，鎖定在社會風氣變遷的線索者，有徐泓〈明代社會風氣的變遷——以江浙地區為例〉（收入《第二屆國際漢學會議論文集》『明清與近代史組』）一文，以及邱仲麟〈明代北京都市生活與治安的轉變〉（《九州學刊》第 5 卷第 2 期，1992 年，頁 49-108）、〈明代北京的社會風氣變遷——禮制與價值觀的改變〉（《大陸雜誌》第 88 卷第 3 期，1994 年 3 月，頁 124-138）二文。

78 《聊齋誌異》，卷六〈馬介甫〉，頁 729。其他書中所舉之例甚多，如〈江城〉寫新婦入門，先是夫婦反目相向，繼而鬧得翁姑，親戚鄉里亦都在詛咒和杖擊威脅之下。文末雖然借助佛力，老僧一口清水噴射之，使她彷若換肝肺，然作者在「異史氏曰」中仍心有餘悸地嘆息：「每見天下賢婦十之一，悍婦十之九。」《聊齋誌異》卷六〈江城〉，頁 863。

的養兒育女、守護家庭，不因其夫不告而別有十年之久，而另嫁他人；中原之妻則因丈夫經商未歸，三年即改嫁，文中藉此明顯對比出社會中人倫慘刻之困境。此一世風沉墮現象在《聊齋誌異》中有多方面的關注，尤其透過女性經濟活動的面對「世情如鬼」挑戰，堅毅無私地營生護家，義無反顧地幫助丈夫、家人等，來反省關切文化、人性的重要議題，這些都是蒲松齡回應生命存在價值的目的所在。

由本書第四單元有關女性理想典型中，已論及〈小二〉中的小二與丁生面對困境，卻能靠著小二的本事來超越世局問題[79]。但是從小二以幻術得金千兩之後，「漸購牛馬，蓄廝婢，自營宅第」，卻遭到「里無賴子窺其富，糾諸不逞，逾垣劫丁」，經過盜匪搶奪、蝗災入侵、鴻儒就擒等事件，鄉里中人忌妒其財富，又「漸知為白蓮教戚裔」，結合官吏捕抓丁生入獄。從丁生「以重賂啗令，始得免」的實情中，小二拿出重金救出丁生之舉，即呈現出「貨殖之來也苟，固宜有散亡。然蛇蠍之鄉，不可久居」[80]之世風困境。這些都反映出當時世風沉墮的問題，也因為有小二「善經濟」之能力，才能坦然面對時代變局，進而靠其自主能力來幫助鄉里。

其他，如〈細柳〉中的細柳面對世風日下，其子高怙資質駑鈍且淫賭，容易受到社會奢靡的風氣所誘惑，如幾次出資使學商販，多次血本無歸，卻謊稱被盜。細柳知其惡習難改，趁他去洛陽經商時，設計使他嚐到牢獄之苦。此後才徹底痛改惡習，踏實

79　參見本書第四單元，頁 156-175。

80　《聊齋誌異》，卷三〈小二〉，頁 381。

經商,「貨殖累巨萬矣」。可知若無細柳對世風沉墮的體察,以及深知其子蕩心難改之個性,以她寡婦身份要能獨立撐家、承擔生計,實比登天還難。

此外,〈仇大娘〉中的仇大娘,面對母家的遭人陷害,大弟仇福人財兩空的家境破舊的情況下回到仇家的。但她並未軟弱的屈服環境,而是善於探查實情而不畏強暴,敢於對抗。從她勇於投狀、訴訟「力陳孤苦及諸惡局騙之狀,情詞慷慨。」終於使無賴遭受拷打,「故產盡反」。又當二弟仇祿又被陷害充軍關外,田產都被官府沒收時,她拿著分家文書,理直氣壯到官府以理爭辯,「執析產書,銳身告理」,才能保留新增的良田若干頃。這些都可看出人心險惡,與世風的沉墮,但因有仇大娘的勇於對抗與力爭,才能贏回家產。又從她善理家方面,不但「養母教弟,內外有條」,且多年經營管理,「第宅亦頗完好」。最可貴的是,不但能改變大弟好賭的惡習而努力向上,也有能力贖回失散多年的父親,也讓處心積慮要陷害其家的仇人,亦無計可施。由仇大娘的積極對抗所有的惡勢力,以及她有智慧地理家持家,皆表現其有獨立自主的見識,善於處事應變之能力。這些更可看出女性的善經濟除了提供其養家,照顧家人,或育子外,亦對穩定家庭與社會的力量有極大的助益。

由上述〈金和尚〉、〈馬介甫〉、〈夜叉國〉等篇中皆可看出世風沉墮之嚴重問題,但從〈細柳〉、〈小二〉、〈仇大娘〉等篇中則表現出女性有見識智慧,善於處事應變之能力。可見在世俗沉墮的社會亂象中,女性的善經濟提供其養家,照顧家人,或育子外,亦展現其穩定家庭與社會的力量。

綜上所述,蒲松齡所面對人生課題——貧窮、舉業等現實困

境時，仍不免會從「孤憤」加以批判，然而更特別的是，從蒲松齡書中所呈現的兩性互動關係中，他也關切女性的特殊處境，因此藉由小說文本所書寫的女性經濟活動行為，蒲松齡並非只是單純寫出女性所擔負起謀生工作而已，更重要的是，「善經濟」女性因為有情意生命的體現，而能善於營生，有其自主意識來對抗強權。故其行事作風雖看似與傳統女性有別，但其最終在現實面的維持生計、養家育子等的任勞任怨，以及其具有理想面的自我價值的實踐精神，皆讓這些女性有著自覺、主動勇於面對挑戰的精神，並以其「才智與德行」來經營生活，開創出屬於自我實現的一片天的成就，又有能力來回應官場、科舉、風俗等現實社會種種的困境，以此來突顯現實環境中的種種弊端，如扭曲、慘刻與沉墮等問題。

四、《聊齋誌異》中「女性經濟活動」之情禮兼得的價值

　　有關《聊齋誌異》女性經濟活動行為，其「情禮兼得」的至情精神，即在朗現情意生命的價值。與此議題相關之研究，在本書第四單元探討〈黃英〉、〈小二〉、〈細柳〉等篇之「女性理想典型」意涵時，已有詳細探討[81]，例如：從黃英在實現藝菊營利的自主表現，以及她有兼顧持家護家的守禮情意，乃來自於其所朗現的至情精神。至於小二身為女性，以其智巧圓融之自主能力，進

---

[81] 參見本書第四單元，頁 164-183。

而開創經濟活動之新機，化解了丁生的經濟桎梏，其情禮兼得之價值，使她創造出更美好的生活。此外，最特別的是細柳，在其身上讓我們看到一位「膽識過人，扭轉頹運」的堅毅女性，她除了代夫「主外」，辛勤理家護家之外，更以其超越一般人的智慧「扭轉頹運」，達成其既守禮、育子有成，又能情眞至切地守護自己的一份眞心。上述這三位女性其爲己、爲家、爲社會三者融合之外，在《聊齋誌異》其他篇章的女性經濟活動中，亦有類此爲己、爲家、爲社會三者融合之故事。就爲己而言，是自立自主，爲愛而努力，這點可說是女性經濟活動的動機；而爲家、爲社會而言，是忠於愛情的表現，這是女性參與經濟活動所帶出的效益。因此從其動機與效益來探討，亦能朗現其情禮融合之至情精神，此乃蒲松齡用以建構女性之理想典型的用心與其寄寓之所在。

　　然基於前文已做過〈黃英〉、〈小二〉、〈細柳〉等篇的研究與論證，因此本文藉此簡單敘述後，將探討焦點集中在其他文本，又基於《聊齋誌異》其他篇章的女性經濟活動，大抵在爲己、爲家等故事爲多，爲便於主題之省察，分成「爲己方面：體現情意自主的生命」，以及「爲家方面：實踐守護人倫之禮序的責任」等兩方面的探討，茲分述如下：

（一）在爲己方面：體現情意自主的生命

　　從本書第二單元有關論述女性主體意識、以及第三單元討論女性至情之美等方面[82]，大抵可見《聊齋誌異》中之女性已能呈顯

---

82 參見本書第二單元、第三單元等結論。

出情意自主的生命，可貴的是，亦能朗現「情禮融合」之價值。這樣的核心精神，亦可從《聊齋誌異》女性在「經濟活動」上的表現印證出來。此在本文前節蒲松齡筆下「善經濟」之女性所對應的社會現象中，這些「善經濟」之女性，主要都是爲幫助丈夫、護守家庭完整、養育兒女等，故有能力、有膽識來對應不公不義的社會現象，而這也是蒲松齡所關切的課題。

這些女性之所以從事「經濟活動」，從爲己方面看來，並非貪圖個人的享樂，也非要反抗父權問題，而是大都能體現情意自主的生命，如〈黃英〉、〈小二〉、〈細柳〉、〈鴉頭〉、〈青梅〉、〈小梅〉、〈阿寶〉、〈紅玉〉等女性之表現。從〈黃英〉、〈小二〉、〈細柳〉等篇中，都可看出她們都爲所愛而勇於對抗險惡的環境，創造出無比的財富，不僅僅得到個人情愛的幸福，也扭轉其家的命運。其他如〈鴉頭〉中爲情守住家庭人倫的娼妓鴉頭，主動選擇跟隨「性誠篤」的王文脫離苦海，雖然過著租屋而居，「家徒四壁」，窮困難當的生活。但鴉頭變賣驢子做資本，讓王文在門前設小肆，賣酒販漿。自己則「作披肩，刺荷囊，日獲贏餘，飲膳甚優。積年餘，漸能蓄婢媼。王自是不著犢鼻，但課督而已」。[83]從鴉頭的辛勤工作卻不以爲苦，主要是來幫助丈夫不需親自勞作，只要「課督而已」，從她堅持要選擇要嫁給「敦篤可託」的王文，此如「異史氏」所稱鴉頭以情欲追尋、安頓、情欲昇華的過程中，她執守「從一而終」十八年之深情眞意的等待，即表露出「女性情意

83　《聊齋誌異》，卷五〈鴉頭〉，頁602。

自主」意識，展現她安頓自我情欲的方式，她付出眞情的方法，由此更表現出女性「情意自主」的生命價值。

又如〈阿寶〉中富家女阿寶因感動孫生的癡情，不但堅持選擇嫁他爲妻，也堅持不讓孫生入贅她家，阿寶回應父親：「婿不可久處岳家。況郎又貧，久益爲人賤。兒既諾之，處蓬茅而甘，藜藿不怨也。」[84]由此看出阿寶的眞愛與應對智慧，同時也能包容體諒丈夫的個性，從「癡於書，不知理家人生業；女善居積，亦不以他事累生。居三年，家益富。」[85]道出阿寶除了讓丈夫安心準備科考，自己則無怨無悔地完全投入「經濟活動」中，終能致富養家。之後又因阿寶對丈夫的至深情意而感動閻王，讓病死的丈夫死而復生，他亦能排除萬難而考上科舉，雙雙得到皇帝的肯定封賞，這是阿寶堅持選擇至情摯愛的表現。又從〈紅玉〉「異史氏」中稱讚紅玉「狐亦俠」之精神，表現在紅玉勇於面對父權、獨立持家育子，同時由紅玉堅持選擇所愛、無怨無悔的付出，也心甘情願挑起與男子操作無異的勤勞表現，可充分看出她爲至情付出的精神，實令人動容。紅玉的獨立營生持家，更讓馮生安心考取科考，最後終能興盛一個破敗之家，因此深得「里黨聞婦賢，益樂資助之」，此即對紅玉持家興家勇於面對與承擔的肯定，這些都說明紅玉選擇所愛而不畏艱辛的眞情表現。

再從〈青梅〉「異史氏曰」、但明倫的稱讚話語，也顯青梅爲眞愛而徹底改變其命運的精神。前者稱讚對身爲婢女青梅說她：

84　《聊齋誌異》，卷二〈阿寶〉，頁237。

85　《聊齋誌異》，卷二〈阿寶〉，頁237。

「天生佳麗，固將以報名賢；……獨是青夫人能識英雄於塵埃，誓嫁之志，期以必死。」[86]就此但明倫也評曰：「至其議論正大，動必以禮，行必以義，尤足感人心情，蕩滌邪穢，是爲有關世教之言。」[87]身爲婢女的青梅獨識塵埃的眞英雄張生，被誠篤孝順的張生感動，而以「不濟，則以死繼之」非嫁給張生不可，此一至情決心亦感動小姐，而以「私蓄數金，當傾囊相助」來幫助他們完成美事。青梅堅持選擇嫁給張生之後，她的感恩、珍惜之心讓她擁有無比毅力，不畏艱辛地勇於扛起張家一切重擔。此從「孝翁姑，曲折承順，尤過於生；而操作更勤，齏糠秕不爲苦。由是家中無不愛重青梅。梅又以刺繡作業，售且速，買人候門以購，惟恐弗得。得資稍可御窮。且勸勿以內顧悞讀，經紀皆自任之。」[88]更清楚說明青梅承擔家計是爲愛而心甘情願的付出，無怨無悔地展現她勇於面對、承擔的堅定毅力，因而能「孝翁姑，曲折承順，尤過於生」的體貼用心。又從她的「操作更勤，齏糠秕不爲苦」、「刺繡作業，售且速，買人候門以購，惟恐弗得」的努力勞作，可見是爲愛張生而全力以赴，因著愛心而完成的刺繡品，招致顧客爭相搶購，甚至引發「買人候門以購」的現象，由此解除張家的窮困，讓張生無後顧之憂而考取科舉。這些表現更證明她的至情自主，獨具慧眼的選擇十分明智，身爲婢女的她終受到衆人所肯定，而被封爲「夫人」的尊貴地位。蒲松齡的讚語更指出張生得功名地位，若無

86　《聊齋誌異》，卷四〈青梅〉，頁 453。

87　《聊齋誌異》，卷四〈青梅評〉，頁 453。

88　《聊齋誌異》，卷四〈青梅〉，頁 448。

青梅表現「誓嫁之志，期以必死」至情相助，張生將如他人一般被埋於塵埃之中。由此得知蒲松齡肯定女性積極投入經濟活動，而獲亮眼的佳績，她們動機有為愛而行，因此而能無怨無悔的幫助丈夫，無私的成就家庭的完滿。

其他類似者，如稱許小梅重禮報恩而有意「倘爾多財，吾為爾宰」、推崇細柳「而乃不引嫌，不辭謗，卒使二子一貴一富，表表於世。此無論閨閫，當亦丈夫之錚錚者矣！」[89]這些蒲松齡所稱許「善經濟」之女性表現，並非如世間的「悍妒婦女」，欺凌丈夫或家人，他們所以能表現出「內外兼顧」之賢德，大抵都能以情意自主來安頓其生命。並且朗現女性情意生命中情禮兼得的價值意涵。

（二）在為家方面：實踐守護家庭人倫禮序之責任

《聊齋誌異》之女性在「經濟活動」的表現上，除有為個人體現其情意自主生命外，更多部分是在為家方面，實踐守護家庭，或是家族人倫禮序之責任。《聊齋誌異》文本述說「守護人倫禮序」的故事，主要是表彰女性所以參與經濟活動，大抵是家人受到無賴陷害而遭致田產家當敗光，家庭成員分崩離析時，女性挺身而出，設法解決家中小孩教養，老人之奉侍等問題，擔負起一家存亡之責，同時又能展現樂善好施，主動幫助鄰里等道德之善與和諧之美。如〈黃英〉、〈仇大娘〉、〈喬女〉、〈小梅〉、〈青梅〉、〈阿寶〉、〈紅玉〉、〈夜叉國〉等。在本書第四單元之研究，已

---

[89] 《聊齋誌異》，卷七〈細柳〉，頁1025。

對黃英表現善於經營的長才，營利倍於世家，可知她護家、興家
等成就，是因對馬生情眞的回報，實非志在成就個人[90]。因此，文
中她對馬生固守清貧的觀念，以及士高於商的優越心態等，不但
不用反抗的態度，而是以包容、體諒的心來改變其思維，此處除
了回應「百無一用是書生」的時代困境與觀念迂腐外，亦能化解文
人所受經濟桎梏的困境，使馬生感悟應自食其力，生財致富以改變
窘困，由此亦能體悟出實現生命的存在價值，並非只是賞菊、愛
菊的安貧樂道而已，若能順應時代的藝菊致富，其實也是日用倫
常不離道的意義所在。就此可知黃英的「內外兼顧」辛勤護家的表
現，皆是以人倫禮序之安定爲考量。

　　同樣表現「內外兼顧」辛勤者，在〈小梅〉中，小梅表現她治
家處事沉穩，世事洞明，又善於「終日經紀內外」，「井井有條」。
從其夫王生「將有作，亦稟白而行」，即可見她有「主政」之能力。
她善於管理家中「頑奴鈍婢」，並非用丈夫之「撻楚」方式，而是
用眞心感化來對待他們，使他們樂於接受命令來從事工作。以此
「百廢具舉，數年中，田地連阡，倉廩萬石矣。」[91]表現出其興家
護家的用心能力甚於丈夫。又在王家主人及幼兒相繼而亡，王家
遭遇大難，急遽敗落之際，小梅再度展現應變果斷能力，終能爲
王生保產保家。小梅的傑出表現，「異史氏」深予稱許謂「死友而
不能忘，感恩而思所報，獨何人哉？」[92]由此即道出小梅有能力智

90　參見本書第四單元結論，頁 184-185。
91　《聊齋誌異》，卷九〈小梅〉，頁 1213。
92　《聊齋誌異》，卷九〈小梅〉，頁 1216。

慧化解「族人益橫，割裂田產」之悍行，更能護守王家家產以及人倫禮序之安定，表現出「情禮兼得」之價值，實爲女性「內外兼顧」之典範。

　　另從〈夜叉國〉中「異史氏曰」：「夜叉夫人，亦所罕聞，然細思之而不罕也。家家床頭有個夜叉在。」[93]即可看出蒲松齡不以夜叉與人有異而否定其功勞，反而由皇帝頒布「夫人」尊號來肯定她，此一特殊意義值得深思。其所言：「夜叉夫人，今所罕聞。」是指故事中的女夜叉，其長相猙獰雖令人畏懼，但其性情並非殘暴，而是和順而不懦弱，在其夫不顧而別的十年期間，仍能持家撫育二子一女，其行爲令人感佩，並未如其夫在中原之妻，因丈夫出外經商三年未歸即改嫁。「異史氏」所言：「家家床頭，有個夜叉在。」實有其寓託之處，似指現實世界那些人面夜叉心的婦女。表面上雖在批評某些「悍妒婦女」，實則是要攻訐不顧大全，而胡亂發怒，沒有理性就胡亂發飆者，實乃人面夜叉心的婦女。因此，從〈夜叉國〉中之母夜叉刻意塑造其表現出有情有義，守家育子之行爲，其中或許要對比出社會中人倫慘刻之困境。而〈夜叉國〉中的夜叉之「悍」，是爲守家育子之表現，其中其實隱含明末清初人倫崩壞和婦女過度驕縱問題。從夜叉有情能守護家庭，而中原女性之無義中，更可看出夜叉之「悍」，實則是人性社會最初美好、光輝有情的展現，從她守護人倫禮序的精神，「情禮兼得」之價值亦在其中矣。

93　《聊齋誌異》，卷三〈夜叉國〉，頁353。

　　其他如〈雲蘿公主〉中之郭氏，在面對豺狼般的丈夫，為能育子理家，不得不以強勢態度對抗之，一悍婦育子理家，以對治好賭無賴的丈夫。「婦持籌握算，日致豐盈，可棄仰成而已。」[94]此外，在「異史氏曰」中，指出謝氏開設當舖致富興家，同時嚴管逃家三年的丈夫在旁讀書，終能考上科舉。從謝氏開設當舖致富一事，可看出女性不僅具有興家樂業的意義，更可看出女性具有主政、善理生計的能力，並非要一味對抗男性，反而可看出某些「悍婦」是為「持家育子」而對抗無賴丈夫，不得不悍。因此，從悍婦轉為賢婦的營生持家的事例，可看出《聊齋誌異》一書創造「善經濟」的理想女性典型，也回應出禮與情兼得，使其亦能堅守人倫禮序的價值。從《聊齋誌異》的故事，可發現「生命本真」之失落問題極為嚴重，特別是對人倫的困境，有不同方式的反省與回應，因此如何重塑女性「善經濟」的理想典型，以重現人倫之美，實為蒲松齡創作《聊齋誌異》的核心價值所在。

　　另從〈紅玉〉一文中，紅玉以俠義之心、至情之愛經營持家，紅玉並不是以狐仙異術幫馮生致富，恢復家業，而是身體力行經營生計，她對馮生說：「今家道新創，非夙興夜寐不可。」她親自動手，「剪莽擁篲，類男子操作」，同時籌措資本，「出金治織具；租田數十畝，僱傭耕作。荷鑱誅茅，牽蘿補屋，日以為常」。[95]即可看出紅玉之所以成為一位勤勞操作的農家主婦，其動機是基於對馮生的愛。因此能無怨無悔的扛起家計，完全讓馮生安心準備科

94　《聊齋誌異》，卷九〈雲蘿公主〉，頁1273。
95　《聊齋誌異》，卷二〈紅玉〉，頁273。

考，從馮生稱讚紅玉「灰燼之餘，卿白手再造矣」，「異史氏」更
稱許她說：「其子賢，其父德，故其報之也俠，非特人俠，狐亦
俠。」[96]說出紅玉的艱辛努力，終於將一破敗之家轉至興盛的肯
定，也道出蒲松齡對紅玉勇於面對強權、獨立持家育子，成就馮
生科考的肯定。其他如〈阿寶〉一篇，因為有阿寶對孫子楚的至情
付出，而能包容孫生的「癡於書，不知理家人生業」；阿寶從驕縱
的富家女轉成勤儉持家、努力營生的賢妻，這都說明阿寶自主選擇
為愛而改變個性，有此愛的動機，讓她自覺的營生，而創造出「善
居積，亦不以他事累生，居三年，家益富」[97]的富有家境之效益，
也讓無後顧之憂的孫生終於考取功名。上述這些善經濟女性在情
意自主表現的同時，也創造財富，成就家庭之效益，皆表現出她們
為家而守護人倫禮序的實踐精神。

　　此外，最特別的是寡婦勇告官以振興母家的〈仇大娘〉一篇之
書寫，其中大娘是仇仲的前室女，已嫁到遠郡，其表現「性剛猛，
每歸寧，饋贈不滿其志，輒迕父母，往往以憤去，仲以是怒惡之；
又因道遠，遂數載已不一存問。」[98]然而當她攜幼子返家時，見到
繼母被害臥床，仇福人財兩空的家境破舊的情況，她也自覺選擇要
爭回原來的家產。因此，在面對母家的遭人陷害，並不畏無賴恐嚇
強暴，她反而以剛烈強悍的個性，勇於投狀、訴訟，「力陳孤苦，
及諸惡局騙之狀，情詞慷慨。」[99]終於使壞人遭受拷打，「故產盡

96　《聊齋誌異》，卷二〈紅玉〉，頁282。
97　《聊齋誌異》，卷二〈阿寶〉，頁237。
98　《聊齋誌異》，卷十〈仇大娘〉，頁1393。
99　《聊齋誌異》，卷十〈仇大娘〉，頁1394。

反」。在娘家住下，使惡人不敢侵犯。當其弟仇祿被害充軍關外，田產都被官府沒收時，她「執析產書，銳身告理」，終於保留下新增的大片良田，可見其在爲家方面，透過守護人倫禮序的實踐，完成情禮兼得的至情價值。

再者，當仇大娘爲同父異母弟（仇福）奪回被誘騙賭博失去的財物，而另一弟仇祿無以自立，仇大娘（守寡）歸家協助經營產業，「第宅亦頗完好」。仇家從原本分崩離析的慘狀，倚賴大娘的極力經營，才使家中產業完好，一併交還兩弟。當仇家家境好轉，生父返家時，她便要隻身離去，「父既歸，堅辭欲去」。所謂「我以一身來，仍以一身去耳」。然兄弟皆泣曰：「吾等非姊，烏有今日！」大娘乃安之。後其父返家，有感大娘之功，析產爲三，大娘持其一。如此表述呈顯其艱辛對抗無賴之輩，實非常人所能做到。其中若無大娘護守人倫禮序之應世智慧表現，這個破碎家實難再度和樂團聚。

從〈青梅〉、〈紅玉〉、〈阿寶〉、〈小梅〉等文本中，蒲松齡之所以要創造這些「善經濟」的女性來幫助有才能的男性，完成其夢想，成就其事功，其實與其切身經驗有密切關係。明清以來一般文人受制於科舉桎梏，蒲松齡將親身深刻經驗敘寫在《聊齋誌異》中，表現出科舉對士子的扭曲桎梏極爲深刻[100]，如：〈王子安〉

---

100 《聊齋誌異》深刻的暴露科舉制度對廣大士子靈魂的禁錮、生命的擠壓，強烈地反應了其時代讀書人，在科舉黑暗下的苦難和掙扎，造成生命的扭曲，其評「世情如鬼」，主要是指其失去真性情而言。在科舉社會裡，世態炎涼、人情冷暖都與科舉的成敗直接相關，此從〈鳳仙〉中的狐女之所以化入鏡中以悲喜激勵劉赤水，乃因科舉與社會冷暖有關，故而鳳

中異史氏道出王子安之心態變化。[101]又如〈葉生〉中更呈現出葉生
為科考病故後，其靈魂仍要一展長才，衣錦還鄉後，才知其家中之
妻的悲涼景況。[102]因此，《聊齋誌異》中「善經濟」的女性所展現
的營生創業等成就，對男性與家庭之助益甚大。她們在持家治家
才華方面的智慧，有二重意義：第一重是為夫家光耀門楣，第二
重更重要，女性可以突破家庭藩籬，從家庭走出，實現自我理想
而能為鄉里服務，展現出「里仁為美」的精神，如〈小二〉、〈農
婦〉等。

在〈小二〉中的小二，之所能成為開創事業新局，主要是有丁
生情義相隨，才讓小二因感動其至情之心，故激發其守護情愛、守
護丈夫之心，而努力營生，以智巧圓融之自主能力，化解其夫的經
濟桎梏，共同創造琉璃工廠之事業。此一效益不只讓小二可以突破
家庭藩籬，從家庭走出，開設工廠以服務鄉里，救助鄉里，展現出
「里仁為美」的精神。另外，在〈農婦〉中亦呈現此一效益，小說

仙在鏡中有兩年之久，直至劉生一舉而捷，才出鏡與他團聚。可知若非
狐仙鳳仙變為鏡中人的相助，劉生要考取科舉，恐怕比登天還難。頁1184。

101　《聊齋誌異》，卷九〈王子安〉，頁1238-1239。

102　〈葉生〉中的葉生，他「文章詞賦，冠絕當時」，然而卻榜上無名，竟
　　至「嗒喪而歸，愧負知己，形銷骨立，癡若木偶」，抑鬱而死。奇異的
　　是，當丁乘鶴攜子入都時，他的靈魂繫於公子身上，使公子中亞魁。丁
　　乘鶴又幫葉生捐錢做監生，終於中舉。此處強烈揭露出科舉制度的黑暗
　　面。葉生困於名場，萎頓至死，肉身雖死，靈魂出遊體外，仍然教讀孺
　　子，爭奪科名。等到三四年後，衣錦還鄉時，仍始悟已身死三四年，見
　　到靈柩，撲地而滅。從葉生為科舉至死仍要完成自我，更深刻反映出科
　　舉對人心的腐蝕及摧殘。頁81-85。

中的農婦居於陶瓷產地，以販賣陶器爲業，她不依附男子，是個自食其力的經商勞動婦女。她「勇健如男子」，身強力壯，吃苦耐勞，剛生小孩即挑重擔走百餘里路，實與傳統婦女有極大差異。最難得的是爲鄉中排難解紛，熱心助人，對於素不相識的窮苦人，她還秉持「有贏餘，則施丐者」之救助胸懷，展現其營生助人的情操。她幹練精明的表現，異於一般婦女，強烈的愛憎展現特殊德行。異史氏稱道說：「世言女中丈夫，猶自知非丈夫也，婦並忘其爲巾幗矣。」[103]並讚揚她「豪爽自快，與古劍仙無殊」。農婦正直剛烈，不因自己與尼姑友好而無視其穢行，反而撻楚嚴懲之。蒲松齡論其爲「女中丈夫」。這些關切到人與人的相待關係，並以美善的價值理想爲前提的救濟行爲，理應由官吏來主持，卻反而出自一介平女之手，此已說明官吏之無能庸懦。從農婦的「經濟活動」表現，並非以營利爲主，亦非只是實踐守護人倫禮序而已，反而如劍仙的仗義救急助人爲先，這些效益皆是他們穩定社會的表現。

從這些善經濟女子的傑出成果表現，可彰顯女性主動、自覺後，或迫於生活困境，或基於自主意識的自我實現志願，形成女性獨立經營的「經濟活動」行爲中，朗現出《聊齋誌異》女性的自我抉擇與承擔家庭經濟的勇氣，一般而言，這些女性因有對丈夫或對家人的至情，故能做出其對人生價值的選擇，也改善了家庭貧困的現況，突破了現實社會某些外在的體制與限制，凸顯女人在「經濟活動」上，也與男人一樣可以表現自主能力與承擔家庭、

---

103 《聊齋誌異》，卷九〈農婦〉，頁 1243。

社會之存在價值，甚而呈現出「情禮兼得」之價值意涵。[104]由上述善經濟女子的表現，就其動機與效益以觀，其為己、為家方面是融合而難以區分來談的，情與禮亦非對立，亦能真正的兼顧，故能表現出情意生命的完滿安頓與人倫禮序的守護，更將「情禮兼得」之價值意涵真正彰顯出來。

五、結　語

從上文本所述大抵可見，《聊齋誌異》中女性「主政」之例甚多，撐起一片天，幾乎取代男子的角色與力量，然而這些「善經濟」的女性表現，其行為雖以「性別越位」來反映社會現實生活中經濟活動的轉型，但並非流於對抗父權，而是以體現情意生命的自主，以及為守護人倫禮序而努力實踐，故其興家立業，並非只在個人享樂，或只在成就自己，其朗現的價值主要是以將心比心、推己及人的方法去助人，更有著「親親人民而愛物」的博愛關懷，同時又能展現「里仁為美」之理想。

文本中所側重之女子在外經營持生維持家計，或開工廠等工作，亦非要成為女強人，而是為了幫助丈夫，難能可貴的是，突

---

104 這樣「情禮融合」的表現，誠如孫康宜在〈論女子才德觀〉中引用魏愛蓮所指出「文才與家務的新結合可見諸此時的世學家女」的論點，並認為此論點極為重要，此在《聊齋誌異》女性中，亦大抵都能表現文才與家務的新結合，而有「情禮融合」之意涵，以此回應時代社會的變動，因而有其創新的價值觀，足以展現其多元豐富之生命存在價值。詳氏著：《古典與現代的女性詮釋》，頁151。

顯人性之眞，顛覆禮教形式之束縛。其中値得探討的是，此一「女性經濟活動」與蒲松齡在《農桑經》序中所言「居家要務，外惟農而內惟蠶」[105]，同傳統社會的家庭分工模式是男主外而女主內，女子在家中盡養蠶「主中饋」的料理家務，有極大差異。其中特別的是，《聊齋誌異》中的女性從事經濟活動，不但表現堅強的養家育子的任務，同時也有排難解紛的「主外」能力，大抵呈現出有情有義、無怨無悔的精神，透過以下《聊齋誌異》對能幹女性的稱讚，呈現出値得反思的問題：如：「異史氏」稱小梅「死友而不忍忘，感恩而思所報，獨何人哉！狐乎！倘爾多財，吾爲爾宰」。「異史氏」稱細柳「而乃不引嫌，不辭謗，卒使二子一貴一富，表表於世」。另外，從身爲婢女的青梅承擔家計，是以「能識英雄於塵埃，誓嫁之志，期以必死」之用心，以刺繡爲業，不僅解除張家的窮困，終於讓張生無後顧之憂而考取科舉，此亦展現女性經濟活動的堅定毅力。

蒲松齡透過《聊齋誌異》一書所要塑造的「女主外」，或是「內外兼顧」的理想女性形象，其實已呈現蒲松齡特意強調女性之自主與處世之能量，並非只是外在社會環境的變化所致，而是源自女性群像內在的價値自覺與自我實踐。這樣的覺醒，大抵可從《聊齋誌異》中女性從事經濟活動表現出來。其表現亦非從反抗的行爲來

---

[105] 見《蒲松齡全集・雜著》，〈《農桑經》序〉，頁247。另於《家政內編》序云「陶朱居室，亦資蠶黛之人；西伯行仁，尤須桑蠶之婦」等針對女性掌內之重要性論說，然而古書所載內容已亡佚，文中在〈書齋雅制〉則記筆墨硯印以至於裝潢等諸多室內之事。（見蒲松齡著、盛偉編：《蒲松齡全集》，頁217）

圖利個人，而是在他的「禮緣情制」的詮釋框架中，進行其「情禮兼得」之理念的實踐。故其所寫「善經濟」的女性，大抵是偏正面人物，或由悍妒婦女轉為賢婦，由此所展現出女性在實踐經營工作過程中，是有其理想價值的自覺，有意翻轉盲目服膺父權的刻板形象，從其價值朗現中更看出關懷社會之用心，以及彰顯人倫禮序之美。

附表一：《聊齋誌異》女性經濟活動一覽表

卷次	篇名	女性姓名	《聊齋誌異》敘述「經濟活動」之文本	男性狀況	現象與結果
一	王成	王成外婆	外婆贈金助他經商	初懶惰後精進爲商，後治田。	嫗命治良田三百，過三年，家亦富。
二	阿寶	阿寶	善居積，亦不以他事累生，居三年，家益富。	癡於書，不知理家人生業。	善於持家幫助丈夫科舉考試。
	紅玉	紅玉	爲馮生養子。出金治織具；租田數十畝，僱傭耕作。荷鑱誅茅，牽蘿補屋，日以爲常。	先被陷入獄，後考取科舉。	租田僱傭耕作，扛起一家生計，讓丈夫考科舉。
四	白于玉	葛琳	外理生計，內訓孤兒，井井有條。	入山求道。	丈夫出遊學道，女性獨理家計，教養孤兒。
三	小二	小二	女爲人靈巧，善居積，經紀過於男子。嘗開設琉璃廠，每進工人而指點之，一切棋燈，其奇式幻采，諸肆莫能及，以故直昂得速售。居數年，財益稱雄。	女方主導，男方輔助共同經營產業。	善於持家，與丈夫一起經營「琉璃廠」，爲人靈巧，數年後，財富稱雄，又能接濟鄉里。
四	青梅	青梅阿喜	阿喜：出金助青梅贖身。青梅：爲婢女，嫁給張生。勤操作；且又工於刺繡，一時商買候門以購，所得之賚。	張生孝順貧窮，娶青梅後安心準備科舉。	「工於刺繡」，勤勞養家，幫助丈夫考科舉。

卷次	篇名	女性姓名	《聊齋誌異》敘述「經濟活動」之文本	男性狀況	現象與結果
四	辛十四娘	辛十四娘	日以紉織爲事……又時出金帛作生計。日有贏餘，輒投撲滿。	行止輕薄，被陷入獄	從事「紉織」，累積財富，解救被陷入獄的丈夫。
五	鴉頭	鴉頭	母開妓院，被迫要當娼妓。後爲王文私奔。作披肩，刺荷囊，日獲贏餘，飲膳甚優。	私奔後男方販酒爲業，女方紡織。	從事「披肩」、「刺繡」，收入豐厚，改善家計。
六	細候	細候	爲娼妓，爲滿生欲贖身，後被騙嫁爲富商婦	爲人西席	細候後嫁給滿生。
六	江城	江城	勤儉又善居積，三年，翁緼不問家具，而富稱巨萬矣。	初好遊蕩，後專心科舉。	由悍婦轉爲賢婦孝敬公婆，勤儉持家。
七	柳生	周氏	女持家逾於男子，擇醇篤者授以資本，而均其息。每諸商會計於檐下，女垂簾聽之；盤中誤下一珠，輒指其訛。內外無敢欺。	初爲小吏，歷劫歸家後情況不明。	幫助丈夫經營貿易，從事錢莊借貸事業，「持家逾於男子」。
七	胡四娘	胡四娘李夫人三娘	紡織存金供夫科考，李夫人、三娘亦贈金程生。	程生貧窮有才能，準備數年後考上科舉。	程生、胡四娘回報三娘，撫養無子的李夫人。
七	細柳	細柳	於畝之東南，稅之多寡，按籍而問，惟恐不詳。又以此法計衣食，由此用度益紓。	夫死子幼。	丈夫高生早逝，善於「稅務按籍」之事。

卷次	篇名	女性姓名	《聊齋誌異》敘述「經濟活動」之文本	男性狀況	現象與結果
七	霍女	霍女	以騙術自賣千金贈與黃生娶妻。	貧而有行。後出貲經營，頗稱富有。	助黃生興家娶妻。
	呂無病	王氏	垂簾課主計僕，綜理微密。	家境殷實。	由悍婦轉爲賢婦，幫助丈夫管理家業。
八	小梅	小梅	終日經紀內外，以此家中百廢待舉。數年中，田地連阡，倉廩萬石矣。爲保留家產，預作謀畫。	家境殷實，夫亡子幼。	爲報夫恩，夫亡後，努力振興家業，養家育子。
	農婦	農婦	婦自赴顏山，販陶器爲業。有贏餘，則施丐者。	在外經商。	從事販賣「陶器」，行有餘力，樂善好施。
	張鴻漸	方氏	夫逃亡在外十餘年，獨自育子考上科舉。	被陷逃亡。	丈夫逃難，擔負起養家育子的責任，其後子中科舉。
九	雲蘿公主	謝氏 郭氏 耿進士夫人	雲蘿公主：出金幫安生蓋屋。 郭氏：婦持籌握算，日致豐盈。 謝氏：躬設典肆，垂簾納物而估其值，左持籌，右握管；老僕供奔走而已，由此居積致富。經營家計。	郭氏：丈夫好賭，後悔過應試。 謝氏：丈夫行爲放蕩。 耿進士夫人每以續火佐讀，後考取進士。	開設當舖，管理家業，累積致富，嚴管丈夫考科舉。

卷次	篇名	女性姓名	《聊齋誌異》敘述「經濟活動」之文本	男性狀況	現象與結果
九	雲蘿公主	謝氏郭氏耿進士夫人	耿進士夫人每以績火佐讀。		
	喬女	喬女	紡績自給，後為孟生家早暮為之紀理。	其夫早亡子幼，於知己孟生亦早死後。	丈夫早逝，以紡織養家育子，幫助知己育子振興家業。
	劉夫人	劉夫人	出資請廉生經商有成，所得悉分為五，自取其二以遺長孫荆卿。	荆卿以此經商成富，玉卿好賭終至身亡。	廉、劉兩家皆富。
	阿纖	阿纖	晝夜績織無停晷出私金，日建倉廩，而家中無擔石，共奇之。年餘驗視，則倉中盈矣。不數年，家大富。	家境不豐。	日以繼夜，從事績織事業，改善貧困生活
十	瑞雲	瑞雲	初為名妓，因病當婢女，後被贖身。	賀生家僅中貲，瑞雲雖醜狀類鬼，仍籌金為她贖身。	瑞雲堅貞之心感動神仙，幫她恢復美顏。
	珊瑚	珊瑚	紡織籌金購食物孝順婆婆，後挖到黃金致富。	安生孝順個性懦弱。	珊瑚勤勞孝順，縱被休，仍辛勤夜績，終感動婆婆。

卷次	篇名	女性姓名	《聊齋誌異》敘述「經濟活動」之文本	男性狀況	現象與結果
十	仇大娘	仇大娘邵氏姜氏	仇大娘：勇告官。善理家，不但「養母教弟，內外有條。」且善經營「第宅亦頗完好」 姜氏：頗稱賢能，百事賴以經紀，由此用漸裕。	仇大娘夫亡子幼。生父失蹤，大弟被誘賭博敗家，二弟幼小無力。	父既歸，堅辭欲去。兄弟不忍。父乃析產而三之：子得二，女得一也。 仇大娘幫助娘家振興家業。
十一	黃英	黃英	一年增舍，二年起夏屋…更于牆外買田一區，築墻四周，悉種菊。課僕種菊，一如陶。得金益合商賈甲第益壯。	家清貧，恥以妻富。	從事「種菊」事業，與商賈合資外，買田耕種致富。
十二	紉針	紉針夏氏	紉針年幼要賣給富家為妾；夏氏籌金救助。	紉針父貧其夫傅生考取進士。	紉針堅持到夏氏家為女，紡績縫紉。
十二	錦瑟	錦瑟蘭氏女	蘭氏幫助王生許為起屋治產，蘭氏女驕倨。 錦瑟：為仙姬，以罪被謫，收養冤魂，贈物於王生。	王生家清貧受蘭氏女的欺凌，至錦瑟開設善堂擔任主簿。	蘭氏女取巨金置生懷，生拋金奪門而出：女另嫁富商。錦瑟與婢女同嫁王生。
十二	房文淑	房文淑	房文淑：贈金。 鄭生妻：育文淑子，得金，少權子母（出資放債生息），家以饒足。	初鄭生遊學在外，後從商賺錢返家。	鄭生妻代人育子，出資放債以生利息賺錢。

附表二：明清女性參與經濟活動相關文獻參考

目次	篇名	內文	出處
一	陳處士墓誌銘	陳氏，長洲縣人，極力田畝間，以贍其家。其妻錢氏躬紡織以助之。	吳寬，《匏翁家藏集》卷65
二	先世事略	吳寬其母「勤勞內助，開拓產業。傭奴千指，衣食必均」。	吳寬，《匏翁家藏集》卷58
三	風俗	勤稼穡，故女亦從事蒔刈、桔橰，不只餉饁而已。	《正德姑蘇志》卷13
四	風俗	婦女勤紡織，早作夜休，一月常得四十五日。	《萬曆嘉定縣志》卷2〈疆域考下〉
五	謝榛傳	江西建昌府侈婦飾僭擬妃嬪，娼優、隸卒之婦亦有橫金、橫帶者。	《明史》卷278
六		北直河間府任丘縣先年婦人非受封不敢戴樏冠、披紅袍、系拖帶，今富者皆服之，又或著百花袍。	王世貞，《觚不觚錄》
七	崇尚	（衣飾）至嘉靖中，庶人之妻多用命婦，富民之室亦綴獸頭。循分者歎其不能頓革。	《吳江縣志》卷38
八	風俗	丈夫衣文繡，襲以青絹青紬，謂之「襯衣」；履絲策肥，女子服五綵，衣金珠、石山、虎魄、翠翟冠，嫁娶用長衫束帶，貲裝緹帷竟道。	《太平縣志》卷2〈輿地志下〉
九	游虎丘記	畫船鱗次，管弦如沸，都人士女，靚妝麗服，各持酒餚，彈棋博陸。	江盈科著，黃仁生輯校：《江盈科集》
十	風俗志	蘇州城內以織造為業的婦女，服飾上特別好為豔妝炫服。	《長洲縣志》卷1

目次	篇名	內文	出處
十一	細簡裙	梁簡文詩：「羅裙宜細簡。」先見廣西婦女衣長裙，後曳地四五尺，行則以兩婢前攝之。簡多而細，名曰馬牙簡，或古之遺制也，與漢文後宮衣不曳地者不同。《韻書》曰：「襉裙，幅相攝也。」杭婦女闊簡高係，以軟薄為尚。北方尚有貼地者，以不纏足，欲裙蓋之也。又杜牧〈詠襪〉詩：「五陵少年欺他醉，笑把花前出畫裙。」是唐之裙亦足以隱足也。畫裙，今俗盛行。	田藝衡：《留青日札》卷20
十二	崇禎3年2月戊寅條	承平既久，風俗日侈，士庶服飾僭擬王公，恥儉約而愚貞廉，男為女飾，女為道裝。	汪楫編：《崇禎長編》卷31
十二		又有女戴男冠，男穿女裙者，陰陽反背，不祥之甚。	蕭約：《赤山會約》
十三	叢贅·女飾	弘治、正德初良家恥類娼妓……（明季）余觀今世婦女裝飾幾視娼妓為轉移。	談遷：《棗林雜俎》
十四	服舍	弘治間，婦女衣衫，僅掩裙腰；富用羅、緞、紗、絹，織金衫通袖，裙用金彩膝襴，髻高寸餘。正德間，衣衫漸大，裙褶漸多，衫惟用金彩補子，髻漸高。嘉靖初，衣衫大至膝，裙短褶少，髻高如官帽，皆鐵絲胎，高六七寸，口周尺二三寸餘。	《太康縣志》卷4
十五	風俗考·政化紀略	城市中，絕無男子服褌衫兩截者，有之則眾笑曰「村夫」，絕無婦人戴銀簪餌者，有之則眾笑曰「村婦」。絕無著巾服跨驢者，有之則眾笑曰「街道士」。	《宣府鎮志》卷20

目次	篇名	內文	出處
十六	西山十記	（北京西直門外西湖）每至盛夏之月，芙蓉十里如錦，香風芬馥，士女駢闐，臨流泛觴，最爲勝處矣。	袁中道：《珂雪齋集》
十七	武林富春遊記	（西湖）湖中盡植紅蓮，異時若春夏晚秋，則錦雲萬頃，湖船、郵敖、畫艦或舴艋，輕橈如葉；士女好遊，多爲青樓冶妝，遊無休時，綺繪與花柳相豔也。	《古今遊記叢鈔》
十八	湖上雜敘	天竺之山，周遭攢簇如城，余仲春十八夜宿此，燒香男女，彌谷被野，一半露地而立，至次早方去。堂上堂下，人氣如煙，不可近。	袁宏道：《袁宏道集箋校》

柒、結　論

　　本書針對蒲松齡《聊齋誌異》中，有關女性書寫的文本為研究對象，進行系列性議題的探討。從「女性主體意識」、「女性至情之美」、「女性理想典型」、「女性成全之情」，以及「女性經濟活動之價值體現」等議題，來探討時代背景、社會條件及作者寫作的意圖。經由各單元議題的討論，大抵可見《聊齋誌異》已展現女性生命存在價值之意涵，同時也在日用倫常中，實踐情禮融合之價值。其中更透過鬼狐與人性的反思辯證，彰顯出《聊齋誌異》中的女性，對生命存在價值的自覺與實踐，以及對情感婚姻自主的抉擇。

一、各單元議題的要義

（一）《聊齋誌異》中女性的主體意識

　　當前找尋「女性主體」的議題，仍是學界的矚目焦點，這在研究明清婦女史的學界更是沸沸揚揚。研究者雖已意識到女性主體的問題，甚至比西方漢學界先一步發現中國傳統婦女的主體意識，但尚未針對此一議題深入闡述。因此，如何整合傳統和近代

以來的中國女性研究成果，實乃當前首要關注的課題。

若就《聊齋誌異》中「女性主體意識」的研究而言，已可見晚明清初女性對於生命本真的實踐，頗能彰顯理想的精神、堅毅不拔的勇氣、知恩圖報的性情、才德雙全的智慧等價值，表現了女性生命自覺的精神。因此，女性生命自覺朝向的兩個選擇，無論是「順從」或「反抗」，多能展現真實感人的生命意涵。

女性主體性非僅侷限於「反抗」與「順從」的對立思考，亦非只依附於男權發聲。其中有自主自覺所呈顯之「主體意識」，由此以彰顯女性主動、自覺去面對存在處境，做出自我的抉擇及興發承擔的勇氣。就此「真」的價值追尋，以及「情禮融合」的實踐，如何從中國傳統文化，再創當代意義？或許我們可從《聊齋誌異》小說文本中所蘊涵女性對愛、對理想、對報恩、對情義無怨無悔的堅持，以及呈現活活潑潑的生命動力，提示當代女性面對困境的指引，讓當代女性更有自信、自覺的追求美好的生活。

（二）《聊齋誌異》中由「禮緣情制」所揭示女性至情之美

針對《聊齋誌異》女性「至情之美」的研究，本單元透過「禮緣情制」之意涵與「至情精神」的落實，確實已彰顯情禮兼得之「女性至情之美」的價值意義。《聊齋誌異》所呈現的女性，其面對禮與情的衝突時，最終的選擇通常是自覺以真情為優先考量，由「情之真」與「情之正」來呈現其生命價值。因此，當這些女性的愛情受到禮法的壓迫時，仍能忠於自己的愛情，並不會只為順從父命而嫁人，而能自覺地表現其情禮兼得之美，以及護守「禮緣情制」之至情。

　　由此可知，至情生命並非只是情眞的表現；而必須透過自覺選擇與實踐過程，才可表現出情禮兼得之美，反映出禮的眞精神。也因爲《聊齋誌異》女性情禮兼得，表現在勇於面對、承擔、成全的生活實踐，故其眞實生命得以朗現「禮緣情制」的核心價值。透過至情的實踐過程，由此更彰顯其情禮兼得的至情之美。

（三）《聊齋誌異》中所塑造的女性理想典型

　　關於探討《聊齋誌異》塑造女性理想典型的研究，本單元主要是透過〈黃英〉、〈小二〉、〈細柳〉等篇的人物形象塑造，或角色的衝突性安排，突顯蒲松齡所提出「禮緣情制」的觀念，何以要從傳統禮教對比情意自主的衝突與超越；又從超越一般墨守禮文，選擇兼顧情與禮的人倫實踐，以呈現女性的理想典型。這理想典型乃在於表現「情禮融合」的生命存在價值。在這些小說女性人物中，其「情」與「禮」的關係，並非衝突與對立，而是一種相互融合的完滿成果。

　　此外，蒲松齡在刻劃「內外兼顧」之女性所要面對的社會現象時，特別突顯傳統「男主外，女主內」的兩性關係，男人卻無能去承擔「主外」的責任；反而藉由「內外兼顧」的女性，一肩扛下生活的苦難。這些理想典型的女性表現，正隱含著蒲松齡的創作用心所在，揭示女性也與男性同樣具有「應時處變，創造人生」、「智巧圓融，開創新機」、「膽識過人，扭轉頹運」等能力。這樣或可回應明清文人受到三重宰制的問題：其一受科舉的桎梏，其二受悍妒婦的壓迫，其三受經濟貧窮的困阨。由此亦可見《聊齋誌異》中對「內外兼顧」、「情禮融合」的女性，實已賦予極高的價值肯定。

（四）《聊齋誌異》中狐女「成全之情」的價值意涵

　　本單元在探討《聊齋誌異》狐女「成全之情」的意涵，可見蒲松齡筆下之「狐女」，面對值得託付終身的書生時；其表現愛戀之情的方式，除了實踐報恩以及追求情欲的安頓外，更彰顯狐女不求「名份」，不求回報，積極主動幫助書生面對種種困境之自發性行為，以朗現其「成全之心」。透過《聊齋誌異》狐女「成全之情」的表現，在「助人為情」與「捨情成禮」這兩類型，已將其「情意生命」的安頓與昇華，呈現「成全之情」的理想典型。其中更隱含人類最為可貴、最為難得，也最難抉擇的情操。這種「可捨」、「無欲」、「無悔」的真情，透過狐女的兩性互動行為來表現。無怪乎此書之所以被稱為「鬼狐傳」的豐富意義，或可說是蒲松齡創作意圖之所在。

　　此外，透過狐女「成全之情」的詮釋，更可揭示其中實隱含著蒲松齡所要建構「情禮融合」的和諧人倫關係，以及超越情慾的成全之情。這樣的書寫除了回應當時「形骸論」、「世情如鬼」等社會亂象外，更同時朗現情禮融合的至情價值。

（五）《聊齋誌異》中女性經濟活動的價值體現

　　本單元大抵揭明《聊齋誌異》中，女子可以撐起一片天，幾乎取代男性角色的能力。然而這些「善經濟」的女性表現，其行為雖以「性別越位」來反映社會現實生活中，經濟活動的轉型；但並非流於對抗父權，而是體現情意生命的自主，以及為守護人倫禮序的實踐：故其興家立業，並非只在個人享樂，或只在成就自己，

其體現的價值主要是以將心比心、推己及人的態度去助人，更有「親親仁民而愛物」的關懷，同時又能展現「里仁爲美」的理想。

由此可見，蒲松齡透過《聊齋誌異》一書所要創造「內外兼顧」的理想女性形象，都是在他「禮緣情制」的觀念框架中，進行「情禮兼得」之理念的實踐。故其所書寫「善經濟」的女性，大抵是偏向正面人物，或由悍妒婦女轉爲賢婦；由此所展現女性在經濟活動的過程中，實有其理想價值的自覺，因而推翻盲目服膺父權的刻板形象。從其價值的體現，更看出關懷社會之用心，以及彰顯人倫禮序之美。

綜上所述，即可看出蒲松齡的「女性書寫」，乃是針對「女性」的存在處境與情感歸屬，以及女性在男權社會中的困境和奮鬥等問題，提出他獨具隻眼的回答；透過《聊齋誌異》一書中，女性主體意識、至情之美、成全之情的描述，以及塑造理想女性典型，同時從女性實際參與經濟活動的過程中，已可看出蒲松齡對女性之社會地位的轉變，似乎期待著傳統「男主外，女主內」的固定關係能有所鬆動，同時也讓女性能在不違反「禮」的基本精神下，展現其情意生命的自覺與自由選擇的主體意識，由此將「情禮融合」之生命本眞與至情的存在價值朗現出來。

準此，本書所用「女性書寫」一詞，雖源自西方女性主義；然而筆者以爲相關女性自主意識覺醒的文學性描述，其實在晚明清初時期的《聊齋誌異》一書中，已有所關注。從蒲松齡自覺的創作意識所描述的女性形象，我們可以體會到他所寄寓的時代存在感受。就蒲松齡而言，這樣的存在感受，一方面來自其存在處境與身世遭遇的體認；另一方面則承受明代整體社會結構轉變的衝

擊，使得當時出現不少男女對待關係的問題。同時也突顯了明清
之際，女性的自主性可以展現的空間。

　　本書從《聊齋誌異》對女性的書寫來看，有關女性自主性意識
與應對生命存在的行爲模式，早在中國三百多年前的蒲松齡，就
已經或有意或無心地藉由女性做爲其小說書寫的主要對象，進行
文化傳統與社會亂象的反思批判。因而刻畫出許多女性自主意識
的情節，型塑出女性至眞、至善、至美的理想範型。我們綜觀其
書寫女性的主要目的，乃在回應當時「情僞而不眞」、「禮虛而不
實」的時代現象，並且提出「禮緣情制」的觀念，強調「情禮融合」
之至情生命的存在價值。

二、本研究議題未來的展望

　　如前所述，以「女性」爲題的研究，是當代學者關注的重要議
題之一。雖然本書是以《聊齋誌異》的女性，進行系列性主題的論
述；然而有關女性之生命存在價值的問題，在中國古典文學的作
品中，仍有許多值得吾人深入研究者。這些文本之意涵，除了挪
借西方女性主義文學理論做爲詮釋基礎外；是否我們也可以順著
中國傳統思維，從古代社會情境中，重新反思屬於中國民族文化
情境所呈現的女性生命存在問題；以及從「女性書寫」的文本語境
中，理解古人對於兩性關係，是否還有其他類似蒲松齡這種獨特
的觀點。因此，除了《聊齋誌異》之外，從明清更多的文學作品，
重新反思「女性主體意識」、「兩性關係」等議題，乃是未來可以

繼續研究的展望之一。

　　此外，早在中國三百多年前的蒲松齡，已提出諸多對女性自主意識的思考。他所回應的正是晚明清初大時代風氣與社會結構的轉變。這樣的轉變應該是出於對「男尊女卑」、「男主外，女主內」之傳統觀念與倫理結構的反思；但是，這種反思相當溫和，並不會導致瓦解社會結構，顛覆家庭倫常的強烈衝擊。因此蒲松齡對「女性」形象的書寫，並沒有脫離倫常體系。他所關懷的主要問題之一，乃是將「女性」放在「夫婦」倫常中，揭明對家庭所能承擔更多元的功能，而不僅是生養兒女，料理家務罷了。他所關懷的主要問題之二，則是在兩性關係中，女性對情愛的取捨，要如何謹守「禮緣情制」的觀念，而實現「情禮兼得」的理想。無論上述蒲松齡所關懷的第一、第二問題，他的基本觀念是，女性對自己行為的選擇，都應該出於「自主意識」。

　　筆者認為在《聊齋誌異》的文本中，已為三百多年前的中國社會，描繪了豐富而複雜的女性精神群像。這些女性有其情意生命的獨立精神，又能融入世情，從容積極的參與經濟活動，創造出女性面對時代變遷、觀念轉型的處境，實現多元價值意涵與發展的可能性。這也就是我們從明清之際的社會史及女性生活史中，所看到的女性奮鬥圖像。

　　此一女性奮鬥圖像在明清的文學作品中，例如瞿佑《剪燈新話》、李昌祺《剪燈餘話》、紹景詹《覓燈新話》等，除了表現他們對女性的關懷之外，更藉著女性的奮鬥圖像，以反思晚明世風的問題。此外，晚明在「女性主體意識」、「兩性關係」的議題，除了蒲松齡，其他士人也有不少關注及反思，例如本書所論及的

馮夢龍，在《三言》中的許多故事情節，對於兩性「情」與「禮」
關係之描寫，也已反映出晚明時期，兩性的愛情與婚姻乃是士人
所關懷的重要社會課題，其中隱含著馮夢龍對女性自主意識的肯
定。這也是未來可以繼續研究的展望之一。

　　這樣的女性奮鬥圖像，在清代的文學作品裡，例如《紅樓
夢》、《鏡花緣》等長篇小說，對女性形象的塑造，已非只是傳統
「順從」的類型。其中，透過情節與人物形象的對比描述，也表現
了作者對於女性主體意識及兩性關係的自覺反思。由此可見在這
些作者的創作意圖中，對於女性生命存在價值的定位與實踐，如
愛情或婚姻的自主性，都能揭示女性之情意生命的意涵。這也是
筆者對「明清女性研究」議題未來的展望之一，期能為當前學界所
積極建構之「中國婦女史」，增添一種新的詮釋視域。

參引書目舉要

一、專書原典

（一）蒲松齡著作

蒲松齡著、盛偉編：《蒲松齡全集》（上海：學林出版社，1998 年）。

（清）蒲松齡：《聊齋誌異手稿本》（臺北：世界書局，1972 年）。

（清）蒲松齡：《聊齋誌異》（臺北：世界書局，1974 年）。

（清）蒲松齡著、張友鶴輯校：《聊齋誌異會校會注會評本》（臺北：里仁書局，1991 年）。

（清）蒲松齡著、趙蔚芝箋注：「聊齋詩集箋注」（濟南：山東大學出版社，1965 年）。

（清）蒲松齡著、劉階平選注：《聊齋詞集選注》（臺北：臺灣中華書局，1970 年）。

（二）其他原典（以作者時代、姓氏筆畫為順序）

（西漢）司馬遷：《史記》（北京：中華書局，1982 年）。

（東漢）鄭玄註、（唐）孔穎達疏：《禮記正義》（臺北：藝文印書館，1985 年）。

（宋）黎靖德，王星賢點校：《朱子語類》（北京：中華書局，1994 年）。

（魏）王弼注，樓宇烈校釋：《老子周易王弼注校釋》（臺北，華正書局，1983 年）。

（明）王守仁：《陽明全集》（臺北：臺灣中華書局，1965 年）。

（明）王夫之：《船山遺書全集・讀四書大全》（臺北：中國船山學會、自由出版社，1972 年）。

（明）陳確：《陳確集》（臺北：漢京文化公司，1984 年）。

（明）天然痴叟：《石點頭》（北京：華夏出版社，1995 年）。

（明）文震亨：《長物志》（收錄於《筆記小說大觀》20 編 6 冊，臺北：新興書局，1990 年；臺北：藝文印書館，1965 年）。

（明）王士禛：《池北偶談》（北京：中華書局，1997 年）。

（明）余懷著，劉如溪點評：《板橋雜記》（青島：青島出版社，2002 年）。

（明）李漁：《閒情偶寄》（杭州：浙江古籍出版社，1992 年）。

（明）凌濛初：《二刻拍案驚奇》（臺北：河洛圖書出版社，1980 年）。

（明）凌濛初：《初刻拍案驚奇》（臺北：河洛圖書出版社，1980 年）。

（明）張岱：《陶庵夢憶》（上海：上海古籍出版社，1982 年）。

（明）梅鼎祚：《青泥蓮花記》（合肥：黃山書社，1998 年）。

（明）陳繼儒：《晚香堂集》（收於《四庫全書禁毀叢刊》集部 66 冊，北京：北京出版社，1998 年）。

（明）陸人龍：《型世言》（南京：江蘇古籍出版社，1994 年）。

（明）湯顯祖：《牡丹亭》（臺北：里仁書局，1986 年）。

（明）馮夢龍：《喻世明言》（臺北：鼎文書局，1980 年）。

（明）馮夢龍：《醒世恆言》（臺北：里仁書局，1991 年）。

（明）馮夢龍：《警世通言》（臺北：鼎文書局，1980 年）。

（明）馮夢龍編：《情史》（杭州：浙江古籍出版社，1998 年）。

（明）謝肇淛：《五雜俎》（北京：中華書局，1959 年）。

（清）王端淑評選：《名媛詩緯初編》（清康熙間清音堂刊本）。

（清）沈起鳳：《諧鐸》（臺北：新文豐出版公司，1981 年）。

（清）俞樾：《右台仙館筆記》（臺北：廣文書局，1967 年）。

（清）宣鼎：《夜雨秋燈錄》（上海：上海古籍出版社，1987 年）。

（清）宣鼎：《夜雨秋燈續錄》（上海：上海古籍出版社，1987 年）。

（清）紀昀著、余夫等點校：《閱微草堂筆記》（長春：吉林文史出版社，1997 年）。

（清）紀曉嵐：《閱微草堂筆記》（臺北：新興書局，1984 年）。

（清）曾七如：《小豆棚》（臺北：新文豐出版公司，1981 年）。

（三）官書

（明）朱元璋：《御制大誥武臣》（精鈔大字善本，洪武二十年御序，臺北：中央研究院）。

（清）祝慶祺編：《刑案匯覽》（臺北：成文出版社，1968 年）。

（清）張廷玉等：《明史》（北京：中華書局，1974 年）。

（清）賀長齡：《皇朝經世文編》（臺北：世界書局，1964 年）。

（清）盛康輯：《皇朝經世文編續編》（臺北：文海出版社，1972 年）。

（清）賀長齡、魏源等編：《清經世文編》（北京：中華書局，1992 年）。

中央研究院歷史語言研究所校勘：《明實錄》（臺北：中央研究院歷史語言研究所，1966 年）。

中央研究院歷史語言研究所編：《明清史料》（臺北：維新書局，1972 年）。

（四）其他典籍（以作者時代、姓氏筆畫為順序）

（明）王士性：《廣志繹》（北京：中華書局，1981 年）。

（明）何良俊：《四友齋叢說》（北京：中華書局，1983 年）。

（明）余繼登：《典故紀聞》（北京：中華書局，1981 年）。

（明）李清：《三垣筆記》（北京：中華書局，1982 年）。

（明）李詡：《戒庵老人漫筆》（北京：中華書局，1982 年）。

（明）沈德符：《萬曆野獲編》（北京：中華書局，1980 年）。

（明）武之望：《濟陰綱目》（北京：人民衛生出版社，1996 年）。

（明）張瀚：《松窗夢語》（北京：中華書局，1985 年）。

（明）陸容：《菽園雜記》（北京：中華書局，1985 年）。

（明）焦竑：《玉堂叢語》（北京：中華書局，1981 年）。

（明）黃瑜：《雙槐歲鈔》（北京：中華書局，1999 年）。

（清）王士禎：《古夫于亭雜錄》（北京：中華書局，1988 年）。

（清）王弘撰：《山志》（北京：中華書局，1999 年）。

（清）李斗：《揚州畫舫錄》（北京：中華書局，1960 年）。

（清）屈大均：《廣東新語》（北京：中華書局，1985 年）。

（清）徐珂：《清稗類鈔》（臺北：臺灣商務印書館，1966 年）。

（清）陳確：《新婦譜補》（收於《筆記小說大觀》，臺北：新興書局，1974
　　年）。

（清）陸圻：《新婦譜》（收於《筆記小說大觀》，臺北：新興書局，1974
　　年）。

（清）褚人穫：《堅瓠集》，《筆記小說大觀續編》（臺北：新興書局，1973
　　年）。

二、方志

《山東通志》重印雍正七年版（臺北：華文書局，1969 年）。

《川沙廳志》（臺北：臺灣學生書局，1968 年）。

《如皋縣志》（臺北：臺灣學生書局，1968 年）。

《曲阜縣志》（臺北：臺灣學生書局，1968 年）。

《東臺縣志》（臺北：臺灣學生書局，1968 年）。

《直隸通州志》（臺北：臺灣學生書局，1968 年）。

《阜寧縣志》（臺北：臺灣學生書局，1968 年）。

《青州府志》（臺北：臺灣學生書局，1968 年）。

《南京杭州府　蘇州府　紹興府　潮州府》（收入《永樂大典本地方志彙刊》，
　　京都市：中文出版社，1981 年）。

《泰州志》（臺北：臺灣學生書局，1968年）。

《崇禎松江府志》（收入《日本藏中國罕見地方志叢刊》，北京：書目文獻出版社，1992年）。

《康熙保定府志》（收入《日本藏中國罕見地方志叢刊》，北京：書目文獻出版社，1992年）。

《隨州志》（臺北：臺灣學生書局，1968年）。

《濟南府志》（臺北：臺灣學生書局，1968年）。

《濟寧直隸州志》（臺北：臺灣學生書局，1968年）。

《臨淄縣志》（臺北：臺灣學生書局，1968年）。

三、現代著作（以作者姓氏筆畫為順序）

于天池：《蒲松齡與《聊齋志異》脞說》（臺北：秀威資訊科技公司，2008年）。

毛文芳：《卷中小立六百年—明清女性畫像文本探論》（臺北：臺灣學生書局，2013年）。

毛文芳：《物‧性別‧觀看——明末清初文化書寫新探》（臺北：臺灣學生書局，2001年）。

牛健強：《明代中後期社會變遷研究》（臺北：文津出版社，1997年）。

王日根：《明清民間社會的秩序》（長沙：岳麓書社，2003年）。

王汝梅、張羽：《中國小說理論史》（杭州：浙江古籍出版社，2001年）。

王秋桂：《韓南中國古典小說論集》（臺北：聯經出版事業公司，1979年）。

王爾敏：《明清社會文化生態》（臺北：臺灣商務印書館，1997年）。

王爾敏：《明清時代庶民文化生活》（臺北：中央研究院近代史研究所，1996年）。

王璦玲：《晚明清初戲曲之審美構思與其藝術呈現》（臺北：中央研究院中國文哲研究所，2005年）。

王璦玲主編：《明清文學與思想中之主體意識與社會（文學篇上‧思想篇下）》

（臺北：中央研究院中國文哲研究所，2004 年）。

王鴻泰：《三言二拍的精神史研究》（臺北：臺灣大學出版社，1994 年）。

白凱：《中國的婦女與財產，1960～1949 年》（上海：上海書店出版社，2003 年）。

伊恭弘：《世情與世相》（北京：華文出版社，1997 年）。

向楷：《世情小說史》（杭州：浙江古籍出版社，1998 年）。

朱立元主編：《當代西方文藝理論》（上海：華東師範大學出版社，2005 年）。

牟宗三：《中國哲學十九講》（臺北：臺灣學生書局，1983 年）。

衣若蘭：《三姑六婆——明代婦女與社會的探索》（板橋：稻鄉出版社，1992 年）。

何滿子：《中國愛情小說中的兩性關係》（上海：上海書店出版社，1999 年）。

余英時：《中國近世宗教倫理與商人精神》（臺北：聯經出版事業公司，1987 年）。

吳九成：《聊齋美學》（廣州：廣東高等教育出版社，1998 年）。

吳存存：《明清社會性愛風氣》（北京：人民文學出版社，2000 年）。

吳志達：《中國文言小說史》（濟南：齊魯書社，1994 年）。

吳秀華：《明末清初小說戲曲中的窈說女性形象研究》（南京：江蘇古籍出版社，2002 年）。

吳禮權：《中國言情小說史》（臺北：臺灣商務印書館，1995 年）。

吳禮權：《中國筆記小說史》（臺北：臺灣商務印書館，1992 年）。

巫仁恕：《品味奢華：晚明的消費社會與士大夫》（臺北：中央研究院、聯經出版事業公司，2007 年 5 月）。

巫仁恕：《奢侈的女人——明清時期江南婦女的消費文化》（臺北：三民書局，2005 年）。

李小江等主編：《性別與中國》（北京：三聯書店，1994 年）。

李小江等：《歷史、史學與性別》（南京：江蘇人民出版社，2002 年）。

李孝悌主編：《中國的城市生活》（臺北：聯經出版事業公司，2005 年）。

李志宏：《明末清初才子佳人小說敘事研究》（臺北：大安出版社，2008 年）。

李志宏：《演義—明代四大奇書敘事研究》（臺北：大安出版社，2011 年）。

李亞寧：《明清之際的科學文化與社會》（成都：四川大學出版社，1992 年）。

李桂奎：《元明小說敘事型態與物欲世態》（上海：上海古籍出版社，2008 年）。

李劍國、陳洪：《中國小說通史》（北京：高等教育出版社，2007 年 6 月）。

杜芳琴：《發現婦女的歷史 —— 中國婦女史論集》（天津：天津社會科學院出版社，1996 年）。

邢麗鳳、劉彩霞、唐名輝：《天理與人欲 —— 傳統儒家文化視野中的女性婚姻生活》（武昌：武漢大學出版社，2005 年）。

孟悅、戴錦華：《浮出歷史地表》（臺北：時報文化出版公司，1993 年）。

孟森：《明清史講義》（北京：中華書局，1981 年）。

孟森：《清史講義》（北京：中華書局，2008 年 7 月）。

勞思光：《新編中國哲學史》（臺北：三民書局，2007 年）。

林辰：《明末清初小說述錄》（瀋陽：春風文藝出版社，1988 年）。

林保淳：《古典小說中的類型人物》（臺北：里仁書局，2003 年）。

林樹明：《女性主義文學批評在中國》（貴州：貴州人民出版社，1995 年 12 月）。

邵吉志：《從《聊齋誌異》到「俚曲」：蒲松齡新解》（濟南：齊魯書社，2008 年）。

金鑫榮：《明清諷刺小說研究》（南京：鳳凰出版社，2007 年）。

姜守鵬：《明清社會經濟結構》（長春：東北師範大學出版社，1992 年）。

柳素平：《晚明名妓文化研究》（武昌：武漢大學出版社，2008 年）。

段江麗：《禮法與人情 —— 明清家庭小說的家庭主題研究》（北京：中華書局，2006 年）。

洪淑苓、鄭毓瑜、蔡瑜、梅家玲、陳翠英、康韻梅合著：《古典文學與性別研究》（臺北：里仁書局，1997 年）。

洪淑苓：《民間文學的女性研究》（臺北：里仁書局，2004 年）。

胡衍南：《金瓶梅到紅樓夢——明清長篇世情小說研究》（臺北：里仁書局，2009 年）。

胡衍南：《飲食情色金瓶梅》（臺北：里仁書局，2004 年）。

胡萬川：《眞假虛實—小說的藝術與現實》（臺北：大安出版社，2005 年）。

胡萬川：《話本與才子佳人小說之研究》（臺北：大安出版社，1994 年）。

胡憶蕭、畢敏：《《聊齋誌異》婦女形象作品評注》（鄭州：中州書畫社，1983 年）。

胡曉眞：《才女徹夜未眠：近代中國女性敘事文學的興起》（臺北：麥田出版社，2003 年）。

范銘如主編：《挑撥新趨勢：第二屆中國女性書寫國際學術研討會論文集》（臺北：臺灣學生書局，2003 年）。

苗壯：《筆記小說史》（杭州：浙江古籍出版社，1998 年）。

夏志清：《中國古典小說導論》（合肥：安徽藝文出版社，1994 年）。

孫康宜：《古典與現代的女性詮釋》（臺北：聯合文學出版社，1998 年）。

孫紹先：《英雄之死與美人遲暮》（北京：社會科學文獻出版，2000 年）。

殷善培主編：《文學視域》（臺北：臺灣學生書局，2003 年）。

殷善培主編：《叩問經典》（臺北：臺灣學生書局，2005 年）。

皋于厚：《明清小說的文化審視》（北京：學苑出版社，2000 年 12 月）。

袁世碩、徐仲偉：《蒲松齡評傳》（南京：南京大學出版社，2000 年）。

馬瑞芳：《從《聊齋誌異》到《紅樓夢》》（濟南：山東教育出版社，2004 年）。

高世瑜：《中國古代婦女生活》（臺北：臺灣商務印書館，1998 年）。

高桂惠：《追蹤躡跡：中國小說的文化闡釋》（臺北：大安出版社，2005 年）。

曾昭旭：《讓孔子教我們愛》（臺北：臺灣商務印書館，2004 年）。

康正果：《風騷與豔情史》（臺北：雲龍出版社，1991 年）。

張京媛等譯：《文學批評術語》（香港：牛津大學出版社，2004 年）。

張俊：《清代小說史》（杭州：浙江古籍出版社，1997 年）。

張壽安、熊秉眞合編：《情欲明清──達情篇》（臺北：麥田出版社，2004年）。

張雙英主編：《文學與美學第十一屆論文集》（臺北：淡江大學中文系，2010年）。

梁柏力：《被誤解的中國──看明清時代和今天》（九龍：花千樹出版有限公司，2011年）。

淡江大學中文系主編：《2012 女性文學與文化學術研討會論文集》（臺北：淡江大學中文系，2013年）。

淡江大學中文系主編：《文學與美學第十三屆論文集》（臺北：淡江大學中文系，2013年）。

郭英德：《明清傳奇史》（南京：江蘇古籍出版社，1999年）。

陳平原：《中國小說敘事模式的轉變》（臺北：久大文化公司，1990年）。

陳文新：《文言小說審美發展史》（武漢：武漢大學出版社，2002年）。

陳江：《明代中後期的江南社會與社會生活》（上海：上海社會科學院出版社，2006年）。

陳東原：《中國婦女生活史》（臺北：臺灣商務印書館，1993年）。

陳惠馨：《傳統個人、家庭、婚姻與國家──中國法制史的研究與方法》（臺北：五南圖書出版公司，2006年）。

陳萬益：《晚明小品與明季文人生活》（臺北：大安出版社，1992年）。

陳葆文：《聊齋誌異癡狂士人類型析論》（臺北：里仁書局，2005年）。

陳瑛珣：《明清契約文書中的婦女經濟活動》，（臺北：臺明文化，2001年）。

陸又新：《聊齋誌異中的愛情》（臺北：臺灣學生書局，1993年）。

傅衣凌：《明清時代商人及商業資本》（北京：人民出版社，1956年）。

游鑑明、胡纓、季家珍：《重讀中國女性生命故事》（臺北：五南圖書出版公司，2011年）。

華瑋：《明清婦女之戲曲創作與批評》（臺北：中央研究院中國文哲研究所，2003年）。

華瑋：《明清戲曲中的女性聲音與歷史記憶》（臺北：國家出版社，2013 年）。

費絲言：《由典範到規範——從明代貞節烈女的辨識與流傳看貞節觀念的嚴格
　　化》（臺北：臺灣大學出版委員會，1998 年）。

辜美高：《聊齋誌異與蒲松齡》（天津：天津古籍出版社，1998 年）。

馮賢亮：《明清江南地區的環境變動與社會控制》（上海：上海人民出版社，
　　2002 年）。

黃仁宇：《放寬歷史的視界》（臺北：允晨文化公司，1988 年）。

黃嫣梨：《妝臺與妝臺以外——中國婦女史研究論集》（臺北：牛津大學出版
　　社，1999 年）。

黃霖等：《中國小說研究史》（杭州：浙江古籍出版社，2002 年）。

鄒元江：《湯顯祖新論》（臺北：國家出版社，1986 年）。

雷群明：《聊齋藝術通論》（上海：三聯書局，1990 年）。

熊秉眞、呂妙芬主編：《禮教與情慾——前近代中國文化中的後／現代性》（臺
　　北：中央研究院近代史研究所，1996 年）。

趙園：《明清之際士大夫研究》（北京：北京大學出版社，1999 年）。

趙世瑜：《狂歡與日常：明清以來的廟會與民間生活》（北京：三聯書店，2002
　　年）。

劉小南、王政、游鑑明主編：《中國婦女史讀本》（北京：北京大學出版社，
　　2011 年）。

劉果：《「三言」性別話語研究與中國文學研究——以話本小說的文獻比勘爲
　　基礎》（北京：中華書局，2008 年）。

劉苑如：《身體・性別・階級——六朝志怪的常異論述與小說美學》（臺北：
　　中央研究院中國文哲研究所，2002 年）。

劉詠聰：《女性與歷史——中國傳統觀念新探》（臺北：臺灣商務印書館，1995
　　年）。

劉詠聰：《德、才、色、權——論中國古代女性》（臺北：麥田出版社，1998
　　年）。

劉翠溶、石守謙：《經濟史、都市文化與物質文化》（臺北：中央研究院歷史語言研究所，2002年）。

蔡造珉：《寫鬼寫妖刺貪刺虐──《聊齋俚曲》新論》（臺北：萬卷樓圖書公司，2003年）。

鄭毓瑜：《引譬連類──文學研究的關鍵詞》，（臺北：聯經出版事業公司，2012年）。

魯迅：《中國小說史略》（臺北：里仁書局，1992年）。

魯迅：《魯迅小說史論文集》（臺北：里仁書局，1994年）。

鮑家麟：《中國婦女史論集》（板橋：稻鄉出版社，1992年）。

賴惠敏：《但問旗民：清代的法律與社會》（臺北：五南圖書出版公司，2007年）。

謝雍君：《《牡丹亭》與明清女性情感教育》（北京：中華書局，2008年）。

鍾慧玲：《清代女詩人研究》（臺北：里仁書局，2000年）。

聶付生：《晚明文人的文化傳播研究》（北京：中國戲劇出版社，2007年）。

藍慧茹：《從〈聊齋誌異〉論蒲松齡的女性觀》（臺北：秀威資訊科技公司，2005年）。

羅婷：《女性主義文學批評在西方與中國》（北京：中國社會科學出版社，2004年）。

羅敬之：《聊齋詩詞集說》（臺北：國立編譯館，1998年）。

羅敬之：《蒲松齡及其聊齋誌異》（臺北：國立編譯館，1986年）。

龔鵬程：《近代思想史散論》，（臺北：東大圖書公司，1990年）。

龔鵬程：《中國小說史論》（北京：北京大學出版社，2008年）。

Charlotte Furth（費俠莉）著、甄橙主譯：《繁盛之陰──中國醫學史中的性（960-1665）》（南京：江蘇人民出版社，2006年）。

Dorothy Ko（高彥碩），Teachers of Inner Chambers：Women and Culture in seventeenth-Century China,Stanford University Press,1994.李志生譯：《閨塾師──明末清初江南的才女文化》（南京：江蘇人民出版社，2005年）

Francesca Bray（白馥蘭）著，江湄、鄧京力譯：《技術與性別——晚明帝制中國的權力經緯》（南京：江蘇人民出版社，2006 年）。

Keith McMahon（馬克夢）著：Misers,Shrews,and Polygamists：Sexuality and Male-Female Relations in Eighteenth-Century Chinese Fiction,Duke University.

Press,1995. 王維東、楊彩霞譯，戴聯斌校：《吝嗇鬼、潑婦、一夫多妻者——十八世紀中國小說中的性與男女關係》。

Susan Mann（曼素恩）著：Precious Records：Women in China's Long Eighteenth Century,Stanford University Press,1997.楊雅婷譯：《蘭閨寶錄——晚明至盛清時的中國婦女》（臺北：左岸文化，2005 年）。

Susan Mann（曼素恩）著，定宜莊、顏宜葳譯：《綴珍錄——十八世紀及其前後的中國婦女》（南京：江蘇人民出版社，2005 年）。

Maram Epstein（艾梅蘭）著，羅琳譯：《競爭的話語：明清小說中的正統性、本真性及所生成之意義》（南京：江蘇人民出版社，2005 年）。

四、期刊、會議論文

孔慶慶：〈鏡花水月的玩偶情緣——淺談《聊齋志異》女性地位的下降〉，《新疆教育學院學報》第 22 卷第 2 期（2006 年 6 月）。

王向東：〈《聊齋誌異》：錯綜纏繞的性別言說——蒲松齡進步婦女觀的另一面〉，《揚州大學學報（人文社會科學版）》第 11 卷第 4 期（2007 年 7 月）。

王春玲：〈近年來《聊齋誌異》研究綜述〉，《滄桑》2007 年第 2 期（2007 年）。

王茂福：〈《聊齋誌異》兩性關係評判標準探賾〉《蒲松齡研究》第 1 卷第 4 期（2001 年）。

合山究：〈節婦烈女論——明清時代の女性の生き方〉，《中国——社会と文化》第 13 期（1998 年 6 月）。

衣若蘭：〈近十年兩岸明代婦女史研究評述〉，《國立臺灣師範大學歷史學報》第 25 期（1997 年 6 月）。

衣若蘭：〈最近臺灣地區明清婦女史研究學位論文評介〉，《近代中國婦女史研究》第 6 期（1998 年 8 月）。

李伯重：〈從「夫妻並作」到「男耕女織」──明清江南農家婦女勞動問題探討之一〉，《中國經濟史研究》1996 年第 3 期。

李伯重：〈從「男耕女織」到「半邊天」──明清江南農家婦女勞動問題探討之二〉，《中國經濟史研究》1997 年第 3 期。

李孝悌：〈十八世紀中國社會中的情慾與身體：禮教世界外的嘉年華會〉，《歷史語言研究所集刊》第 72 期（2001 年 3 月）。

巫仁恕：〈「妖婦」乎？「女仙」乎？：論唐賽兒在明清時期的形象轉變〉，呂芳上編：《無聲之聲（I）：近代中國的婦女與國家（1600-1950）》（臺北：中央研究院近代史研究所，2003 年）。

杜芳琴：〈三十年回眸：婦女/性別史研究和學科建設在中國大陸的發展〉，《山西師大學報（社會科學版）》第 35 卷第 6 期（2008 年 11 月）。

周小雨：〈《聊齋誌異》中的女性經濟獨立意識〉，《陝西師範大學繼續教育學報》第 23 卷（2006 年 11 月）。

周曉琳：〈「浮白載筆，僅成孤憤之書」──蒲松齡「孤憤」心態新探〉，《聊齋誌異研究》（2004 年第 1 期）。

屈小玲：〈《聊齋誌異》寫實作品爭論──以 17 世紀清貧士人家庭婦女的經濟活動爲例〉，《四川師範大學學報》第 39 卷第 3 期（2012 年 5 月）。

林時民：〈對明代婦女貞節觀念的若干思考〉，《中華文化復興月刊》第 19 卷第 8 期（1986 年 8 月）。

林麗月：〈孝道與婦道：明代孝婦的文化史考察〉，《近代中國婦女史研究》第 6 期（1998 年 8 月）。

林麗月：〈風俗與罪愆：明代溺女記敘與文化意涵〉，臺北「第一屆兩岸明史學術研討會」論文（1996 年 7 月）。

林麗月：〈從性別發現傳統：明代婦女史研究的反思〉，《近代中國婦女史研究》第 13 期（2005 年 12 月）。

邱玉明：〈論《聊齋誌異》中的女性先鋒意識〉，《開封教育學院學報》第 27 卷第 4 期（2007 年 12 月）。

侯學智：〈《聊齋誌異》理想女性的角色定位及其價值功能期待〉，《濰坊學院學報》第 7 卷第 3 期（2007 年 5 月）。

南瑛：〈論《聊齋誌異》中的理想女性形象〉，《長江師範學院學報》第 27 卷第 2 期（2011 年 3 月）。

紀元文：〈「女性書寫」專題弁言〉，《歐美研究》35 卷第 1 期（2005 年 3 月）。

徐泓：〈明代社會風氣的變遷——以江浙地區為例〉，《九州學刊》第 5 卷第 2 期（1992 年）。

徐泓：〈明代的婚姻制度（上）〉，《大陸雜誌》第 78 卷第 1 期（1989 年 1 月）。

徐泓：〈明代的婚姻制度（下）〉，《大陸雜誌》第 78 卷第 2 期（1989 年 2 月）。

徐艷蕊：〈從《聊齋誌異》的性別話語質疑傳統文學經典的合法性〉，《河北學刊》2005 年第 7 期。

郝艷芳、劉娟：〈淺析《小二》與《黃英》中的女性形象〉，《安徽文學》2009 年第 3 期。

馬瑞芳：〈《聊齋誌異》的男權話語和情愛烏托邦〉，《文史哲》2000 年第 4 期。

常金蓮：〈世情與鬼狐——從《金瓶梅》到《聊齋誌異》〉，《蒲松齡研究》2002 年第 4 期。

游鑑明：〈是補充歷史抑或改寫歷史？近廿五年來臺灣地區的近代中國與臺灣婦女史研究〉，《近代中國婦女史研究》2005 年第 13 期。張文澍：〈從《聊齋誌異》中「女強人」形象看蒲松齡之婦女觀及倫理思想〉，《蒲松齡研究》2005 年第 3 期。

張向榮：〈明清世情小說中女性在兩種文化下的審美意蘊和生存價值〉，《北方論叢》2005 年第 3 期。

張彬村：〈明清時期寡婦守節的風氣——理性選擇（rational choice）的問題〉，

《新史學》第 10 卷第 2 期（1999 年 6 月）。

張靜二：〈女權運動與女性主義文學〉，《中外文學》第 14 卷第 10 期（1986 年 3 月）。

梅家玲：〈漢晉詩歌中「思婦文本」的形成及其相關問題〉《國立臺灣大學文史哲學報》第 44 期（1996 年 6 月）。

許建中：〈論明清之際通俗文學中社會價值取向的嬗變〉，《明清小說研究》1990 年第 3~4 期。

許慧琦：〈臺灣地區有關近代中國婦女史的碩博士論文研究評介（1991-1997）〉，《近代中國婦女史研究》第 6 期（1998 年 8 月）。

郭珊珊：〈《聊齋》女性在婚戀中的主體意識〉，《內蒙古農業大學學報》第 10 卷第 3 期（2008 年 3 月）。

陳葆文：〈《聊齋誌異》母親人物類型敘事析論〉，臺灣師範大學國文系：「2009 年敘事文學與文化國際學術研討會」（2009 年 11 月）。

陳葆文：〈《聊齋誌異「悍妒婦女」類型析論》〉，《淡江中文學報》第 17 期（2007 年 12 月）。

陳翠英：〈《聊齋誌異》夫婦情義的多重形塑〉，《臺大中文學報》第 29 期（2008 年 12 月）。

陳翠英：〈《聊齋誌異》悍妒書寫的複調話語及其性別意蘊〉，《臺大文史哲學報》第 76 期（2012 年 5 月）。

陳翠英：〈閱讀才子佳人小說：性別觀點〉，《清華學報》第 3 期（2000 年 9 月）。

陳姃湲：〈簡介近代亞洲的「賢妻良母」思想——從回顧日本、韓國、中國的研究成果談起〉，《近代中國婦女史研究》第 10 期（2002 年 12 月）。

費臻懿：〈《聊齋誌異》商人題材及其內在意蘊〉，《人文社會科學研究》第 4 卷第 2 期（2010 年 6 月）。

黃偉：〈論《聊齋誌異》悍婦形象及其女性文化〉，《中山大學學報》2003 年第 1 期。

黃莘瑜：〈論中晚明情觀於社會經濟視野下的所見與侷限〉，《清華學報》第
　　38 卷第 2 期（2007 年 6 月）。

黃繁光、黃麗卿、莊蕙綺：〈明清婦女的經濟活動與社會地位研讀會成果報告〉，
　　國科會人文及社會科學發展處《人文與社會科學簡訊》第 11 卷第 3 期（2010
　　年 6 月）。

黃麗卿：〈從「三教同源」論蒲松齡「至情感通」思想〉，《宗教哲學季刊》
　　62 期（2012 年 12 月）。

楊淑華、董佩娜：〈從《聊齋誌異》看蒲松齡的夫妻倫理觀〉，《洛陽師範學
　　院學報》2007 年第 4 期。

葛慧、張君：〈《聊齋志異》中悍婦妒妻現象的社會成因探析〉，《鄖陽師範
　　高等專科學校學報》第 30 卷第 5 期（2010 年 10 月）。

董毅：〈新聞總入夷堅志——蒲松齡的另類「孤憤」〉，《蒲松齡研究》2005
　　年第 2 期。

臧國書、任秀芹：〈論蒲松齡對傳統婚戀觀的繼承與創新——以《聊齋誌異》
　　中女性形象的類化與解讀為例〉，《雲南師範大學學報（哲學社會科學版）》
　　第 39 卷第 5 期（2007 年 9 月）。

劉紀華：〈中國貞節觀念的歷史演變〉，《中國婦女史論集》（四）（板橋：
　　稻鄉出版社，1995 年）。

劉華：〈《聊齋誌異》女性角色中的男權意識〉，《河南機電高等專科學校學
　　報》第 16 卷第 3 期（2008 年 5 月）。

劉曉玲：〈《聊齋誌異》中的「阿尼姆斯」原型〉，《語文學刊（高教版）》
　　2007 年第 5 期。

羅菲妮：〈從潘、王悲劇看封建晚期小說家女性觀的轉變〉，《語文學刊》2008
　　年第 1 期。

羅麗馨：〈明代紡織手工業中婦女勞動力之探討〉，《興大歷史學報》1999
　　年第 9 期。

Paul Ropp 著，梁其姿譯：〈明清婦女研究：評介最近有關之英文著作〉，《新

史學》第 2 卷第 4 期（1991 年 12 月）。

五、學位論文

安碧蓮：〈明代婦女貞節觀的強化與實踐〉（臺北：中國文化大學史學研究所
　　博士論文，1994 年）。

衣若蘭：〈史學與性別：《明史・列女傳》與明代女性史之建構〉（臺北：臺
　　灣師範大學歷史研究所博士論文，2001 年）。

呂宜哲：〈《聊齋誌異》所反映之清初社會狀態研究〉（新竹：玄奘大學中國
　　語文研究所博士論文，2011 年）。

李世珍：〈傳統婦女「忍苦成家」故事之研究──以明清短篇小說爲主的論述〉
　　（臺中：東海大學中國文學研究所博士論文，2002 年）。

李媛珍：〈明代的命婦生活〉（嘉義：中正大學歷史研究所碩士論文，1997 年）。

周正娟：〈聊齋志異婦女形象研究〉（臺中：東海大學中國文學研究所碩士論
　　文，1995 年）。

姜素芬：〈中國傳統短篇小說中仙妻故事研究〉（新竹：清華大學中國文學系
　　碩士論文，1998 年）。

胡衍南：〈食、色交歡的文本──《金瓶梅》飲食文化與性愛文化研究〉（新
　　竹：清華大學中國文學系博士論文，2001 年）。

張嘉惠：〈《聊齋誌異》女妖故事研究〉（高雄：中山大學中國文學研究所碩
　　士論文，2001 年）。

黃麗卿：〈聊齋誌異》形變研究〉（臺北：淡江大學中國文學系博士論文，2006
　　年）。

劉惠華：〈聊齋志異女性人物研究〉（臺北：臺灣大學中國文學研究所碩士論
　　文，1997 年）。

鍾小紅：〈試論近代學者對傳統「賢妻良母」觀的改造〉（長沙：湖南師範大
　　學哲學、倫理學研究所碩士論文，2007 年）。

後　記

　　本書承蒙科技部專題研究計畫：「明清之際女性經濟活動的價值意涵——以《聊齋誌異》及明清短篇小說爲探討核心」〔NSC 99-2410-H -032-090〕、「從『禮緣情制』論《聊齋誌異》中女性的至情」〔NSC102 -2410-H -032 -088〕等次的獎助，方得以完成，特此予以致謝。另本書各單元發表情形，謹臚列說明於下：

　　第一單元、〈《聊齋誌異》中女性的主體意識〉

　　此一單元乃依筆者所著《《聊齋誌異》的女性書寫》主題，而將兩篇論文整合，並經大幅增補修訂而成。其一：〈論《聊齋志異》中的女性主體意識〉，原刊登於殷善培主編《文學視域》（臺北：臺灣學生書局，2009 年 3 月），頁 340-347。其二：〈從「情意生命」談《聊齋誌異》的女性自主 〉，原刊登於張雙英主編《文學與美學》第十一屆論文集（臺北：淡江大學中文系，2010 年 8 月），頁 199-231。

　　第二單元、〈《聊齋誌異》中由「禮緣情制」所揭示女性至情之美〉

　　此一單元乃依筆者所發表之〈從「禮緣情制」論《聊齋誌異》中的女性美〉一文修改完成。原發表於「第 13 屆文學與美學國際學術研討會」，經修訂後刊登於淡江大學中文系主編《文學與美學》

第十三屆會議論文集（臺北：淡江大學中文系，2013 年 12 月），頁 362-381。

　　第三單元、〈《聊齋誌異》中所塑造的女性理想典型〉

　　此一單元乃依筆者所發表之〈論《聊齋誌異》塑造女性理想典型之意義──以〈黃英〉、〈小二〉、〈細柳〉為例〉一文修改完成。原發表於「第十五屆東亞社會與文化國際學術研討會」，〔日本〕早稻田大學，2014 年 3 月 31 日。

　　第四單元、〈《聊齋誌異》中狐女「成全之情」的價值意涵〉

　　此一單元乃依筆者所發表之〈論《聊齋誌異》中狐女成全之情的意涵〉一文修改完成。發表於「2014 女性文學與文化學術研討會」，淡江大學中文系，2014 年 6 月 13 日。

　　第五單元、〈《聊齋誌異》中女性經濟活動之價值體現〉

　　此一單元乃依筆者所發表之〈論《聊齋誌異》女性經濟活動之價值意涵〉一文修改而成。發表於「第 12 屆文學與美學國際學術研討會」，淡江大學中文系，2011 年 5 月 13 日。

　　本書至今得以完成，端賴家人、師長、同事、朋友、學生的提攜與護持，此外更感謝淡江大學提供安定的教研環境。由於無法一一親謝，故謹於書末致上本人心中最誠摯的謝意！

國家圖書館出版品預行編目資料

《聊齋誌異》的女性書寫

黃麗卿著. – 初版. – 臺北市：臺灣學生，2014.09
面；公分

ISBN 978-957-15-1637-0 (平裝)

1. 聊齋誌異 2. 女性 3. 研究考訂

857.27   103018671

《聊齋誌異》的女性書寫

著　作　者：黃　　　麗　　　卿
出　版　者：臺 灣 學 生 書 局 有 限 公 司
發　行　人：楊　　　雲　　　龍
發　行　所：臺 灣 學 生 書 局 有 限 公 司
　　　　　　臺北市和平東路一段七十五巷十一號
　　　　　　郵 政 劃 撥 帳 號：00024668
　　　　　　電　話：(02)23928185
　　　　　　傳　眞：(02)23928105
　　　　　　E-mail：student.book@msa.hinet.net
　　　　　　http://www.studentbook.com.tw
本書局登
記證字號：行政院新聞局局版北市業字第玖捌壹號

印　刷　所：長 欣 印 刷 企 業 社
　　　　　　新北市中和區中正路九八八巷十七號
　　　　　　電　話：(02)22268853

定價：新臺幣四八〇元

二 〇 一 四 年 九 月 初 版